陕西师范大学优秀著作出版基金资助出版
陕西师范大学中国语言文学"世界一流学科建设"成果

先秦典籍引『诗』研究

曾小梦 著

商务印书馆
The Commercial Press
创于1897

2018年·北京

图书在版编目(CIP)数据

先秦典籍引《诗》研究/曾小梦著. —北京:商务印书馆,2018

ISBN 978-7-100-16363-7

Ⅰ.①先… Ⅱ.①曾… Ⅲ.①《诗经》—诗歌研究 Ⅳ.①I207.222

中国版本图书馆 CIP 数据核字(2018)第 153884 号

先秦典籍引《诗》研究

曾小梦 著

商 务 印 书 馆 出 版
(北京王府井大街 36 号 邮政编码 100710)
商 务 印 书 馆 发 行
北京顶佳世纪印刷有限公司印刷
ISBN 978-7-100-16363-7

2018 年 10 月第 1 版　　开本 710×1000 1/16
2018 年 10 月北京第 1 次印刷　印张 26¼
定价:79.00 元

序

　　曾小梦的博士学位论文《先秦典籍引〈诗〉研究》即将付梓，问序于我，我甚是欣慰。细算起来，小梦博士毕业至今，已整整十年。早在毕业之际，我就督促她早日将论文出版，但她不愿自己的书稿仓促面世，在紧张的教学工作之外，她对书稿进行不断修改、完善，而今终于完工。作为她博士学位论文的指导老师，也是第一位读者，这个序我是乐意为之。

　　众所周知，中国是一个诗的国度，其源远，其流长。若论诗歌起源之早、流别之多，世界上恐怕没有哪一个国家能与中国相提并论。然而我们的诗歌观念，却与西方有着本质的区别。西方重在抒情，注重诗歌的审美性；而我国古代，尤其是早期，则重在"言志"，看重其实用性。中国诗歌的这种特性，在春秋时期就已十分突出。孔子论《诗》曰："诵诗三百，授之以政，不达；使于四方，不能专对；虽多，亦奚以为！"其弟子陈亢向孔鲤打听圣门绝学，听到的也是"不学诗，无以言"之规诫。可见在孔子这里，诗歌的实用性已经凸显。问题在于，"诗三百"是如何与为政产生重要联系并成为经世的首要之选？应该说，这是《诗经》研究甚至是中国诗歌研究史、中国文化研究史上的重要问题。小梦这部《先秦典籍引〈诗〉研究》就重在关注这一问题。因此，就学术意义而言，这个选题是非常有价值的。首先，对于认识《诗经》研究史具有重要意义。《诗经》

研究史往往忽略这一方面。引《诗》作为一种独特的文化现象，引起了古人和当今学者的关注，但现有的研究比较零散，而小梦的研究第一次将先秦典籍引《诗》现象作为一个整体进行全面而系统的整理和研究，具有创新意义。其次，对于先秦典籍引《诗》现象的探究，有助于了解《诗》之所以被广泛接受以及被儒家尊崇为"经"的深层原因及其过程。先秦典籍引《诗》对《诗》的传播和阐释都产生了深远的影响。可以说，先秦时期《诗》在传播、征引过程中所逐渐形成的权威性和经典性，为汉人最终推《诗》成"经"奠定了重要的基础。第三，在数据统计分析的基础上，首次从文学与文化的角度对先秦各类典籍引《诗》进行观照与阐释，揭示引《诗》现象的文化含义及《诗》的经典化过程，并从中挖掘接受者（读者）的文化心理，这是很有意义的尝试，对于我们进一步全面认识《诗经》的价值提供了新的路径和方法。

有价值的研究往往又是难度较大的研究。我们知道，历史一旦过去，我们很难再一次回归历史本身。"诗三百"，在春秋战国这一中国文化的"轴心时代"是何种样态存在，仅依据汉儒、宋儒甚至清儒的研究是很难接近历史真相的。小梦选择从春秋战国时期诸种典籍对"诗三百"的征引来切入，通过探讨这一特定时空、不同士人对"诗三百"的运用情况来考察《诗》如何从抒发情怀的个体言说演变为《诗经》这一群体性文化经典，可谓独具慧眼。为了揭示"诗三百"的存在样态及其演进历程，小梦将先秦典籍按照四部分类法，将众多论著分成史部、子部两大类别，又将子部细分成儒家经典、非儒家经典两类进行研究，思路清晰，逻辑层次鲜明，纲目清楚，为后面的研究廓清了迷雾。全书分为上、中、下三编，上编是先秦史书引《诗》研究，主要以《左传》《国语》《战国策》为中心，探讨了先秦史书中的引《诗》情况。中编是先秦儒家典籍引《诗》研究，主要探讨了《论语》《孟子》《荀子》《礼记》《孝经》中的引《诗》现象及其各自的特点。下编是先秦其他诸子著述引《诗》研究，主要探讨了《晏子春秋》《墨子》《庄子》《韩非子》《吕氏春秋》等典籍引《诗》的特点及其意义。小梦立足事实，将出土文献与书面资料相互印证，并结合先秦的文化背景，揭示了春秋战国时期《诗》的功能演变、《诗》的传播与接受、先秦各学派诗学观念的生成等。另外，在每一部分的研究中，还紧密结合《诗》文本和先秦典籍中所引诗句、篇章，探索了"诗本义"与"引诗义"的联系和区别。同时在此基础上进行理论探讨，力求通过引《诗》所反映的春秋战国时期的思想文化背景，揭示引《诗》现象背后的深层含义，并从读者角度分析为什么接受引《诗》的文化心理。这样的研究，由表入里，由现象到本质，使研究逐步深入下去。

本书研究的又一重要收获是对《诗》在先秦时期的存在样态进行了重新审视，指出正是有周一代的诗乐制度，使《诗》在很大程度上丧失了它本身的风格和意义，从审美功能转到实用功能，而且是根本性的转变；特别重要的是，由于各个阶层对《诗》的多角度、多层面征引，促进了《诗》的经典化，使它从一部普通的诗歌总集演化为一部承载政治意识形态的文化经典，"诗三百"终于在汉代完成了其从《诗》到《诗经》的蜕变，也就是从文学走向了经学。应该说，这一结论是符合历史实际的。当然，随着时代的发展变化，《诗经》在后代经学地位日益巩固的同时，也有文学的审美探究之路，这又是一个重要课题，需要另做研究了。

翻阅本书，我印象比较深的还有小梦运用统计学方法所制作的众多表格。我们知道，表格具有直观性、形象性，可以使问题一目了然，极具说服力。但制作起来颇费周折。对此，我自己深有体会。由于古典文献的特殊性，比如版本、异文、异名等问题，很多资料不能依赖计算机检索，而是需要自己一页一页地翻检，一条一条地摘录，最后再汇集起来，制作成表格。同时还要考虑《诗》本文的差异性、古人引《诗》的随意性，难度可想而知。我粗略统计了一下，全书主要选取了13本典籍，共制作大小表格49个，其所花费的时间、精力可以想见。王安石诗云："看似寻常最奇崛，成如容易却艰辛"，其是之谓乎！

学术研究是艰苦的事情，需要有定力和毅力，甘坐冷板凳。小梦能以十年之功磨一剑，将博士论文雕琢得如此精致，可喜可贺。这本著作是她在学术道路上的第一份重要的收获，值得珍惜。"欲穷千里目，更上一层楼。"我相信，小梦在学术道路上一定会不断进步，取得更大的成就。

是为序。

张新科

2018 年 8 月于古城西安

目录

绪论   1

第一节　"引《诗》"概念的界定   2

第二节　引《诗》研究综述   7

第三节　本书的研究思路及方法   11

上编 ·····················

先秦史书引《诗》研究

第一章　《左传》引《诗》考论   3

第一节　《左传》引《诗》分期   3

第二节　《左传》引诗者国别、身份   15

第三节　《左传》引《诗》场合分析   41

第四节　《左传》引《诗》分类   59

第五节　《左传》引《诗》效果定位   72

第二章 《国语》引《诗》考论   **89**

    第一节 《国语》引《诗》分期   89

    第二节 《国语》引《诗》分类   91

    第三节 《国语》引诗者国别、身份   93

    第四节 《国语》引《诗》场合分析   95

    第五节 《国语》引《诗》效果定位   108

第三章 《战国策》引《诗》考论   **113**

    第一节 《战国策》引《诗》概况   113

    第二节 《战国策》引《诗》的特点及其意义   119

第四章 《左传》《国语》《战国策》引《诗》综论   **123**

    第一节 《左传》《国语》《战国策》引《诗》的定量分析

         124

    第二节 先秦史书中《诗》的功能定位   127

    第三节 从史书引《诗》看春秋战国时期《诗》的接受

         以及发展演变   131

 中编 ·····················

先秦儒家典籍引《诗》研究

第五章 《论语》引《诗》考论   **139**

    第一节 《论语》引《诗》概况   139

第二节　孔子生活的时代背景及其思想对诗论的影响　142

第三节　孔子以礼为核心的诗学观念　146

第六章　《孟子》引《诗》考论　157

第一节　《孟子》引《诗》概况　157

第二节　《孟子》引《诗》的功能定位　160

第三节　从《孟子》引《诗》看孟子的诗学观念　163

第四节　引诗义与诗本义比较　171

第七章　《荀子》引《诗》考论　179

第一节　《荀子》引《诗》概况　179

第二节　《荀子》引《诗》的方法及其经学意义　186

第三节　荀子的诗学观念　200

第八章　《礼记》引《诗》考论　208

第一节　《礼记》引《诗》概况　208

第二节　《礼记》引《诗》分类　211

第三节　《礼记》引《诗》的功能定位　226

第四节　《礼记》诗教观透视　233

第九章　《孝经》引《诗》考论　245

第一节　《孝经》引《诗》概况　245

第二节　《孝经》引《诗》分类　246

第十章　先秦儒家典籍引《诗》综论　254

第一节　先秦儒家典籍引《诗》的定量分析　254

第二节　先秦儒家典籍引《诗》比较研究　　258

第三节　先秦儒家典籍引《诗》对《诗》之成"经"的

　　　　推动作用　　263

下编 ·················

先秦非儒家典籍引《诗》研究

第十一章　《晏子春秋》引《诗》考论　　269

第一节　晏子的政治思想及诗学观念　　269

第二节　《晏子春秋》引《诗》研究　　274

第十二章　《墨子》引《诗》考论　　289

第一节　墨子的思想及其对引《诗》的影响　　289

第二节　《墨子》引《诗》研究　　295

第十三章　《庄子》引《诗》考论　　307

第一节　庄子"无为"思想及其对引《诗》的影响　　307

第二节　《庄子》引《诗》研究　　311

第十四章　《韩非子》引《诗》考论　　317

第一节　《韩非子》引《诗》分析　　317

第二节　韩非子的诗学观　　322

第十五章　《吕氏春秋》引《诗》考论　　325

第一节　《吕氏春秋》引《诗》概况　　325

第二节　《吕氏春秋》的诗学观念　　336

第十六章　先秦其他非儒家典籍引《诗》简述　　340

第十七章　先秦非儒家典籍引《诗》综论　　348

第一节　先秦非儒家典籍引《诗》的定量分析　　348

第二节　先秦非儒家典籍引《诗》的意义　　350

结语　关于《诗》的功能及其经典化过程的反思　　354

附录　先秦典籍所引诗篇与诗句　　369

参考文献　　385

绪　论

有周一代是诗歌创作空前繁荣的时期，从《诗》集的编订到先秦典籍引《诗》、用诗之盛，可以看出，春秋战国时代，《诗》已经几乎深入到当时社会生活的各个方面。先秦典籍引《诗》这一文化现象表明，作为六经之一的《诗》，自产生之日起便超越了文学的范畴和审美的功能，正如闻一多先生所说："诗似乎没有在第二国度里像它这样发挥过那样大的社会功能。在我们这里一出世，它就是宗教、是政治、是社交，它是全面的社会生活。"[①] 这不能不引起我们的思考：《诗》在先秦时期的功能究竟如何？产生引《诗》现象的原因到底是什么？本章主要对与引《诗》现象有关的几个概念进行了界定，并从诗歌发生学的角度，考证了先秦时期"引《诗》"现象的产生过程，探讨了先秦时期《诗》的功能，以及当时的经济政治制度、历史文化、列国形势、思想观念、审美价值和其他文艺形式与"引《诗》"的互动关系，在此基础之上，阐明了本书的研究思路与方法。

---

① 闻一多，《闻一多全集·神话与诗·文学的历史动向》，北京：生活·读书·新知三联书店，1982 年，第 202 页。

第一节 "引《诗》"概念的界定

《诗》之所以成为经典，与自身具备的社会功能有关，同时也离不开读者（接受者）的反复引用和诠释，而在具体研究先秦典籍的引《诗》现象之前，首先应该区分与引《诗》活动相关的几个概念。

一、"引《诗》"概念的界定及引《诗》形式的辨析

这里的"引《诗》"，是一种泛指，即"引用"之意。《诗》一经作者创作出来之后，就变成了一种社会财富。如何使用这些财富，伦理学家用在道德修养上，哲学家用在说理论道上，外交家用在辞令上，史学家用在评价历史人物和事件上……这都是借诗句表达自己的意志、观点。劝谏诗被直接采纳是一种用，演奏歌唱诗也是一种用；赋诗言志是一种用，引诗为喻也是一种用。纵观春秋、战国时期，主要还是引用、使用《诗》。只是由于引诗者的素质、修养、地位及使用场合的不同，其所用的角度、方式和方法也不同。本书所要研究的"先秦典籍引《诗》"，就是对先秦典籍中所记载的各种引用《诗经》篇章、诗句的情况做较为细致、深入的梳理和分析，以期发掘《诗》在先秦时期被广泛传播、接受并最终被尊为"经典"的深层原因。

先秦典籍中记载有关引《诗》活动所提到的引《诗》形式，主要包括"歌诗""赋诗""诵诗"三大类，下面先就这三种不同形式加以界定。

1. 歌诗

《左传》襄公四年记载：

> 穆叔如晋，报知武子之聘也。晋侯享之，金奏《肆夏》之三，不

拜。工歌《文王》之三，又不拜。歌《鹿鸣》之三，三拜。①
董治安先生认为，歌诗实际上是一种配乐歌唱，即弦歌，它包括乐曲演奏和歌辞演唱两个方面。可见"歌诗"是由乐工或当事人两类行为主体进行的乐曲演奏和歌辞演唱。因此，"歌诗"必然合乐，属于音乐活动。

2. 赋诗

对"赋诗"的解释现存有四种意见：第一种意见认为"赋诗"即"歌诗"，以杨伯峻、徐提、水渭松等为代表。所谓"歌诗"就是按某诗的曲调歌唱其词。②"所谓'歌诗'，就是按某诗的曲调歌唱其词；但'歌诗'又可分为两种情况，一种是其人指定某诗之篇章而由乐工歌唱，歌唱时有瑟做伴奏；另一种是经由其人自己歌唱，歌唱时无瑟做伴奏。然而不论歌唱者为谁，伴奏与否，都称之为'赋诗'。"③朱自清先生也说："赋诗大都是自己歌唱，有时也教乐工歌唱，《左传》有以赋诗为'肄业'（习歌）的话，有'工歌''使大师歌'的话。……到春秋时为止，诗乐还没有分家。"④第二种意见持"诵诗"说，其根据是班固《汉书·艺文志》所谓"不歌而诵谓之赋"⑤和郑玄《毛诗传笺》所谓"赋者，或造篇，或诵古"⑥的后一义项。范文澜《文心雕龙·诠赋》注云："春秋列国外聘，宾主多赋诗言志，盖随时口诵，不待乐奏也。"⑦第三种意见认为"歌诵同一"，以顾颉刚为代表。他在《论诗经所录全为乐歌》一文中认为"赋诗"是由乐工歌唱入乐之诗，但又认为"歌诗"即"诵诗"，两者是一回事。⑧第四种

---

① 《左传·襄公四年》，见杨伯峻，《春秋左传注》，北京：中华书局，1981年，第932页。
② 杨伯峻等，《春秋左传词典》，北京：中华书局，1985年，第878页。
③ 水渭松，《对于"赋诗言志"现象的历史考察——兼论〈诗经〉的编集和演变》，《东方丛刊》，1996年第1辑。
④ 朱自清，《诗言志辨》，上海：华东师范大学出版社，1996年，第20页。
⑤ ［汉］班固，《汉书》，《二十五史》，上海：上海古籍出版社，1986年，第531页。
⑥ 李学勤主编，《春秋左传正义》，《十三经注疏》，北京：北京大学出版社，2000年，第91页。
⑦ 范文澜，《范文澜全集》（第四卷），石家庄：河北教育出版社，2002年，第121页。
⑧ 顾颉刚编著，《古史辨》（第三册），上海：上海古籍出版社，1982年，第650页。

意见认为"赋"是一种介于"歌""诵"之间的特殊表达方式，既非"歌"亦非"诵"，又近"歌"亦近"诵"。与"诵"相比，它当有一定的曲调，而非简单直白的朗诵。与"歌"相比，它一般不由乐工演唱，也不用乐器伴奏，当是不标准较随意的个人徒歌，类似后世的"吟"。①

笔者以为，"赋诗"之"赋"具有两层含义。第一是创作。如隐公三年卫人之赋《硕人》，闵公二年许穆夫人之赋《载驰》。第二是指对已有之《诗》的吟咏，借此表达一国或一己的志意，可以配有器乐伴奏，也可不配乐。春秋时期的赋诗大部分属于这种情况。

3. 诵诗

《周礼·春官宗伯》云："（大司乐）以乐语教国子，兴、道、讽、诵、言、语。"② 大司乐的职责是用乐语教育学生，使其能够掌握比喻、引古、背诵、吟诵、述说、答辩。郑玄注曰："倍文曰讽，以声节之曰诵。"③ 唐贾公彦作疏进一步阐述说："云'以声节之曰诵'者，此亦皆背文，但讽是直言之，无吟咏；诵则非直背文，又为吟咏，以声节之为异。"④ 至于"以声节之"的具体内容，杨伯峻先生说："以声节之，只是指讽诵之腔调，非指乐谱。"⑤ 又说："诵仅有抑扬顿挫而已。"⑥"诵"是一种有情态而又寓情于声、以声传情的表达方式。同"赋诗"相比，诵诗失掉了音乐性。

简言之，歌诗，指以音乐伴奏配合乐曲唱诗。赋诗，指通过朗读诗句以表达情志，一般有音乐的伴奏。诵诗，则指脱离了音乐之后，对诗篇、诗句有韵律有节奏地诵读。但无论是哪种形式，都属于广义上的对《诗》的引用。

---

① 刘生良，《春秋赋诗的文化透视》，《陕西师范大学学报》，2004 年第 6 期。
②《周礼·春官宗伯》，见李学勤主编，《周礼注疏》，《十三经注疏》，北京：北京大学出版社，2000 年，第 676 页。
③ 同上。
④ 同上。
⑤ 杨伯峻，《春秋左传注》，北京：中华书局，1981 年，第 1011 页。
⑥ 同上。

二、引《诗》的类型

先秦典籍中的引《诗》活动除了形式上的不同，在类型上也有所区别，伴随着《诗》与乐的分离以及《诗》功能的转变，引《诗》类型也由春秋时期的言语引《诗》发展而为战国时期的著述引《诗》。

1. 言语引《诗》

所谓言语引《诗》，是指人们在言谈话语中对《诗》的引用，即通过在辞令中引用诗句以断事说理，把《诗》作为称引的论据，证明自己观点的合理性，以增强辞令的说服力和可信度。春秋时，公卿列士在交往中，除在一定场合依礼引《诗》外，还经常在交谈或发表议论时随口直接引《诗》。春秋言语引《诗》是诗、乐、舞分离的产物，人们引《诗》时已经不关注《诗》是否合乐，是否符合礼仪的要求，当然这些也不在引诗者的考虑范围。在他们的心中，《诗》已经成为不容置疑的经典，他们更多的是考虑诗句的意义以及所引之诗是否可以恰当地作为论说的依据。《左传》《国语》《战国策》中所记载的引《诗》活动大都属于言语引《诗》。

这里要说明一点，《左传》中"君子曰"下的诸多引《诗》，实际上是一种著述引《诗》。朱自清先生称"言语引《诗》，春秋时始见，《左传》里记载极多，私家著述从《论语》创始，著述引《诗》，也就从《论语》起始"①，这话不甚严密。私家著述引《诗》起自《论语》是不错的，如果泛言著述引《诗》，它的起源就不一定是《论语》了。因为《左传》中就有著述引《诗》现象存在，"君子曰"诸例引《诗》即是。而《左传》成书于春秋、战国之交，《论语》"编辑成书则在战国初期"②，略晚于《左传》。如此说来，著述引《诗》应始自《左传》，而非《论语》。

2. 著述引《诗》

所谓著述引《诗》，即引诗者在著书立说时根据需要引《诗》为用，

---

① 朱自清，《朱自清说诗》，上海：上海古籍出版社，1998 年，第 106 页。
② 杨伯峻，《论语译注·导言》，北京：中华书局，1980 年，第 30 页。

以增强所述所论之说服力，此时引诗者更多的也是考虑诗句的意义以及所引之诗是否可以恰当地作为论说的依据。战国时期诸子著作中，除了儒家各代表人物大量引《诗》，墨家、法家、杂家著述引《诗》也随处可见，这说明《诗》已成为各家流派公认的权威性文本、经典性著作。

三、"诗本义"与"引诗义"

之所以提到"诗本义"和"引诗义"这两个概念，是因为先秦典籍引《诗》研究无法避开具体引《诗》现象分析中对于"诗本义"和"引诗义"的辨析。

《诗》作为在特定历史时代由若干特定作者创制的"文本"，自然有着反映特定时代和特定作者思维成果的具体内涵，也就是说，《诗》文本的"本义"是一种客观的历史存在。而对客观存在的文本本义的认识，不能脱离对文本的语言文字的真实把握，以及对文本所涉及的社会背景的具体了解。

借用"接受美学"术语，《诗》作为"文本"，具有广阔的"不确定域"，经由历代解释者、阅读者、引用者的"具体化"和"重建"，构筑起越来越广大深厚的学说体系，方成为"高山仰止，景行行止"的圣书。《诗》所拥有的崇高地位，不仅由《诗》"文本"内涵（"本义"）的丰富性所形成，也由《诗》的不断被引用、诠释（"引诗义"）所强化。正如冯天瑜先生所说的："元典作为历史文献，自有存在的客观内蕴，揭示这种客观存在的内蕴（即文本的'本义'）及其在原时代的价值，是一种'我注六经'的过程；元典作为后世反复研读、阐释的文本，又必然要不断注入一代又一代晚出的阅读者和解释者的感受和理解，不断被重新铸造和再度刻勒，从而以更新了的精神被后人所利用，这又是一种'六经注我'的过程。而元典正是在人们反复地'我注六经'和'六经注我'的双向过程中，赢得历史典籍的客观地位和生活教科书的常青性。"① 元典之为元典，不在于其本身具有民族精神的所有内容，而在于元典所具有的崇高地位和无限诠释的空间。其在社会中所起的作用和意义并不是由于其本身的原义，而是后人的阐发所产生的影响。

通过引《诗》研究中诗本义和引诗义的比较，可以让我们反思这样一个问题，即对《诗》更为真实、准确的理解应以何为标准？以先秦典籍为准？还是以汉儒、宋儒抑或清人、近人、今人的理解为准？哪一个更接近诗作者的本意？

所谓"有一千个读者，就会产生一千个哈姆雷特"，《诗》本身"言简而义丰"的特点早已决定了对诗本义的阐释多歧。从先秦典籍中寻找解诗的标准，正是为了更加准确地诠释《诗》之本义，正如胡适先生给我们指出的元典阐释路径："各还他一个本来面目，然后评判各代各家各人的义理是非。不还他们的本来面目，则多诬古人。不评判他们的是非，则多诬今人，凡不先弄明白了他们的本来面目，我们决不配评判他们的是非。"②

与引《诗》活动有关的歌诗、赋诗、诵诗等概念的厘清，对言语引《诗》、著述引《诗》的初步了解以及对诗本义、引诗义重要性的提出，有助于具体分析和论证后文中的先秦典籍引《诗》情况。

第二节　引《诗》研究综述

引《诗》作为一种独特的文化现象，引起了古人和当今学者的普遍关注。目前，对先秦典籍引《诗》现象的研究主要分为三种情况。

---

① 冯天瑜，《中华元典精神》，武汉：武汉大学出版社，2006 年，第 339 页。
② 胡适，《〈国学季刊〉发刊宣言》，《胡适文存》第 2 集第 1 卷，合肥：黄山书社，1996 年。

第一，对《左传》引《诗》的研究，成果较多。最早对《左传》引《诗》做研究的应该是晋代杜预的注，虽然很简略，但它对以后的研究具有重要的启示作用。后来唐孔颖达的疏对杜预的注进行了一些注解和补充，对赋诗的实例做了进一步阐发，成为后世该问题研究者的依据。唐刘知几在《史通·申左》中言简意赅地评价了《左传》的人物赋诗，总的来说，他是把赋诗之类归结为大夫辞令和行人应答的，尚未做更深入的分析和探讨。明何良俊《四友斋丛说》卷二也有关于赋诗的论述，但这些论述都是读书札记式的，皆散漫而谈，主题性不强。清代研究《左传》赋诗比较有名的是赵翼和劳孝舆，赵翼的《陔余丛考》主要研究的是《诗》在春秋时代贵族社会的广泛应用，并考察了《左传》和《国语》记载的大量赋诗言志的事实。劳孝舆的《春秋诗话》是较为系统的赋诗研究的著作，"发前人之所未发"，是当今研究《左传》赋诗必备的参考书。

二十世纪以来涉及《左传》引《诗》、赋诗研究的主要成果有：1. 专著。如朱自清先生在《诗言志辨》①中梳理了上至春秋战国时的"诗言志"说、下至汉代的"诗教"说的发展历史，着重从理论角度阐明了"诗言志"的中国诗学传统。在谈到"赋诗言志"时，主要是从诗与志关系的角度探讨了"赋诗"这一现象。董治安先生在《先秦文献与先秦文学》②中撰写《从〈左传〉〈国语〉看"诗三百"在春秋时期的流传》一文，结合传世文献，利用统计学的方法揭示先秦时期《诗》的流传，主要论及了文化传统和政治对赋诗的影响。刘丽文的《春秋的回声——〈左传〉的文化研究》③专列《左传》中的《诗经》文化，从"《诗经》政治化的四种途径""赋诗言志是对宴享礼仪中乐歌形式的模仿和意义的替换""《左传》反映了周代的采诗制度"等角度论及"赋诗言志"，视角较为新颖。毛振

---

① 朱自清，《诗言志辨》，上海：华东师范大学出版社，1996 年。
② 董治安，《先秦文献与先秦文学》，济南：齐鲁书社，1994 年。
③ 刘丽文，《春秋的回声——〈左传〉的文化研究》，北京：燕山出版社，2000 年。

华的《〈左传〉赋诗研究》①从文化、政治、历史、地理等角度对春秋各国赋诗活动做了具体探讨。李春青的《诗与意识形态》②中论及了春秋"赋诗""引诗"的文化意蕴，曾勤良的《左传引诗赋诗之诗教研究》③则逐条论析了《左传》中的赋诗。2. 论文。如过常宝的《从诗和史的渊源看"赋诗言志"的文化内涵》④主要从诗和史官关系的角度探讨了"赋诗言志"的文化内涵，他认为诗歌为巫史的职业性修养，通过赋诗可以观察个人的意志和命运。刘丽文的《春秋时期赋诗言志的礼学渊源及形成的机制原理》⑤从礼学角度论证了春秋时期政治舞台上普遍应用的赋诗言志现象的渊源及形成的机制原理，认为赋诗言志是对宴享礼仪中固有乐歌形式的模仿和意义的替换。刘毓庆的《春秋会盟宴享与诗礼风流》⑥一文认为赋诗使各国兴起了研究《诗》礼的热潮，促使了以礼为核心的诗歌解释系统的形成。刘生良的《春秋赋诗的文化透视》⑦则揭示了春秋赋诗这一特殊文化景观所暗含的传播接受机制和解读机制。

第二，除了《左传》引《诗》，也有研究者对先秦其他典籍如《国语》《战国策》《论语》《孟子》《荀子》《吕氏春秋》等的引《诗》情况及其所反映出的诗学理论、观念等有所关注，出现了少量的单篇论文。如傅道彬的《用诗时代的形成及其意义探讨》⑧认为，在春秋中叶——楚辞兴起的这一段时间里，还有个用诗时代做衔接。《诗》在结集之后，伴随着《诗》在社会上广泛流行，在思辨领域里的普遍应用就形成了一个《诗》的垄断时期。《诗》的垄断是指《诗》的应用代替诗的创作，垄断的结果是《诗》

---

① 毛振华，《〈左传〉赋诗研究》，郑州大学硕士学位论文，2005 年。
② 李春青，《诗与意识形态》，北京：北京大学出版社，2005 年。
③ 曾勤良，《左传引诗赋诗之诗教研究》，台北：文津出版社，1993 年。
④ 过常宝，《从诗和史的渊源看"赋诗言志"的文化内涵》，《学术界》，2002 年第 2 期。
⑤ 刘丽文，《春秋时期赋诗言志的礼学渊源及其形成的机制原理》，《文学遗产》，2004 年第 1 期。
⑥ 刘毓庆，《春秋会盟宴享与诗礼风流》，《晋阳学刊》，2004 年第 2 期。
⑦ 刘生良，《春秋赋诗的文化透视》，《陕西师范大学学报》，2004 年第 6 期。
⑧ 傅道彬，《用诗时代的形成及其意义探讨》，《华中师范大学学报》，1988 年第 4 期。

的畸形繁荣，这造成了春秋中叶至战国末期诗歌创作的沉默与萧条。董治安的《〈吕氏春秋〉之论诗引诗与战国末期诗学的发展》①指出，成书于战国末年的《吕氏春秋》，为"诗三百"若干篇的作者和创作背景，为孔子师徒及惠施言诗，提供了难得的资料。书中引《诗》表明，在秦并六国之前一段时间，人们已在很大程度上接受了儒家"以诗为经"的观念，而各家学术思想正逐渐趋向合流。李春青的《简论"诗亡"与"〈春秋〉作"之关系——从一个侧面看先秦儒家士人的话语建构工程》②认为《诗》和《春秋》都是先秦儒家士人极力推崇的文化文本，二者从实际的历史角度看并没有必然的联系，但是在儒家的话语建构工程中它们却同是儒家权力意识与乌托邦精神的体现，有着深刻的一致性，"诗亡"与"《春秋》作"反映了从春秋到战国文化空间的变化，也反映了儒家士人文化心态的变化。马银琴的《春秋时代赋引风气下〈诗〉的传播与特点》③以《左传》《国语》为据，通过数据统计，着重分析了春秋时代赋引风气兴衰的原因及其对诗文本传播的意义与影响。《战国时代〈诗〉的传播与特点》④则探讨了战国时代除儒家学派之外各阶层对《诗》的态度以及《诗》传播的基本状况。

第三，反映先秦思想的其他重要典籍，如《礼记》《孝经》《晏子春秋》等，其引《诗》情况还无人关注，特别是《礼记》引《诗》、论诗，据笔者翻阅统计，共达110多次，但目前尚未出现相关的研究论文，这无疑是引《诗》研究的一个重大缺憾。

总之，现有的研究从各个不同的角度对先秦典籍引《诗》的情况进行

---

① 董治安，《〈吕氏春秋〉之论诗引诗与战国末期诗学的发展》，《文史哲》，1996 年第 2 期。
② 李春青，《简论"诗亡"与"〈春秋〉作"之关系——从一个侧面看先秦儒家士人的话语建构工程》，《中国文化研究》，2003 年第 1 期。
③ 马银琴，《春秋时代赋引风气下〈诗〉的传播与特点》，《中国诗歌研究》第 2 辑，北京：中华书局，2003 年 8 月。
④ 马银琴，《战国时代〈诗〉的传播与特点》，《文学遗产》，2006 年第 3 期。

了探讨，对本书的写作具有重要的启发意义。但是研究者主要将注意力集中于《左传》引《诗》，虽然大部分研究者关注到《左传》中的引《诗》、赋诗现象，研究成果较多，但仍存在一些缺憾和不足：1. 现有的研究中比较缺乏系统深入的研究，特别缺少宏观微观结合、文史哲融通的研究；2.《左传》引《诗》研究被忽视的一个重要方面，就是"诗本义"与"引诗义"的对照研究，现有的论文几乎都没有紧扣《诗》文本对《左传》所引诗篇、诗句进行对比分析和判断，这不能不说是一个遗憾；3. 现有的研究多为短小的论文，由于篇幅所限，无法对《左传》引《诗》做整体把握，只是将研究集中于某一方面，并且大多数论文所关注的是外交场合的引《诗》，文中举例也多有雷同，少有新意；4. 现有的《左传》引《诗》研究缺少比较研究，有些研究者在对引《诗》场合、引诗者身份及引《诗》目的探究中或语焉不详，或断章取义，无法得出令人信服的结论。或者只是单纯就《左传》引《诗》进行分析，没有和先秦其他历史文献、经典著作中的引《诗》情况做比较，从而难以突出《左传》引《诗》的特点。由于研究者较少关注其他重要典籍引《诗》的研究，故而无法对整个先秦时期特别是春秋战国时期引《诗》文化现象的产生、发展、演变做出全面的梳理、分析、判断和准确的评价、定位，这正是本书的出新之处和主要任务之一。而从春秋引（赋）《诗》到战国诸子著述引《诗》，再到《诗》被确立为"经"，这一过程也值得进一步深入探讨，也是笔者在研究中所要力求解决的问题。

第三节　本书的研究思路及方法

在研究中，随着思考的深入，笔者对先秦典籍中的引《诗》产生了更多的困惑，如：春秋战国时期《诗》的性质、功能、作用到底是什么？

《诗》在没有成"经"之前，它的产生、传播及被运用的过程究竟如何？什么人在什么场合喜欢引用哪一类《诗》？引《诗》的效果如何？春秋战国时期的引《诗》活动在《诗》的演变、成"经"过程中究竟起到了什么样的作用？等等。笔者以为，探讨《诗》在春秋战国时代的作用是一项非常有意义的工作，对于这项工作而言，先秦典籍是最可靠、最权威也是最佳的历史、文化、文学资料和研究底本，所以笔者希望对引《诗》加以重新观照。

本书的研究思路及方法：

1. 本书书名为"先秦典籍引《诗》研究"，主要对整个先秦时期特别是春秋战国时期引《诗》文化现象的产生、发展、演变做出比较全面的梳理、分析和判断。从研究视角来说，是文学、历史、哲学、文化相结合：本书将紧扣先秦时期的重要典籍和历史文献，力求从整体上把握春秋战国时期的历史原貌和文化背景，进而较为准确地阐释先秦典籍引《诗》这一独特的文化现象。

2. 本书分为上、中、下三编，上编主要是先秦史书引《诗》研究，中编主要是先秦儒家典籍引《诗》研究，下编主要是先秦其他诸子著述引《诗》研究。从研究方法和论文框架设置来看，体现了微观研究与宏观研究相结合的特点：微观研究重在对《左传》《国语》《战国策》《论语》《孟子》《荀子》《礼记》《孝经》《晏子春秋》《墨子》《庄子》《韩非子》《吕氏春秋》等先秦各部典籍的引《诗》情况做具体、细致的个案分析；宏观研究重在揭示春秋战国时期《诗》的功能演变，《诗》的传播与接受，先秦各学派诗学观念的生成，以及当时人们的文化心理、道德伦理、外交政策、法律制度、风俗礼仪等历史背景。当然，三编在划分上也存在交叉、重叠。比如《左传》是儒家典籍，《战国策》是纵横家之言，而《国语》也往往被视为准儒家典籍，但在本书中，为了更好地进行比较，这三部典籍都被归入史书类。

3.关于本书中先秦典籍的择取和分类问题，这里需要进一步加以说明。本书选择的先秦典籍，当然包括成书于先秦时期的各类经典著作，但同时也包括并非严格意义上的成书于先秦时期的典籍，择取的依据主要是看其内容是否能够反映先秦的历史、文化、思想等，是否存在引《诗》情况。比如，《战国策》虽然是西汉刘向所编定的国别体史书，但其主要记述了战国时期纵横家的政治主张和策略，展示了战国时代的历史特点和社会风貌，是研究战国历史的重要典籍，且其中确实存在与引《诗》相关的内容，所以本书将其列入史书引《诗》一编进行研究。《礼记》一书的编定也是在西汉，是战国至秦汉年间儒家学者解释、说明经书《仪礼》的文章选集，也是一部儒家思想的资料汇编。其内容主要是记载和论述先秦的礼制、礼义，解释仪礼，记录孔子和弟子等的问答，记述修身做人的准则等，集中体现了先秦儒家的政治、哲学和伦理思想，是研究先秦社会的重要资料。《孝经》是中国古代儒家的伦理学著作。有人说是孔子自作，但南宋时已有人怀疑是出于后人附会。清代纪昀在《四库全书总目》中指出，该书是孔子"七十子之徒之遗言"，成书于秦汉之际。该书以孝为中心，比较集中地阐发了儒家的伦理思想。《礼记》《孝经》中都存在引《诗》的情况，特别是《礼记》中的引《诗》数量较多，所以在本书中被归入儒家典籍引《诗》研究一编。至于《晏子春秋》一书，其作者及成书年代，自古以来颇多争论。有人认为此书是晏婴本人所撰，如《隋书·经籍志》就说："《晏子春秋》七卷，齐大夫晏婴撰。"也有人认为是墨家后学所为。唐代柳宗元说："吾疑其墨子之徒有齐人者为之。墨好俭，晏子以俭名世，故墨子之徒尊著其事以增高为己术者。"又有人怀疑是六朝后人伪造。清代管同说："吾谓汉人所言《晏子春秋》不传久矣，世所有者，后人伪为者耳……其文浅薄过甚，其诸六朝后人为之者欤？"对于以上的各种说法，今人大多不敢苟同。现在，一般的看法是，此书成书于战国中后期，作者可能不止一人，且可能出自众手。《晏子春秋》是记叙春秋时代著名政治家、思想家晏婴言行的一部书，可与《左传》《国语》《吕氏春秋》等书相互印证，作为反映春秋后期齐国社会历史风貌的史料。对于《晏子春秋》的归类，即它所属的学派，过去和现在也有不同的看法。《汉书·艺文志》《七略》等把它归入儒家，认为此书"义理可法，皆合六经之义"。而柳宗元把它归入墨家，认为"宜列之墨家"。近代有人认为它亦墨亦儒，也有人认为它非墨非儒，而非墨非儒这一说法可能比较接近于实际，所以本书将其列入非儒家典籍引《诗》研究一编。

4. 先秦典籍引《诗》，有的是直录原诗，有的是取其头或续其尾，有的则颠倒了诗句的次序，更换了某些诗句的字词，这给阅读带来了一定的困难，如果对原诗句不甚了然，就无法准确理解这些典籍的文义以及引诗者的真实意图。所以研究引《诗》情况，特别是"诗本义"与"引诗义"的对照研究，对加深理解先秦各类典籍的思想和《诗》的社会影响与价值应当是大有裨益的。本书将紧密结合《诗》文本和先秦典籍中所引诗句、篇章，探索"诗本义"与"引诗义"的联系和区别，并通过对引《诗》场合、引诗者身份、引《诗》形式、引《诗》内容、引《诗》效果的细致分析，进而透视、把握春秋战国时期人们的思想观念、道德伦理、外交政策、法律制度、风俗礼仪等，并力图对其做出科学、公允的评价。

5. 先秦各类典籍引《诗》频率之高，不但反映出春秋战国时期人们对《诗》的审美功能和文学价值的认可，尤其可以看出《诗》在宗教、政治等方面产生的巨大影响，即《诗》的社会功能得到空前加强。当时的统治阶层普遍以诗为据、诵诗明理、赋诗言志，把《诗》作为自己的理论支撑，可见《诗》在文化中的首要意义是它在不断被运用、被阐释过程中所承载的特定时代的文化内涵。本书通过研究，试图解释文学与文化的关系问题。《诗》既是文学作品，也是蕴涵着深厚民族文化心理的经典和元典，它在传播和被接受的过程中也潜移默化地影响了人们的文化认知。

6. 先秦典籍引《诗》对《诗》的流传和阐释都产生了深远的影响，加强了《诗》的权威性和经典性，《诗》最终成"经"，其深刻的历史背景是怎样形成的？对先秦典籍引《诗》现象的探究，也有助于我们了解《诗》之所以被广泛接受以及被儒家尊崇为"经"的深层原因及其过程。

7. 先秦典籍中的引《诗》，以先秦史书为例，其中的引诗者，以鲁人、晋人、郑人为主，兼有楚人、卫人、齐人、秦人、宋人等。引《诗》作为一种交流手段，促进了各国间的文化交流与传播，对华夏民族的融合也起到了积极的作用。研究引诗者的国别、身份，可以把握春秋战国时期各国由于不同地理历史环境、文化背景和宗法制度的影响所导致的引《诗》活动的独特性，从而探索地域文化与文学的关系。

8. 先秦典籍中的引《诗》，或标榜忠信、昭彰贤德，或以示友好、表示臣服，或劝诫君侯、痛斥无道，或诉诸大国、谋求救援等，引《诗》场合及效果的分析，可以探求文学（文化）与历史的关系。即在某种特定场合下，引《诗》活动（由于所引之诗的内涵）甚至可以改变历史进程，诸如或终止战争、促成联盟，或恶化关系、加速灭亡等。这对于我们今天的政治、经济、外交、军事等社会生活具有重要的借鉴作用。

9. 在研究中，本书还有一大特点，就是注重对统计法、列表法的运用：先统计引《诗》在先秦各部典籍中出现的时间，所引的诗句，所引的篇名，引《诗》所属的风、雅、颂归类，引诗者的身份，引《诗》的效果，引《诗》的数量等。然后根据统计结果制作表格，并进行分析论证，以表格做宏阔的量的展示，以文字做准确的概括、分析与说明。文中共绘制大小表格49个，直观地反映了先秦典籍的引《诗》情况。

10. 本书通过纵向、横向之比较，力求准确抓住每部典籍引《诗》的特点，以揭示其共性和特殊性。

总之，本书针对现有研究成果存在的不足，或填补空白，或另立新论，或补充完善，或辨析正误，以期为先秦典籍引《诗》这一文化现象的研究尽绵薄之力。

先秦史书引《诗》研究

以《左传》《国语》《战国策》为代表的先秦史书引《诗》表明，春秋战国时期《诗》的传播以及人们对《诗》的接受、引用，奠定了《诗》的经典地位，为其最后成"经"打下了良好的基础。

我国自古有重史的传统，大概至迟在商代，就已设立了专司史职之官。《汉书·艺文志》说："古之王者，世有史官，君举必书，所以慎言行、昭法式也。左史记言，右史记事；事为《春秋》，言为《尚书》。帝王靡不同之。"有了记言记事的史官，也就产生了名目繁多的史书。孟子曾指出："晋之《乘》，楚之《梼杌》，鲁之《春秋》，一也；其事则齐桓、晋文，其文则史。"① 史家记事之文绵绵不绝，日益发展。自殷商迄战国，从类同甲骨卜辞的钟鼎彝器铭文，发展到洋洋大观的史家散文，由简而繁，由质而文，由片断的文辞到较为详细生动的记言、记事、记人，经过了漫长的历程，留下了悠久的传统。可以说，先秦历史散文，滥觞于甲骨卜辞和金文，到《尚书》《春秋》而有长足进步，到《国语》《左传》《战国策》而达到成熟。本书上编就是选取《左传》《国语》《战国策》这三部具有代表性的史书②，对其中的引《诗》进行了统计、分析和探讨，力求从中揭示春秋战国时期《诗》的传播、接受和运用。

---

① 《孟子·离娄章句下》，见杨伯峻，《孟子译注》，北京：中华书局，1960年，第192页。
② 《左传》是我国现存最早的第一部叙事详细的编年体史书，它本不是儒家经典，但自从立于学官，后来又附在《春秋》之后，就逐渐被儒者当成经典，位列"十三经"之一。但本书并未将其归入"儒家典籍引《诗》"研究，主要原因是，《左传》补充并丰富了《春秋》的内容，不但记鲁国一国的史实，而且还兼记各国历史；不但记政治大事，还广泛涉及社会各个领域的"小事"；一改《春秋》流水账式的记史方法，代之以有系统、有组织的史书编纂方法；不但记春秋时史实，而且引征了许多古代史实，这些都无疑对后世的史学产生了很大的影响，可以说，《左传》代表了先秦史学的最高成就。因此本书侧重将《左传》首先视为先秦最为重要的一部史学著作，归入"先秦史书引《诗》"研究。

《战国策》并非一人一时之作，是由西汉刘向校订、编定和命名，从最终成书年代来看，不属于"先秦"典籍。但其内容主要记述了战国时纵横家的政治主张和策略，展示了战国时代的历史特点和社会风貌，可以将其视为战国历史的资料汇编，这即是本书将其列入研究范畴的重要原因。

除了《左传》《国语》《战国策》，笔者亦对《春秋事语》《战国纵横家书》等出土文献有所关注，力求保证引《诗》研究的全面性。根据《文物》1977年第1期发表的《马王堆汉墓出土帛书〈春秋事语〉释文》，《春秋事语》是记载春秋时期历史的古佚文，其所记之事，基本上和《春秋》三传、《国语》等书相同，其中没有与引《诗》相关的记载。1973年长沙马王堆三号汉墓出土的帛书《战国纵横家书》（文物出版社，1976年），第十六章《秦客卿造谓穰侯章》记载了一条引《诗》："……今天下攻齐，此君之大时也。因天下之力，伐雠国之齐，报惠王之耻，成昭襄王之功，除万世之害，此燕之利也，而君之大名也。诗曰：树德者莫如兹，除怨者莫如尽。吴不亡越，越故亡吴，齐不亡燕，燕故亡齐。……"这条记载与《战国策·秦策三》中的记载可以相互印证，只不过《战国策·秦策三》所记为："《书》云：树德莫如滋，除害莫如尽。"由于《战国纵横家书》涉及的引《诗》仅此一条，且从所引诗句的内容来看，此句当出自《尚书·周书·泰誓下》："树德务滋，除恶务本。"并非引用《诗》中之句，故本书不做专门探讨。

第一章

《左传》引《诗》考论

先秦典籍中《左传》引《诗》最多，共计266处（次），其中引逸诗14处，共涉及《诗》中的篇目116篇，另外还新创作诗4篇。由此可以推知春秋时士大夫读诗、赋诗、引《诗》之风盛行，"不学诗，无以言"①当是符合实际情况的。研究《左传》引《诗》，可以帮助我们加深理解《诗》在当时的社会影响、价值及其功能。本章主要从引《诗》活动的分期，所引之《诗》的分类，引诗者的国别、身份，引《诗》场合及效果等方面对《左传》引《诗》进行探讨。

第一节　《左传》引《诗》分期

《左传》中的266处（次）引《诗》为两种：一种是当时人引《诗》，一种是《左传》作者的"君子曰"引《诗》。本节主要研究的是第一种，通过《左传》所记载的春秋时人的引《诗》活动，可以透视出春秋不同时

①《论语·季氏》，见杨伯峻，《论语译注》，北京：中华书局，1980年，第178页。

期的政治经济和文化文艺思想等的变化及其与引《诗》现象的相互影响。

据笔者统计，《左传》中所记载的当时人赋诗、引《诗》情况见表1（此表不包括45次"君子曰"引《诗》）：

表1:《左传》引《诗》一览表

引《诗》时间	引《诗》数量			合计
	引诗句	引（赋）诗篇	创作新诗	
隐公三年			《硕人》	
桓公六年	1			1
庄公二十二年	1			1
闵公元年	1			1
闵公二年			《载驰》《清人》	
僖公五年	1			14
僖公九年	2			
僖公十五年	1			
僖公十九年	1			
僖公二十二年	3			
僖公二十三年		2		
僖公二十四年	3			
僖公三十三年	1			
文公元年	1			17
文公二年	3			
文公三年		2		
文公四年		2		
文公六年			《黄鸟》	
文公七年		1		
文公十年	2			
文公十三年		4		
文公十五年	2			

引《诗》时间	引《诗》数量			合计
	引诗句	引（赋）诗篇	创作新诗	
宣公二年	3			15
宣公九年	1			
宣公十一年	1			
宣公十二年	7			
宣公十五年	1			
宣公十六年	1			
宣公十七年	1			
成公二年	4	1		14
成公四年	1			
成公七年	1			
成公八年	2			
成公九年		2		
成公十二年	1			
成公十四年	1			
成公十六年	1			
襄公四年		8		81
襄公七年	4			
襄公八年	2	3		
襄公十年	1			
襄公十一年	1			
襄公十四年		3		
襄公十六年		2		
襄公十八年		1		
襄公十九年		3		
襄公二十年		3		

引《诗》时间	引《诗》数量			合计
	引诗句	引（赋）诗篇	创作新诗	
襄公二十一年	3			81
襄公二十四年	2			
襄公二十五年	2			
襄公二十六年	2	5		
襄公二十七年	1	9		
襄公二十八年		1		
襄公二十九年	3	15		
襄公三十一年	7			
昭公元年	3	8		70
昭公二年	1	6		
昭公三年		1		
昭公四年	1	1		
昭公五年	1			
昭公六年	4			
昭公七年	6			
昭公八年	1			
昭公九年	1			
昭公十年	3			
昭公十二年		1		
昭公十三年	1			
昭公十六年	1	7		
昭公十七年		2		
昭公二十年	6			
昭公二十一年	1			
昭公二十三年	1			

引《诗》时间	引《诗》数量			合计
	引诗句	引（赋）诗篇	创作新诗	
昭公二十四年	2			
昭公二十五年	1	2		
昭公二十六年	3			70
昭公二十八年	3			
昭公三十二年	2			
定公四年	1	1		3
定公十年		1		
哀公二年	1			
哀公五年	2			4
哀公二十六年	1			
合计	124	97	（4）	221

通过表 1 可以看出，《左传》221 处（次）引《诗》中，直接引用诗句的共有 124 处（次），引用或赋诗篇的共有 97 处（篇）。若按《左传》中引《诗》的年代划分，可参见表 2：

表 2：《左传》引《诗》在各时代的分布情况

隐公	桓公	庄公	闵公	僖公	文公	宣公	成公	襄公	昭公	定公	哀公	总计
				12，2	8，9	15	11，3	28，53	42，28	1，2		
0	1	1	1	14	17	15	14	81	70	3	4	221

（注：上表中第二行的两个数字，前者表示引用诗句的数量，后者表示引用诗篇的数量。若为空格，则表示引用的全部是诗句。）

表 2 清楚地反映了《左传》引《诗》在各时代的分布情况，隐公至闵公时期，引《诗》之风萌芽；僖公至成公时期，引《诗》之风稳步发展；襄昭时期，是引《诗》的全盛期，引《诗》达到高潮；定公至哀公时期，

引《诗》之风回落，趋于沉寂。产生这种现象的原因究竟是什么？各个时期引《诗》特点有何不同？下面就结合表1、表2分而述之。

一、《左传》所记引《诗》活动的萌芽期（公元前722—公元前660）

隐公、桓公、庄公、闵公的在位时间共63年，在此期间，引《诗》之风逐渐萌芽。桓公六年，出现了第一例言语引《诗》：

> 公之未昏于齐也，齐侯欲以文姜妻郑大子忽。大子忽辞，人问其故，大子曰："人各有耦，齐大，非吾耦也。诗云：'自求多福。'在我而已，大国何为？"君子曰："善自为谋。"及其败戎师也，齐侯又请妻之，固辞。人问其故，大子曰："无事于齐，吾犹不敢。今以君命奔齐之急，而受室以归，是以师昏也。民其谓我何？"遂辞诸郑伯。①

这段话记载的是齐侯想把文姜嫁给郑国大子忽，大子忽两次辞婚，别人不理解，所以他引用了诗句来说明自己辞婚的理由。（但这个事件并不能表明春秋时人言语引《诗》的开始，因为根据《国语》的记载，公元前967年周朝的祭公谋父引《诗》劝谏周穆王。）随后庄公二十二年和闵公元年的两例引《诗》也属于言语引《诗》：

> 齐侯使敬仲为卿，辞曰："羁旅之臣，幸若获宥，及于宽政，赦其不闲于教训，而免于罪戾，弛于负担，君之惠也，所获多矣。敢辱高位，以速官谤？请以死告。诗云：'翘翘车乘，招我以弓，岂不欲往？畏我友朋。'"使为工正。②

> 狄人伐邢。狄伐邢在往年冬。管敬仲言于齐侯曰："戎狄豺狼，不可厌也；诸夏亲暱，不可弃也；宴安酖毒，不可怀也。以宴安比之酖毒。诗云：'岂不怀归，畏此简书。'简书，同恶相恤之谓也。请救邢

---

① 《左传·桓公六年》，见杨伯峻，《春秋左传注》，北京：中华书局，1981年，第113页。
② 《左传·庄公二十二年》，见杨伯峻，《春秋左传注》，北京：中华书局，1981年，第220页。

以从简书。"齐人救邢。①

隐公至闵公时期，虽然发生了列国人的言语引《诗》，但毕竟为数甚少，这符合引《诗》萌芽期的特点，同时也说明引《诗》之风初露头角，还没有在当时的社会流行开来。

二、《左传》所记引《诗》活动的发展期（公元前659—公元前573）

僖公、文公、宣公、成公的在位时间为87年，这一时期的引《诗》数量有了稳步增长，其中值得关注的是僖公二十三年的一例引《诗》：

> 他日，公享之。子犯曰："吾不如衰之文也。请使衰从。"公子赋《河水》，公赋《六月》。赵衰曰："重耳拜赐。"公子降，拜，稽首，公降一级而辞焉。衰曰："君称所以佐天子者命重耳，重耳敢不拜。"②

晋公子重耳逃亡到秦国，有感于秦不弃之恩而赋《河水》，取河水朝宗大海之意。秦穆公赋《六月》，以尹吉甫辅佐宣王的故事，喻重耳必定能够匡复其国。这是春秋赋诗的肇始，文公四年才再次发生鲁侯与卫国宁武子之间赋诗，这表明直至文公初年，赋诗的风气仍然处于酝酿阶段，还没有形成很大的规模与影响。

这一时期最为流行的是言语引诗证事、论理，大致格式为：1. 在陈述一件事实或某种道理时，为增加言语的说服力而引《诗》。如僖公二十二年，富辰请周襄王召王子带回京时说："诗曰：'协比其邻，昏姻孔云。'吾兄弟之不协，焉能怨诸侯之不睦？"③ 2. 在陈述一件事或说明某种道理之后引诗为证，其基本格式为"诗曰……，（其）某某之谓也"，如文公元年：殽之役，晋人既归秦帅，秦大夫及左右皆言于秦伯曰："是败也，孟明之罪也，必杀之。"秦伯曰："是孤之罪也。周芮良夫之诗曰：'大风有隧，贪人

---

① 《左传·闵公元年》，见杨伯峻，《春秋左传注》，北京：中华书局，1981年，第256页。
② 《左传·僖公二十三年》，见杨伯峻，《春秋左传注》，北京：中华书局，1981年，第410页。
③ 《左传·僖公二十二年》，见杨伯峻，《春秋左传注》，北京：中华书局，1981年，第395页。

败类，听言则对，诵言如醉，匪用其良，覆俾我悖。'是贪故也，孤之谓矣。孤实贪以祸夫子，夫子何罪？"①

在礼乐文化的背景下，无处不在的奏诗、用诗，促成了《诗》的普及和流传。随着《诗》的广泛应用，《诗》的社会实用意义被逐渐地固定起来，以至有了特定的含义。这样人们就可以利用《诗》很含蓄但却是很方便地表达自己的某些想法和愿望。这既合乎当时社会文化特征的一般要求，又能表现出个人的才能和修养。因此到了襄公、昭公时期，引《诗》之风终于蔚为大观。

三、《左传》所记引《诗》活动的全盛期（公元前 572—公元前 510）

襄公、昭公的在位时间共 63 年，根据表 1、表 2 的统计可以看出，赋诗之风在襄昭时期达到了高潮，甚至赋诗数量已压倒了言语引《诗》的数量。

襄公时代，赋诗言志的事件时有发生：

襄公八年：晋范宣子来聘，且拜公之辱，告将用师于郑。公享之，宣子赋《摽有梅》。季武子曰："谁敢哉！今譬于草木，寡君在君，君之臭味也。欢以承命，何时之有？"武子赋《角弓》。宾将出，武子赋《彤弓》。②

襄公十四年：夏，诸侯之大夫从晋侯伐秦，以报栎之役也。晋侯待于竟，使六卿帅诸侯之师以进。及泾，不济。叔向见叔孙穆子。穆子赋《匏有苦叶》。③

襄公十六年：冬，穆叔如晋聘，且言齐故。晋人曰："以寡君之未禫祀，与民之未息。不然，不敢忘。"穆叔曰："以齐人之朝夕释憾

---

① 《左传·文公元年》，见杨伯峻，《春秋左传注》，北京：中华书局，1981 年，第 516 页。
② 《左传·襄公八年》，见杨伯峻，《春秋左传注》，北京：中华书局，1981 年，第 959 页。
③ 《左传·襄公十四年》，见杨伯峻，《春秋左传注》，北京：中华书局，1981 年，第 1008 页。

于敝邑之地，是以大请！敝邑之急，朝不及夕，引领西望曰：'庶几乎！'比执事之间，恐无及也！"见中行献子，赋《圻父》。献子曰："偃知罪矣！敢不从执事以同恤社稷，而使鲁及此。"见范宣子，赋《鸿雁》之卒章。宣子曰："匄在此，敢使鲁无鸠乎？"[1]

襄公十九年：晋栾鲂帅师从卫孙文子伐齐。季武子如晋拜师，晋侯享之。范宣子为政，赋《黍苗》。季武子兴，再拜稽首曰："小国之仰大国也，如百谷之仰膏雨焉！若常膏之，其天下辑睦，岂唯敝邑？"赋《六月》。[2]

以上事例说明，春秋人借助相对隐晦的诗歌来曲折委婉地表达自己的心意，用古诗代替自己的语言，显示了深厚的文化艺术修养。春秋赋诗既是个人表达心志的独特方式，也是展示自身文采、尊敬宾客的文雅之举。

这一时期的言语引《诗》仍然占有一定的数量，这是由于从一开始它即立足于《诗》本身，摆脱了诗乐与仪式的限制，所以具有最大的自由度，可以适用于任何场合。值得关注的是出现了两种新的引《诗》格式：一是"诗曰……其是（此）之谓"式，如：

昭公八年：叔向曰："子野之言，君子哉！君子之言，信而有征，故怨远于其身。小人之言，僭而无征，故怨咎及之。诗曰：'哀哉不能言，匪舌是出，唯躬是瘁。哿矣能言，巧言如流，俾躬处休。'其是之谓乎？是宫也成，诸侯必叛，君必有咎，夫子知之矣。"[3]

昭公十六年：叔孙昭子曰："诸侯之无伯，害哉！齐君之无道也，兴师而伐远方，会之，有成而还，莫之亢也，无伯也夫！诗曰：'宗周既灭，靡所止戾。正大夫离居，莫知我肄。'其是之谓乎！"[4]

① 《左传·襄公十六年》，见杨伯峻，《春秋左传注》，北京：中华书局，1981 年，第 1028 页。
② 《左传·襄公十九年》，见杨伯峻，《春秋左传注》，北京：中华书局，1981 年，第 1047 页。
③ 《左传·昭公八年》，见杨伯峻，《春秋左传注》，北京：中华书局，1981 年，第 1301 页。
④ 《左传·昭公十六年》，见杨伯峻，《春秋左传注》，北京：中华书局，1981 年，第 1376 页。

二是"诗所谓……者"式，常常是针对某个人、某件事发表的评论。如：

> 襄公十年：狄虒弥建大车之轮而蒙之以甲以为橹，左执之，右拔
> 戟，以成一队。孟献子曰："诗所谓'有力如虎'者也。"①

> 襄公二十五年：卫献公自夷仪使与宁喜言，宁喜许之。大叔文子
> 闻之，曰："呜呼！诗所谓'我躬不说，皇恤我后'者，宁子可谓不恤
> 其后矣。"②

此外，还出现了一例类似于解诗性质的引《诗》，如：

> 昭公七年：夏四月甲辰朔，日有食之。晋侯问于士文伯曰："谁将
> 当日食？"对曰："鲁、卫恶之，卫大鲁小。"公曰："何故？"对曰：
> "去卫地，如鲁地。于是有灾，鲁实受之。其大咎，其卫君乎？鲁将
> 上卿。"公曰："诗所谓'彼日而食，于何不臧'者，何也？"对曰：
> "不善政之谓也。国无政，不用善，则自取谪于日月之灾，故政不可
> 不慎也。务三而已，一曰择人，二曰因民，三曰从时。"③

出现日食，晋平公向士文伯询问谁将承当日食的凶祸，并请教诗句"彼日
而食，于何不臧"（那日头被食了，有什么样的不好）的意思，士文伯解
释这句诗说的是没有办好政事，并以此阐述了谨慎为政的重要性。像这样
的引《诗》、解诗在《左传》中仅此一例，这表明纯粹从诗句之意的角度
来理解《诗》、使用《诗》的风气正在逐渐形成。

从襄昭时期人们大量的引《诗》、赋诗可以看出，《诗》在当时已经成
为具有普遍性的交往话语系统，每首诗甚至每句诗都有某种不完全等同于
其原本意义、但又较为固定的"交往意义"。而赋诗之所以成为这一时期
具有普遍性的言说方式，与诗歌所独有的含蓄委婉特性有关。无论是请求
别人如何，还是拒绝别人的请求，用赋诗来表达意思都比直接说出来委婉

---

① 《左传·襄公十年》，见杨伯峻，《春秋左传注》，北京：中华书局，1981年，第975页。
② 《左传·襄公二十五年》，见杨伯峻，《春秋左传注》，北京：中华书局，1981年，第1108页。
③ 《左传·昭公七年》，见杨伯峻，《春秋左传注》，北京：中华书局，1981年，第1287页。

一些，这样至少不会令对方觉得过于难堪。

由于"诗"与周代礼乐制度之间不可分割的紧密联系，赋诗与引《诗》的行为本身，也透露出了崇尚礼乐的意义。因此，齐桓公之后，在晋楚两国长期的争霸过程中，出于借助周王室的影响以求得诸侯的支持等目的，晋楚两国皆重视和推行周王室的礼乐文化并在实际中加以应用的事实，应是推动赋引风气在春秋中期以后出现高潮的根本原因。①

四、《左传》所记引《诗》活动的衰落期（公元前 509—公元前 467）

定公、哀公的在位时间共 43 年，根据表 1、表 2 可以看出，在此期间，引《诗》之风趋于沉寂。这时的引《诗》以直接征引诗句为主，如定公四年，郧邑大夫斗辛的兄弟怀准备杀掉楚昭王，理由是平王杀死了自己的父亲，现在自己杀死平王的儿子，这是理所应当的。斗辛坚决不同意，并认为：

> 君讨臣，谁敢雠之？君命，天也。若死天命，将谁雠？诗曰："柔亦不茹，刚亦不吐。不侮矜寡，不畏强御"，唯仁者能之。违强陵弱，非勇也；乘人之约，非仁也；灭宗废祀，非孝也；动无令名，非知也。必犯是，余将杀女！②

在斗辛看来，国君的命令就是天的命令，国君惩办臣子，谁敢仇恨他呢？《诗·大雅·烝民》说："软的不吞，硬的不吐，不欺侮鳏夫寡妇，不害怕强大的对手"，这只有仁爱的人才能做到。斗辛通过引《诗》，表明了自己不同意杀掉楚王的原因。再如哀公二十六年：

> 卫出公自城鉏使以弓问子赣，且曰："吾其入乎？"子赣稽首受弓，对曰："臣不识也。"私于使者曰："昔成公孙于陈，僖二十八年，

---

① 马银琴，《春秋时代赋引风气下〈诗〉的传播与特点》，《中国诗歌研究》第 2 辑，北京：中华书局，2003 年，第 166 页。

② 《左传·定公四年》，见杨伯峻，《春秋左传注》，北京：中华书局，1981 年，第 1546 页。

卫成公奔楚，遂適陈。甯武子、孙庄子为宛濮之盟而君入。献公孙于卫齐，子鲜、子展为夷仪之盟而君入。今君再在孙矣，内不闻献之亲，外不闻成之卿，则赐不识所由入也。诗曰：'无竞惟人，四方其顺之。'若得其人，四方以为主，而国于何有？"[1]

卫出公派人问子赣自己能否回国，子赣私下对使者列举了前代君主的事例，并引《诗·周颂·烈文》说："最强莫过于得到人才，这样四方诸侯都会顺服"，以此表明卫出公没有返回卫国的希望。

通过以上引《诗》例证，我们可以看出，春秋时人的赋诗、引《诗》是借助《诗》来表明自己的理由和愿望。而赋诗、引《诗》之所以能发挥作用，其中一个重要的原因就是《诗》本身的权威性。在长期的社会实践中，西周统治者依靠礼乐制度成功地使周族站稳脚跟并开创了西周盛世，于是礼乐的内容成了公认的、具有权威性的教条。《诗》自伴随着礼乐制度产生以后便具有了公认的、固定的含义，与礼乐制度一起成为社会活动的规范和标准，其所具有的意义被认为是符合礼的原则的，因而人们赋诗、引《诗》除了增加言语的效果作用外，更重要的是借助《诗》的权威以加强所表达的意愿的正当性和正确性，相关的人也必须尊重赋诗、引《诗》的人在赋诗、引《诗》中所反映的情志和思想。

以鲁之十二国君统治年限内涉及《诗》之篇次多寡，我们看到《诗》之流播、引用的盛衰与"文"外交进行的次数息息相关。在周礼的控制下，在周王名义上的统治下，诸侯之间的往来还算是彬彬有礼。当朝聘盟会还能勉强维持住的时候，《诗》之传播就盛极一时。一旦"武"外交当道，大家也就撕开了礼仪的假面，推行赤裸裸的强权政策，甚至连周王地盘也不能幸免于被蚕食，被侵占，那时《诗》之流播、引用也就走入低谷。当周王室的政治影响力随着其地位的沦丧而减弱乃至消失时，礼乐

---

[1]《左传·哀公二十六年》，见杨伯峻，《春秋左传注》，北京：中华书局，1981 年，第 1731 页。

文化的影响力也每况愈下，"聘问歌咏不行于列国"①成为历史发展的必然结果。"偃王仁义而徐亡，子贡辩智而鲁削"②，"竞于道德"的时代开始向"逐于智谋、争于气力"的战国时代过渡，立足于这样的时代背景，我们就能够理解引《诗》、赋诗为什么在刚刚经历了襄、昭时代的高潮后于定公年间陡然衰落了。

这里须说明一点，社会秩序的变革虽然可以改变与之相关联的种种社会性行为，但是经过千百年的进化发展形成的思维方式与言语习惯却不会随之发生根本性的改变。③ 这应是引《诗》行为没有因为礼崩乐坏而走向沉寂的根本原因，随后的诸子百家著述引《诗》即为明证。

第二节 《左传》引诗者国别、身份

"自然界本身是推动社会生产力发展的原始推动力，社会生产力的发展在很大程度上取决于地理环境的特点"④，人类生活的方式等许多东西都"依赖于该社会的历史环境的影响，但人类发展的地理背景毕竟无疑地表现出强烈的影响"⑤。春秋时期的引《诗》现象也是如此，离不开不同诸侯国、不同地域环境的影响。故本节主要从地域文化学的角度考证引诗者的国别、身份、职务以及春秋列国形势、文化水准与引《诗》的关系，从各

① [汉] 班固，《汉书·艺文志·诗赋略小序》，《二十五史》，上海：上海古籍出版社，1986年，第531页。
② 《韩非子·五蠹》，见 [清] 王先慎，《韩非子集解》（诸子集成本），北京：中华书局，1954年，第341页。
③ 马银琴，《春秋时代赋引风气下〈诗〉的传播与特点》，《中国诗歌研究》第2辑，北京：中华书局，2003年，第166页。
④〔俄〕普列汉诺夫，《普列汉诺夫哲学著作选集》第2卷，北京：生活·读书·新知三联书店，1961年，第250页。
⑤〔俄〕普列汉诺夫，《普列汉诺夫哲学著作选集》第4卷，北京：生活·读书·新知三联书店，1961年，第44页。

国引《诗》的次数、篇目探讨《诗》在不同地域的流传和接受。

一、鲁人引《诗》

鲁人引《诗》的具体情况见下表：

表3：鲁人引《诗》一览表

引《诗》时间	引诗者	引诗者身份	所引诗句或诗篇的篇名	引《诗》分类
僖公二十二年	臧文仲	（？—公元前617），春秋时鲁国正卿。臧孙氏，名辰，谥文仲。历事鲁庄公、闵公、僖公、文公四君。	《小旻》	小雅
			《敬之》	周颂
文公三年	文公	国君	《假乐》	大雅
文公四年	文公		《湛露》	小雅
			《彤弓》	小雅
文公十三年	季文子	季孙行父（？—公元前568），春秋时鲁国正卿。事宣、成、襄三公，谥曰"文子"。	《四月》	小雅
			《采薇》	小雅
文公十五年	季文子		《雨无正》	小雅
			《我将》	周颂
宣公九年	孔子	（公元前551—公元前479），思想家、教育家。	《板》	大雅
成公四年	季文子		《敬之》	周颂
成公七年	季文子		《节南山》	小雅
成公八年	季文子		《氓》	卫风
			《板》	大雅
成公九年	季文子		《韩奕》	大雅
	穆姜	成公的母亲	《绿衣》	邶风
襄公四年	穆叔	即叔孙豹，鲁国大夫。	《文王》	大雅
			《鹿鸣》	小雅
			《四牡》	小雅
			《皇皇者华》	小雅

引《诗》时间	引诗者	引诗者身份	所引诗句或诗篇的篇名	引《诗》分类
襄公七年	穆叔		《羔羊》	召南
襄公八年	季武子	（？—公元前535），春秋时鲁国正卿。名夙，一作宿。	《角弓》	小雅
			《彤弓》	小雅
襄公十年	孟献子	鲁国大夫，姓仲孙，名蔑。历事宣公、成公、襄公。	《简兮》	邶风
襄公十四年	穆叔		《匏有苦叶》	邶风
襄公十六年	穆叔		《圻父》	小雅
			《鸿雁》	小雅
襄公十九年	季武子		《六月》	小雅
	穆叔		《载驰》	鄘风
襄公二十年	季武子		《常棣》	小雅
			《鱼丽》	小雅
	襄公	国君	《南山有台》	小雅
襄公二十七年	穆叔		《相鼠》	鄘风
襄公二十八年		乐工	《茅鸱》	逸诗
襄公二十九年	荣成伯	即荣驾鹅，又名栾，鲁国大夫。	《式微》	邶风
昭公元年	穆叔		《鹊巢》	召南
			《采蘩》	召南
昭公二年	季武子		《緜》	大雅
			《节南山》	小雅
			《甘棠》	召南
昭公四年	申丰	鲁国大夫	《七月》	豳风
昭公五年	孔子		《抑》	大雅
昭公七年	孔子		《鹿鸣》	小雅
昭公九年	叔孙昭子	鲁国大夫	《灵台》	大雅

引《诗》时间	引诗者	引诗者身份	所引诗句或诗篇的篇名	引《诗》分类
昭公十年	叔孙昭子		《正月》	小雅
昭公十二年	昭公	国君	《蓼萧》	小雅
昭公十三年	孔子		《南山有台》	小雅
昭公十六年	叔孙昭子		《雨无正》	小雅
昭公十七年	季平子	（？—公元前505），季孙氏，名意如。鲁大夫。	《采菽》	小雅
昭公二十年	孔子		《民劳》	大雅
			《长发》	商颂
昭公二十一年	叔孙昭子		《假乐》	大雅
昭公二十五年	叔孙昭子		《车辖》	小雅
昭公二十八年	孔子		《文王》	大雅
定公十年	驷赤	掌管工匠的官员	《扬之水》	唐风
哀公五年	子思	（公元前483—公元前402），战国初哲学家。姓孔，名伋，孔子之孙。	《假乐》	大雅
			《殷武》	商颂
哀公二十六年	子赣	（公元前520—公元前456），春秋时卫国黎地人，姓端木，名赐，字子贡，另字子赣。孔子弟子。	《烈文》	周颂

鲁人引雅诗28篇，其中大雅8篇，小雅20篇；引颂诗5篇，其中周颂4篇，商颂1篇；引风诗12篇，其中邶风、召南各4篇，卫风、鄘风、豳风、唐风各1篇；引逸诗1篇。引《诗》共计46篇53次。

从统计中可以看出以复兴周礼为己任的鲁国人对《诗》运用的热衷程度。而通过《左传》的记载，也可以看出鲁人对《诗》的熟谙以及运用的灵活、得体。如襄公四年：

> 穆叔如晋，报知武子之聘也，晋侯享之。金奏《肆夏》之三，不拜。工歌《文王》之三，又不拜。歌《鹿鸣》之三，三拜。韩献子使

行人子员问之，曰："子以君命，辱于敝邑。先君之礼，藉之以乐，以辱吾子。吾子舍其大，而重拜其细，敢问何礼也？"对曰："三《夏》，天子所以享元侯也，使臣弗敢与闻。《文王》，两君相见之乐也，使臣不敢及。《鹿鸣》，君所以嘉寡君也，敢不拜嘉？《四牡》，君所以劳使臣也，敢不重拜？《皇皇者华》，君教使臣曰：'必咨于周。'臣闻之：'访问于善为咨，咨亲为询，咨礼为度，咨事为诹，咨难为谋。'臣获五善，敢不重拜？"①

穆叔在宴会上对晋国演奏《肆夏》之三、《文王》之三所表现出的冷漠，及其为此做出的解释，表现出他对《诗》已经十分娴熟，对其使用场合的区分也明了在心，对典礼仪式用诗了如指掌，对于不合于礼的僭越之行坚决反对。而他对于《鹿鸣》等三篇的理解，对于"咨、询、度、诹、谋"的解读，亦成为两千多年来最具权威性的解释。穆叔知礼守礼，可谓不辱使命。

再如成公九年：

夏，季文子如宋致女，复命，公享之。赋《韩奕》之五章。穆姜出于房，再拜，曰："大夫勤辱，不忘先君以及嗣君，施及未亡人，先君犹有望也，敢拜大夫之重勤！"又赋《绿衣》之卒章而入。②

鲁文公将女儿嫁给了宋共公，季文子代表鲁国去看望，回来向鲁君和夫人汇报。他没有做过多的解释，引《韩奕》第五章说："蹶父孔武，靡国不到。为韩姞相攸，莫如韩乐。孔乐韩土，川泽訏訏，鲂鱮甫甫，麀鹿噳噳。有熊有罴，有猫有虎，庆既令居，韩姞燕誉。"这一章诗已将鲁文公的英明（以蹶父比鲁侯）、女婿的贤俊（以韩侯比宋共公）、女儿的嫁得其所（韩土富庶喻宋国）以及对这桩亲事的赞美之情全盘道出。用此诗达此情，实在贴切不过。如果没有对《诗》的深研细讨，很难在引用时如此得

---

① 《左传·襄公四年》，见杨伯峻，《春秋左传注》，北京：中华书局，1981年，第932页。
② 同上注，第843页。

心应手，以致使鲁侯夫人感激不已。

鲁国所控制的主要是北到泰山，东近大海，南到今江苏以北，西到今河南以东的地区，乃姬姓"宗邦"、诸侯"望国"，故"周之最亲莫鲁，而鲁所宜翼戴者莫如周"①。鲁国是周公之子伯禽的封国，而周公无论在帮助武王争夺天下，还是在成王年幼时平定天下，都有卓著的功勋。因此，鲁国初封时不仅受赐丰厚，而且还得到了不少特权。《礼记·明堂记》曰："武王崩，成王幼弱，周公践天子之位，以治天下。六年，朝诸侯于明堂，制礼作乐，颁度量，而天下大服。七年，致政于成王。成王以周公为有勋劳于天下，是以封周公于曲阜，地方七百里，革车千乘，命鲁公世世祀周公以天子之礼乐。"②周王特许鲁国国君祭祀周公可用天子之礼。正是由于周公显赫的政治功绩和地位，鲁国成为周王朝在东土坚固可靠的堡垒。

鲁国建国之地殷商势力极重，伯禽要把鲁国建成宗周模式的东方据点，因此，他们代表周王室担负着镇抚周边部族，传播宗周文化的使命，极力推行周朝礼乐。在鲁国，周礼乃是人们的行为准则，上至鲁公，下至卿士，无不循礼而动。不论是"国之大事"，还是往来小节，如君位传承、祭天礼祖、对外战争、朝聘会盟，以及宴享、乡射等无不如此，否则就会遭到指责，甚至被视为"不祥"的举动。周礼由周王室制定，而在具体实施时，各诸侯国一般是各取其需，因地制宜。唯有鲁国始终不忘"法则周公"，祖述先王之训。所以说，鲁文化与周文化是一脉相承的，"鲁国实为宗周文化之正统"③，"是宗周礼乐文明之嫡传"④，是当时文化的中心之中心。许多诸侯国纷纷朝鲁，或至礼观乐。《左传》襄公二十九年所记载的"季札观乐"就是典型的例证，吴国公子季札专门跑到鲁国去"观乐"，并且叹为"观止"，这也说明了在时人心目中，诗、乐之精华尽在鲁国。

① ［清］高士奇，《左传纪事本末》（卷一），北京：中华书局，1979 年，第 5 页。

②《礼记·明堂记》，见王文锦，《礼记译解》（上），北京：中华书局，2001 年，第 437 页。

③ 杨向奎，《宗周社会与礼乐文明》，北京：人民出版社，1992 年，第 279 页。

④ 同上注，第 278 页。

春秋时期，鲁国实际已经是积弱之国，其主盟不若齐、晋之强，地势不及秦、楚之大，然而，诸如滕、薛、曹、邾、杞等国皆勤赘，修朝礼；即使远在方域之外的谷、邓等国也不惮仆仆，至鲁来朝。小国亲鲁，皆因鲁乃周礼所在。在这种背景下，鲁人高度重视礼乐传统，重视学习《诗》，引《诗》、赋诗成为鲁人弘扬周礼的一个重要手段。可以说，鲁人引《诗》数量和"周礼尽在鲁矣"有着极为密切的关系。

二、晋人引《诗》

晋人引《诗》的具体情况见下表：

表4：晋人引《诗》一览表

引《诗》时间	引诗者	引诗者身份	所引诗句或诗篇的篇名	引《诗》分类
僖公五年	士蒍	晋国大夫	《板》	大雅
僖公十五年	韩简	晋国大夫	《十月之交》	小雅
僖公二十三年	重耳	（公元前697—公元前628），晋国公子。即后来的晋文公，春秋五霸之一。	《河水》	逸诗
僖公三十三年	臼季	晋国大夫，名胥臣。	《谷风》	邶风
文公二年	赵成子	（？—公元前622），即赵衰，字子金，亦称成季、孟子余。春秋时期晋国之卿。	《文王》	大雅
文公三年	晋侯	国君	《菁菁者莪》	小雅
文公七年	荀林父	春秋时晋国正卿，字伯，又称中行桓子。	《板》	大雅
宣公二年	士季	即士会，春秋时晋国正卿。士蒍之孙，字季，因食邑在随、范，又称随会、范会、随季。	《荡》	大雅
			《烝民》	大雅
	赵宣子	即赵盾，晋国正卿，谥号宣孟，亦称赵孟。历事晋襄公、灵公、成公。	《雄雉》	邶风

引《诗》时间	引诗者	引诗者身份	所引诗句或诗篇的篇名	引《诗》分类
宣公十一年	郤成子	（？—公元前597），即郤缺，春秋时晋国大夫，又称冀缺。	《赉》	周颂
宣公十二年	士季		《沟》	周颂
			《武》	周颂
宣公十五年	羊舌职	（？—公元前570），连任晋厉公、悼公两朝的中军尉之佐。	《文王》	大雅
宣公十六年	羊舌职		《小旻》	小雅
宣公十七年	士季		《巧言》	小雅
成公十二年	郤至	晋国大夫	《兔罝》	周南
襄公七年	韩无忌	公族大夫，称公族穆子。	《行露》	召南
			《节南山》	小雅
			《小明》	小雅
襄公八年	范宣子	（？—公元前549），名士匄，字伯瑕，谥号文伯，晋国正卿。	《摽有梅》	召南
襄公十一年	魏绛	晋国大夫，又称魏庄子。	《采菽》	小雅
襄公十九年	范宣子		《黍苗》	小雅
襄公二十一年	叔向	即羊舌肸，晋国大夫，又称杨肸。著名政治家。		逸诗
			《抑》	大雅
	祁奚	字黄羊，晋国大夫。	《烈文》	周颂
襄公二十六年	晋平公	国君	《假乐》	大雅
襄公二十七年	赵宣子		《桑扈》	小雅
襄公三十年	叔向		《板》	大雅

引《诗》时间	引诗者	引诗者身份	所引诗句或诗篇的篇名	引《诗》分类
昭公元年	赵宣子		《抑》	大雅
			《小宛》	小雅
			《瓠叶》	小雅
			《常棣》	小雅
	叔向		《正月》	小雅
			《烝民》	大雅
昭公二年	韩宣子	晋国正卿	《角弓》	小雅
	叔向		《木瓜》	卫风
			《民劳》	大雅
昭公六年	叔向		《我将》	周颂
			《文王》	大雅
			《角弓》	小雅
昭公七年	晋平公	国君	《十月之交》	小雅
	无名氏	大夫	《常棣》	小雅
	伯瑕（范宣子）		《北山》	小雅
昭公八年	叔向		《雨无正》	小雅
昭公十六年	韩宣子		《我将》	周颂
昭公二十八年	司马叔游	司马	《板》	大雅
	成鱄	大夫	《皇矣》	大雅
昭公三十二年	史墨	姓蔡，太史。	《十月之交》	小雅
哀公二年	乐丁	大夫	《縣》	大雅

晋人引雅诗26篇，其中大雅9篇，小雅17篇；引颂诗5篇，全部为周颂；引风诗4篇，周南、召南、邶风、卫风各1篇；引逸诗1篇1次。引《诗》共计36篇49次。

"春秋时期的晋国文化相当先进，而且和周有密切的关系。"① 这一方面是由于地理上的邻近，另一方面是东周初年，晋文侯拥立周平王有功，所以，周王朝宗亲之中，鲁、卫、晋为最亲，晋国也就自然承袭了宗周的礼乐文明。晋国重视礼乐文化建设，"文公以诗书礼乐教民，是以成伯主也。春秋行军用兵之道，本诸诗书礼乐，此切于时务者也，盖君子修德于礼乐，遂能稽义于诗书，德可以正身，义足以制事，用以教民行令，故国之利生焉，而非后世之止于记诵，或为举业之资也，是诗教何曾之于春秋哉！"② 晋国因为重视礼乐文化的建设和发展，为晋国的强盛奠定了基础，使其在整个春秋时代，成为一个领导中原诸侯西抗强秦、东抗强齐、南抗吴楚、北御戎狄的国家。"晋国身为大邦，地处中原，同各国交往频繁。"③ 晋人在外交活动中为达到所追求的政治目的，频繁地引《诗》、赋诗。如襄公二十七年：

> 郑伯享赵孟于垂陇，子展、伯有、子西、子产、子大叔、二子石从。赵孟曰："七子从君，以宠武也。请皆赋以卒君贶，武亦以观七子之志。"子展赋《草虫》，赵孟曰："善哉！民之主也。抑武也不足以当之。"伯有赋《鹑之贲贲》，赵孟曰："床笫之言不逾阈，况在野乎？非使人之所得闻也。"子西赋《黍苗》之四章，赵孟曰："寡君在，武何能焉？"子产赋《隰桑》，赵孟曰："武请受其卒章。"子大叔赋《野有蔓草》，赵孟曰："吾子之惠也。"印段赋《蟋蟀》，赵孟曰："善哉！保家之主也，吾有望矣！"公孙段赋《桑扈》，赵孟曰："'匪交匪敖'，福将焉往？若保是言也，欲辞福禄，得乎？"卒享。文子告叔向曰："伯有将为戮矣！诗以言志，志诬其上，而公怨之，以为宾荣，其能久乎？幸而后亡。"叔向曰："然。已侈！所谓不及五稔者，夫子

---

① 李学勤，《东周与秦代文明》，北京：文物出版社，1984年，第32页。
② 曾勤良，《左传引诗赋诗之诗教研究》，台北：文津出版社，1993年，第451页。
③ 董治安，《先秦文献与先秦文学》，济南：齐鲁书社，1994年，第30页。

之谓矣。"文子曰："其余皆数世之主也。子展其后亡者也，在上不忘降。印氏其次也，乐而不荒。乐以安民，不淫以使之，后亡，不亦可乎？"①

在郑国垂陇之会上，赵孟凭着对《诗》礼的深透把握与理解，与郑国七子诗酒相逢，应对自如，左右逢源。他能够根据对方的赋诗内容，迅速把握对方的思想情感以及意图，并立即做出反应。如伯有赋《鹑之贲贲》，意在怨其君上。赵孟马上意识到君臣之间的矛盾，但作为一名"国际友人"，夹于两人之间，显然处境尴尬。于是他以"非得所闻"一言巧妙地回避，于礼无失。子西赋《黍苗》之四章，义以召伯比赵孟，美其有功于诸侯。赵孟则以"寡君在，武何能焉"一语，推善其君，表现出了为臣之道。子展赋《草虫》，义取"未见君子，忧心忡忡；亦既见之，亦既觏之，我心则降"。以"君子"许赵孟。赵孟则从"降心思贤"的一面作解，反誉子展以民为念，为民之主。赵孟于揖让周旋之间，不卑不亢，谦恭有礼，体现出了大国卿相的风度。这段记载说明，赵孟对《诗》在不同外交场合应用中所具有的多种可能性深有研究，并能熟练操握。还有昭公元年："令尹享赵孟，赋《大明》之首章。赵孟赋《小宛》之二章。"②楚令尹王子围享赵孟，赋《大明》之首章。赵孟马上意识到王子围有篡位野心，赋《小宛》之二章，以"彼昏不知，壹醉日富。各敬尔仪，天命不又"来告诫王子围不可利令智昏，要敬慎其威仪，否则天不护佑。赵孟在享礼赋诗中以答赋来摧折对方，正气凛然，显示了他深于诗、达于礼、娴于辞令。

再如襄公二十六年：

> 秋，七月，齐侯、郑伯为卫侯故如晋，欲共请之。晋侯兼亨之。晋侯赋《嘉乐》。国景子相齐侯，赋《蓼萧》。子展相郑伯，赋《缁

---

① 《左传·襄公二十七年》，见杨伯峻，《春秋左传注》，北京：中华书局，1981年，第1134页。
② 《左传·昭公元年》，见杨伯峻，《春秋左传注》，北京：中华书局，1981年，第1207页。

衣》。叔向命晋侯拜二君，曰："寡君敢拜齐君之安我先君之宗桃也，敢拜郑君之不贰也。"①

晋国扣留了卫侯，齐、郑二君为给卫侯求情来到晋国，在晋侯招待他们的宴会上，国景子代表齐侯赋《蓼萧》，子展代表郑伯赋《缁衣》。叔向马上意识到：齐国意在颂美晋侯泽及诸侯，郑国意在表示郑、卫各国皆对晋国忠心不贰，他们都是在为卫侯开脱。但卫杀晋戍三百人，此恨难消。故叔向马上反客为主，要晋侯下拜二君，以谢齐之恩泽与郑之忠心，巧妙地将卫侯之事撇在一边。由此可见叔向对《诗》的熟谙程度，以及做出回应之迅速。

以上事例表明，引《诗》、赋诗是晋国人贯彻执行其外交政策的重要手段。

三、郑人引《诗》

郑人引《诗》的具体情况见下表：

表 5：郑人引《诗》一览表

引《诗》时间	引诗者	引诗者身份	所引诗句或诗篇的篇名	引《诗》分类
桓公六年	大子忽	即姬忽，世子。	《文王》	大雅
文公十三年	子家	即公子归生，贵族。	《鸿雁》	小雅
			《载驰》	鄘风
襄公八年	子驷	（？—公元前563），春秋时郑国正卿。穆公之子，名騑。	《小旻》	小雅
				逸诗
襄公二十四年	子产	（？—公元前522），姓公孙，名侨。大夫。著名政治家。	《南山有台》	小雅
			《大明》	大雅

---

① 《左传·襄公二十六年》，见杨伯峻，《春秋左传注》，北京：中华书局，1981年，第1116页。

引《诗》时间	引诗者	引诗者身份	所引诗句或诗篇的篇名	引《诗》分类
襄公二十六年	子展	即公孙舍，郑国六卿之一。	《缁衣》	郑风
			《将仲子兮》	郑风
襄公二十七年	子展		《草虫》	召南
	伯有	即良宵，大夫。	《鹑之奔奔》	鄘风
	子西	即公孙夏，大夫。	《黍苗》	小雅
	子产		《隰桑》	小雅
	子太叔	（？—公元前507），即游吉，春秋时郑国正卿。	《野有蔓草》	郑风
	印段	字子石，大夫。	《蟋蟀》	唐风
	公孙段	字子石，大夫。	《桑扈》	小雅
襄公二十九年	子展		《四牡》	小雅
	子太叔		《正月》	小雅
	裨谌	字灶，大夫。	《巧言》	小雅
昭公元年	子皮	即罕虎，大夫。	《野有死麕》	召南
昭公四年	子产			逸诗
昭公十六年	子齹	即公子婴齐，上卿。	《野有蔓草》	郑风
	子产		《羔裘》	郑风
	子太叔		《褰裳》	郑风
	子游	（？—公元前523），即驷偃，大夫。	《风雨》	郑风
	子旗	即丰施，大夫。	《有女同车》	郑风
	子柳	即印癸，大夫。	《蘀兮》	郑风
昭公二十四年	子太叔		《蓼莪》	小雅

郑人引雅诗12篇，其中大雅2篇，小雅10篇；引风诗13篇，其中郑风8篇，鄘风、唐风各2篇，唐风1篇；引逸诗2次。引《诗》共计25篇28次。郑人所引本国风诗占了引《诗》总篇数的三分之一。这成为郑

人引《诗》与他国人最大的区别。如昭公十六年：

> 夏四月，郑六卿饯宣子于郊。宣子曰："二三君子请皆赋，起亦以知郑志。"子齹赋《野有蔓草》。宣子曰："孺子善哉！吾有望矣。"子产赋《郑之羔裘》。宣子曰："起不堪也。"子大叔赋《褰裳》。宣子曰："起在此，敢勤子至于他人乎？"子大叔拜。宣子曰："善哉，子之言是！不有是事，其能终乎？"子游赋《风雨》，子旗赋《有女同车》，子柳赋《蘀兮》。宣子喜曰："郑其庶乎！二三君子以君命贶起，赋不出郑志，皆昵燕好也。二三君子数世之主也，可以无惧矣。"宣子皆献马焉，而赋《我将》。子产拜，使五卿皆拜，曰："吾子靖乱，敢不拜德？"①

其所赋之诗无一例外出自《郑风》，杨伯峻注曰："郑志即郑诗。"② 这说明郑人赋诗、引《诗》具有浓厚的地方风味，还有襄公二十六年子展代表郑伯赋《郑风·缁衣》替卫侯求情，以及前文所举襄公二十七年郑国垂陇之会上，子太叔赋《郑风·野有蔓草》以言志等，这些都足以看出郑人对本国风诗的热爱和推崇。

春秋初期，郑国经由几代君主的努力成为实力较为强大的国家，据《左传》记载，郑庄公在位的后 22 年，对外战争就有十六七次之多，且多取胜。军事力量的强大是于诸侯中建立权势的资本，也是郑敢于公然破坏周礼、与周王朝抗衡的基础，亦使得其敢于做出了"周郑交质""射王中肩""抢周之麦"等开一代风气之先河的叛逆行为，而正是此种行为，却又促进了其思想和文艺观的转换，使得郑人尝试着摆脱传统文化习俗的束缚，较自由地宣泄本体情感。再则，从历史地理环境来看，郑国西部靠近东周的国都洛阳，南与楚交界，东与宋相邻，东北部是鲁国和齐国，北

---

① 《左传·昭公十六年》，见杨伯峻，《春秋左传注》，北京：中华书局，1981 年，第 1380 页。
② 杨伯峻，《春秋左传注》，北京：中华书局，1981 年，第 1381 页。

部、西北部是卫国和晋国，这个地理位置使郑国成为当时的商业中心。郑国"本在西都畿内咸林之地"①，至武公时"乃锐其封地而施旧号于新邑，是为新郑"，"即今之郑州是也"②。在周王朝的版图上，其处于中间地带。到春秋晚期，各国政治经济文化交流密切频繁，郑"据天下之中，河山之会，商旅之所走集也"③，故而能够较为广泛地吸收各地不同的文化习俗，并加以融汇整合，形成独具特色的郑文化，同时"商旅集则货财盛，货财盛则声色辏"④，由于地理位置之优越和商业之发达，郑国经济繁荣。经济的繁荣扩大了郑国和其他诸侯国的经济、文化交流，也促进了城市娱乐活动的开展，形成了较为开通的社会风气，这种风气对诗歌的影响就是形成了郑风热情率直、大胆泼辣的风格。而这也导致郑风在当时遭到了人们的激烈批判，孔子曰："行夏之时，乘殷之辂，服周之冕，乐则《韶》《舞》。放郑声，远佞人。郑声淫，佞人殆。"⑤荀子认为"姚冶之容，郑卫之音，使人之心淫"⑥，《礼记·乐记》也说"郑卫之音，乱世之音也"⑦。除了郑人，《左传》中没有他国人引、赋郑风的记载。可见郑风与当时的时代格格不入，是违背礼、不合于礼的，故而难登大雅之堂。

可是郑人自己却能够鼓起勇气，在大雅之堂上吟诵郑风，这表明了对本国文化的尊重，同时也是在向别国推介自己的文明和文化。郑人知道，只有不断宣传和推介自己的文明和文化，才能获得大国国卿的重视和认可，从而加深别国对郑国的了解，更好地保持国家的独立和尊严。

---

① ［宋］朱熹，《朱子全书·诗集传》，上海：上海古籍出版社，2002 年，第 469 页。
② 同上。
③ ［清］魏源，《魏源全集》（第一册），北京：中华书局，2004 年，第 411 页。
④ 同上。
⑤《论语·卫灵公》，见杨伯峻，《论语译注》，北京：中华书局，1980 年，第 164 页。
⑥《荀子·乐论》，见［清］王先谦，《荀子集解》（诸子集成本），北京：中华书局，1954 年，第 254 页。
⑦《礼记·乐记》，见王文锦，《礼记译解》（下），北京：中华书局，2001 年，第 527 页。

四、其他诸侯国人引《诗》

春秋时期，中原地区各古老部族，在诸侯国攻伐不已的兼并战争中统一到几个大国的版图之中，北方之狄多为晋所兼并，西方之戎多为秦所兼并，东方之夷为齐鲁所兼并，南方之苗则为楚所统一。引《诗》、赋诗作为一种手段，促进了各国间的文化交流与传播，对华夏民族的融合也起到了积极作用。

吴、越、秦、楚等周边国家相对于中原来说，文化比较落后，襄公二十九年，吴公子季札到中原各国聘问，特别到鲁国访问，要求观赏周乐。从他对各国国风及雅诗的评论中，可以看出他已经饱受中原文化的熏陶，具有较高的修养和审美水平。再如昭公十七年："小邾穆公来朝，公与之燕。季平子赋《采叔》，穆公赋《菁菁者莪》。"[1] 季平子赋《采叔》，取其"君子来朝，何锡与之"，以穆公喻君子。而穆公赋《菁菁者莪》，取其"既见君子，乐且有仪"，"既见君子者，官爵之而得见也。见则心既喜乐，又以礼仪见接"[2]。一个不被人重视的小国之君对《诗》、礼竟然也了然于胸，可见，小国为了交往大国，对《诗》、礼进行了深入的研习。

楚人引《诗》的具体情况见下表：

表6：楚人引《诗》一览表

引《诗》时间	引诗者	引诗者身份	所引诗句或诗篇的篇名	引《诗》分类
宣公十二年	孙叔敖	（约公元前630—公元前593），楚国名相，蒍氏，名敖，字叔敖。	《六月》	小雅
	楚庄王	国君	《时迈》	周颂
			《武》	周颂
			《赉》	周颂
			《桓》	周颂

---

[1] 《左传·昭公十七年》，见杨伯峻，《春秋左传注》，北京：中华书局，1981年，第1384页。
[2] 李学勤主编，《春秋左传正义》，《十三经注疏》，北京：北京大学出版社，2000年，第1564页。

引《诗》时间	引诗者	引诗者身份	所引诗句或诗篇的篇名	引《诗》分类
成公二年	申叔跪		《桑中》	鄘风
	子重	公子婴齐，楚庄王的弟弟，令尹。	《文王》	大雅
成公十六年	申叔时	大夫	《思文》	周颂
襄公二十七年	薳罢	字子荡，令尹。	《既醉》	大雅
昭公元年	公子围	楚恭王之子，令尹。	《大明》	大雅
昭公三年	楚灵王	国君	《吉日》	小雅
昭公二十三年	沈尹戌	左司马	《文王》	大雅
昭公二十四年	沈尹戌		《桑柔》	大雅
定公四年	斗辛	即郧公辛，大夫。	《烝民》	大雅

楚人引雅诗 7 篇，其中大雅 5 篇，小雅 2 篇；引周颂 5 篇；引风诗 1 篇，为鄘风。引《诗》共计 13 篇 14 次。

齐人引《诗》情况见下表：

表 7：齐人引《诗》一览表

引《诗》时间	引诗者	引诗者身份	所引诗句或诗篇的篇名	引《诗》分类
闵公元年	管仲	（约公元前 725—公元前 645），名夷吾，字仲或敬仲，齐相。	《出车》	小雅
成公二年	宾媚人	即国佐，亦称国武子，上卿。	《既醉》	大雅
			《信南山》	小雅
			《长发》	周颂
襄公二十六年	国景子	即国弱，上卿。	《蓼萧》	小雅
			《辔之柔矣》	逸诗

引《诗》时间	引诗者	引诗者身份	所引诗句或诗篇的篇名	引《诗》分类
昭公二十年	晏子	（？—公元前500），即晏婴，字平仲，国相。	《烈祖》	商颂
			《狼跋》	豳风
昭公二十六年	晏子		《大明》	大雅
				逸诗
			《车辖》	小雅

　　齐人引雅诗6篇，其中大雅2篇，小雅4篇；引颂诗2篇，周颂、商颂各1篇；引风诗1篇，为豳风；引逸诗1篇1次。引《诗》共计10篇11次。

　　秦人引《诗》情况见下表：

表8：秦人引《诗》一览表

引《诗》时间	引诗者	引诗者身份	所引诗句或诗篇的篇名	引《诗》分类
僖公九年	公孙枝	即子桑，大夫。		逸诗
			《皇矣》	大雅
			《抑》	大雅
僖公二十三年	秦穆公	国君	《六月》	小雅
文公元年	秦穆公	国君	《桑柔》	大雅
定公四年	秦哀公	国君	《无衣》	唐风

　　秦人引雅诗4篇，其中大雅3篇，小雅1篇；引风诗1篇，为唐风；引逸诗1次。引《诗》共计5篇6次。

　　卫人引《诗》情况见下表：

表9：卫人引《诗》一览表

引《诗》时间	引诗者	引诗者身份	所引诗句或诗篇的篇名	引《诗》分类
成公十四年	甯惠子	即甯殖，大夫。	《桑扈》	小雅
襄公十四年	师曹	乐师	《巧言》	小雅
襄公二十五年	大叔文子	即大叔仪，大夫。	《小弁》	小雅
			《烝民》	大雅
襄公三十一年	北宫文子	即北宫佗，公族大夫。	《桑柔》	大雅
			《荡》	大雅
			《抑》	大雅
			《皇矣》	大雅
			《柏舟》	邶风
			《既醉》	大雅
昭公二年	北宫文子		《淇奥》	卫风
昭公三十二年	彪傒	大夫	《板》	大雅

卫人引雅诗 10 篇，其中大雅 7 篇，小雅 3 篇；引风诗 2 篇，其中邶风、卫风各 1 篇。引《诗》共计 12 篇 12 次。

宋人引《诗》情况见下表：

表10：宋人引《诗》一览表

引《诗》时间	引诗者	引诗者身份	所引诗句或诗篇的篇名	引《诗》分类
僖公十九年	司马子鱼	即公子目夷，司马。	《思齐》	大雅
文公十年	文之无畏	字子舟，左司马。	《烝民》	大雅
			《民劳》	大雅
昭公二十五年	宋元公	国君	《新宫》	逸诗
	乐祁	即乐祁犁，司马。	《瞻卬》	大雅

宋人引雅诗 4 篇，全部为大雅；引逸诗 1 篇。引《诗》共计 5 篇 5 次。

周人引《诗》情况见下表：

表 11：周人引《诗》一览表

引《诗》时间	引诗者	引诗者身份	所引诗句或诗篇的篇名	引《诗》分类
僖公二十二年	富辰	太史	《正月》	小雅
僖公二十四年	富辰		《常棣》	小雅

周人引《诗》共计 2 篇 2 次，全部为小雅。

蔡人引《诗》情况见下表：

表 12：蔡人引《诗》一览表

引《诗》时间	引诗者	引诗者身份	所引诗句或诗篇的篇名	引《诗》分类
襄公二十六年	公孙归生	即声子，大夫。	《瞻卬》	大雅
			《殷武》	商颂

蔡人引大雅、商颂各 1 篇，引《诗》共计 2 篇 2 次。

陈人引《诗》情况见下表：

表 13：陈人引《诗》一览表

引《诗》时间	引诗者	引诗者身份	所引诗句或诗篇的篇名	引《诗》分类
庄公二十二年	公子完	陈国公子		逸诗
昭公七年	无宇	即桓子，芋尹。	《北山》	小雅
昭公十年	陈桓子	即无宇。	《文王》	大雅

陈人引雅诗 2 篇，大雅、小雅各 1 篇，引逸诗 1 篇，引《诗》共计 3 篇 3 次。

综上所述，《左传》引（赋）诗者以鲁人、晋人、郑人为主，兼有楚人、齐人、秦人、卫人、宋人、周人、陈人、蔡人、小邾人、戎狄等。鲁国素来重视礼乐传统，晋身为大邦，地处中原，在春秋时期地位举足轻重，二国用诗频繁不足为奇。楚国远居南疆，秦国地处西陲，小国如陈、许、邾，边疆族如戎等，都不无引诗证事或赋诗言志的活动。这一事实反映了此一历史阶段各自为政的诸侯国之间在文化思想上仍同一于西周时期形成的礼乐文明的精神上。

各国人引《诗》、赋诗都以雅诗为主。"雅"原是西周王畿镐京一带的音乐，因此也就成为朝廷的正统音乐，一般用在官方礼仪之中。"雅"分大、小可能是因为音乐长短体制的区别，现在看来，大雅篇幅普遍较长，而小雅的篇幅则较短。"政治是领导文化的，西周京畿既是全天下的政治中心，因而京畿的一切，也成了全天下的标准"①。当时礼乐征伐自天子出，地方诸侯要服从周天子的命令，遵守周王朝所定的典章制度，在语言、文学、艺术等文化领域，周王畿具有正统的地位。从章法上看，雅诗几乎都是由多章构成，篇幅较长。风诗也是由多章构成，但章节数少于雅诗，篇幅也较短。颂诗大多以单章形式出现，节奏较为舒缓，显示了缓慢凝重的特点。从文辞上看，雅诗句子整齐规范，词语典雅，有一种雍容华贵的气象。风诗句子参差错落、轻松活泼，语言风格是通俗易懂。而颂诗有相当一部分诗句不整齐，词意古奥。"雅"作为朝廷的正统之乐，承担着与"宗庙之乐"和"乡土之乐"不同的功能。雅中的政论诗，常常把诗的意旨锻炼为精粹的格言，这些诗也果然有着格言式的警世的力量。引、赋雅诗能增强自己语言的说服力，增加庄重感，雅诗自然成为贵族阶层崇奉和颂扬的经典。

春秋时期礼崩乐坏，"共主衰微，王命不行"②，由此引起"诸侯兼并""戎狄横行"③，在此情况下产生的霸主可以说是变相的封建中心。霸主的建立主要依靠强大国力下的"德"的施行。当时的霸主肩负了四项使命：尊王、攘夷、禁抑篡弑、裁制兼并④。尊王的目的不仅仅是靠武力来

---

① 孙作云，《〈诗经〉与周代社会研究》，北京：中华书局，1979 年，第 340 页。
② 钱穆，《国史大纲》，北京：商务印书馆，1996 年，第 54 页。
③ 同上注，第 55 页。
④ 同上注，第 59 页。

攘夷，更重要的是建立强大的文化和文明去"怀柔"各国诸侯。所以这四项使命说到底就是维护周礼，试图以周礼整治混乱的秩序，维护天下的平衡。周王室虽逐渐衰微，但传统尤其是文化传统的力量是巨大的。周礼的核心是礼乐文化，而《诗》是礼乐文化的重要组成部分，其中的雅诗更是周人礼乐文化的结晶。引《诗》、赋诗的作用一是诉诸权威，二是显示博学，三是修饰，这三种作用都带有维持文化连续性的功能。因此引《诗》、赋诗现象在春秋时期得以不断发展，这样的文化继承传统也为《诗》的传播和阐释奠定了坚实的基础。引、赋雅诗之多表现了各诸侯国社会上层贵族在接受和传播周文化方面的积极态度。引《诗》、赋诗是重要的文化交流方式，各国共同引、赋雅诗表现了一种共同的文化倾向和认同感。

《左传》引《诗》周只涉及 2 篇次，代周而为文化中心的鲁 46 篇 53 次，所谓"其在于诗书礼乐者，邹鲁之士缙绅先生，多能明之"①，所谓"周礼尽在鲁矣"②。晋 36 篇 48 次，而齐 11 篇 12 次（齐桓公时代是一个尊重王室、崇尚礼乐的时代，同时也是引《诗》、赋诗之风开始兴起的时代），楚 16 篇 16 次，秦 5 篇 6 次。《诗》的流播和引用的转移是否预示了国运的变换呢？这也许是文化的强势作用带给我们的启示。

从《左传》中可以看出《诗》的传播范围之广，传播区域之大，西至秦、东至海、北至戎、南至楚吴。楚人"筚路蓝缕，以启山林"③。但春秋时，情况有了很大改观。"教之春秋，而为之耸善而抑恶焉，以戒劝其心；教之世，而为之昭明德而废幽昏焉，以休惧其动；教之诗，而为之导广显德，以耀明其志；教之处，使知上下之则；教之乐，以疏其秽而镇其浮；教之令，使访物官；教之语，使明其德，而知先王之务用明德于民也；教

---

① 《庄子·天下》，见陈鼓应，《庄子今注今译》，北京：中华书局，1983 年，第 855 页。
② 《左传·昭公二年》，见杨伯峻，《春秋左传注》，北京：中华书局，1981 年，第 1227 页。
③ 《左传·宣公十二年》，见杨伯峻，《春秋左传注》，北京：中华书局，1981 年，第 731 页。

之故志，使知废兴者而戒惧焉；教之训典，使知族类，行比义焉。"①楚庄王让人教太子读书，用的教材已经是《诗》《书》《礼》《乐》《易》《春秋》以及先王的世系、法令、治国良言。正是在楚庄王的极力倡导之下，《诗》在楚国全面流行开来，包括其王子王孙及后代继君，还有楚之重臣均能出口言《诗》。楚庄王对《诗》更是具有很深的造诣：

> 丙辰，楚重至于邲，遂次于衡雍。潘党曰："君盍筑武军，而收晋尸以为京观。臣闻克敌必示子孙，以无忘武功。"楚子曰："非尔所知也。夫文，止戈为武。武王克商。作《颂》曰：'载戢干戈，载櫜弓矢。我求懿德，肆于时夏，允王保之。'又作《武》，其卒章曰'耆定尔功'。其三曰：'铺时绎思，我徂求定。'其六曰：'绥万邦，屡丰年。'夫武，禁暴、戢兵、保大、定功、安民、和众、丰财者也。故使子孙无忘其章。今我使二国暴骨，暴矣；观兵以威诸侯，兵不戢矣。暴而不戢，安能保大？犹有晋在，焉得定功？所违民欲犹多，民何安焉？无德而强争诸侯，何以和众？利人之几，而安人之乱，以为己荣，何以丰财？武有七德，我无一焉，何以示子孙？其为先君宫，告成事而已。"②

潘党劝谏楚庄王修筑武军收埋晋军的尸首，以此来建立表彰武功的京观。楚庄王不同意，并引《诗》来解释："周武王战胜商朝以后，作《颂》说：'收起干戈，藏起弓箭。我追求美德，布陈在这《夏》乐之中，一定能成就王业而长久保有它。'又作《武》篇，最后一章说：'得以巩固你的功业。'第三章说：'布陈勤劳的美德而加以发扬，我往后只求天下的安定。'第六章说：'安定万国，常有丰年。'武功，就是用来禁止强暴、消除战争、保住天下、巩固功业、安定百姓、协和万邦、增加财富的。武功的这七种

---

① 《国语·楚语上》，见来可泓，《国语直解》，上海：复旦大学出版社，2000年，第758页。
② 《左传·宣公十二年》，见杨伯峻，《春秋左传注》，北京：中华书局，1981年，第743页。

德行，我一种也没有，还是修建先君神庙，向先君报告战争胜利就行了。"
这段记载说明楚庄王不仅熟悉《诗》本身，还熟悉《诗》之历史，并能
在说理中灵活、熟练地运用。从这一点来看，庄王能成就一番霸业不能不
说与其文化（《诗》之修养）底气相关。中原诗教之风南渐的同时，也北
移于戎。北戎相对于南楚来说更显落后，但其统帅对《诗》也有相当的了
解。襄公十四年记载：

> 将执戎子驹支。范宣子亲数诸朝，曰："来！姜戎氏！昔秦人迫
> 逐乃祖吾离于瓜州，乃祖吾离被苫盖，蒙荆棘，以来归我先君。我先
> 君惠公有不腆之田，与女剖分而食之。今诸侯之事我寡君不知昔者，
> 盖言语漏泄，则职女之由。诘朝之事，尔无与焉！与将执女！"对
> 曰："昔秦人负恃其众，贪于土地，逐我诸戎。惠公蠲其大德，谓我诸
> 戎，是四岳之裔胄也，毋是翦弃。赐我南鄙之田，狐狸所居，豺狼所
> 嗥。我诸戎除翦其荆棘，驱其狐狸豺狼，以为先君不侵不叛之臣，至
> 于今不贰。昔文公与秦伐郑，秦人窃与郑盟而舍戍焉，于是乎有殽之
> 师。晋御其上，戎亢其下，秦师不复，我诸戎实然。譬如捕鹿，晋人
> 角之，诸戎掎之，与晋踣之，戎何以不免？自是以来，晋之百役，与
> 我诸戎相继于时，以从执政，犹殽志也。岂敢离逷？今官之师旅，无
> 乃实有所阙，以携诸侯，而罪我诸戎！我诸戎饮食衣服，不与华同，
> 贽币不通，言语不达，何恶之能为？不与于会，亦无瞢焉！"赋《青
> 蝇》而退。①

晋国打算逮捕戎子驹支，范宣子亲自在朝廷上责备他泄露秘密。驹支反驳
范宣子的指责时正气凛然，历数助晋之功，反而遭晋误解以至诬枉，"不
与于会，亦无瞢焉！"戎作为晋的属国，在驹支看来，两者之间的关系应
是平等的，那种不问是非的盛气凌人最不能让人容忍，所以打算断绝同晋

---

① 《左传·襄公十四年》，见杨伯峻，《春秋左传注》，北京：中华书局，1981 年，第 1005 页。

的关系。但驹支也对晋发出了忠告，"赋《青蝇》而退"，取"无信谗人"之义，希望晋能明白是非，不要妄加罪名于戎。这里我们看到的是一幅《诗》的传播向边缘扩张的景象。

从《左传》记载可以发现，引诗者均为王公贵族，周王的重臣，诸侯及其卿大夫。《周礼·春官宗伯》载："大司乐：掌成均之法，以治建国之学政，而合国之子弟焉……以乐德教国子：中，和，祗，庸，孝，友。以乐语教国子：兴，道，讽，诵，言，语。"① "乐师：掌国学之政，以教国子小舞。"② "大师：掌六律、六同，以合阴阳之声……教六诗，曰风，曰赋，曰比，曰兴，曰雅，曰颂；以六德为之本，以六律为之音。"③ 孔子也说："兴于诗，立于礼，成于乐。"④ 所学的内容是广泛的，而学习者极少，就是"国子"即贵族子弟。这些未来的统治者自小就跟着乐师学习普通祭祀、典礼的舞蹈及乐仪，重在诗乐的基本原理和基础知识。二十岁之后受教于大司乐和大师学习乐德、乐语、乐舞及五声、八音、六诗，重在实践性和职业性，如乐语的运用：其兴、道重在用唱诗对统治者进行启发和引导；其言、语重在讨论政治伦理问题时引诗证事；其讽、诵重在对旧有知识的重复和新诗的诵记。正所谓"学在官府"也。获得受教育的权利，正是贵族身份地位的标志。官府的教学把《诗》当作主要内容，故"国子"便成了《诗》之传播的二传手。《诗》作为主流意识和中心意识在贵族中横向和纵向传播，与平民大众绝缘，即使在孔子"有教无类"之后。我们见到的都是官学的毕业生，他们用所获得的文化、知识权力即《诗》的特殊传播权纵横驰骋在各国的政治舞台上。

---

① 《周礼·春官宗伯》，见李学勤主编，《周礼注疏》，《十三经注疏》，北京：北京大学出版社，2000 年，第 674 页。

② 同上注，第 701 页。

③ 同上注，第 714 页。

④ 《论语·泰伯》，见杨伯峻，《论语译注》，北京：中华书局，1980 年，第 81 页。

引《诗》、赋诗之所以能够成为贵族生活中一种具有普遍性的言说方式还在于诗歌原来所具有的那种庄严性、高贵性恰好符合了贵族作为一个社会阶层的自我认同需求。贵族之为贵族，必须有文化上、生活习俗上不同于常人而又为常人所认同、所羡慕的地方，必须是时代最高文化价值的承担者，否则他们就只能是暴发户或者已经堕落的旧贵族。周公的制礼作乐使西周的统治阶层成为真正的贵族。这个贵族阶层直到春秋中叶之前一直是社会主流文化的承担者。诗歌本来是礼乐文化的重要组成部分，即使它的功能发生了重要变化，从仪式化的歌舞乐章成了一种言说方式，但它依然具有某种神圣的色彩，正是这种神圣色彩使它作为言说方式依然可以成为贵族的身份性标志，也使贵族在用这种方式进行交流的过程中感到自己的高贵身份得到了确证。并不是说诗这种言说方式在表达自己的意愿方面有什么突出的优势，而是这种言说方式在当时的具体语境中凑巧成为显示文化修养与实力的身份性标志。于是赋诗成为一种特殊的游戏规则，要进入贵族社会的游戏中就要遵守这种规则。就如同两晋的名士们见面时常常要说一些玄远深奥的话题以显示身份一样。春秋时期贵族们的引《诗》是一种普遍现象，凡是贵族，从诸侯君主到卿大夫，都有可能引《诗》。这说明在春秋之时《诗》是贵族阶层的通行话语，熟稔诗歌乃是贵族的基本修养，是一种身份性标志。①

对《左传》引诗者身份、地位的考察证明，《诗》曾经是官方话语，具体说是在贵族社会中维系和调和人神关系、君臣关系、贵族之间关系的有效工具。《诗》无论是贵族们自己创制还是采自民间，一旦它们进入贵族的文化空间之后，就无可避免地成为官方意识形态的一部分，甚至转化为贵族制度的组成部分。

---

① 李春青，《论先秦"赋诗""引诗"的文化意蕴》，《齐鲁学刊》，2003年第6期。

第三节 《左传》引《诗》场合分析

本节主要通过不同环境、场景下的引《诗》研究，探讨《诗》在春秋时期的运用情况及其功能，并从中透视春秋时期文化思想、伦理道德、礼法制度、内政外交等方面的特点。

表 14：《左传》引《诗》场合情况

引《诗》、赋诗发生的场合	引《诗》、赋诗在该场合发生的次数
外交宴飨场合	37
本国国内论说、劝谏场合	55
评价、议论场合	32
"君子曰"（著者主观评价的特殊场合）	45

一、外交场合引《诗》、赋诗

《汉书·艺文志》曰："古者诸侯卿大夫交接邻国，以微言相感，当揖让之时，必称《诗》以谕其志，盖以别贤不肖而观盛衰焉。"①《左传》中所记载的外交场合引《诗》、赋诗大多离不开宴飨礼仪。宴飨礼是宴礼、飨礼、饮酒礼、乡射和大射中饮酒礼的统称。虽然这些典礼的性质不同、举行的场合也不同，但一般情况下，它们都有赋诗环节。引《诗》、赋诗经常发生在宴飨之礼中，是宴飨仪式的重要组成部分。周朝廷与诸侯国之间、诸侯国与诸侯国之间的聘问盟会等外交往来中广泛采用这种交流方式，大致分为在飨礼中和在飨礼后的宴会上赋诗两种情况。如文公三年：

> 公如晋，及晋侯盟。晋侯飨公，赋《菁菁者莪》。庄叔以公降，拜，曰："小国受命于大国，敢不慎仪。君贶之以大礼，何乐如之。抑

①［汉］班固，《汉书》，《二十五史》，上海：上海古籍出版社，1986 年，第 531 页。

小国之乐，大国之惠也。"晋侯降，辞。登，成拜。公赋《嘉乐》。[①]
文公到晋国和晋侯结盟，晋侯设享礼款待文公，席间吟诵《菁菁者莪》，取其"既见君子，乐且有仪"之义。庄叔让文公走下台阶拜谢，并吟诵《嘉乐》，取其"显显令德，宜民宜人，受禄于天"，以此赞扬晋侯德行美好，福禄天赐。这里记载的是飨礼中赋诗。昭公元年记载了在飨礼结束后所举行的宴会上的赋诗情况：

> 赵孟为客，礼终乃宴。穆叔赋《鹊巢》。赵孟曰："武不堪也。"又赋《采蘩》，曰："小国为蘩，大国省穑而用之，其何实非命？"子皮赋《野有死麕》之卒章。赵孟赋《常棣》，且曰："吾兄弟比以安，尨也可使无吠。"[②]

郑简公设享礼招待晋国赵孟、鲁国叔孙豹和曹国大夫，在享礼结束之后的宴会上，叔孙豹赋《鹊巢》，言鹊有巢而鸠居之，喻晋君有国，赵孟治之。赵孟辞曰不敢当。叔孙豹又赋《采蘩》说："小国微薄犹蘩菜，大国能省爱用之而不弃，则何敢不从命？"郑国的子皮赋《野有死麕》的最后一章"舒而脱脱兮，无感我帨兮，无使尨也吠"，喻赵孟以义抚诸侯，无以非礼相加陵。赵孟赋《常棣》，取其"凡今之人，莫如兄弟"之义说："我们兄弟亲密而又安好，可以别让狗叫了。"

《左传》所记载的飨礼赋诗环节往往是在仪式接近尾声的时候。如襄公八年记载：

> 晋范宣子来聘，且拜公之辱，告将用师于郑。公享之，宣子赋《摽有梅》。季武子曰："谁敢哉！今譬于草木，寡君在君，君之臭味也。欢以承命，何时之有？"武子赋《角弓》。宾将出，武子赋《彤弓》。[③]

---

① 《左传·文公三年》，见杨伯峻，《春秋左传注》，北京：中华书局，1981年，第531页。
② 《左传·昭公元年》，见杨伯峻，《春秋左传注》，北京：中华书局，1981年，第1209页。
③ 《左传·襄公八年》，见杨伯峻，《春秋左传注》，北京：中华书局，1981年，第959页。

晋国的范宣子来鲁国聘问，襄公设宴款待，宣子赋《摽有梅》，希望鲁国及时共讨郑国。季武子言"敢不从命"。宣子赋《角弓》，取其"兄弟婚姻，无相远也"之义。客人将要退出，季武子赋《彤弓》，这本是天子赐有功诸侯之诗，武子希望晋君继文之业，复受彤弓于王。文中的"宾将出"显然是仪式快将结束的时候。再如襄公二十七年：

> 郑伯享赵孟于垂陇，子展、伯有、子西、子产、子大叔、二子石从。赵孟曰："七子从君，以宠武也。请皆赋以卒君贶，武亦以观七子之志。"①

郑简公在垂陇设享礼招待赵孟，这里说得更明显，"请皆赋以卒君贶"，即赵孟请求用"赋诗"来结束郑伯为他举行的飨礼。

《左传》中还有一例独特的外交场合听诗、评诗，这就是襄公二十九年所记载的"季札观乐"，反映了西周春秋时期的诗乐教化理论主张，并通过季札之口，对当时各地风俗、各国政情进行点评：

> 吴公子札来聘……请观于周乐。使工为之歌《周南》《召南》，曰："美哉！始基之矣，犹未也，然勤而不怨矣。"为之歌《邶》《鄘》《卫》，曰："美哉渊乎！忧而不困者也。吾闻卫康叔、武公之德如是，是其《卫风》乎？"为之歌《王》，曰："美哉！思而不惧，其周之东乎！"为之歌《郑》，曰："美哉！其细已甚，民弗堪也。是其先亡乎？"为之歌《齐》，曰："美哉！泱泱乎！大风也哉！表东海者，其大公乎？国未可量也。"为之歌《豳》，曰："美哉！荡乎！乐而不淫，其周公之东乎！"为之歌《秦》，曰："此之谓夏声。夫能夏则大，大之至也，其周之旧乎！"为之歌《魏》，曰："美哉！沨沨乎！大而婉，险而易行，以德辅此，则明主也。"为之歌《唐》，曰："思深哉！其有陶唐氏之遗民乎？不然，何其忧之远也？非令德之后，谁能若是？"

<hr />

① 《左传·襄公二十七年》，见杨伯峻，《春秋左传注》，北京：中华书局，1981年，第1134页。

为之歌《陈》，曰："国无主，其能久乎！"自《郐》以下无讥焉。

为之歌小雅，曰："美哉！思而不贰，怨而不言，其周德之衰乎？犹有先王之遗民焉。"为之歌大雅，曰："广哉！熙熙乎！曲而有直体，其文王之德乎？"为之歌颂，曰："至矣哉！直而不倨，曲而不屈，迩而不逼，远而不携，迁而不淫，复而不厌，哀而不愁，乐而不荒，用而不匮，广而不宣，施而不费，取而不贪，处而不底，行而不流。五声和，八风平。节有度，守有序，盛德之所同也！"①

吴国公子季札来到鲁国访问，请求观赏周朝的音乐和舞蹈，鲁国人做了精彩的演出。从演出的盛况看，共演出约二十首歌曲，都是《诗》中的作品，分别是十五国风、小雅、大雅、颂。季札即兴发表了对《诗》、乐的评论，反映了其在音律方面的高深造诣。特别是他通过辨乐声之正邪兴衰，从中听出国家兴衰的征兆，这说明他把《诗》、乐、歌、舞等看作和国计民生息息相关的大事，音乐舞蹈在他眼里是礼教盛衰的标志，也是国家政治盛衰的标志。季札对《诗》、乐的态度和评价反映出，先秦时期诗乐舞合一，又有采集诗歌以观察民风的制度，要求诗歌成为宣王道、匡世俗、正人伦、美教化的工具。时人对于音乐的审美也是如此，以为由此可见国之盛衰，所以季札在欣赏当时鲁国保存下来的周朝乐舞时，会把这些音乐与其所产生的地域、国家联系起来，通过对音乐的欣赏做出对当时政治状况的分析，这也开启了后来儒家诗教说的先声。

从外交宴飨场合引《诗》、赋诗可以看出当时礼典内容和形式的变化。春秋时期的西周礼制已悄悄地发生了变化，僵化的、程式化的典礼形式已越来越不适应春秋形势发展的需要。春秋时代，天子式微，诸侯国林立，国与国之间矛盾斗争错综复杂，朝聘是当时最为重要的外交手段，各国之间聘问频繁，逐渐成为相对固定的一种制度。但朝聘的程序完全不是按照

① 《左传·襄公二十九年》，见杨伯峻，《春秋左传注》，北京：中华书局，1981 年，第 1161—1165 页。

西周礼制下的那种宗法、等级关系来进行的，王城里的周天子日益被冷落了，外交往来从某种程度上变成了诸侯国之间的政治游戏，实力强大的霸主国变成了事实上的政治中心。整部《春秋》242 年历史，记载鲁国朝聘周天子仅仅 6 次，其中只有 2 次是鲁国君自己亲自去朝见天子，而鲁去齐、晋等大国朝聘共 30 次，约为朝聘天子次数的 5 倍。滕、薛、纪、郏等小国朝聘鲁国共 34 次。除了朝聘之外，另一种诸侯国之间重要的外交礼仪活动是聚会结盟，即会盟。大大小小的诸侯国从各自的根本利益出发，通过会盟争取自己在竞争中的政治优势，彼此结成"一个没有共同明确政治目的的不巩固的军事集团"①，小国得到了大国的庇护，大国进一步巩固了自己的霸主地位。春秋时期的政治舞台变得越来越错综复杂，本应该成为舞台主角的周天子却悄悄地退场了，这种在特殊政治背景下的特殊政治游戏自然无法再去遵守以前传统的游戏规则，宗法、等级观念下的西周礼制事实上也已经完全退场了。于是，从传统观念看来僭越礼的行为不仅经常发生，而且变得极为平常自然了。诸侯国霸主不满足于本分的礼仪级别，希望占有和享受天子的礼仪等级，春秋的礼制同样也进入了一个特殊的时代。

春秋时期的"礼崩乐坏"并不意味着春秋人不讲礼仪，从一定的意义上讲，春秋时代并不是一个对礼忽略和淡漠的时代，而恰恰是一个普及礼和占有礼的时代，礼的被僭越其实就是对礼的占有，它不仅反映出当时诸侯、士大夫政治上的一种政治霸权行为，更反映出他们在文化上的一种渴求心态。朝聘会盟作为展示本国政治实力、调节国与国之间矛盾关系的重要途径，得到了各个诸侯国的高度重视。他们在朝聘会盟之时也并不是不按礼仪行事，相反，礼仪本身就成了一种重要的外交手段，各种僭越礼的行为实质上就是小国、弱国为了讨好霸主的一种献媚行径。礼以一种特

---

① 徐连城，《春秋初年"盟"的探讨》，《文史哲》，1957 年第 11 期。

殊的形态出现在春秋时期的政治和外交舞台上。春秋时代是一个特别重视讲究礼仪的时代，问题是这种重视讲究丧失了礼制结构下的原有原则，从而在实质上变成了非礼。尽管这些各行其是的诸侯似乎仍然十分热衷于源远流长的周礼，但实质上只是把它作为一种为己所用的工具。这种情况下的所谓礼仪，体现的并非周礼之尊尊、亲亲的精神，而只是各类大小僭越者的贪欲和野心罢了。宴飨礼仪是朝聘会盟中一个非常重要的环节，春秋时期朝聘会盟礼仪形式的变化必然带来宴飨礼仪形式的改变。在激烈的诸侯争霸过程中，各种政治集团和各诸侯国的国君、卿大夫们在外交宴飨场合的相聚，彼此之间实质上是一种政治智慧的较量。怎样在这种场合中用最恰当的语言为本国或本集团争得政治上的优势，显示出自身的实力，成为宴飨参与者最首要的任务。于是，在传统宴飨礼仪的基础上，乐工的歌诗奏乐被宴飨参加者的赋诗言志所代替，《诗》承担起了特殊的历史使命。与西周礼制下的典礼形式最为不同的是，宴飨礼仪中的赋诗不再以乐为中心，而是以《诗》的辞章意义为主体，音乐的象征意义被辞章的指称意义所取代。赋诗者对《诗》极为娴熟，《诗》的无限可阐释性在具体的宴飨场景中，其意义也变得十分具体，彼此心有灵犀，在表面上温文尔雅的赋诗酬唱气氛中，实现各自的政治目的。赋诗言志充分反映出春秋时代礼的内涵和礼仪形式的变化，它是礼制变化的结果，也是变化了的礼制在具体演礼过程中的体现。《诗》作为礼的重要载体，幸运地担负起了邦交礼仪的神圣使命，在长期的赋诗实践中实现了《诗》自身文化角色的历史性转变。宴飨赋诗是宴飨礼仪的一个重要环节，具有很强的仪式性和音乐性。从《左传》中可以看出春秋时代的赋《诗》大部分都是发生在宴飨、饯送等宾主觥筹交错的热闹场景之中。这样的场景正是一种适合于演出和表演的场景，赋诗表演不仅仅可以完成特殊的政治和外交使命，而且还具有很强的观赏价值和审美意义。二者相互交融，相互统一。宴飨礼仪的仪式场景为赋诗提供了规模宏大且气氛隆重、典雅的表演场所，在钟鼓琴瑟的音乐声中，赋诗者《诗》歌演唱，不仅体现了春秋贵族温文尔雅的风雅教养，而且还增添了礼典现场华贵、典雅的礼仪气氛。在这种独特的语言环境里，《诗》既是礼典的一部分，也是联系赋诗者与观诗者心灵的桥梁和纽带。

在长期的典礼实践过程中，《诗》不仅成了礼的载体和礼乐文化的重要组成部分，同时还具有了区别等级、身份的标志性意义，并在一定程度上决定着人的身份。贵族之所以为贵族，不仅仅体现在他们政治上和经济上的优势，更表现为他们文化上的优势，他们必须是整个时代最高文化价值的承担者，所谓"礼不下庶人"，使他们从政治上同普通民众区别开来，《诗》作为一种言说方式所体现出来的风雅精神又使他们从文化上对自己的高贵身份得到了确认。在春秋贵族的日常行为交往中，《诗》也许并不是一种最便捷、最理想的信息传播媒介，但在较为正规的场合，再没有比《诗》更能显示出表达者文化修养和君子气度的言说方式了。《诗》首先成为这一特定的历史时期贵族文化语境下行人辞令的必然选择，而宴飨赋诗是整个春秋时代精神风貌和贵族文化的集中反映，是士君子人格全部精神内涵的外部显现。

二、本国国内决策、议政、劝谏场合的引《诗》、赋诗

本国国内内政决策、劝谏警示场合的引《诗》，第一种是发生在君臣之间，如闵公元年：

> 狄人伐邢。管敬仲言于齐侯曰："戎狄豺狼，不可厌也。诸夏亲暱，不可弃也。宴安鸩毒，不可怀也。诗云：'岂不怀归，畏此简书。'简书，同恶相恤之谓也。请救邢以从简书。"[1]

狄人攻打邢国，管仲对齐桓公说："戎狄像豺狼一样不会满足，华夏各诸侯

---

[1]《左传·闵公元年》，见杨伯峻，《春秋左传注》，北京：中华书局，1981 年，第 256 页。

国相互亲近，是不能丢弃的。正如《诗》中所云：'难道不想回去吗？怕的就是这竹简上写的告急文字。'竹简上的告急文字，就是一国有危难，别国也忧患与共而共同对敌的意思。"在这里，管仲引《诗》劝谏齐侯发兵救援邢国。再如僖公九年：

> 秦伯谓郤芮曰："公子谁恃？"对曰："臣闻亡人无党，有党必有仇。夷吾弱不好弄，能斗不过，长亦不改，不识其他。"公谓公孙枝曰："夷吾其定乎？对曰："臣闻之，唯则定国。诗曰：'不识不知，顺帝之则。'文王之谓也。又曰：'不僭不贼，鲜不为则。'无好无恶，不忌不克之谓也。今其言多忌克，难哉！"公曰："忌则多怨，又焉能克？是吾利也。"①

秦穆公问大夫公孙枝，晋公子夷吾能否安定晋国，公孙枝回答："只有行为合乎法则才能安定国家。诗云：'无知无识，顺应上天的自然法则'，这说的就是文王啊。又云：'不诈伪，不伤害，很少有不为人所仿效的'，这是没有偏好也没有怨恨，既不猜忌也不好胜的意思。如今夷吾所说的话既猜忌又好胜，要他安定晋国恐怕很难。"公孙枝引《诗》证明安定国家所需要具备的素质，虽主旨在于回答晋公子夷吾能否定国，实际也暗中起到了警示本国统治者之意。还有僖公十九年：

> 宋人围曹，讨不服也。子鱼言于宋公曰："文王闻崇德乱而伐之，军三旬而不降，退修教而复伐之，因垒而降。诗曰：'刑于寡妻，至于兄弟，以御于家邦。'今君德无乃犹有所阙，而以伐人，若之何？盍姑内省德乎？无阙而后动。"②

宋国因为曹国不服而讨伐之，司马子鱼举文王攻打崇侯虎之例，并引《诗》说："'在嫡妻面前做出榜样，然后在兄弟中成为他们的表率，以此来治理一国一家'，如今君主的德行恐怕还有所不足，此时去攻打别的国家，

---

① 《左传·僖公九年》，见杨伯峻，《春秋左传注》，北京：中华书局，1981年，第330页。
② 《左传·僖公十九年》，见杨伯峻，《春秋左传注》，北京：中华书局，1981年，第383页。

能把它怎么样呢？何不暂且退兵，自我省察德行方面的情况，等到德行没有欠缺时再行动。"在这里，子鱼引《诗》巧妙地劝谏宋襄公退兵，自我省察德行。

第二种是发生在本国士大夫、贵族之间的引《诗》、赋诗，如文公二年：

> 赵成子言于诸大夫曰："秦师又至，将必辟之，惧而增德，不可当也。诗曰：'毋念尔祖，聿修厥德。'孟明念之矣，念德不怠，其可敌乎？"[1]

秦穆公任用孟明，孟明进一步修明秦国的政治，对百姓给予丰厚的恩惠。晋国的赵成子（赵衰）对诸位大夫们说："秦军再次来进攻的话，一定要避开他们。孟明念念不忘《诗》中的话（'怀念着你的祖先，加强你的德行'），修德政以强国，这样的秦军难以抵挡。"再如宣公十七年：

> 范武子将老，召文子曰："燮乎！吾闻之，喜怒以类者鲜，易者实多。诗曰：'君子如怒，乱庶遄沮；君子如祉，乱庶遄已。'君子之喜怒，以已乱也。弗已者，必益之。卻子其或者欲已乱于齐乎？不然，余惧其益之也。余将老，使卻子逞其志，庶有豸乎？尔从二三子唯敬。"[2]

晋国的士会准备告老，对儿子说："喜怒合乎礼法的情况是很少的，乱用喜怒的倒是很多。诗云：'君子如果发怒，乱子可能就很快阻住；君子如果高兴，乱子可能就很快停止。'君子的一喜一怒，是用来结束乱子的。"士会引《诗》告诫儿子应该恭敬从事，喜怒合乎礼法。还有成公十六年：

> 楚子救郑，司马将中军，令尹将左，右尹子辛将右。过申，子反入见申叔时，曰："师其何如？"对曰："德、刑、详、义、礼、信，战之器也。德以施惠，刑以正邪，详以事神，义以建利，礼以顺时，

---

[1]《左传·文公二年》，见杨伯峻，《春秋左传注》，北京：中华书局，1981年，第521页。
[2]《左传·宣公十七年》，见杨伯峻，《春秋左传注》，北京：中华书局，1981年，第774页。

信以守物。民生厚而德正，用利而事节，时顺而物成。上下和睦，周旋不逆，求无不具，各知其极。故诗曰：'立我烝民，莫匪尔极。'是以神降之福，时无灾害，民生敦庞，和同以听，莫不尽力以从上命，致死以补其阙。此战之所由克也。今楚内弃其民，而外绝其好，渎齐盟，而食话言，奸时以动，而疲民以逞。民不知信，进退罪也。人恤所底，其谁致死？子其勉之！吾不复见子矣。"①

司马子反率楚军救援郑国，问申叔时这次作战的结果会如何，申叔时引《诗》说："'（先王）安排了众民，众民行事无不符合先王的准则'，因此神明降福给他们，四时没有灾害，百姓生计富裕充足，齐心一致地听从命令，无不尽力服从上司的驱使，这是战争能取胜的原因。"申叔时认为，楚国对内抛弃自己的子民，对外断绝友好关系，轻慢盟约并且食言，违背农时兴兵打仗，这不符合做事的准则，所以他预言楚军必败，子反必死。

再如昭公九年：

> 冬，筑郎囿，书，时也。季平子欲其速成也，叔孙昭子曰："诗曰：'经始勿亟，庶民子来。'焉用速成？其以剿民也？无囿犹可，无民其可乎？"②

鲁国修建郎囿，季平子想迅速完成，叔孙昭子引《诗》劝说："'营造开始不要着急，百姓却像儿子般地自动前来'，哪里用得着从速完成呢？难道要因此劳累百姓吗？没有园林可以，没有百姓难道可以吗？"

三、评价、议论场合的引《诗》、赋诗

所谓评价、议论场合的引《诗》、赋诗，就是引诗者借《诗》来表达对国际形势、重大事件、人物行为的看法和态度。首先是引《诗》评价当前形势和事件，如宣公十六年：

---

① 《左传·成公十六年》，见杨伯峻，《春秋左传注》，北京：中华书局，1981年，第880页。
② 《左传·昭公九年》，见杨伯峻，《春秋左传注》，北京：中华书局，1981年，第1312页。

晋侯请于王。戊申，以黻冕命士会将中军，且为大傅。于是晋国
之盗逃奔于秦。羊舌职曰："吾闻之，'禹称善人，不善人远'，此之
谓也夫。诗曰：'战战兢兢，如临深渊，如履薄冰。'善人在上也。善
人在上，则国无幸民。谚曰：'民之多幸，国之不幸也。'是无善人之
谓也。"①

晋侯让士会（士季）担任中军帅，兼太傅，于是晋国的盗贼都逃往秦国。
羊舌职分析产生这种现象的原因是善人居高位："'夏禹重用善人，恶人就
逃离了'，说的就是这种情况。诗云：'小心谨慎啊，好像面临深渊，好像
踩着薄冰'，这是有善人在上位的缘故。"还有昭公十六年：

二月丙申，齐师至于蒲隧。徐人行成。徐子及郯人、莒人会齐
侯，盟于蒲隧，赂以甲父之鼎。叔孙昭子曰："诸侯之无伯，害哉！
齐君之无道也，兴师而伐远方，会之，有成而还，莫之亢也，无伯也
夫！诗曰：'宗周既灭，靡所止戾。正大夫离居，莫知我肄。'其是之
谓乎！"②

徐、郯、莒人会见齐景公，与之结盟，并送景公甲父之鼎，鲁国的叔孙昭
子对这一事件表示担忧："诸侯没有盟主，是小国的祸害。齐国国君无道，
出动军队攻打远方的国家，并缔结和约回国，没有人能够抵御。这是没有
盟主的缘故。诗云：'宗周已经灭亡，没有地方可以安处。长官大夫四散离
居，没有人知道我的劳苦'，说的就是这种情况吧。"

其次是引《诗》评价人物言行，如文公十五年：

齐侯侵我西鄙，谓诸侯不能也。遂伐曹，入其郛，讨其来朝也。
季文子曰："齐侯其不免乎。己则无礼，而讨于有礼者，曰：'女何故
行礼！'礼以顺天，天之道也，己则反天，而又以讨人，难以免矣。
诗曰：'胡不相畏，不畏于天？'君子之不虐幼贱，畏于天也。在周颂

---

① 《左传·宣公十六年》，见杨伯峻，《春秋左传注》，北京：中华书局，1981年，第768页。
② 《左传·昭公十六年》，见杨伯峻，《春秋左传注》，北京：中华书局，1981年，第1376页。

曰：'畏天之威，于时保之。'不畏于天，将何能保？以乱取国，奉礼

以守，犹惧不终，多行无礼，弗能在矣！"①

齐侯侵袭鲁国的边境，还攻打并进入曹国的外城，季文子评价说："齐侯

恐怕不会逃脱祸难了。自己已经不合于礼，反而对合于礼的国家进行讨

伐。诗云：'为什么不互相畏惧？是因为不畏惧上天'，君子所以不虐待幼

小和卑贱，就是畏惧上天的缘故。周颂云：'畏惧上天的威严，就能保有福

禄。'"季文子认为，齐侯做了违背礼的事情，当然不能善终了。襄公七年

记载：

> 卫孙文子来聘，且拜武子之言，而寻孙桓子之盟。公登亦登。叔
> 孙穆子相，趋进曰："诸侯之会，寡君未尝后卫君。今吾子不后寡君，
> 寡君未知所过。吾子其少安！"孙子无辞，亦无悛容。穆叔曰："孙子
> 必亡。为臣而君，过而不悛，亡之本也。诗曰：'退食自公，委蛇委
> 蛇。'谓从者也。衡而委蛇必折。"②

卫国的孙文子和国君并肩而行，违礼而不悔改，穆叔预言孙子必遭杀身之

祸："有了过错而不悔改，这是死亡的根本原因。诗云：'从朝廷吃饭回家，

心情宽松而从容自得'，这说的是谦和顺从的人。像孙文子这样专横却又

满不在乎，必然会遭受摧折。"再如昭公二十八年：

> 仲尼闻魏子之举也，以为义，曰："近不失亲，远不失举，可谓义
> 矣。"又闻其命贾辛也，以为忠："诗曰：'永言配命，自求多福'，忠
> 也。魏子之举也义，其命也忠，其长有后于晋国乎！"③

孔子听说了魏献子选拔人才的事及其命令贾辛的话，认为魏献子的举拔符

合道义，其命令贾辛的话体现了忠诚："诗云：'长久修德配合天命，自己

求取多种福禄'，这就是忠诚。"孔子预言魏献子的后代恐怕会在晋国长久

---

① 《左传·文公十五年》，见杨伯峻，《春秋左传注》，北京：中华书局，1981 年，第 614 页。

② 《左传·襄公七年》，见杨伯峻，《春秋左传注》，北京：中华书局，1981 年，第 952 页。

③ 《左传·昭公二十八年》，见杨伯峻，《春秋左传注》，北京：中华书局，1981 年，第 1496 页。

地享有禄位了。还有如哀公五年：

> 郑驷秦富而侈，嬖大夫也，而常陈卿之车服于其庭。郑人恶而杀
> 之。子思曰："诗曰：'不解于位，民之攸塈。'不守其位，而能久者鲜
> 矣。商颂曰：'不僭不滥，不敢怠皇，命以多福。'"①

郑国的驷秦富有而骄奢，是个下大夫，却经常在庭院里陈列卿的车马服
饰，国人讨厌他而杀之。子思评价说："诗云：'在职位上不懈怠，所以百
姓获得安宁'，不安于职位而想保持长久是很少见的。商颂云：'不伪诈不
差失，不敢闲暇安逸'，所以上天赐予各种福禄。"

四、"君子曰"之引《诗》

刘知几《史通·论赞》云："《春秋左氏传》每有发论，假君子以称
之。"②并明确指出了"君子曰"在全书中的作用："夫论者，所以辩疑
惑，释凝滞。若贤愚共了，固无俟商榷。丘明'君子曰'者，其义实在于
斯。"③可见"君子曰"是作者通过对历史事件、人物的描述自然而然地表
现出来的鲜明的憎爱、褒贬，是一种发表议论的形式，即主观评价。《左
传》"君子曰"引《诗》达45条（次），是《左传》引《诗》中特殊的一
类，若按场合划分，可归为著者评价场合，故单独列出。

《左传》中记载的第一次"君子曰"引《诗》出现于隐公元年：

> 君子曰："颍考叔，纯孝也，爱其母，施及庄公。《诗》曰'孝子
> 不匮，永锡尔类。'其是之谓乎！"④

作者借君子之口来评价颍考叔，赞扬其行孝之至，能延及旁人，所引用的
是《大雅·既醉》中的诗句。这同时也证明《左传》开了著述引《诗》之
先河。

---

① 《左传·哀公五年》，见杨伯峻，《春秋左传注》，北京：中华书局，1981年，第1631页。
② 《史通》（卷四），见［清］浦起龙，《史通通释》，上海：上海古籍出版社，1978年，第81页。
③ 同上。
④ 《左传·隐公元年》，见杨伯峻，《春秋左传注》，北京：中华书局，1981年，第16页。

隐公三年时，出现了第一次对诗篇的引用：

> 君子曰："信不由中，质无益也。明恕而行，要之以礼，虽无有质，谁能间之？苟有明信，涧溪沼沚之毛，蘋蘩蕰藻之菜，筐筥锜釜之器，潢污行潦之水，可荐于鬼神，可羞于王公，而况君子结二国之信。行之以礼，又焉用质？《风》有《采蘩》《采蘋》，《雅》有《行苇》《泂酌》，昭忠信也。"①

这一次主要是针对周、郑两国不守信用而导致两国交恶所发的议论，引用诗篇来论证守信的重要性。可见《左传》作者已经意识到《诗》作为论说依据的价值。

"君子曰"之引《诗》，主要是将《诗》作为论证的依据，以增强论证的权威性，前文已有论述，认为《左传》"君子曰"引《诗》开了著述引《诗》之先河。顾颉刚先生认为，春秋战国时人的引《诗》、赋诗，大致可以分为典礼、祭祀、饮宴、讽谏、言志、称美、表情、达意等几类②，而"君子曰"引《诗》则主要用来议论政治之成败得失，评价人、事之是非曲直，表现了著者的政治、道德、伦理观念和价值判断。

1. 议论政治成败得失

如成公八年记载：

> 晋栾书侵蔡，遂侵楚获申骊。楚师之还也，晋侵沈，获沈子揖初，从知、范、韩也。君子曰："从善如流，宜哉！诗曰：'恺悌君子，遐不作人。'求善也夫！作人，斯有功绩矣。"③

晋国的栾书侵袭蔡国，接着又侵袭楚国，俘获楚大夫申骊。楚军回国的时候，晋军侵袭沈国，俘虏了沈子揖初，这是采纳智庄子、范文子、韩献子等人计谋的结果。君子引诗评价晋国能够求取善人、从善如流，所以侵袭

① 《左传·隐公三年》，见杨伯峻，《春秋左传注》，北京：中华书局，1981年，第27页。

② 顾颉刚编著，《古史辨》（第三册），上海：上海古籍出版社，1982年，第322页。

③ 《左传·成公八年》，见杨伯峻，《春秋左传注》，北京：中华书局，1981年，第838页。

沈国获得了成功。再如襄公十三年：

> 晋国之民，是以大和，诸侯遂睦。君子曰："让，礼之主也。范宣子让，其下皆让。栾黡为汰，弗敢违也。晋国以平，数世赖之。刑善也夫！一人刑善，百姓休和，可不务乎？《书》曰：'一人有庆，兆民赖之，其宁惟永。'其是之谓乎？周之兴也，其诗曰：'仪刑文王，万邦作孚。'言刑善也。及其衰也，其诗曰：'大夫不均，我从事独贤。'言不让也。世之治也，君子尚能而让其下，小人农力以事其上，是以上下有礼，而谗慝黜远，由不争也，谓之懿德。及其乱也，君子称其功以加小人，小人伐其技以冯君子，是以上下无礼，乱虐并生，由争善也，谓之昏德。国家之敝，恒必由之。"①

君子认为"让"是礼的主体，晋国君臣团结、百姓和睦是由于取法于善："周朝兴起的时候，它的《诗》说：'效法文王，万国信赖'，说的就是取法于善的意思。等到周朝衰弱的时候，它的《诗》说：'大夫们不公平，我办事最贤能'，说的是不谦让的意思。当天下大治的时候，上下以礼相待，是不相争夺的缘故，这叫作美德。天下动乱的时候，上下不讲礼，争着自以为善，这叫作昏德。国家的败坏，常常都是由这里产生的。"还有昭公元年：

> 莒展舆立，而夺群公子秩。公子召去疾于齐。秋，齐公子鉏纳去疾，展舆奔吴。叔弓帅师疆郓田，因莒乱也。于是莒务娄、瞀胡及公子灭明以大厖与常仪靡奔齐。君子曰："莒展之不立，弃人也夫！人可弃乎？诗曰：'无竞维人。'善矣。"②

莒国的展舆立为国君，剥夺了公子们的俸禄。公子们从齐国召回去疾，展舆逃奔到吴国。在君子看来，莒国的国君出奔齐是由于他不重视人才、失去了众人的支持："诗云：'无敌的只有人才'，很正确啊。"

---

① 《左传·襄公十三年》，见杨伯峻，《春秋左传注》，北京：中华书局，1981 年，第 999 页。
② 《左传·昭公元年》，见杨伯峻，《春秋左传注》，北京：中华书局，1981 年，第 1217 页。

2. 评价事件、人物

桓公十二年记载：

> 公欲平宋、郑。秋，公及宋公盟于句渎之丘。宋成未可知也，故又会于虚。冬，又会于龟。宋公辞平，故与郑伯盟于武父。遂帅师而伐宋，战焉，宋无信也。君子曰："苟信不继，盟无益也。诗云：'君子屡盟，乱是用长。'无信也。"①

宋国失信，鲁国和郑国结盟伐宋，君子认为诸侯之间的频繁结盟会导致动乱："假如信义不能长久维持，结盟也是没有好处的。诗云：'君子屡次结盟，动乱由此滋长'，这都是不讲信用的结果。"

僖公十二年记载：

> 王以上卿之礼飨管仲，管仲辞曰："臣，贱有司也，有天子之二守国、高在。若节春秋来承王命，何以礼焉？陪臣敢辞。"王曰："舅氏，余嘉乃勋，应乃懿德，谓督不忘。往践乃职，无逆朕命。"管仲受下卿之礼而还。君子曰："管氏之世祀也宜哉！让不忘其上。诗曰：'恺悌君子，神所劳矣。'"②

周天子按上卿之礼的规格设宴款待管仲，管仲推辞不受，最终只是接受了下卿的礼节返回齐国。管仲谦冲自好，不逾越自己的地位，君子评价说："管氏历代受到祭祀是理所应当的。他谦冲自好而不忘记爵位比自己高的上卿，诗云：'和乐平易的君子，是天神所要佑助的人。'"

再如文公二年：

> 秋八月丁卯，大事于大庙，跻僖公，逆祀也。于是夏父弗忌为宗伯，尊僖公，且明见曰："吾见新鬼大，故鬼小。先大后小，顺也。跻圣贤，明也。明、顺，礼也。"君子以为失礼。礼无不顺。祀，国之大事也，而逆之，可谓礼乎？子虽齐圣，不先父食久矣。故禹不先

---

① 《左传·桓公十二年》，见杨伯峻，《春秋左传注》，北京：中华书局，1981年，第134页。
② 《左传·僖公十二年》，见杨伯峻，《春秋左传注》，北京：中华书局，1981年，第341页。

鯀，汤不先契，文、武不先不窋。宋祖帝乙，郑祖厉王，犹上祖也。是以鲁颂曰："春秋匪解，享祀不忒，皇皇后帝，皇祖后稷。"君子曰礼，谓其后稷亲而先帝也。诗曰："问我诸姑，遂及伯姊。"君子曰礼，谓其姊亲而先姑也。[1]

祭祀时升僖公的神位供在闵公神位之上，君子认为这是失礼的做法："礼没有不讲顺序的。鲁颂云：'四季祭祀不敢懈怠，祭献之礼没有差错；伟大的天帝，伟大的祖先后稷'，君子说这合于礼，说的是后稷（是鲁的祖先）虽然亲近却先称天帝。诗云：'问候我的姑母们，于是又问候到诸位姐姐'，君子说这合于礼，说的是姐姐虽然亲近却先问候姑母。"

还有成公二年：

> 十一月，公及楚公子婴齐、蔡侯、许男、秦右大夫说、宋华元、陈公孙宁、卫孙良夫、郑公子去疾及齐国之大夫盟于蜀。卿不书，匮盟也。于是乎畏晋而窃与楚盟，故曰匮盟。蔡侯、许男不书，乘楚车也，谓之失位。君子曰："位其不可不慎也乎！蔡、许之君，一失其位，不得列于诸侯，况其下乎？诗曰：'不解于位，民之攸墍。'其是之谓矣。"[2]

蔡侯、许男乘坐楚王的车子并做了车左和车右，君子感叹他们失掉了自己身为君主的身份、地位，是违礼的行为："身份是不可以马虎对待的。蔡、许两国的君主，一旦失掉身份，就不能立足于诸侯的行列之中，何况在他们之下的臣民呢？诗云：'在上位的人忠于职守，百姓就可以得到休息'，说的就是这种情况。"

襄公五年记载：

> 楚人讨陈叛故，曰："由令尹子辛实侵欲焉。"乃杀之。书曰："楚杀其大夫公子壬夫。"贪也。君子谓："楚共王于是不刑。诗曰：'周道

① 《左传·文公二年》，见杨伯峻，《春秋左传注》，北京：中华书局，1981年，第523页。
② 《左传·成公二年》，见杨伯峻，《春秋左传注》，北京：中华书局，1981年，第808页。

挺挺，我心扃扃，讲事不令，集人来定。'己则无信，而杀人以逞，
不亦难乎？《夏书》曰：'成允成功。'"①

楚公王杀令尹子辛，君子认为他用刑不当，把自己的过错都推脱到别人
身上："诗云：'大道直挺挺，我心很分明。主意出得不好，集合贤人来决
定。'自己如果不遵守信用，却杀人以满足快意，不也是很难吗？《夏书》
说：'完成信用，然后才可以完成功业。'"

　　从以上论述可以看出，"君子曰"之引《诗》，主要是为了增强论述的
权威性，同时由于韵散相间，使其结构紧凑，具有节奏感和韵律美，使作
者缜密的推理、论说不至于显得板拙、沉闷。《左传》中多达 45 次的"君
子曰"引《诗》，反映出著者对《诗》的熟谙、推崇以及乐于征引的态度，
同时也开启了著述引《诗》的先河，随之而来的便是诸子著述引《诗》之
风的兴盛。

　　不管是什么场合引《诗》、赋诗，也不管是作为个人行为的规范、治
国之道还是作为预言、法规，都明显地反映出：《诗》是作为一种具有伦理
或法律规范效用的"公理"而被称引的，再确切一点说，就是作为"礼"
而被运用的。引用者的目的是说明自己的观点合于"礼"的规范。以人
类学的观点看，《左传》的这类用《诗》与原始社会中某些民族引用神
话、谚语作为法典的现象是一致的，都属尊崇仿效祖先智慧的稽古现象。
只不过《左传》中以《诗》为礼的用法，大大多于以《诗》为法的用法。
然而，事实上中国古代的礼，尤其是春秋时代的礼，在很大程度上就是
"法"，仅是"礼禁未然，法禁已然"而已。《左传》昭公二十五年子太叔
曰："礼，上下之纪、天地之经纬也，民之所以生也，是以先王尚之，故人
之能自曲直以赴礼者，谓之成人。"②他把礼所具有的法的性质做了较好的
阐发，所以我们完全可以把《左传》的许多以《诗》为礼的用法与其他民

---

① 《左传·襄公五年》，见杨伯峻，《春秋左传注》，北京：中华书局，1981 年，第 943 页。
② 《左传·昭公二十五年》，见杨伯峻，《春秋左传注》，北京：中华书局，1981 年，第 1459 页。

族以诗、神话、谚语等为法典的用法等同起来，只有如此理解，《诗》的重要价值才能进一步得到完整体现。

第四节 《左传》引《诗》分类

本节主要通过对《左传》所引诗句、诗篇的分类，展示了风诗、雅诗、颂诗在春秋时期各自影响力的大小，并从接受学的角度探讨当时人们对风诗、雅诗、颂诗不同的接受情况及其原因。

《左传》中的引《诗》除去 4 篇新作诗《硕人》《清人》《载驰》《黄鸟》以外，按风、雅、颂分类，其情况如表 15：

表 15:《左传》引《诗》分类情况

引《诗》分类	《诗经》篇目	《左传》引《诗》涉及的篇目	《左传》引《诗》涉及的篇目在《诗经》中所占比例
风	160	41	25.6%
小雅	74	39	52.7%
大雅	31	20	64.5%
三颂	40	15	37.5%
总计	305	116	38%

从表 15 可以看出，《左传》引《诗》涉及的篇目，在今天已经编定的《诗经》中占 38%，其中以雅诗居多，其次是颂诗，排在最后的是风诗。这种情况说明，春秋是引、赋已有之《诗》，创未有之《诗》的时代，"子曰：吾自卫反鲁，然后乐正，雅颂各得其所。"[1] 雅颂之所以可以先敲定下来，因为它们在当时已经定型，而风诗还在进一步创作当中，《硕人》《清人》《载驰》《黄鸟》四首诗应该属于风诗中的晚出之诗。风、雅、颂各类

---

[1]《论语·子罕》，见杨伯峻，《论语译注》，北京：中华书局，1980 年，第 92 页。

诗创作的时间能够从一个方面解释《左传》引《诗》为何以雅、颂居多，特别是雅诗层出迭现的原因。

《左传》引《诗》主要分为直接引用诗句和引（赋）诗篇两大类，这两大类所涉及篇目分属风、雅、颂的具体情况见表16：

表16：《左传》引《诗》中直接引用诗句和引（赋）诗篇情况

引《诗》分类	《左传》引《诗》涉及的篇目数	《左传》所引诗句涉及的篇目数	《左传》所引（赋）的诗篇数
风	41	17	29
小雅	39	24	29
大雅	20	17	9
三颂	15	15	1
总计	116	72	68

（注：《左传》引《诗》涉及的篇目数并不等于所引诗句涉及的篇目数与引赋的诗篇数的简单相加，因为其中有同一篇目的重复引用现象。）

从表16可以看出，在《左传》引《诗》中，人们更多的是直接引用诗句，风诗除外，这说明在具体的语境下，直接引用诗句比引用整首诗篇更能准确、直接地表明自己的心意、愿望、态度。

下面论述《左传》引《诗》的具体分类及引用情况。

一、《左传》所引风诗

《左传》所引风诗的次数、篇目如下表：

表17：《左传》引风诗一览表

	《左传》引《诗》涉及的篇目	引用该诗篇的诗句次数	引（赋）该诗篇、章的次数	合计
周南（2篇）	《兔罝》	1		2
	《卷耳》	1		

	《左传》引《诗》涉及的篇目	引用该诗篇的诗句次数	引（赋）该诗篇、章的次数	合计
召南（9篇）	《采蘩》	1	2	13
	《行露》	2		
	《甘棠》	1	1	
	《羔羊》	1		
	《采蘋》		1	
	《摽有梅》		1	
	《草虫》		1	
	《鹊巢》		1	
	《野有死麕》		1	
邶风（9篇）	《谷风》	1		9
	《泉水》	1		
	《雄雉》	1		
	《简兮》	1		
	《柏舟》	1		
	《绿衣》		1	
	《匏有苦叶》		1	
	《式微》		1	
	《静女》		1	
鄘风（4篇）	《相鼠》	2	1	9
	《鹑之奔奔》	1	1	
	《载驰》		2	
	《竿旄》		1	
	《桑中》		1	
卫风（3篇）	《氓》		1	3
	《淇澳》		1	
	《木瓜》		1	

	《左传》引《诗》涉及的篇目	引用该诗篇的诗句次数	引（赋）该诗篇、章的次数	合计
郑风（8篇）	《羔裘》	1	1	10
	《野有蔓草》		2	
	《缁衣》		1	
	《将仲子兮》		1	
	《褰裳》		1	
	《风雨》		1	
	《有女同车》		1	
	《蘀兮》		1	
唐风（3篇）	《蟋蟀》		1	3
	《无衣》		1	
	《扬之水》		1	
曹风（1篇）	《候人》	1		1
豳风（2篇）	《狼跋》	1		2
	《七月》		1	
合计（41篇）		18	34	52

　　《左传》共引风诗41篇，计52次。若按引用篇目的多少排列，依次为召南、邶风、郑风、鄘风、卫风、唐风、周南、豳风、曹风九国国风。若按引用次数的多少排列，依次为：召南、郑风、邶风、鄘风、卫风、唐风、周南、豳风、曹风。引用最多的诗篇是《周南·采蘩》和《鄘风·相鼠》两篇，被引用3次。从统计来看，《左传》反映的对风诗的引用有34次都是引（赋）诗篇，直接引用风诗诗句只有18次，这说明引诗者更热衷于对风诗诗篇整首诗或其中章节的引用，在引用时，诗篇的主旨或章节的意思显得尤为重要。

二、《左传》所引雅诗

《左传》共引雅诗 59 篇，计 163 次。具体情况如下：

表 18:《左传》引小雅诗一览表

	《左传》引《诗》涉及的篇目	引用该诗篇的诗句次数	引（赋）该诗篇、章的次数	合计
	《常棣》	5	2	7
	《巧言》	5	1	6
	《正月》	4		4
	《小旻》	3	1	4
	《节南山》	3	1	4
	《十月之交》	3		3
	《雨无正》	3		3
	《北山》	3		3
	《桑扈》	2	1	3
	《南山有台》	2	1	3
	《鹿鸣》	2	1	3
小雅（39 篇）	《六月》	1	2	3
	《角弓》	1	2	3
	《小明》	2		2
	《采菽》	1	1	2
	《四月》	1	1	2
	《车辖》	1	1	2
	《四牡》	1	1	2
	《菁菁者莪》		2	2
	《蓼萧》		2	2
	《彤弓》		2	2
	《黍苗》		2	2
	《鸿雁》		2	2

	《左传》引《诗》涉及的篇目	引用该诗篇的诗句次数	引（赋）该诗篇、章的次数	合计
小雅（39篇）	《裳裳者华》	1		1
	《信南山》	1		1
	《都人士》	1		1
	《出车》	1		1
	《蓼莪》	1		1
	《小弁》	1		1
	《湛露》		1	1
	《隰桑》		1	1
	《小宛》		1	1
	《采薇》		1	1
	《瓠叶》		1	1
	《鱼丽》		1	1
	《皇皇者华》		1	1
	《青蝇》		1	1
	《圻父》		1	1
	《吉日》		1	1
		49	36	85

　　《左传》引小雅诗39篇，计85次，引用次数排在前五位的诗篇分别是《常棣》《巧言》《正月》《小旻》和《节南山》。《左传》反映的对小雅诗的引用，有49次是直接引用其中的诗句，有36次是引（赋）诗篇或诗章，这说明引诗者引用小雅诗时更多的是断章取义、为我所用。

表 19：《左传》引大雅诗一览表

	《左传》引《诗》涉及的篇目	引用该诗篇的诗句次数	引（赋）该诗篇、章的次数	合计
大雅（20篇）	《文王》	11	1	12
	《抑》	9		9
	《板》	7	1	8
	《民劳》	6		6
	《烝民》	6		6
	《皇矣》	5		5
	《假乐》	3	2	5
	《既醉》	3	1	4
	《大明》	2	2	4
	《瞻卬》	3		3
	《桑柔》	3		3
	《緜》	1	2	3
	《荡》	2		2
	《旱麓》	2		2
	《灵台》	1		1
	《文王有声》	1		1
	《思齐》	1		1
	《行苇》		1	1
	《泂酌》		1	1
	《韩奕》		1	1
		66	12	78

《左传》引大雅诗 20 篇，计 78 次，引用次数排在前九位的是《文王》《抑》《板》《民劳》《烝民》《皇矣》《假乐》《既醉》和《大明》。直接引用大雅诗句占 66 次之多，而引（赋）诗篇或诗章只有 12 次，这说明引诗者在引用时对诗篇整篇、整章的主旨已经很少顾及。

三、《左传》所引颂诗

《左传》所引颂诗的次数、篇目如下表：

表20:《左传》引颂诗一览表

	《左传》引《诗》涉及的篇目	引用该诗篇的诗句次数	引（赋）该诗篇的次数	合计
周颂（10篇）	《我将》	3	1	17
	《敬之》	2		
	《烈文》	1	1	
	《赉》	1	1	
	《武》	1	1	
	《汋》	1		
	《时迈》	1		
	《桓》	1		
	《思文》	1		
	《丰年》	1		
商颂（4篇）	《长发》	1	1	6
	《殷武》	1	1	
	《烈祖》	1		
	《玄鸟》	1		
鲁颂（1篇）	《閟宫》	1		1
合计（15篇）		18	6	24

《左传》共引颂诗15篇，合计24次。其中周颂10篇17次，商颂4篇6次，鲁颂1篇1次。引用次数最多的是《周颂·我将》，被引用4次。之所以如此，应从"三颂"本身寻找原因。周颂侧重于借祭祖仪式而实行"声教"之政，其文化背景已经演化为礼仪文化；商颂更多地体现出"慎终追远""敬神尚祖"的祭祀文化的特点；鲁颂产生最晚，在礼仪文化的大传统行将衰落，夏商以来的祭祀文化所形成的小传统尚在延续的情况

下，鲁颂因颂诗神圣性和神秘性的消失而表现出世俗化的特点。《左传》引颂诗时直接引用诗句 18 次，引（赋）诗篇、诗章 6 次，这同样说明引诗者对颂诗具体诗句的关注、接受和使用已经超过了诗章。

《左传》引雅诗、颂诗居多的原因何在呢？或者说雅诗、颂诗在流播中为什么占有绝对的优势地位呢？这首先还得从施教者与受教者说起。施教者包括大司乐、乐师、大师等，与受教者"国子"都有一个共同的奋斗方向，那就是为"国子"步入仕途做好准备，步入仕途需要什么，他们就教什么和学什么。祭祀、朝会、宴享等仪典是当时政治生活中的重要组成部分，"国子"必须学会这些本事，掌握这些本领，懂得其中的规矩要义，将来才能胜任其职，否则就会到处遭人耻笑。孔子说："人而不为《周南》《召南》，其犹正墙而立也与！"①周代统治者极其重视仪礼典礼尤其是祭祀活动，并把仪礼典礼当作国家的头等大事。仪典中的《诗》如前所举均配有乐曲，当然并不是所有《诗》中之诗均能配乐进入仪典，只是进入仪典之配乐诗中的雅和颂相对多一些，所以这些诗就受到了格外的青睐。"国子"学习时接触这些仪典中使用的诗多一些，也更熟悉一些，故日后当政之时使用这些诗的频率也自然高一些。

第二，从《诗》的内容来看，雅诗绝大多数反映的是王朝政治现象，比如小雅诗中，反映国家混乱、政治黑暗，揭露奸邪当权，批判君王昏庸以及愤世嫉俗、忧国忧民的诗约占了半数，而情诗只有一篇《隰桑》，思妇诗只有《采绿》和《白华》两篇，而国风中有关婚恋的诗却占了一半以上。很明显，抒发个人婚恋生活之情是风诗的主要内容，雅诗内容多侧重国家政治生活。

第三，从创作动机来看，雅诗是为政治目的而作的。"二雅"是贵族文人创作的诗，由于年代久远，史料缺乏，《诗》中大部分作者及创作背

①《论语·阳货》，见杨伯峻，《论语译注》，北京：中华书局，1980 年，第 185 页。

景已不可考，但我们仍可以从先秦典籍中找到一些蛛丝马迹。雅诗中提及作者的有三人，其一是家父，《小雅·节南山》云："家父作诵，以究王訩。"① 家父作诗来指责王政的昏乱。家父为周平王大夫，《春秋·桓公八年》载："天王使家父来聘。"② 其二是孟子，《小雅·巷伯》云："寺人孟子，作为此诗。"③ 寺人孟子为内小臣，受谗言迫害，作诗讽刺，其政治目的自不待言。其三是吉甫，《大雅·崧高》云："吉甫作诵，其诗孔硕。"④《大雅·烝民》云："吉甫作诵，穆如清风。"⑤ 吉甫即尹吉甫，是周宣王时的大臣，这两首诗《诗序》均作"尹吉甫美宣王也"⑥。朱熹《诗序辩说》认为"见宣王中兴之业耳"⑦，可见诗涉及政治层面。此外，《左传》在引《诗》时也提到了《诗》的作者及背景。如僖公二十四年：

> 王怒，将以狄伐郑。富辰谏曰："不可。臣闻之，大上以德抚民，其次亲亲以相及也。昔周公吊二叔之不咸，故封建亲戚以蕃屏周。管蔡郕霍，鲁卫毛聃，郜雍曹滕，毕原酆郇，文之昭也。邘晋应韩，武之穆也。凡、蒋、邢、茅、胙、祭，周公之胤也。召穆公思周德之不类，故纠合宗族于成周而作诗，曰：'常棣之华，鄂不韡韡。凡今之人，莫如兄弟。'"⑧

这段话告诉我们，《小雅·常棣》是召穆公思周德之衰而作。《国语·周语》记载：

> 故天子听政，使公卿至于列士献诗，瞽献曲，史献书，师箴，瞍赋，矇诵，百工谏，庶人传语，近臣尽规，亲戚补察，瞽、史教诲，

---

① 李学勤主编，《毛诗正义》，《十三经注疏》，北京：北京大学出版社，2000 年，第 826 页。

② 同上注，第 826 页。

③ 同上注，第 902 页。

④ 同上注，第 1431 页。

⑤ 同上注，第 1439 页。

⑥ 同上注，第 1418、1432 页。

⑦ ［宋］朱熹，《朱子全书·诗集传》，上海：上海古籍出版社，2002 年，第 394 页。

⑧《左传·僖公二十四年》，见杨伯峻，《春秋左传注》，北京：中华书局，1981 年，第 420 页。

者、艾修之，而后王斟酌焉，是以事行而不悖。[①]

当时的献诗人都是公卿列士，是贵族阶层，他们献诗主要出于政治的考虑，因而他们创作的诗大都与国家政事有关，希望周王听诗而纳谏，从诗中汲取经验教训。

第四，从编订者、传习者和引诗者的角度来看，《诗》的编订者与传习者都是带着政治意图去采编和传习《诗》的。颂诗和大雅中的相当一部分诗篇，是周代上层社会特定祭礼仪式的组成部分，产生于仪式。雅、颂之歌的仪式功能决定了早期诗文本作品的取舍，只有那些为仪式配乐目的创作的或用于仪式中追祖颂功的雅、颂之歌才能进入诗文本，被记录和保存下来。《诗》作为教科书在贵族社会中流传，其功能作用正如孔子所说："诵诗三百，授之以政，不达；使于四方，不能专对；虽多，亦奚以为？"[②]西周至春秋时期，《诗》自身的文学功能已被实用功能所掩盖，而被当作人们言行举止的"权威性"公理来看待，引《诗》的场合多为政治、外交场合，在当时社会上层引诗者、赋诗者当中，人们对雅诗和颂诗的熟悉程度和乐于引用的兴趣，是远在国风部分之上的。这说明引《诗》、赋诗的内容是倾向于那些政治性较强、道德倾向鲜明的诗，而这些诗被用于论议政纲、臧否人物、外交赋政、称诗喻志，成为最有力的理论依据。

四、《左传》所引逸诗

《左传》所引逸诗（据杜预注确定）共计 14 处（次），其中诗句 10 句，诗篇 4 篇。逸诗的存在证明了"删诗说"的成立。

---

① 《国语·周语》，见来可泓，《国语直解》，上海：复旦大学出版社，2000 年，第 12 页。
② 《论语·子路》，见杨伯峻，《论语译注》，北京：中华书局，1980 年，第 135 页。

表 21:《左传》引逸诗一览表

引《诗》的年代	所引逸诗诗句	所引逸诗篇名
庄公二十二年	翘翘车乘，招我以弓。 岂不欲往？畏我友朋。	
僖公九年	唯则定国。	
僖公二十三年		《河水》
成公九年	虽有丝、麻，无弃菅、蒯；虽有姬、姜，无弃蕉萃。凡百君子，莫不代匮。	
襄公五年	周道挺挺，我心扃扃。 讲事不令，集人来定。	
襄公八年	俟河之清，人寿几何？ 兆云询多，职竞作罗。	
襄公二十一年	优哉游哉，聊以卒岁。	
襄公二十六年		《辔之柔矣》
襄公二十七年	何以恤我，我其收之。	
襄公二十八年		《茅鸱》
襄公三十年	淑慎尔止，无载尔伪。	
昭公四年	礼义不愆，何恤于人言！	
昭公二十五年		《新宫》
昭公二十六年	我无所监，夏后及商。 用乱之故，民卒流亡。	

《左传》中所引逸诗与雅诗有很多的相似之处：其一，逸诗的内容多与政事有关。如襄公五年：

> 楚人讨陈叛故，曰："由令尹子辛实侵欲焉。"乃杀之。书曰："楚杀其大夫公子壬夫。"贪也。君子谓："楚共王于是不刑。诗曰：'周道挺挺，我心扃扃。讲事不令，集人来定。'己则无信，而杀人以逞，不亦难乎？《夏书》曰：'成允成功。'"①

---

① 李学勤主编，《春秋左传正义》，《十三经注疏》，北京：北京大学出版社，2000 年，第 968 页。

杜预注曰："挺挺，正直也。扃扃，明察也。讲，谋也。言谋事不善，当聚致贤人以定之。"① 可见，这是一首政治诗。再如昭公二十六年：

> 齐有彗星，齐侯使禳之。晏子曰："无益也，只取诬焉。天道不谄，不贰其命，若之何禳之？且天之有彗也，以除秽也。君无秽德，又何禳焉？若德之秽，禳之何损？诗曰：'惟此文王，小心翼翼，昭事上帝，聿怀多福。厥德不回，以受方国。'君无违德，方国将至，何患于彗？诗曰：'我无所监，夏后及商。用乱之故，民卒流亡。'若德回乱，民将流亡，祝史之为，无能补也。"②

"我无所监，夏后及商。用乱之故，民卒流亡。"这是站在维护周王朝统治的立场上，以告诫的口吻劝谏执政者以前代为鉴，实施德政。这种口吻与雅诗中的政治讽刺诗一样，恰如其分地表现出士大夫"怨而不怒"的中庸心态。

其二，逸诗的风格与雅诗相似，而与风诗迥然有别。如庄公二十二年：

> 齐侯使敬仲为卿。辞曰："羁旅之臣，幸若获宥，及于宽政，赦其不闲于教训而免于罪戾，弛于负担，君之惠也，所获多矣。敢辱高位，以速官谤。请以死告。诗云：'翘翘车乘，招我以弓。岂不欲往？畏我友朋。'"使为工正。③

"翘翘车乘，招我以弓，岂不欲往，畏我友朋。"这表现出作者欲往不能、欲罢而不得的进退失据的无奈心情。诗中弥漫着士大夫忧民悯世的情怀，诗风含蓄，而这也正是雅诗中的政治抒情诗所常用的表达方式和风格意蕴。至于风诗，一般在表情达意时较为大胆、直接，与逸诗的风格有明显的区别。故而，笔者以为，《左传》中所引的逸诗若在最初的《诗》版本中，应属于雅诗一类。

---

① 李学勤主编，《春秋左传正义》，《十三经注疏》，北京：北京大学出版社，2000年，第969页。

② 同上注，第1700页。

③ 同上注，第306页。

第五节 《左传》引《诗》效果定位

本节主要从接受学的角度探讨引《诗》的作用，并结合《诗》本文对比分析"引诗义"与"诗本义"是否相合，引诗者为达到目的对所引之诗怎样"断章取义"，引《诗》效果如何，从而进一步探索、说明春秋时期引《诗》活动频繁的原因。

一、引《诗》、赋诗的原则与方法

《左传》引《诗》所反映出的春秋时人引《诗》、赋诗现象，标志着春秋时期人们对《诗》文化的掌握已经达到一个群体的高度。《诗》作为道德规范、是非准绳，仿佛句句都是真理。把一种东西移作他用，不能没有一番改造，从当时的引《诗》、赋诗中，我们也能够看出人们引《诗》、赋诗的原则和方法，这种原则和方法对引《诗》、赋诗的效果产生了重要的影响。

1."歌诗必类"

襄公十六年记载：

> 晋侯与诸侯宴于温，使诸大夫舞，曰："歌诗必类。"齐高厚之诗不类。荀偃怒，且曰："诸侯有异志矣。"使诸大夫盟高厚，高厚逃归。于是叔孙豹、晋荀偃、宋向戌、卫宁殖、郑公孙虿、小邾之大夫盟，曰："同讨不庭。"①

这一事件告诉我们，"歌诗必类"正是当时引《诗》、赋诗的原则。杜预注："歌古诗，当使各从其义类。"②歌诗要与自己的身份、意图以及当时的

---

① 《左传·襄公十六年》，见杨伯峻，《春秋左传注》，北京：中华书局，1981年，第1026页。
② 李学勤主编，《春秋左传正义》，《十三经注疏》，北京：北京大学出版社，1999年，第939页。

音乐、舞蹈等相符合，不能随心所欲妄加发挥。就"歌诗"而言，它必须与舞乐相配，不能乱其节奏；另一方面，要求诗的内容，必须能准确明白地表达出赋诗之人的思想感情，同时这一思想感情又必须符合当时的场合、气氛、双方的身份以及谈话的主旨等，这是赋诗必须遵从的原则，也是赋者、听者能达到完全理解的有力保证。"歌诗必类"所要遵循的"类"：首先，从思想原则来说，"歌诗必类"即是合于礼。……孔颖达说：歌诗各取恩好之义类。这就是说，歌诗要合于礼的规范和要求。合于礼，即表达了等差有秩的恩好之义，就是上下和顺的和谐状态，就是符合道德原则的礼之"类"。其次，从具体的操作来说，就是赋诗者以类比诗句微言相感、委婉含蓄地赋诗言志论事，听诗者调动知识积累和联想去揣测领会赋者的志意。正因为"歌诗必类"能够采用"比""兴"的方法，委婉地、隐喻地、象征地引《诗》、赋诗，联想地、想象地听诗，引《诗》、赋诗活动才能达到"温柔敦厚"的合于"礼"的和谐境界。

2. "断章取义"

上面所谈的以类比诗句言志论事，实际上即"断章取义"，春秋时人们正是以此方法来进行引《诗》、赋诗活动的。襄公二十八年记载：

> 庆舍之士谓卢蒲癸曰："男女辨姓，子不辟宗，何也？"曰："宗不余辟，余独焉辟之？赋诗断章，余取所求焉，恶识宗？"[1]

"赋诗断章，余取所求"，杜预注：言己苟欲有求于庆氏，不能复顾礼，譬如赋诗者，取其一章而已（不能复顾全篇）。[2] "赋诗断章"并不是对《诗》的任意歪曲和随意曲解，而是遵循着一定的规则。这个规则便是"歌诗必类"。在这个原则的指导下，断章取义地解诗，使《诗》具有经典意义的方法有两种：一种是取《诗》的字面意义，直言其义或直用其言的敷陈用诗，另一种是取隐喻的和象征的意义的比兴用诗。而赋、比、兴这三种思

---

① 《左传·襄公二十八年》，见杨伯峻，《春秋左传注》，北京：中华书局，1981年，第1145页。
② 李学勤主编，《春秋左传正义》，《十三经注疏》，北京：北京大学出版社，1999年，第1078页。

维方法在本身蕴含着这三种审美思维因素的《诗》的诠释和接受的过程中，逐渐成为用诗的主要思维途径，也是后世儒家论诗和汉儒解诗，使《诗》经典化的主要途径。"经学的《诗》是通过《诗》意义的实用来实现的。实用的《诗》在方法上和意义上启发了经学的《诗》。"①

"断章取义"的引《诗》、赋诗方法在《左传》中表现得尤为突出。所谓"断章取义"，即截取《诗》中某一章句，表达己意的用诗方法。它在截取章句与运用诗义上具有很大的随意性和灵活性。首先看"断章取义"的随意性。《左传》中的引《诗》在对诗篇章句的取用上，即断章上，大体有以下三种类型：一是用诗的首章。杨伯峻先生在其《春秋左传注》中曾指出："《传》言赋诗某篇，不言某章，皆指首章。"②从《左传》赋诗之例看，此类情况确实不少。如襄公十九年：

> 季武子如晋拜师，晋侯享之。范宣子为政，赋《黍苗》。季武子兴，再拜稽首曰："小国之仰大国也，如百谷之仰膏雨焉！若常膏之，其天下辑睦，岂唯敝邑？"赋《六月》。③

鲁国季武子为晋国出兵援鲁之事前去拜谢，晋侯以飨礼招待他，范宣子赋《黍苗》一诗，取首章义，言远征之难并表白对鲁的体恤。季武子赋《小雅·六月》亦取首章义致谢。这类例子在《左传》中俯拾皆是。当然"皆指首章"之说，有些偏颇，如襄公二十六年：

> 晋侯言卫侯之罪，使叔向告二君。国子赋《辔之柔矣》，子展赋《将仲子兮》，晋侯乃许归卫侯。④

子展赋《将仲子》，义取众言可畏，用的就是卒章之义，其卒章有曰："岂敢爱之？畏人之多言。仲可怀也，人之多言亦可畏也。"⑤

---

① 傅道彬，《〈诗〉外诗论笺》，哈尔滨：黑龙江教育出版社，1993 年，第 22 页。
② 杨伯峻，《春秋左传注》，北京：中华书局，1981 年，第 598 页。
③《左传·襄公十九年》，见杨伯峻，《春秋左传注》，北京：中华书局，1981 年，第 1047 页。
④《左传·襄公二十六年》，见杨伯峻，《春秋左传注》，北京：中华书局，1981 年，第 1117 页。
⑤ 周振甫，《诗经译注》，北京：中华书局，2002 年，第 111 页。

二是用诗的卒章。如昭公元年：

> 楚公子围设服离卫。叔孙穆子曰："楚公子美矣，君哉！"郑子皮曰："二执戈者前矣！"蔡子家曰："蒲宫有前，不亦可乎？"楚伯州犁曰："此行也，辞而假之寡君。"郑行人挥曰："假不反矣！"伯州犁曰："子姑忧子皙之欲背诞也。"子羽曰："当璧犹在，假而不反，子其无忧乎？"齐国子曰："吾代二子愍矣！"陈公子招曰："不忧何成，二子乐矣。"卫齐子曰："苟或知之，虽忧何害？"宋合左师曰："大国令，小国共。吾知共而已。"晋乐王鲋曰："《小旻》之卒章善矣，吾从之。"①

楚公子围在结盟时用国君的仪仗服饰，表现出篡位之意，各国大夫纷纷议论、讥评。晋乐王鲋则引《小旻》卒章诗："不敢暴虎，不敢冯河。人知其一，莫知其他。战战兢兢，如临深渊，如履薄冰。"②并非只有暴虎冯河可畏，不敬小人亦有危殆，晋乐王鲋意在警告大夫们，对公子围的公开讥议也会招来祸患。再如昭公四年：

> 大雨雹。季武子问于申丰曰："雹可御乎？"对曰："圣人在上，无雹，虽有，不为灾。……夫冰以风壮，而以风出。其藏之也周，其用之也遍，则冬无愆阳，夏无伏阴，春无凄风，秋无苦雨，雷不出震，无灾霜雹，疠疾不降，民不夭札。今藏川池之冰，弃而不用。风不越而杀，雷不发而震。雹之为灾，谁能御之？《七月》之卒章，藏冰之道也。"③

鲁大夫申丰借《七月》卒章以言藏冰之道，亦是断取卒章诗句。杜预注云：卒章曰，"二之日凿冰冲冲"，谓十二月凿而取之；"三之日纳于凌阴"，凌阴，冰室也；"四之日其蚤，献羔祭韭"，谓二月春风，蚤开冰室，以荐

---

① 《左传·昭公元年》，见杨伯峻，《春秋左传注》，北京：中华书局，1981年，第1203页。

② 周振甫，《诗经译注》，北京：中华书局，2002年，第310页。

③ 《左传·昭公四年》，见杨伯峻，《春秋左传注》，北京：中华书局，1981年，第1248页。

宗庙。①

三是取诗中的任意诗句。此类引诗于《左传》中出现得最多，几乎所有"诗曰（云）：……"皆为此类。例如昭公三十二年：

> 赵简子问于史墨曰："季氏出其君，而民服焉，诸侯与之，君死于外，而莫之或罪也。"对曰："物生有两，有三，有五，有陪贰。故天有三辰，地有五行，体有左右，各有妃耦。王有公，诸侯有卿，皆有贰也。天生季氏，以贰鲁侯，为日久矣。民之服焉，不亦宜乎？鲁君世从其失，季氏世修其勤，民忘君矣。虽死于外，其谁矜之？社稷无常奉，君臣无常位，自古以然。故诗曰：'高岸为谷，深谷为陵。'三后之姓，于今为庶，王所知也。……"②

史墨对《小雅·十月之交》中"高岸为谷，深谷为陵"的引用，是取其比喻义，原诗句是以河谷、山陵的变易，显示上天的警告。史墨则取其高下变易之理，比喻君臣地位变迁的自然合理性。《左传》中还有取情诗用于严肃的政治外交场合，比喻国与国、臣与臣的关系。如成公八年：

> 晋侯使韩穿来言汶阳之田，归之于齐。季文子饯之，私焉，曰："大国制义以为盟主，是以诸侯怀德畏讨，无有贰心。谓汶阳之田，敝邑之旧也，而用师于齐，使归诸敝邑。今有二命曰：'归诸齐。'信以行义，义以成命，小国所望而怀也。信不可知，义无所立，四方诸侯，其谁不解体？诗曰：'女也不爽，士贰其行。士也罔极，二三其德。'七年之中，一与一夺，二三孰甚焉！士之二三，犹丧妃耦，而况霸主？霸主将德是以，而二三之，其何以长有诸侯乎？诗曰：'犹之未远，是用大简。'行父惧晋之不远犹而失诸侯也，是以敢私言之。"③

鲁国刚于鞌之战后夺回被齐国侵占的土地汶阳，盟主晋侯又下令归属齐

---

① 杨伯峻，《春秋左传注》，北京：中华书局，1981 年，第 1250 页。

② 《左传·昭公三十二年》，见杨伯峻，《春秋左传注》，北京：中华书局，1981 年，第 1519 页。

③ 《左传·成公八年》，见杨伯峻，《春秋左传注》，北京：中华书局，1981 年，第 837 页。

国，鲁季文子不满，引《卫风·氓》中诗句，把晋公比作"二三其德"的男子，把鲁国比作"无爽"的女子，以责晋之无信。再如昭公元年：

> 夏四月，赵孟、叔孙豹、曹大夫入于郑，郑伯兼享之。子皮戒赵孟，礼终，赵孟赋《瓠叶》。子皮遂戒穆叔，且告之。穆叔曰："赵孟欲一献，子其从之！"子皮曰："敢乎？"穆叔曰："夫人之所欲也，又何不敢？"及享，具五献之笾豆于幕下。赵孟辞，私于子产曰："武请于冢宰矣。"乃用一献。赵孟为客，礼终乃宴。穆叔赋《鹊巢》。赵孟曰："武不堪也。"又赋《采蘩》，曰："小国为蘩，大国省穑而用之，其何实非命？"子皮赋《野有死麕》之卒章。赵孟赋《常棣》，且曰："吾兄弟比以安，尨也可使无吠。"穆叔、子皮及曹大夫兴，拜，举兕爵，曰："小国赖子，知免于戾矣。"饮酒乐。赵孟出，曰："吾不复此矣。"①

郑子皮赋《召南·野有死麕》之卒章，义取"无使尨也吠"。此句原写女子告诫"吉士"莫惊动长毛狗（尨），子皮引之以"尨"比喻楚令尹围，期待晋国赵孟驯服之。这类以男女之情作比的引用，在昭公十六年晋韩宣子请郑国六卿赋诗中得到了充分体现，因前文已有论及，这里不再赘述。

尽管断章取义地引《诗》、赋诗具有极大的灵活性，但人们对引诗者意图的理解却常常毫厘不爽。甚至在紧要关头凭一句赋诗便可决定一项重大的军事行动。如襄公十四年：

> 诸侯之大夫从晋侯伐秦，以报栎之役也。晋侯待于竟，使六卿帅诸侯之师以进。及泾，不济。叔向见叔孙穆子。穆子赋《匏有苦叶》。叔向退而具舟，鲁人、莒人先济。②

诸侯大夫跟随晋侯伐秦，到了泾水，诸侯军队不肯渡河，晋大夫叔向进见鲁叔孙穆子，穆子赋《邶风·匏有苦叶》，叔向即退下去准备船只。原来，

---

① 《左传·昭公元年》，见杨伯峻，《春秋左传注》，北京：中华书局，1981 年，第 1208 页。
② 《左传·襄公十四年》，见杨伯峻，《春秋左传注》，北京：中华书局，1981 年，第 1008 页。

匏即葫芦，古人称为"腰舟"，常抱之浮水或剖之载渡。穆子取首章："匏有苦叶，济有深涉。深则厉，浅则揭。"①叔向便据此确定了渡河之举。再如定公十年：

> 二子及齐师复围郓，弗克。叔孙谓郓工师驷赤曰："郓非唯叔孙氏之忧，社稷之患也。将若之何？"对曰："臣之业，在《扬水》卒章之四言矣。"叔孙稽首。②

鲁武叔在围攻郓地叛变者侯犯时，屡攻不克，于是找到郓地的工师驷赤，问其怎么办，驷赤对曰"在《扬水》卒章之四言矣"，即暗示此事就在"我闻有命"这句话，原诗云："我闻有命，不敢以告人"③，驷赤引之表示明白武叔之命，将于暗中接应，所以武叔稽首谢之。引诗者的含蓄灵活，听诗者的机敏与判断的准确，皆令人叹为观止。从《左传》所记载的引《诗》在断章上的随意性和灵活性即可看出，时人对《诗》决非零星记诵。

二、《左传》引《诗》之诗本义与引诗义的对比分析

"断章取义"是赋诗的惯例，赋诗的人的心意不即是作诗的人的心意。④"作诗者有作诗者之意，用诗者有用诗者之意。二者通常相左。"⑤引诗者、赋诗者以隐喻、象征的方式表现自己的态度、意愿，但在语言中是没有明确说出来的。这种被英国的瑞恰兹称为"语境中的缺失的部分"⑥的没有明确说出来的语言含义，正是文学语言表情达意的突出特征。《诗》之所以在当时被不断引用，一方面是由于本身所具有的权威性，另一方面

---

① 周振甫，《诗经译注》，北京：中华书局，2002 年，第 48 页。

②《左传·定公十年》，见杨伯峻，《春秋左传注》，北京：中华书局，1981 年，第 1581 页。

③ 周振甫，《诗经译注》，北京：中华书局，2002 年，第 162 页。

④ 顾颉刚编著，《古史辨》（第三册），上海：上海古籍出版社，1982 年，第 332 页。

⑤ 傅道彬，《〈诗〉外诗论笺》，哈尔滨：黑龙江教育出版社，1993 年，第 40 页。

⑥ 赵毅衡编选，《新批评文集》，北京：中国社会科学出版社，1988 年，第 297 页。

就是它作为文学文本其意义的复杂性、含蓄性。"元典之为元典，不在于其本身具有民族精神的所有内容，而是在于元典所具有的崇高地位和无限诠释的空间。其在社会中所起的作用和意义，并不是由于其本身的原义，而是后人的阐发所产生的影响。"① 从《左传》中的引《诗》、赋诗来看，引诗者的引诗义并不一定符合诗本义，而后人不识，常将引诗义与诗本义等同，此谬大矣。故笔者择取几例加以说明。

第一，《左传》隐公元年载：君子曰："颍考叔，纯孝也。爱其母，施及庄公。诗曰：'孝子不匮，永锡尔类。'其是之谓乎？"② 庄公之母姜氏与其弟共叔段叛乱，庄公平乱，并置姜氏于城颍，誓之曰："不及黄泉，无相见也。"既而悔之。有颍考叔感而通之，使庄公掘地及泉，与姜氏隧而相见，母子和好如初。因此，《左传》作者借"君子"之口引《诗》赞誉颍考叔。杜预注云："不匮，纯孝也。庄公虽失之于初，孝心不忘，考叔感而通之，所谓'永锡尔类'。"③ 正如杜预所言，《左传》引此诗，是为了赞扬颍考叔的"纯孝"，孝行不竭，延及庄公。那么《左传》的"永锡尔类"，"类"当指同类、族类。但这是否就是《大雅·既醉》的本意呢？杜预对此持否定看法："诗人之作，各以情言，君子论之，不以文害意，故《春秋传》引《诗》不皆与今说诗者同。"④ 而郑玄却对此持肯定观点，认为《左传》此篇引"孝子不匮，永锡尔类"，引诗义与诗本义是一样的。郑玄释《既醉》此句云："永，长也。孝子之行，非有竭极之时，长以与女之族类，谓广之以教道天下也。《春秋传》曰：'颍考叔，纯孝也，施及庄公。'"⑤ 郑《笺》释此诗，即引《春秋传》做证。今按：《大雅·既醉》中"孝子不匮，永锡尔类"，本言周成王之群臣皆为君子，皆有孝子之行，且孝行永不竭

---

① 冯天瑜，《中华元典精神》，武汉：武汉大学出版社，2006年，第376—377页。

②《左传·隐公元年》，见杨伯峻，《春秋左传注》，北京：中华书局，1981年，第15页。

③ 李学勤主编，《春秋左传正义》，《十三经注疏》，北京：北京大学出版社，2000年，第64页。

④ 同上。

⑤ 李学勤主编，《毛诗正义》，《十三经注疏》，北京：北京大学出版社，2000年，第1285页。

极。成王德能如此，故上天长久地赐给成王以善道、治国之道。"尔"，此应指成王，"类"为"善"义。《既醉》诗云：

> 既醉以酒，既饱以德。君子万年，介尔景福。既醉以酒，尔肴既将。君子万年，介尔昭明。昭明有融，高朗令终，令终有俶。公尸嘉告。其告维何？笾豆静嘉。朋友攸摄，摄以威仪。威仪孔时，君子有孝子。孝子不匮，永锡尔类。其类维何？室家之壶。君子万年，永锡祚胤。其胤维何？天被尔禄。君子万年，景命有仆。其仆维何？厘尔女士。厘尔女士，从以孙子。①

《毛诗序》云："《既醉》，大平也。醉酒饱德，人有士君子之行焉。"②郑《笺》云："成王祭宗庙，旅酬下遍群臣，至于无筭爵，故云醉焉。乃见十伦之义，志意充满，是谓之'饱德'。"③《正义》云："作《既醉》诗者，言太平也。谓四方宁静而无事，此则平之大者，故谓太平也。成王祭宗庙，群臣助之。至于祭末，莫不醉足于酒，猒饱其德。既荷德泽，莫不自修，人皆有士君子之行焉。能使一朝之臣尽为君子，以此教民大安乐，故作此诗以歌其事也。"④可见，《既醉》是写周成王祭宗庙之事。始于飨宴，终于祭祀。群臣醉足于酒，厌饱其德，皆有士君子之行，天下太平。成王德能如此，故上天赐成王大福、昭明之道、善道，使之永作明君，且泽被后世，所谓"介尔景福""介尔昭明""永锡尔类""永锡祚胤"是也。此四句句式一致，意义相近，皆指上天赐成王以福祚。而"永锡尔类"承上启下，亦当指上天赐成王之义。"类"即所赐之物。毛氏、孔颖达皆释"类"为"善"，指善道。孔颖达更批驳了郑玄将"类"释为"族类"的观点。毛《传》云："类，善也。"⑤孔《疏》云："成王之臣既相摄佐以威仪，故威

---

① 李学勤主编，《毛诗正义》，《十三经注疏》，北京：北京大学出版社，2000年，第1279页。
② 同上。
③ 同上。
④ 同上。
⑤ 同上注，第1285页。

仪甚得其适时之中，皆为君子之人，皆有孝子之行。既有孝子之行，又不有竭极之时，能以孝道转相教化，则天长赐汝王以善道矣。郑唯'长与汝之族类'为异。余同。"① 另，马瑞辰《毛诗传笺通释》与毛《传》同，并做了进一步的论证："《左传》引《诗》'孝子不匮，永锡尔类'，'若以不孝令于诸侯，其毋乃非德类也乎？'以德类连言，正与《传》训'善'义合。'善'可为'法'，'法'亦取其相肖，故'类'又训'法'。……郑《笺》训为'族类'，失之。"② 通过以上论述，则"类"为"善"之义甚明。故《诗》言"永锡尔类"与《左传》中言"永锡尔类"，引诗义与诗本义并非一义也。

第二，《左传》襄公三十一年记载：叔向曰："辞之不可以已也如是夫！子产有辞，诸侯赖之，若之何其释辞也？诗曰：'辞之辑矣，民之协矣。辞之绎矣，民之莫矣。'其知之矣。"③ 杜注云："《诗·大雅》。言辞辑睦则民协同，辞说绎则民安定。莫，犹定也。"④ 此句诗引自《大雅·板》："天之方难，无然宪宪。天之方蹶，无然泄泄。辞之辑矣，民之洽矣。辞之怿矣，民之莫矣。"⑤《毛诗序》云："凡伯刺厉王也。"⑥ 毛《传》云："宪宪，犹欣欣也。蹶，动也。泄泄，犹沓沓也。"⑦ "辑，和。洽，合。怿，说。莫，定也。"⑧ 郑《笺》云："天，斥王也。王方欲艰难天下之民，又方变更先王之道。臣乎，女无宪宪然，无沓沓然，为之制法度，达其意，以成其恶。"⑨ "辞，辞气，谓政教也。王者政教和说，顺于民，则民心合定。此戒

① 李学勤主编，《毛诗正义》，《十三经注疏》，北京：北京大学出版社，2000 年，第 1285 页。
② ［清］马瑞辰，《毛诗传笺通释》（影印本），济南：山东友谊书社，1992 年，第 1424 页。
③ 《左传·襄公三十一年》，见杨伯峻，《春秋左传注》，北京：中华书局，1981 年，第 1189 页。
④ 李学勤主编，《春秋左传正义》，《十三经注疏》，北京：北京大学出版社，2000 年，第 1299 页。
⑤ 李学勤主编，《毛诗正义》，《十三经注疏》，北京：北京大学出版社，2000 年，第 1345 页。
⑥ 同上注，第 1344 页。
⑦ 同上注，第 1345 页。
⑧ 同上注，第 1346 页。
⑨ 同上。

语时之大臣。"① 孔《疏》云："其辞气之悦美矣，则下民之心皆得安定矣。言民和定在于王教，故汝臣等不得为王制虐政以乱下民也。……《论语》云：'出辞气。'故以此辞为辞气也。此辞加于下民，故知谓政教也。"② 由此可知，《左传》引《板》诗，其"辞"杜注为"言辞"，而毛《传》、郑《笺》、孔《疏》释为"辞气""王教""政教"。从叔向引《诗》的背景来看：

公薨之月，子产相郑伯以如晋，晋侯以我丧故，未之见也。子产使尽坏其馆之垣而纳车马焉。士文伯让之，曰："敝邑以政刑之不修，寇盗充斥，无若诸侯之属辱在寡君者何？是以令吏人完客所馆，高其闬闳，厚其墙垣，以无忧客使。今吾子坏之，虽从者能戒，其若异客何？以敝邑之为盟主，缮完葺墙，以待宾客，若皆毁之，其何以共命？寡君使匄请命。"对曰："以敝邑褊小，介于大国，诛求无时，是以不敢宁居，悉索敝赋，以来会时事。逢执之不间，而未得见，又不获闻命，未知见时，不敢输币，亦不敢暴露。其输之，则君之府实也，非荐陈之，不敢输也。其暴露之，则恐燥湿之不时而朽蠹，以重敝邑之罪。侨闻文公之为盟主也，宫室卑庳，无观台榭，以崇大诸侯之馆。馆如公寝，库厩缮修，司空以时平易道路，圬人以时塓馆宫室。诸侯宾至，甸设庭燎，仆人巡宫，车马有所，宾从有代，巾车脂辖，隶人牧圉，各瞻其事，百官之属，各展其物。公不留宾，而亦无废事，忧乐同之，事则巡之，教其不知，而恤其不足。宾至如归，无宁灾患？不畏寇盗，而亦不患燥湿。今铜鞮之宫数里，而诸侯舍于隶人。门不容车，而不可逾越。盗贼公行，而天厉不戒。宾见无时，命不可知。若又勿坏，是无所藏币，以重罪也。敢请执事，将何以命之？虽君之有鲁丧，亦敝邑之忧也。若获荐币，修垣而行，君之惠也，敢惮勤劳？"文伯复命，赵文子曰："信！我实不德，而以隶人之

① 李学勤主编，《毛诗正义》，《十三经注疏》，北京：北京大学出版社，2000 年，第 1346 页。
② 同上。

垣以赢诸侯，是吾罪也。"使士文伯谢不敏焉。晋侯见郑伯，有加礼，厚其宴好而归之。乃筑诸侯之馆。①

鲁襄公死的那一月，子产辅佐郑简公到晋国去。晋平公因为鲁国有丧事，没有接见他们。子产派人把宾馆的围墙全部拆毁，让自己的车马进去。晋国的士文伯责怪子产，他巧妙辩解，使得晋平公最终以隆重的礼节接见了郑简公。由此可以看出，叔向引诗之义是赞子产善于言辞，这当然与诗本义是不符的。

《左传》引《诗》中也存在引诗义与诗本义相符的情况，如僖公二十四年：

> 王怒，将以狄伐郑。富辰谏曰："不可。臣闻之，大上以德抚民，其次亲亲以相及也。昔周公吊二叔之不咸，故封建亲戚以蕃屏周。管蔡郕霍，鲁卫毛聃，郜雍曹滕，毕原酆郇，文之昭也。邗晋应韩，武之穆也。凡蒋邢茅胙祭，周公之胤也。召穆公思周德之不类，故纠合宗族于成周而作诗，曰：'常棣之华，鄂不韡韡。凡今之人，莫如兄弟。'其四章曰：'兄弟阋于墙，外御其侮。'如是，则兄弟虽有小忿，不废懿亲。"②

郑国因怨恨周王，逮捕了两位周大夫，使周襄王大怒，欲领狄人攻打郑国，富辰于是引《小雅·常棣》诗句"常棣之华，鄂不韡韡。凡今之人，莫如兄弟"，劝谏襄王不可抛弃同宗郑国，这里用的是诗本义："人之恩亲，无如兄弟之最厚。"③"兄弟阋于墙，外御其侮"，其义为："兄弟之亲，不能相远。言兄弟或有自不相得，可阋于墙内，若有他人来侵侮之，则同心合意，外御他人之侵侮。"④再如宣公十五年：

---

① 《左传·襄公三十一年》，见杨伯峻，《春秋左传注》，北京：中华书局，1981 年，第 1186 页。
② 《左传·僖公二十四年》，见杨伯峻，《春秋左传注》，北京：中华书局，1981 年，第 420 页。
③ 李学勤主编，《毛诗正义》，《十三经注疏》，北京：北京大学出版社，2000 年，第 665 页。
④ 同上注，第 668 页。

晋侯赏桓子狄臣千室，亦赏士伯以瓜衍之县。曰："吾获狄土，子
之功也。微子，吾丧伯氏矣。"羊舌职说是赏也，曰："《周书》所谓
'庸庸祇祇'者，谓此物也夫。士伯庸中行伯，君信之，亦庸士伯，
此之谓明德矣。文王所以造周，不是过也。故诗曰：'陈锡哉周。'能
施也。率是道也，其何不济？"①

晋景公赏给荀林父狄人的奴隶一千家，也同时把瓜衍的县邑赏给士伯，并
说："我获得狄人的土地，是您的功劳。如果没有您，我就损失荀林父了。"
晋大夫羊舌职在解说这次赏赐的时候，引《大雅·文王》诗句"陈锡哉
周"，其原义为："（文王）乃由能敷恩惠之施，以受命造始周国，故天下
君之。"②羊舌职这里引用该诗句，意在盛赞晋侯奖赏荀林父与士伯之事，
文王当初布施恩惠，创立周朝，亦不过如此。可见引诗义与诗本义是相
符的。

如果说引诗义与诗本义相符是引诗者对《诗》的正解的话，那么引
诗义与诗本义不符就是引诗者对《诗》的误读。无论是正解还是误读，都
体现了引诗者对《诗》的接受，在这里，引诗者实际上拥有另一个身份，
即《诗》的接受者。而引诗者在引用、赋诵过程中，自觉或不自觉地融入
了对《诗》的新的阐释。"诗学编码的时空界定较模糊，其信息较少为编
码规则所封闭，从而为接受者、传播者的自由发挥、创造性阐释提供广
阔天地。"③从《左传》引《诗》、赋诗的情况看，引诗义和诗本义偶有相合
的，然而更多的是扩展或转移原诗的含义。《诗》已经变成了一种传播符
号，被人们在不同的场合或语境中进行新的阐释和理解。用现代接受美
学理论来讲，是引诗者对《诗》的文本内容与主旨的深刻领会和二度创
作。刘勰《文心雕龙》云："春秋观志，讽诵旧章。酬酢以为宾荣，吐纳而

---

① 《左传·宣公十五年》，见杨伯峻，《春秋左传注》，北京：中华书局，1981年，第764页。
② 李学勤主编，《毛诗正义》，《十三经注疏》，北京：北京大学出版社，2000年，第1122页。
③ 冯天瑜，《中华元典精神》，武汉：武汉大学出版社，2006年，第71页。

成身文。"①清劳孝舆在《春秋诗话》里也讲："盖当时只有诗，无诗人。古人所作，今人可援为己作；彼人之诗，此人可赓为自作，期于言志而已。人无定诗，诗无定旨，故可名不名，不作而作也。"②引《诗》、赋诗反映了人们接受意识的自觉性，他们不是机械、被动地记忆和理解作品，而是主动、创造性地参与和发挥，从而不仅使《诗》文本中一些被遮蔽的特征显示出来，而且使所引之诗、所赋之诗增添了象征色彩、隐喻色彩和新的信息。当然，这也为后人理解《诗》文本之原义设置了重重的障碍，但是却替《诗》之接受写下了辉煌的一页。

三、《左传》引《诗》效果定位

这里的引《诗》效果，主要侧重从听诗者的角度来研究《诗》在当时的接受情况。《左传》引《诗》中，其中一种是听诗者对引诗者、赋诗者引《诗》、赋诗所蕴含的意愿、意志表示接受或满意，双方进行的引《诗》、赋诗、听诗、回赋诗活动能较为顺利地完成。如僖公二十二年：

> 富辰言于王曰："请召大叔。诗曰：'协比其邻，昏姻孔云。'吾兄弟之不协，焉能怨诸侯之不睦？"王说。王子带自齐复归于京师，王召之也。③

富辰劝说周天子把大叔（即王子带，僖公十二年奔齐）从齐国召回来，并引《诗》说，如果兄弟关系都不融洽，诸侯又怎么能顺从呢？于是，周天子很高兴，召大叔从齐国回到了京师。再如僖公三十三年：

> 初，臼季使过冀，见冀缺耨，其妻饁之。敬，相待如宾。与之归，言诸文公曰："敬，德之聚也。能敬必有德，德以治民，君请用之。臣闻之，出门如宾，承事如祭，仁之则也。"公曰："其父有罪，

---

① 《文心雕龙·明诗》，见黄叔琳注，《增订文心雕龙校注》（上），北京：中华书局，2000 年，第 64 页。

② ［清］劳孝舆，《春秋诗话》，台北：新文丰出版公司，1984 年，第 1 页。

③ 《左传·僖公三十三年》，见杨伯峻，《春秋左传注》，北京：中华书局，1981 年，第 395 页。

可乎?"对曰:"舜之罪也殛鲧,其举也兴禹。管敬仲,桓之贼也,实相以济。《康诰》曰:'父不慈,子不祗,兄不友,弟不共,不相及也。'诗曰:'采葑采菲,无以下体。'君取节焉可也。"文公以为下军大夫。①

晋国的臼季向晋文公举荐冀缺,文公认为冀缺的父亲有罪,所以对能否任用冀缺表示犹豫,在这种情况下,臼季引《诗》说,虽然父亲有罪,但用人应该取其长处,由此坚定了文公的决心,最后任命冀缺为下军大夫。还有襄公二十四年记载:

范宣子为政,诸侯之币重。郑人病之。二月,郑伯如晋。子产寓书于子西以告宣子,曰:"子为晋国,四邻诸侯,不闻令德,而闻重币,侨也惑之。侨闻君子长国家者,非无贿之患,而无令名之难。夫诸侯之贿聚于公室,则诸侯贰。若吾子赖之,则晋国贰。诸侯贰,则晋国坏。晋国贰,则子之家坏。何没没也!将焉用贿?夫令名,德之舆也。德,国家之基也。有基无坏,无亦是务乎!有德则乐,乐则能久。诗云:'乐只君子,邦家之基。'有令德也夫!'上帝临女,无贰尔心。'有令名也夫!恕思以明德,则令名载而行之,是以远至迩安。毋宁使人谓子'子实生我',而谓'子濬我以生'乎?象有齿以焚其身,贿也。"宣子说,乃轻币。②

郑国的子产托信给子西,让他告诉晋国的范宣子说:"用宽厚的心来发扬德行",并引《诗》称誉宣子是君子、国之基石,于是,宣子很高兴,减轻了郑国的贡品。可以说,听诗者这种接受或表示满意的态度,实际也是对《诗》的接受。

另一种是听诗者对引诗者、赋诗者的引《诗》、赋诗毫无反应或拒绝,双方之间的引《诗》、赋诗、听诗活动不能顺利完成,引诗者、赋诗者的

①《左传·襄公二十四年》,见杨伯峻,《春秋左传注》,北京:中华书局,1981年,第501页。
② 同上注,第1089页。

意愿、要求得不到满足。如襄公二十七年和襄公二十八年记载：

> 齐庆封来聘，其车美。孟孙谓叔孙曰："庆季之车，不亦美乎？"
> 叔孙曰："豹闻之：'服美不称，必以恶终。'美车何为？"叔孙与庆封
> 食，不敬。为赋《相鼠》，亦不知也。①

> 叔孙穆子食庆封，庆封氾祭。穆子不说，使工为之诵《茅鸱》，
> 亦不知。②

第一例讲的是齐国的庆丰出访鲁国，鲁国执政大夫叔孙豹宴请他时，庆丰
表现得有失礼节，所以叔孙豹吟诵《鄘风·相鼠》讽刺他礼仪失态，缺乏
大国使臣的风范，可是庆丰根本不懂叔孙豹的意思。第二例的听诗者同样
是庆丰，这次他是逃奔到鲁国，穆子设便宴招待他，可是他先遍祭诸神，
穆子很不高兴，所以让乐工为他诵《茅鸱》，意在"刺不敬"，庆丰和上次
一样，还是不明白别人诵诗的意思。

再如昭公十二年记载：

> 宋华定来聘，通嗣君也。享之，为赋《蓼萧》，弗知，又不答赋。
> 昭子曰："必亡。宴语之不怀，宠光之不宣，令德之不知，同福之不
> 受，将何以在？"③

鲁国设宴招待宋国的华定，为其赋诗《蓼萧》，比喻两国之间能够以兄弟
之谊相待，作为听诗者的华定全然不懂，也不赋诗作答，引起了叔孙昭子
的不满："他一定会逃亡。诗里所说宴会的笑语不思念，崇信的荣耀不宣
扬，美好的德行不知道，共同的福禄不接受，他靠什么能在其位？"还有
僖公二十二年：

> 邾人以须句故出师。公卑邾，不设备而御之。臧文仲曰："国无
> 小，不可易也。无备，虽众不可恃也。诗曰：'战战兢兢，如临深渊，

---

① 《左传·襄公二十七年》，见杨伯峻，《春秋左传注》，北京：中华书局，1981年，第1127页。
② 《左传·襄公二十八年》，见杨伯峻，《春秋左传注》，北京：中华书局，1981年，第1149页。
③ 《左传·昭公十二年》，见杨伯峻，《春秋左传注》，北京：中华书局，1981年，第1332页。

如履薄冰。'又曰:'敬之敬之,天惟显思,命不易哉!'先王之明德,犹无不难也,无不惧也,况我小国乎!君其无谓邾小。蜂虿有毒,而况国乎?"弗听。八月丁未,公及邾师战于升陉,我师败绩。[1]

邾国出兵攻打鲁国,僖公瞧不起邾国,所以预先不设防就贸然抵抗,文仲引《诗》劝诫僖公不要轻敌,但僖公不听从文仲的劝告,以致战败。可以说,听诗者毫无反应或拒绝的态度从某种意义上也是对《诗》的不接受,当然,在《左传》引《诗》中,这种情况只有少数,丝毫不影响《诗》在当时社会中的地位。

通过对引《诗》效果即听诗者态度的考察,说明在当时普遍认可的政治伦理观念和价值取向下,就引诗者、赋诗者来说,要根据眼前的实际需要,根据自己所要表达的意思,用相似性联想,从彼此都熟悉的《诗》中找出有某种契合点或相似点的篇章,作为载体和媒介,也就是将所要表达的一国之志或一己之志转换成彼此熟悉的《诗》的话语,通过断章取义地吟唱诗章,向对方发出富有启发、暗示和象征性的信号,供对方揣测领会,委婉含蓄地表达自己的意志。听诗者需揣测意会,根据特定语境,通过对赋者所赋诗句的辨析和联想,揣摩其用意,观其心志,然后做出回应。可见每一次赋诗,至少包括双方前后两次联想式解读和接受。赋(引)诗者的赋诗、引《诗》是对《诗》的一种接受和解读,听诗者的领会也是一种接受和解读,二者如相契合,才能完成这一过程。

---

[1]《左传·僖公二十二年》,见杨伯峻,《春秋左传注》,北京:中华书局,1981年,第395页。

第二章

《国语》引《诗》考论

　　《国语》是以记言为主的国别史，其记载上起周穆王十二年（公元前990），下迄周贞定王十六年（公元前453）共500多年历史。其中引《诗》37处（次），有的记载与《左传》引《诗》相互印证，反映了春秋时期的引《诗》风尚，人们对《诗》的接受、阐释，以及《诗》在当时的社会功能。

第一节　《国语》引《诗》分期

　　《左传》记载春秋时人的第一例引《诗》出现于桓公元年（公元前706），而据《国语》记载，公元前967年就有周朝的祭公谋父引《诗》劝谏周穆王，这应该是先秦引《诗》史上的第一例引《诗》。这说明，至晚从穆王时代起，《诗》已不仅仅为仪式配乐的单纯目的而存在，它在承担着固有的仪式功能的同时，也担起了讽刺时事、劝勉时王的讽谏功能。对于《国语》引《诗》的分期研究，兼与《左传》相对照，可以更清晰地把握时人引《诗》活动的发展脉络。

表 22：《国语》引《诗》一览表

引《诗》发生的时间	引《诗》数量		合计
	引《诗》句数	引（赋）诗篇、诗章数	
公元前 967 年（周穆王）	1		1
约公元前 842 年（周厉王）	2		2
公元前 643 年	3		3
公元前 639 年（周襄王）	1		1
约公元前 637 年	1		8
	1		
	1		
		4+（1）	
约公元前 636—公元前 628 年	2		2
公元前 599 年		1	1
公元前 575 年（周简王）	1		1
公元前 569 年	1	6	7
约公元前 550—公元前 529 年	6+（2）	3	11
总计	22	15	37

（注：表中括号里面的数字指逸诗。）

　　《国语》引《诗》共计 37 处（次），其中直接引用诗句 22 处（次），包括两处逸诗诗句，引（赋）诗篇、诗章 15 次，包括逸诗 1 篇。

　　《国语》中所记载的引《诗》可以划分为三个时期：从周穆王到周惠王时期（公元前 967—公元前 652），是引《诗》的萌芽期，从周襄王到周简王时期（公元前 651—公元前 572），引《诗》风气逐渐高涨，至周灵王、周景王时期（公元前 571—公元前 520）达到了高潮。从时间上来看，这恰好与《左传》引《诗》的发展脉络大致吻合。

第二节 《国语》引《诗》分类

表23:《国语》引风诗一览表

	《国语》引《诗》涉及的篇目	引用该诗篇的诗句次数	引（赋）该诗篇、章的次数	合计
邶风	《匏有苦叶》		1	2
	《绿衣》		1	
郑风	《将仲子》	1		1
曹风	《候人》	1		1
		2	2	4

《国语》引风诗4篇4次，其中邶风2篇，郑风和曹风各1篇。

表24:《国语》引小雅诗一览表

	《国语》引《诗》涉及的篇目	引用该诗篇的诗句次数	引（赋）该诗篇、章的次数	合计
小雅	《皇皇者华》	2	1	3
	《常棣》	1		1
	《节南山》	1		1
	《鹿鸣》		1	1
	《四牡》		1	1
	《采菽》		1	1
	《黍苗》		1	1
	《小宛》		1	1
	《六月》		1	1
		4	7	11

《国语》引小雅诗9篇11次，其中引《皇皇者华》最多，计3次。

表 25：《国语》引大雅诗一览表

	《国语》引《诗》涉及的篇目	引用该诗篇的诗句次数	引（赋）该诗篇、章的次数	合计
大雅	《旱麓》	2		2
	《思齐》	2		2
	《文王》	1	1	2
	《大明》	1	1	2
	《桑柔》	1		1
	《荡》	1		1
	《既醉》	1		1
	《灵台》	1		1
	《抑》	1		1
	《緜》		1	1
		11	3	14

《国语》引大雅诗 10 篇 14 次，其中引《旱麓》《思齐》《文王》《大明》各 2 次。

表 26：《国语》引颂诗一览表

	《国语》引《诗》涉及的篇目	引用该诗篇的诗句次数	引（赋）该诗篇、章的次数	合计
周颂	《昊天有成命》	1	1	5
	《思文》	1		
	《时迈》	1		
	《天作》	1		
商颂	《长发》	1		1
		5	1	6

《国语》引颂诗 5 篇 6 次，其中周颂 4 篇，商颂 1 篇，《昊天有成命》被引用最多，计 2 次。

综上所述，《国语》共计引雅诗 19 篇 25 次，引颂诗 5 篇 6 次，引风诗 4 篇 4 次，同《左传》引《诗》所反映的情况一样，都是引雅诗、颂诗居多。这主要是由于在礼崩乐坏的社会变革时期，传统礼制不断受到冲击，正常的统治秩序被打破，特别是周王朝的统治者，从穆王征发犬戎到国人暴动，周天子自己也在践踏用来治国的礼制，为了重振周室，劝谏者们多借助引雅诗、颂诗来增强自己话语的说服力，用诗中周朝先王们的丰功伟绩、美德仁心来感化、教育、警醒当今的统治者。对其他诸侯国来说，要成为霸主就必须以德服人、以礼服人，并以德治国，其本国的卿士们也是出于政治目的的考虑，在规谏国君时多引雅诗、颂诗。

第三节 《国语》引诗者国别、身份

表 27：《国语》引诗者国别、身份情况

引《诗》在《国语》中出现的篇目	引诗者	国别	身份
《周语上》	祭公谋父	周	卿士
	芮良夫	周	大夫
《周语中》	富辰	周	大夫
	单襄公	周	大夫
《周语下》	晋	周	太子
	单靖公	周	卿士
	叔向	晋	上大夫
	单穆公	周	卿士
	彪傒	卫	大夫
《鲁语下》	叔孙穆子	鲁	大夫
	敬姜	鲁	大夫公父穆伯之妻

引《诗》在《国语》中出现的篇目	引诗者	国别	身份
《晋语四》	齐姜	齐	重耳之妻，齐桓公之女
	公孙固	宋	大司马
	叔詹	郑	大夫
	楚成王	楚	国君
	秦穆公	秦	国君
	重耳	晋	公子（晋文公）
	胥臣	晋	大夫
《楚语上》	伍举	楚	大夫
	倚相	楚	左史
	白公子张	楚	大夫

《国语》所记载的引诗者中，周国7人，楚国4人，晋国3人，鲁国2人，秦国、郑国、卫国、宋国、齐国各1人。与《左传》所记载的引诗者不同，《国语》中的引诗者以周人为主，兼有楚、晋、鲁、秦、郑、卫、宋、齐等国人。这与《国语》本身的体例、侧重点有关。其中，《周语》从周穆王开始至周敬王为止，较为详细地记载了周朝的历史；《晋语》从晋武公开始至晋哀公为止；《鲁语》从鲁庄公齐、鲁长勺之战开始，终于鲁哀公；《齐语》专记管仲辅佐齐桓公称霸之事；《郑语》仅记郑桓公规划立国之事；《楚语》从楚庄王开始，终于楚惠王时白公胜之乱；《吴语》《越语》记吴王夫差与越王勾践争霸之事。可见在《国语》中，以周、晋、楚等国的历史为重，所以这些国家引诗者出现较多。同时，礼乐文化始于周朝，历史的积淀使得周人即使在走向衰败的进程中，仍对本国的礼乐、诗书等传统文化保持热情，并将《诗》的应用引入了劝谏当中，特别是雅诗和颂诗，这也反映了周贵族大夫、卿士对周王朝鼎盛时期的怀恋和向往，对明主的渴盼，对重振周室的希冀。

第四节 《国语》引《诗》场合分析

从《国语》记载的引《诗》情况来看，其引《诗》场合最多的是劝谏场合，其次是议论、评价场合（包括表明自己的观点、态度、立场或决定），还有外交宴享场合，具体见下表：

表28:《国语》引《诗》场合情况

引《诗》、赋诗发生的场合	引《诗》、赋诗在该场合发生的次数
劝谏场合	11
评价、议论场合	7
外交宴享场合	3

可见，由于是以记言为主，所以同《左传》相比，《国语》中的引《诗》事例，在外交宴享场合的赋诗言志相对减少，而在论说场合的引诗为据、以诗为证大幅度增加，虽然其中的一些引《诗》活动在《左传》里也有所记载，但《国语》所记更为详细，有助于我们深入了解引诗者的形象以及引《诗》事件完整、详细的经过。

一、劝谏场合的引《诗》

首先是发生在君臣之间的劝谏，如《周语上·祭公谏穆王征犬戎》：

穆王将征犬戎，祭公谋父谏曰："不可。先王耀德不观兵。夫兵戢而时动，动则威，观则玩，玩则无震。是故周文公之颂曰：'载戢干戈，载櫜弓矢。我求懿德，肆于时夏，允王保之。'先王之于民也，懋正其德而厚其性，阜其财求而利其器用，明利害之乡，以文修之，使务利而避害，怀德而畏威，故能保世以滋大。……"①

---

① 《国语·周语上》，见来可泓，《国语直解》，上海：复旦大学出版社，2000年，第1页。

（约公元前967）周穆王将要去征伐犬戎，祭公谋父规谏，以"先王耀德不观兵"立论，引征史实，说明为国者要以德服人，不可滥用武力，轻易炫耀武力就会穷兵黩武，穷兵黩武就会失去震慑力。并引《周颂·时迈》中的诗句来证明自己的观点："收起兵器干戈，晦藏强弓劲矢，我王寻求美德，让它发扬光大遍及全国。相信我王一定能永葆这种美德。"但是周穆王不听劝告，结果导致荒服地区的君长再也不来朝见了。还有《周语上·芮良夫论荣夷公专利》：

> 厉王说荣夷公，芮良夫曰："王室其将卑乎！夫荣公好专利而不知大难。夫利，百物之所生也，天地之所载也，而或专之，其害多矣。天地百物，皆将取焉，胡可专也？所怒甚多，而不备大难，以是教王，王能久乎？夫王人者，将导利而布之上下者也，使神人百物无不得其极，犹日怵惕，惧怨之来也。故颂曰：'思文后稷，克配彼天。立我蒸民，莫匪尔极。'大雅曰：'陈锡载周。'是不布利而惧难乎？故能载周，以至于今。今王学专利，其可乎？匹夫专利，犹谓之盗，王而行之，其归鲜矣。荣公若用，周必败。"既，荣公为卿士，诸侯不享，王流于彘。[①]

周厉王宠信荣夷公，纵容其垄断山林川泽，实行专利政策，与民争利。芮良夫劝谏厉王不要这样做，为国者应该像《诗》中所写的，广布恩德、广开财源于老百姓："《周颂·思文》说：'这个有文德的后稷，功德能够配享上天。教导万民种出谷物得以生存，人民无不蒙受其大德。'《大雅·文王》也说：'文王将财利恩惠广泛地赐给天下人民，开创了周朝的王业。'"芮良夫指出，荣夷公如果被重用，周朝的王业一定会衰败。厉王不听，任命荣夷公为卿士，结果诸侯都不来朝觐献飨，厉王也被流放到彘地。再看《周语中·富辰谏襄王以狄伐郑及以狄女为后》：

---

① 《国语·周语上》，见来可泓，《国语直解》，上海：复旦大学出版社，2000年，第17页。

襄王十三年，郑人伐滑。王使游孙伯请滑，郑人执之。王怒，将以狄伐郑。富辰谏曰：“不可。古人有言曰：‘兄弟谗阋、侮人百里。’周文公之诗曰：‘兄弟阋于墙，外御其侮。’若是则阋乃内侮，而虽阋不败亲也。郑在天子，兄弟也。郑武、庄有大勋力于平、桓；我周之东迁，晋、郑是依；子颓之乱，又郑之缘定。今以小忿弃之，是以小怨置大德也，无乃不可乎！且夫兄弟之怨，不征于他，征于他，利乃外矣。章怨外利，不义；弃亲即狄，不祥；以怨报德，不仁。……”王不听。十七年，王降狄师以伐郑。[①]

（公元前 639）郑国举兵讨伐滑国，襄王派大夫游孙伯去郑国为滑国说情，郑文公拘留了使者。襄王大怒，准备借用狄人的军队讨伐郑国。富辰引《诗》劝谏说，亲疏有别、内外有别，郑国就像周朝的兄弟，兄弟争吵是内部不和，但并不损害手足之情，应当共同抵御外人的欺凌。如果因为小小的不满就抛弃郑国，就是因小怨而忘大德。襄王不听劝告。《周语下·太子晋谏灵王壅谷水》记载：

灵王二十二年，穀、洛斗，将毁王宫。王欲壅之，太子晋谏曰：“不可。……人有言曰：‘无过乱人之门。’又曰‘佐饔者尝焉，佐斗者伤焉。’又曰：‘祸不好，不能为祸。’诗曰：‘四牡骙骙，旟旐有翩，乱生不夷，靡国不泯。’又曰：‘民之贪乱，宁为荼毒。’夫见乱而不惕，所残必多，其饰弥章。民有怨乱，犹不可遏，而况神乎？王将防斗川以饰宫，是饰乱而佐斗也，其无乃章祸且遇伤乎？自我先王厉、宣、幽、平而贪天祸，至于今未弭。我又章之，惧长及子孙，王室其愈卑乎？其若之何？……天所崇之子孙，或在畎亩，由欲乱民也。畎亩之人，或在社稷，由欲靖民也。无有异焉！诗云：‘殷鉴不远，在夏后之世。’将焉用饰宫？其以徼乱也。……”王卒壅之。[②]

---

① 《国语·周语中》，见来可泓，《国语直解》，上海：复旦大学出版社，2000 年，第 65 页。
② 《国语·周语下》，见来可泓，《国语直解》，上海：复旦大学出版社，2000 年，第 158 页。

（公元前550）谷水、洛水泛滥抢道，将要冲毁王宫，灵王想要堵截洪水，太子晋劝谏应该顺应自然，否则会加剧祸乱，并引《诗》说："《大雅·桑柔》云：'四匹马拉的战车不停地跑，画着鹰隼龟蛇的军旗在空中飘扬，战乱发生不太平，没有哪国不纷扰。'又云：'民疾王政暴虐起祸乱，怎愿束手遭残杀。'"太子晋认为，应该遵从《诗》《书》的教导，行动合乎法度："《大雅·荡》云：'殷纣王灭亡的教训并不遥远，就在夏桀被灭亡的时代。'"灵王不听，堵塞了水流。再如《周语下·单穆公谏景王铸大钱》：

> 景王二十一年，将铸大钱。单穆公曰："不可。……周固嬴国也，天未厌祸焉，而又离民以佐灾，无乃不可乎？将民之与处而离之，将灾是备御而召之，则何以经国？国无经，何以出令？令之不从，上之患也，故圣人树德于民以除之。《夏书》有之曰：'关石、和钧，王府则有。'诗亦有之曰："瞻彼旱麓，榛楛济济。恺悌君子，干禄恺悌。'夫旱麓之榛楛殖，故君子得以易乐干禄焉。若夫山林匮竭，林麓散亡，薮泽肆既，民力凋尽，田畴荒芜，资用乏匮，君子将险哀之不暇，而何易乐之有焉？……"王弗听，卒铸大钱。①

（公元前524）周景王要铸造大面值的重币来代替小面值的轻币，单穆公加以谏阻，认为应该处理好德与财的关系，并引《诗》说："《大雅·旱麓》有这样的话：'看那旱山的山脚下，榛树楛树长得繁荣茂盛。和乐平易的君子，求得和乐平易的福泽。'如果重敛于民，就会导致国家动荡，社会不安。君子担心危亡都来不及，哪里还有什么和乐平易呢？"景王不听，还是铸造了大钱。

除了臣谏君，《国语》还记载了妻谏夫的引《诗》事例，如《晋语四·齐姜劝重耳勿怀安》：

---

①《国语·周语下》，见来可泓，《国语直解》，上海：复旦大学出版社，2000年，第474页。

桓公卒，孝公即位。诸侯叛齐。子犯知齐之不可以动，而知文公之安齐而有终焉之志也，欲行，而患之，与从者谋于桑下。蚕妾在焉，莫知其在也。妾告姜氏，姜氏杀之，而言于公子曰："从者将以子行，其闻之者吾以除之矣。子必从之，不可以贰，贰无成命。诗云：'上帝临女，无贰尔心。'先王其知之矣，贰将可乎？子去晋难而极于此。自子之行。晋无宁岁，民无成君。天未丧晋，无异公子，有晋国者，非子而谁？子其勉之！上帝临子，贰必有咎。"公子曰："吾不动矣，必死于此。"姜曰："不然。《周诗》曰：'莘莘征夫，每怀靡及。'夙夜征行，不遑启处，犹惧无及。况其顺身纵欲怀安，将何及矣！人不求及，其能及乎？日月不处，人谁获安？西方之书有之曰：'怀与安，实疚大事。'《郑诗》云：'仲可怀也，人之多言。亦可畏也。'昔管敬仲有言，小妾闻之，曰：'畏威如疾，民之上也。从怀如流，民之下也。见怀思威，民之中也。畏威如疾，乃能威民。威在民上，弗畏有刑。从怀如流，去威远矣，故谓之下。其在辟也，吾从中也。《郑诗》之言，吾其从之。'此大夫管仲之所以纪纲齐国，禆辅先君而成霸者也。子而弃之，不亦难乎？齐国之政败矣，晋之无道久矣，从者之谋忠矣，时日及矣，公子几矣。君国可以济百姓，而释之者，非人也。败不可处，时不可失，忠不可弃，怀不可从，子必速行。吾闻晋之始封也，岁在大火，阏伯之星也，实纪商人。商之缯国三十一王。瞽史之纪曰：'唐叔之世，将如商数。'今未半也。乱不长世，公子唯子，子必有晋。若何怀安？"公子弗听。①

重耳到齐国后，受到齐桓公的盛情接待并将女儿姜氏嫁给他。齐姜是一位知书达理、深明大义的贵族妇女，当重耳贪图安逸、不想回国时，齐姜引经据典，力劝重耳切勿贪恋享受、安于现状，应设法回国建立功业。"春

---

① 《国语·晋语四》，见来可泓，《国语直解》，上海：复旦大学出版社，2000 年，第 17 页。

秋之时，妇学未坠，故闺壶之彦，往往词成经纶，言为法则。"①生于富贵之家的齐姜，显然受到过《诗》《书》教育，引《大雅·大明》："上帝临女，无贰尔心"，说周武王伐纣，天临护武王，伐纣能获胜，无有疑心，周武王知天命不疑，最终有天下。齐姜以此历史故事劝说丈夫："你避晋国之难而到齐国。自你离开，晋国没有安宁之日，人民没有定君。老天没有灭晋，同你一块出生的九个公子只有你活着了，得到晋国的，不是你又有谁呢？你应勉力！上天临护你，疑必有处。"面对识大局，苦口婆心相劝的妻子，落难公子重耳却说："吾不动矣，必死于此。"齐姜进一步苦劝，引《小雅·皇皇者华》："早晚奔忙在路上的人，没有闲暇安居休息，还恐怕达不到目的，何况随心所欲、放纵情怀、贪图安逸的人，将怎么达到目的呢？《郑风·将仲子》说，人言可畏。我从前也听管夷吾说过一句话'畏威如疾，民之上也。从怀如流，民之下也，见怀思威，故谓之下。其在辟也，吾从中也'（管夷吾这段话即是畏威如畏疾病，这是民之上行；从心所思，如水流行，此民之下行；见可怀则思可畏，此民之中行。能畏上如疾病，才能威下；能威民，故在人上；不畏威，则有刑罪；从心所思如水流行，去威远，不能威民，高不在上、下欲避罪，故从中也。）这就是管夷吾纲纪齐国，辅佐齐桓公成就霸业的原因。"可惜重耳没有听从。从这段劝说中可以看出齐姜对《诗》的熟谙程度，这一例引《诗》也反映了春秋时期不但贵族男子接受了《诗》的教育，引《诗》、赋诗频繁，贵族妇女也受到了当时诗书礼乐风尚的濡染，不仅熟悉《诗》，而且也能够自由、得体地运用《诗》，说明了《诗》的传播、接受范围之大、之广。

二、评价、议论场合的引《诗》

除了劝谏场合引《诗》，《国语》中还记载了发生在评价、议论场合的

---

① 谢无量，《中国妇女文学史》，郑州：中州古籍出版社，1992 年，第 22 页。

引《诗》，如《周语中·单襄公论郤至佻天之功》：

> 襄公曰："人有言曰：'兵在其颈。'其郤至之谓乎！君子不自称
> 也，非以让也，恶其盖人也。夫人性，陵上者也，不可盖也。求盖
> 人，其抑下滋甚，故圣人贵让。且谚曰：'兽恶其网，民恶其上。'
> 《书》曰：'民可近也，而不可上也？'《诗》曰：'恺悌君子，求福不
> 回。'在礼，故必三让，是则圣人知民之不可加也。故王天下者必先
> 诸民，然后庇焉，则能长利。……"①

（公元前 575）晋国鄢陵之战大败楚国后，派郤至向周天子告捷。郤至趁
机在周朝廷自吹自擂，大肆宣扬自己，并妄想周天子任命自己为正卿，执
掌晋国国政。针对郤至的谬论和野心，周大夫单襄公预言其必然会落得身
败名裂的下场："《大雅·旱麓》云：'和乐平易的君子，不用邪僻的手段求
福。'按照礼法，地位相当则应再三谦让，所以圣人知道不可凌驾在百姓
的头上。现在郤至的地位在七卿之下而想凌驾于他们头上，这样必然招来
怨恨。"第二年，郤至果然被晋厉公杀死。再如《周语下·刘文公与苌弘
欲城周》：

> 敬王十年，刘文公与苌弘欲城周，为之告晋。魏献子为政，说苌
> 弘而与之。将合诸侯。卫彪傒适周，闻之，见单穆公曰："苌、刘其不
> 殁乎？周诗有之曰：'天之所支，不可坏也。其所坏，亦不可支也。'
> 昔武王克殷，而作此诗也，以为饫歌，名之曰'支'，以遗后之人，
> 使永监焉。夫礼之立成者为饫，昭明大节而已，少典与焉。是以为之
> 日惕，其欲教民戒也。然则夫'支'之所道者，必尽知天地之为也。
> 不然，不足以遗后之人。今苌、刘欲支天之所坏，不亦难乎？……"②

（公元前 510）周大夫刘文公与苌弘打算加固和扩建成周城，以便迁都，并
得到晋国正卿魏献子的支持。卫大夫彪傒反对，认为此举违背天意："周诗

---

① 《国语·周语中》，见来可泓，《国语直解》，上海：复旦大学出版社，2000 年，第 114 页。
② 《国语·周语下》，见来可泓，《国语直解》，上海：复旦大学出版社，2000 年，第 184 页。

上有这样的话'上天所支持的，谁也毁坏不了；上天要毁坏的，谁也支持不了。'"并预言刘文公、苌弘必遭祸殃。还有《鲁语下·诸侯伐秦鲁人以莒人先济》：

> 诸侯伐秦，及泾莫济。晋叔向见叔孙穆子曰："诸侯谓秦不恭而讨之，及泾而止，于秦何益？"穆子曰："豹之业，及《匏有苦叶》矣，不知其他。"叔向退，召舟虞与司马，曰："夫苦匏不材于人，共济而已。鲁叔孙赋《匏有苦叶》，必将涉矣。具舟除隧，不共有法。"是行也，鲁人以莒人先济，诸侯从之。①

（公元前 599）当伐秦之师在泾水相互观望、逗留不进之际，晋大夫叔向与鲁大夫叔孙穆子商量，穆子赋《匏有苦叶》一诗表明愿意率先渡河的意志和决心。叔向一听就明白了他的意思，立即做好渡河的准备。《晋语四·楚成王以周礼享重耳》记载：

> 遂如楚，楚成王以周礼享之，九献，庭实旅百。……令尹子玉曰："请杀晋公子。弗杀，而反晋国，必惧楚师。"王曰："不可。楚师之惧，我不修也。我之不德，杀之何为！天之祚楚，谁能惧之？楚不可祚，冀州之土，其无令君乎？且晋公子敏而有文，约而不谄，三材侍之，天祚之矣。天之所兴，谁能废之？"子玉曰："然则请止狐偃。"王曰："不可。《曹诗》曰：'彼己之子，不遂其媾。'郵之也。夫郵而效之，郵又甚焉。效郵，非礼也。"于是怀公自秦逃归。秦伯召公子于楚，楚子厚币以送公子于秦。②

重耳流亡到楚国，楚成王用招待国君的规格接待他。楚令尹建议杀掉重耳，成王认为不能这样做："重耳敏睿而有文采，虽然长久处在贫困之中，却不逢迎谄媚。三位有卿相之才的人侍奉他，这是上天在佑护他。既然上天要启用他，谁又能废掉他呢？"令尹又建议扣留狐偃，成王也不同意：

---

① 《国语·鲁语下》，见来可泓，《国语直解》，上海：复旦大学出版社，2000 年，第 252 页。
② 《国语·晋语四》，见来可泓，《国语直解》，上海：复旦大学出版社，2000 年，第 494 页。

《曹诗·候人》上说：'他们那样的人，不会久享优厚的待遇。'如果明知道是过失，还要去仿效它，那过失就更加严重了。效仿过失是违背礼的。"再如《晋语四·胥臣论教诲之力》：

> 文公问于胥臣曰："吾欲使阳处父傅讙也而教诲之，其能善之乎？"对曰："是在讙也。……质将善而贤良赞之，则济可竢。若有违质，教将不入，其何善之为！臣闻昔者大任娠文王不变，少溲于豕牢，而得文王不加疾焉。文王在母不忧，在傅弗勤，处师弗烦，事王不怒，孝友二虢，而惠慈二蔡，刑于大姒，比于诸弟。诗云：'刑于寡妻，至于兄弟，以御于家邦。'于是乎用四方之贤良。及其即位也，询于'八虞'，而谋于'二虢'，度于闳夭而谋于南宫，诹于蔡、原而访于辛、尹，重之以周、邵、毕、荣，忆宁百神，而柔和万民。故诗云：'惠于宗公，神罔时恫。'若是，则文王非专教诲之力也。"①

这是晋文公与胥臣之间关于教育的谈话，胥臣以周文王为例，论述了先天胎教和后天自我修养的重要性："《诗》上说文王为自己的妻子做出榜样，进而给兄弟做出榜样，推家及国，以此来治理国家。《诗》上还说文王为政，咨于大臣，顺而行之，鬼神都无怨恨。如果是这样的话，周文王的成功就不仅仅是靠教育的力量。"

三、外交宴享场合的引《诗》

《国语》中也记载了外交宴享场合的引《诗》活动，如《鲁语下·叔孙穆子聘于晋》：

> 叔孙穆子聘于晋，晋悼公飨之，乐及《鹿鸣》之三，而后拜乐三。晋侯使行人问焉，曰："子以君命镇抚弊邑，不腆先君之礼，以辱从者，不腆之乐以节之。吾子舍其大而加礼于其细，敢问何礼也？"

---

① 《国语·晋语四》，见来可泓，《国语直解》，上海：复旦大学出版社，2000年，第549页。

对曰:"寡君使豹来继先君之好,君以诸侯之故,贶使臣以大礼。夫先乐金奏《肆夏》(《樊》)、《遏》、《渠》,天子所以飨元侯也;夫歌《文王》《大明》《緜》,则两君相见之乐也。皆昭令德以合好也,皆非使臣之所敢闻也。臣以为肄业及之,故不敢拜。今伶箫咏歌及《鹿鸣》之三,君之所以贶使臣,臣敢不拜贶。夫《鹿鸣》,君之所以嘉先君之好也,敢不拜嘉。《四牡》,君之所以章使臣之勤也,敢不拜章。《皇皇者华》,君教使臣曰'每怀靡及',谘、谋、度、询,必谘于周。敢不拜教。臣闻之曰:'怀私为每怀,谘才为谘,谘事为谋,谘义为度,谘亲为询,忠信为周。'君贶使臣以大礼,重之以六德敢不重拜。"[1]

叔孙穆子到晋国聘问,晋悼公设宴款待他,席间奏乐助兴,当乐师演奏到《鹿鸣》等三首乐曲时,每演奏一曲,穆子便离席答拜一次,一共答拜了三次。晋悼公派外交官问他这是什么礼节,他说:"我国国君派我来是为了继承先君的友好关系,贵国国君因为诸侯之间友好,用大礼赏赐给我,先演奏《肆夏》(《樊》)、《遏》(《昭夏》)、《渠》(《纳夏》)三首夏曲,这是天子用来宴享诸侯领袖的。接着乐工演唱《文王》《大明》《緜》三首周曲,是两国国君会见时演唱的。这些乐曲都是昭明先王的美德、用来加强友好关系的,都是我这种身份的人所不敢听的。我以为乐工们在练习这些曲子,所以不敢答拜。乐工用箫伴奏演唱《鹿鸣》等三首曲子,这是君王赏赐给我的,我怎么敢不拜谢恩赐呢?《鹿鸣》这首曲子,是国君用来嘉美先君的友好关系的,我怎么敢不拜谢嘉美。《四牡》这首曲子,是国君用来表彰我勤于王事的,我怎么敢不拜谢表彰。《皇皇者华》这首曲子,是国君用来教导我,说:'每个人都怀有私心,就不能达到目的。咨询、谋略、策划、询问,一定要向忠诚的人咨询。'我怎么敢不拜谢教导。臣听

---

[1]《国语·鲁语下》,见来可泓,《国语直解》,上海:复旦大学出版社,2000年,第245页。

说：'怀私就是每怀的意思，咨询贤才叫诹，咨询政事叫谋，咨询礼仪叫度，咨询亲戚叫询，向忠信的人咨询叫周。'国君用大礼赏赐给我，又教导我六种美德，我怎敢不再三答拜？"从中可以看出叔孙穆子深谙礼乐制度，态度谦逊，应对自如，是一位明礼知乐的外交使臣。再如《周语下·晋羊舌肸聘周论单靖公敬俭让咨》：

> 晋羊舌肸聘于周，发币于大夫及单靖公。靖公享之，俭而敬，宾礼赠饯，视其上而从之；燕无私，送不过郊；语说《昊天有成命》。单之老送叔向，叔向告之曰："异哉！吾闻之曰：'一姓不再兴。'今周其兴乎！其有单子也。……且其语说《昊天有成命》，颂之盛德也。其诗曰：'昊天有成命，二后受之，成王不敢康。夙夜基命宥密，於，缉熙！亶厥心肆其靖之。'是道成王之德也。成王能明文昭，能定武烈者也。夫道成命者，而称昊天，翼其上也。二后受之，让于德也。成王不敢康，敬百姓也。夙夜，恭也；基，始也。命，信也。宥，宽也。密，宁也。缉，明也。熙，广也。亶，厚也。肆，固也。靖，和也。其始也，翼上德让，而敬百姓。其中也，恭俭信宽，帅归于宁，其终也，广厚其心，以固和之。始于德让，中于信宽，终于固和，故曰成。单子俭敬让咨，以应成德。单若不兴，子孙必蕃，后世不忘。诗曰：'其类维何？室家之壸。君子万年，永锡祚胤。'类也者，不忝前哲之谓也。壸也者，广裕民人之谓也。万年也者，令闻不忘之谓也。胤也者，子孙蕃育之谓也。单子朝夕不忘成王之德，可谓不忝前哲矣。膺保明德，以佐王室，可谓广裕民人矣。若能类善物，以混厚民人者，必有章誉蕃育之祚，则单子必当之矣。单若有阙，必兹君之子孙实续之，不出于他矣。"[1]

晋国上大夫羊舌肸到周王室聘问，单靖公在接待他时，俭而敬，恭而有

————————
①《国语·周语下》，见来可泓，《国语直解》，上海：复旦大学出版社，2000年，第151页。

礼，席间谈论的只是《昊天有成命》这首诗。羊舌肸结合《昊天有成命》一诗的解析，盛赞了单靖公的美德，预言其一定会再度振兴周室，其子孙也会繁衍昌盛："单靖公在宴席上谈论《昊天有成命》这首乐歌，这是赞颂周先王的盛德。这首诗歌中说'昊天有既定的天命，周文王、周武王接受了天命，开创了周王朝的基业。成王不敢耽于安乐，早起晚睡，始顺天命。不敢懈怠，行宽仁安静之政，以定天下。前途无限光明！其德厚，其心固，安定了天下。'所以说既定的天命而称昊天授予，这是尊敬上天。基，是开始的意思。命，是诚信的意思。宥，是宽厚的意思。密，是安宁的意思。缉，是光明的意思。熙，是广大的意思。亶，是厚重的意思。肆，是巩固的意思。靖，是和谐的意思。乐歌的开始，赞扬先王敬奉上天，谦让有德，尊重百官。乐歌的中阕，赞美先王谦恭、俭朴、诚信、宽厚的美德，遵循和发扬这些美德，使人民安居乐业。乐歌的结尾，赞美先王修身进德，美其教化，来巩固国泰民安的太平盛世。这首乐歌从谦让有德开始，中阕表现为诚信宽厚，结尾归结为安定和谐，天下太平，所以称为成其天命。单靖公俭朴、恭敬、谦让、咨询，与先王的美德相当。他如果不能振兴周室，他的子孙必定繁衍昌盛。《诗·大雅·既醉》云：'家族怎么样，从治家而推广到治国平天下。君子之德流芳万年，上天永远赐予他子孙福禄。'类，就是不辱没前贤的意思。壶，就是德行广被民众的意思。万年，就是美名永远传扬的意思。胤，就是子孙繁衍昌盛的意思。单靖公一定会承受这种福泽的。"羊舌肸结合《昊天有成命》一诗的诠释、评析来赞扬单靖公，既有对语词的训释，又有对句意的串讲以及对全诗段落层次的归纳，可以说为我们保留了一则珍贵的训诂资料。还有《晋语四·秦伯享重耳以国君之礼》：

> 明日宴，秦伯赋《采菽》，子余使公子降拜。秦伯降辞。子馀曰："君以天子之命服命重耳，重耳敢有安志，敢不降拜？"成拜卒登，子馀使公子赋《黍苗》。子馀曰："重耳之仰君也，若黍苗之仰阴

雨也。若君实庇荫膏泽之，使能成嘉谷，荐在宗庙，君之力也。君若昭先君荣，东行济河，整师以复强周室，重耳之望也。重耳若获集德而归载，使主晋民，成封国，其何实不从。君若恣志以用重耳，四方诸侯，其谁不惕惕以从命！"秦伯叹曰："是子将有焉，岂专在寡人乎！"秦伯赋《鸠飞》，公子赋《河水》。秦伯赋《六月》，子馀使公子降拜。秦伯降辞。子馀曰："君称所以佐天子匡王国者以命重耳，重耳敢有惰心，敢不从德。"[1]

秦穆公以国君之礼宴请重耳，席间，宾主赋诗言志，表达各自的思想感情、政治意图。秦穆公赋《采菽》，这原是一首周天子赐诸侯命服时所演奏的诗乐，其首章有"君子来朝，何锡予之。虽无予之，路车乘马"之句，秦穆公用之表明以国君之礼接待重耳，重耳定能回国为君。所以赵衰立即让重耳离席下堂，行大礼拜谢。重耳赋《黍苗》答谢，这是借用赞美召穆公经治谢邑，劳苦有功而加以慰劳的诗乐，其首章有"芃芃黍苗，阴雨膏之。悠悠南行，召伯劳之"之句，重耳自比黍苗，把秦穆公比作雨水，黍苗经过雨水滋润，蓬勃生长。秦穆公于是赋《鸠飞》(《小宛》之异名)，其首章有"宛彼鸣鸠，翰飞戾天。我心忧伤，念昔先人。明发不寐，有怀二人"之句，表达自己同情重耳遭骊姬之难，连年在外颠沛流离，想到与晋先君献公的翁婿之情，准备送重耳回国之心。所以重耳赋《河水》作答，表达回国后举晋以侍奉秦国之意，取悦于秦穆公。穆公便赋《六月》，其诗有"王于出征，以匡王国""王于出征，以佐天子""共武之服，以定王国"之句，用来勉励重耳回国为君，联合诸侯，辅佐天子，以成霸业。所以赵衰让重耳再次离席下堂拜谢。通过赋诗，彼此心意已明，宴会取得圆满的结果。这件事《左传》中也有记载：他日，公享之。子犯曰："吾不如衰之文也。请使衰从。"公子赋《河水》，公赋《六月》。赵衰曰：

———————

[1]《国语·晋语四》，见来可泓，《国语直解》，上海：复旦大学出版社，2000年，第505页。

"重耳拜赐。"公子降，拜，稽首，公降一级而辞焉。衰曰："君称所以佐天子者命重耳，重耳敢不拜。"[1]但所记甚为简略，《国语》则给我们提供了完整、细致的引《诗》、赋诗场景，更加鲜明地显示了其记言的特点。

第五节 《国语》引《诗》效果定位

以上对《国语》引《诗》场合的分析中已经可以看出一些引《诗》效果，下面再结合引诗义与诗本义的对比来探讨几例《国语》所记引《诗》的效果。如《晋语四·宋襄公赠重耳以马二十乘》：

> 公子过宋，与司马公孙固相善，公孙固言于襄公曰："晋公子亡，长幼矣，而好善不厌，父事狐偃，师事赵衰，而长事贾佗。狐偃其舅也，而惠以有谋。赵衰其先君之戎御，赵夙之弟也，而文以忠贞。贾佗公族也，而多识以恭敬。此三人者，实左右之。公子居则下之，动则谘焉，成幼而不倦，殆有礼矣。树于有礼，必有艾。商颂曰：'汤降不迟，圣敬日跻。'降，有礼之谓也。君其图之，"襄公从之，赠以马二十乘。[2]

重耳经过宋国，司马公孙固劝宋襄公以礼接待重耳，因为他遵贤下士，谦恭有礼。从正面劝说，有时候反而收不到好的效果，所以公孙固用歌颂重耳知礼的方法，来反衬宋襄公知礼。知礼之人才能敬知礼之人，公孙固抓住了宋襄公标榜自己存仁知礼的心理，引用了《商颂·长发》中的诗句，本指汤降生后盛德逐渐上升，但引诗者将"降"解释为尊贤下士，明喻重耳，暗喻襄公，因此襄公非常乐意地接受了公孙固的建议，赠给重耳马

---

[1]《左传·僖公二十三年》，见杨伯峻，《春秋左传注》，北京：中华书局，1981年，第410页。

[2]《国语·晋语四》，见来可泓，《国语直解》，上海：复旦大学出版社，2000年，第488页。

二十乘。虽然引诗义与诗本义不符，但却达到了引诗者预期的目的。《晋语四·郑文公不礼重耳》：

> 公子过郑，郑文公亦不礼焉。叔詹谏曰："臣闻之：亲有天，用前训，礼兄弟，资穷困，天所福也。……在周颂曰：'天作高山，大王荒之。'荒，大之也。大天所作，可谓亲有天矣。晋、郑兄弟也，……若礼兄弟，晋、郑之亲，王之遗命，可谓兄弟。若资穷困，亡在长幼，还轸诸侯，可谓穷困。弃此四者，以徼天祸，无乃不可乎？！君其图之。"弗听。[①]

重耳流亡到郑国，叔詹从"亲有天、遵前训，礼兄弟、资贫困"四种美德来劝谏郑文公以礼接待重耳，文公不听从。叔詹引了《周颂·天作》中的诗句，来论述亲近上天赐给福分的人，就是亲近上天。他释"荒"为扩大，但诗本义为"经营、治理"，两义不相合。再如《鲁语下·公父文伯之母欲室文伯》：

> 公父文伯之母欲室文伯，飨其宗老，而为赋《绿衣》之三章。老请守龟卜室之族。师亥闻之曰："善哉！男女之飨，不及宗臣；宗室之谋，不过宗人。谋而不犯，微而昭矣。诗所以合意，歌所以咏诗也。今诗以合室，歌以咏之，度于法矣。"[②]

公父文伯的母亲敬姜准备给文伯娶妻，宴请主持礼乐的家臣，并赋《邶风·绿衣》的第三章"绿兮丝兮，女所治兮。我思古人，俾无訧兮"，表明婚姻正室之本意。乐师亥听到了这件事，赞颂敬姜遵守婚礼原则，既简化了手续，又符合礼制。《毛诗序》曰："《绿衣》，卫庄姜伤己也，妾上僭，夫人失位而作是诗也。"[③]"绿兮丝兮，女所治兮。我思古人，俾无訧兮"其本义是比喻妾得宠，与引诗义不同。

---

① 《国语·晋语四》，见来可泓，《国语直解》，上海：复旦大学出版社，2000年，第490页。
② 《国语·鲁语下》，见来可泓，《国语直解》，上海：复旦大学出版社，2000年，第288页。
③ 李学勤主编，《毛诗正义》，《十三经注疏》，北京：北京大学出版社，2000年，第138页。

还有《楚语上·伍举论台美而楚殆》：

> 灵王为章华之台，与伍举升焉，曰："台美夫！"对曰："臣闻国君服宠以为美，安民以为乐，听德以为聪，致远以为明。不闻其以土木之崇高、彤镂为美，而以金石匏竹之昌大、嚣庶为乐；不闻其以观大、视侈、淫色以为明，而以察清浊为聪。……故《周诗》曰：'经始灵台，经之营之。庶民攻之，不日成之。经始勿亟，庶民子来。王在灵囿，麀鹿攸伏。'夫为台榭，将以教民利也，不知其以匮之也。若君谓此台美而为之正，楚其殆矣！"①

（公元前535）楚灵王劳民伤财，建成章华之台，自诩章台壮丽华美，大夫伍举指出应该以德义治国、强国爱民，并引用《大雅·灵台》："开始建造灵台，经营它、建造它，老百姓前来修建，没几天就修成了。开始营建的时候不要急迫，这样百姓像儿子一样都来效力了。周文王来到天子的园苑中，母鹿悠闲地伏在草丛里。"说明先王建造台榭是用来教百姓谋利益的，不是建台而使百姓贫困的，从而批评了灵王以丑为美的错误认识。在这里，引诗义与诗本义是相符的。《楚语上·左史倚相儆申公子亹》记载：

> 左史倚相廷见申公子亹，子亹不出，……左史倚相曰："唯子老耄，故欲见以交儆子。若子方壮，能经营百事，倚相将奔走承序，于是不给，而何暇得见？昔卫武公年数九十有五矣，犹箴儆于国，……于是乎作《懿》戒以自儆也。及其没也，谓之睿圣武公。子实不睿圣，于倚相何害。《周书》曰：'文王至于日中昃，不皇暇食。惠于小民，唯政之恭。'文王犹不敢骄。今子老楚国而欲自安也，以御数者，王将何为？若常如此，楚其难哉！"子亹惧，曰："老之过也。"乃骤见左史。②

---

① 《国语·楚语上》，见来可泓，《国语直解》，上海：复旦大学出版社，2000年，第776页。

② 同上注，第786页。

楚史官倚相想在朝廷上会见申公子亹，子亹不出来。倚相就以卫武公年逾九句犹勤于国政（作《抑》诗自我警诫）的事例，劝谏子亹不能倚老卖老，贪求安逸，不理政事。子亹听了很害怕，赶紧会见倚相。《抑》是大雅中的诗篇，《毛诗序》曰："卫武公刺厉王，亦以自警也。"①《笺》曰："自警者，'如彼泉流，无沦胥以亡。'"②《诗三家义集疏》："韩说曰：'卫武公刺王室，亦以自戒。计年九十有五，犹使人日颂是诗而不离其侧。'"③《抑》全诗十二章，每章都有一个中心，从多方面提出自警，特别是其中说到要戒骄盈，接受善言之哲人，不能因年老而不接受教言。所以子亹听了之后，明白了自己的错误，并诚心改过。在这里，引诗义与诗本义是符合的。再如《楚语上·白公子张讽灵王宜纳谏》：

> 灵王虐，白公子张骤谏。王患之，谓史老曰："吾欲已子张之谏，若何？"对曰："用之实难，已之易矣。若谏，君则曰：'余左执鬼中，右执殇宫，凡百箴谏，吾尽闻之矣，宁闻他言？'"白公又谏，王如史老之言。对曰："……《周诗》有之曰：'弗躬弗亲，庶民弗信。'臣惧民之不信君也，故不敢不言。不然，何急其以言取罪也？"王病之，曰："子复语。不榖虽不能用，吾愁寘之于耳。"④

楚灵王暴虐，白公子张劝谏灵王接纳忠言，并引《小雅节·南山》诗句证明应该取信于民："《诗》中有这样的话：'不躬亲政事，民众不会信任。'我害怕民众会不信任君王，所以不敢不进言。否则，我又何必急着进言而获罪呢？"灵王虽然憎恨白公进谏，但只好说："您尽管再来进谏吧，我虽然不能采纳您的意见，但我愿意把这些话放在耳朵里。"《毛诗序》曰："《节南山》，家父刺幽王也。"⑤"弗躬弗亲，庶民弗信"的本义

---

① 李学勤主编，《毛诗正义》，《十三经注疏》，北京：北京大学出版社，2000年，第1365页。
② 同上。
③ ［清］王先谦，《诗三家义集疏》，上海，上海古籍出版社，1995年，第696页。
④《国语·楚语上》，见来可泓，《国语直解》，上海：复旦大学出版社，2000年，第789页。
⑤ 李学勤主编，《毛诗正义》，《十三经注疏》，北京：北京大学出版社，2000年，第814页。

是"王之政不躬而亲之，则恩泽不信于众民矣"[①]，引诗义与诗本义基本符合。

无论引诗义与诗本义是否相符，都说明《诗》在当时是一种具有神圣性、权威性的言说，可以用来做某种行为或言谈的最终依据。

---

① 李学勤主编，《毛诗正义》，《十三经注疏》，北京：北京大学出版社，2000年，第821页。

第三章

《战国策》引《诗》考论

战国时期纵横家在为君王出谋划策或游说时虽然语言辨丽宏肆，声势夺人，但却很少赋诗言志或引诗为证，《战国策》所记引《诗》较少，反映了《诗》在战国时期的政治活动中不受重视。和《左传》《国语》相比，《战国策》所记载的皆为引用诗句，引诗者自我明确引《诗》之义，而且常常辅之以史实论证。

第一节　《战国策》引《诗》概况

表 29:《战国策》引《诗》一览表

引诗者	国别	身份	所引诗句	篇名	引用次数	引《诗》分类
温人	温	客	普天之下，莫非王土；率土之滨，莫非王臣。	《北山》	1	小雅
范雎	魏		木实繁者披其枝，披其枝者伤其心；大其都者危其国，尊其臣者卑其主。		2	逸诗

引诗者	国别	身份	所引诗句	篇名	引用次数	引《诗》分类
黄歇	楚		靡不有初，鲜克有终。	《荡》	2	大雅
			他人有心，予忖度之。跃跃毚兔，遇犬获之。	《巧言》	1	小雅
			行百里者，半于九十。		1	逸诗
荀况	赵		上天甚神，无自瘵也。	《菀柳》	1	小雅
赵武灵王	赵	国君	服难以勇，治乱以知，事之计也。立傅以行，教少以学，义之经也。循计之事，失而［不］累，访议之行，穷而不忧。		1	逸诗

　　《战国策》引《诗》有7处9次，其中引小雅诗3篇3次，大雅诗1篇2次，引逸诗4次。因为《战国策》在总体上表现出强烈的功利主义色彩，所以其引《诗》的目的也有一个共同的趋向，就是为自身的观点或利益服务。下面对这7处引《诗》逐一分析。

　　1.卷一《东周策》：温人之周，周不纳。［问曰］："客（即）［耶］？"对曰："主人也。"问其巷而不知也，吏因囚之。君使人问之曰："子非周人，而自谓非客，何也？"对曰："臣少而诵诗，诗曰：'普天之下，莫非王土；率土之滨，莫非王臣。'今周君天下，则我天子之臣，而又为客哉？故曰主人。"君乃使吏出之。①

魏国温邑有人冒充本地人去东周，在受到审查时，他巧妙地引用《小雅·北山》中的诗句："普天之下，没有哪块土地不是周天子的；四海之内，没有哪个人不是周天子的臣民。"以此来证明自己是天子的臣民，是东周国的主人，并非客游此地，这一引用非常奏效，使仍以天子自居的周君无言以对，只好放他出境。引《诗》一方面显示了温人敏锐的思辨力，

────────

① 《战国策·东周策》，见缪文远，《战国策新校注》，成都：巴蜀书社，1987年，第16页。

另一方面也证明了《诗》作为引证材料的较强的说服力。《小雅·北山》一诗的主旨是"大夫刺幽王也。役使不均，己劳于从事，而不得养其父母焉"[1]，温人在这里引用，属于断章取义、为我所用，但所引用的诗句其引诗义与诗本义还是相合的。

2. 卷五《秦策三》：范睢曰："……臣闻：'善为国者，内固其威而外重其权。'穰侯使者操王之重，决裂诸侯，剖符于天下，征敌伐国，莫敢不听。战胜攻取，则利归于陶；国弊，御于诸侯；战败，则怨结于百姓，而祸归社稷。诗曰：'木实繁者披其枝，披其枝者伤其心；大其都者危其国，尊其臣者卑其主。'……臣今见王独立于庙朝矣，且臣将恐后世之有秦国者，非王之子孙也。"秦王惧，于是乃废太后，逐穰侯，出高陵，走泾阳于关外。[2]

范睢游说秦昭王，陈述外族势力过于强大，已经威胁到秦国的宗族王权，甚至可能造成亡国的危险。所以他力劝昭王废黜宣太后和穰侯等"四贵"，将国家政权收回到自己手中。范睢在进谏时引用了一首逸诗，其义为："果实繁多会压断枝条，树枝折断会伤害枝干；扩大封君的都邑会危及国家，尊宠大臣会削弱君主的权力。"这是从日常生活中木和枝的关系进行类比，阐明了君臣主仆的利害冲突，从而引起了秦昭王的警惕和恐惧，"于是乃废太后，逐穰侯，出高陵，走泾阳于关外"。作为策士，范睢的目的达到了，这与引《诗》所造成的效果不无关系。

3. 卷五《秦策三》：应侯谓昭王曰："……臣闻之也：'木实繁者枝必披，枝之披者伤其心；都大者危其国，臣强者危其主。'（其令）[且今]邑中自斗食以上至尉、内侍及王左右，有非相国之人者乎？国无事则已，国有事，臣必闻见王独立于庭也。臣窃为王恐，恐万世之后有国者，非王之子孙也。……"[3]

---

① 李学勤主编，《毛诗正义》，《十三经注疏》，北京：北京大学出版社，2000年，第931页。
② 《战国策·秦策三》，见缪文远，《战国策新校注》，成都：巴蜀书社，1987年，第184页。
③ 同上注，第189页。

这段记载亦为范雎劝昭王收回国柄、驱逐四贵之说。缪文远认为"此章与上章词旨大体相同，当系一事而两传其说者"①。

　　4.卷六《秦策四》：楚人有黄歇者，游学博闻，襄王以为辩，故使于秦，说昭王曰："天下莫强于秦、楚，今闻大王欲伐楚，此犹两虎相斗而驽犬受其弊，不如善楚。……王若负人徒之众，（材）[仗]兵甲之强，壹毁魏氏之威，而欲以力臣天下之主，臣恐有后患。诗云：'靡不有初，鲜克有终。'《易》曰：'狐濡其尾。'此言始之易，终之难也。……今王妒楚之不毁也，而忘毁楚之强[韩]、魏也。臣为大王虑而不取。诗云：'大武远宅不涉。'从此观之，楚国援也，邻国敌也。诗云：'他人有心，予忖度之。跃跃毚兔，遇犬获之。'今王中道而信韩、魏之善王也，此正吴信越也。臣闻，敌不可易，时不可失。臣恐韩、魏之卑辞虑患而实欺大国也。……"②

　　春申君黄歇劝秦昭王不要攻打楚国，先引《大雅·荡》两句："人们做事都有很好的开始，却很少有完美的结局"，说明不能善始就不能善终，实际上是在暗示秦昭王最好不要轻举妄动，否则后果难以设想。又引《诗》（实际是《逸周书》）："有远见的将军不深入他国作战"，说明大勇之人不需要深入远地攻战，这是告诫昭王不要劳师以袭远。再引《小雅·巧言》："别人有害我之心，我应小心觉察；再狡猾的兔子，也躲不过猎犬的追捕"，以狡兔难得，说明秦虽然强大，但也许可能被别人所图，暗示昭王不要信任韩、魏的友好姿态，正好比吴王相信越王一样。黄歇连连引《诗》，都是为了向秦昭王证明伐楚不但无利，反而有害。《荡》诗主旨是"召穆公伤周室大坏也。厉王无道，天下荡荡，无纲纪文章，故作是诗也"。③"靡不有初，鲜克有终"的本义是"今王以邪僻教之，故民皆无复

① 缪文远，《战国策新校注》，成都：巴蜀书社，1987年，第188页。
② 《战国策·秦策四》，见缪文远，《战国策新校注》，成都：巴蜀书社，1987年，第232页。
③ 李学勤主编，《毛诗正义》，《十三经注疏》，北京：北京大学出版社，2000年，第1356页。

诚信。无不有其初心，欲庶几慕善道，少能有其终行，今皆化从恶俗，是违天生民立教之意"①，引诗义与诗本义相合。《巧言》诗主旨是"刺幽王也。大夫伤于谗，故作是诗也。"②"他人有心，予忖度之。跃跃毚兔，遇犬获之"的本义是"彼他人而有谗佞之心，我能忖度而知之；跃跃然者跳疾之狡兔，遇值犬则能获得之"③，与黄歇之引诗义有出入。可见黄歇引《诗》是断章取义，是为自己的观点服务的。

5. 卷七《秦策五》：（黄歇）谓秦王曰："今王广德魏、赵，而轻失齐，骄也；战胜宜阳，不恤楚交，忿也。骄忿非伯部之业也。臣窃为大王虑之而不取也。诗云：'靡不有初，鲜克有终。'故先王之所重者，唯始与终。……今王破宜阳，残三川，而使天下之士不敢言；雍天下之国，徙两周之疆，而世主不敢交阳侯之塞；取黄棘，而韩、楚之兵不敢进。王若能为此尾，则三王不足四，五伯不足六。王若不能为此尾，而有后患，则臣恐诸侯之君，河、济之士，以王为吴、智之事也。诗云：'行百里者，半于九十。'此言末路之难。今大王皆有骄色，以臣之心观之，天下之事，依世主之心，非楚受兵，必秦也。"④

秦武王恃强倨傲，轻视齐、楚，役使韩国，黄歇就用智伯、吴王夫差和魏惠王始胜终败的历史教训告诫武王应该戒骄戒躁，方能成就霸业。他先引《大雅·荡》："任何事情都有开始，但却很少有善始善终的"，证明先王看重的是开始与终结，然后引逸诗："走一百里路，走了九十里也只是一半"，旨在说明最后一段道路之艰难，即事情的结局难以预料，以此劝诫秦武王行事要慎重。

6. 卷十七《楚策四》：孙子为书谢曰："疠人怜王，此不恭之语也，

---

① 李学勤主编，《毛诗正义》，《十三经注疏》，北京：北京大学出版社，2000 年，第 1357 页。
② 同上注，第 882 页。
③ 同上注，第 886 页。
④ 《战国策·秦策五》，见缪文远，《战国策新校注》，成都：巴蜀书社，1987 年，第 257 页。

虽然，不可不审察也。此为劫弑死亡之主言也。夫人主年少而矜材，无法术以知奸，则大臣主断国，私以禁诛于己也，故弑贤长而立幼弱，废正适而立不义。……"因为赋曰："宝珍隋珠，不知佩兮。（袆）[杂] 布与（丝）[锦]，不知异兮。闾姝子奢，莫知媒兮。嫫母求之，又甚喜之兮。以瞽为明，以聋为聪，以是为非，以吉为凶。呜呼上天，曷惟其同！诗曰：'上天甚神，无自瘵也。'"①

这一章主要是记游说之士巧言如簧，使春申君辞荀况又劝迎之。荀况写信及赋，借一系列史事作比喻，斥责了这种毫无信义的做法，同时替春申君感到悲哀。荀况在赋中说："拥有珍贵的隋珠，却不知道佩戴。一般色布和锦绣丝绢，不知道有所差别。美女俊男，没有人替他们做媒。丑妇陋夫，反而撮合成婚。把瞎子说成是心明眼亮，把聋子吹得耳聪目明，把正确的说成是错误的，把好事当作是坏事。老天爷，什么时候才会有一个评判是非的统一标准呢？《诗》云：'天理甚明，如是者必有后患。'"引《诗》出自《小雅·菀柳》，其主旨是"刺幽王也。暴虐无亲，而刑罚不中，诸侯皆不欲朝。言王者之不可朝事也。"②"上天甚神，无自瘵也"本为"上帝甚蹈，无自瘵也"，其义是："君王容易变化，不要去接近他"，可见，引诗义与诗本义不符。

7.卷十九《赵策二》：王立周绍为傅，曰："寡人始行县，过番吾。当子为子之时，践石以上者皆道子之孝，故寡人问子以璧，遗子以酒食，而求见子。子谒病而辞。人有言子者曰：'父之孝子，君之忠臣也。'故寡人以子之知虑为辩足以道人，危足以持难，忠可以写意，信可以远期。诗云：'服难以勇，治乱以知，事之计也。立傅以行，教少以学，义之经也。循计之事，失而[不]累，访议之行，穷而不忧。'故寡人欲子之胡服以傅王（乎）[子]。"③

<hr>

① 《战国策·楚策四》，见缪文远，《战国策新校注》，成都：巴蜀书社，1987年，第568页。
② 李学勤主编，《毛诗正义》，《十三经注疏》，北京：北京大学出版社，2000年，第1065页。
③ 《战国策·赵策二》，见缪文远，《战国策新校注》，成都：巴蜀书社，1987年，第669页。

赵武灵王任命周绍为太子的老师，并引《诗》说："《诗》中有这样的话：'克服危难要有足够的勇敢，治理乱世则须凭借高超的智谋，这是做事时要知道的常识；任命师傅首先要考察品行，品行好才可以教导年轻人学好，这是天经地义的准则。根据常识去做事，即使有失误也不会有太大的忧患；坚持正义的行为，即使困窘，心里也没有太多负担。'"这里赵武灵王引的《诗》是逸诗，用以说明自己任命周绍为太子老师的理由。

综而论之，《战国策》引《诗》较少，这从侧面反映出《诗》在当时政治活动中的地位降低。

第二节　《战国策》引《诗》的特点及其意义

《左传》《国语》主要反映的是春秋时期的历史，《战国策》主要反映的是战国时期的历史，《左传》《国语》引《诗》远远超过了《战国策》，这是有目共睹的事实。其中最主要的原因还是在"尊王攘夷"的春秋时期，赋诗言志之风兴盛，《诗》成为外交的工具之一。而在众暴寡、强凌弱、大并小的战国社会，想通过引用"立于礼"[①] 的《诗》而达到政治、外交目的，无疑是很难奏效的。故《战国策》引《诗》较少，亦属正常。

《战国策》引《诗》的特点主要表现为：第一，所引之《诗》全部是摘取具体诗句，这一点在第一节的具体分析时已经显而易见。而且引诗者大多都是断章取义，其引诗义有时会由引诗者来明确，比如温人引《小雅·北山》"普天之下，莫非王土；率土之滨，莫非王臣"之后，自己表明引《诗》的用意为"今周君天下，则我天子之臣，而又为客哉？故曰主人"。再如黄歇劝谏秦王，引逸诗云："行百里者，半于九十"，随后说：

---

① 《论语·泰伯》，见杨伯峻，《论语译注》，北京：中华书局，1980 年，第 81 页。

"此言末路之难。"而《左传》《国语》中的引《诗》、赋诗，引诗者要表达的某种意思，往往是由听者所阐明的。

第二，《战国策》引《诗》的目的主要是陈述某种观点，为了论证观点的正确性，在引《诗》时通常还要引用历史事实，以增强说服力。如范雎劝谏秦昭王时，引《诗》："木实繁者披其枝，披其枝者伤其心；大其都者危其国，尊其臣者卑其主。"随后又说："淖齿管齐之权，缩闵王之筋，县之庙梁，宿昔而死。李兑用赵，灭食主父，百日而饿死。今秦，太后、穰侯用事，高陵、泾阳佐之，卒无秦王，此亦淖齿、李兑之类已。"用淖齿、李兑掌权后虐待国君的事例进一步证明"大其都者危其国，尊其臣者卑其主"，像这样论点与具体论据相结合，自然让秦昭王深感恐惧，最终下决心废黜了宣太后和穰侯等"四贵"。

第三，《战国策》引《诗》仅有 7 处，这反映了在功利主义色彩浓厚的战国时代，引《诗》并不能够起到良好的效果，刘向在《战国策叙录》中论道："及春秋之后，众贤辅国者既没，而礼义衰矣。孔子虽论《诗》《书》，定《礼》《乐》，王道粲然分明，以匹夫无势，化之者七十二人而已，皆天下之俊也，时君莫尚之。是以王道遂用不兴"①，可谓一语中的，《诗》不太为人所征引，也就不足为奇了。《战国策》即使引用《诗》来说理，也同时要加以历史事实的证明，来增强说服力，从而取得理想的游说效果。也就是说，在当时的时代氛围下，《诗》本身并不那么令人信服。

第四，《战国策》引《诗》多为逸诗，说明当时引《诗》没有严格意义上的"诗三百"的界定，《诗》的外延极为广泛，可见即使到了战国时期，《诗》所传之本并没有统一，我们今天把不见于现存《诗经》中的诗称为"逸诗"，其实在当时未必是亡佚之诗。

通过《战国策》引《诗》可以看出，战国时代宴会赋诗已不复存在。

---

① 《战国策·战国策叙录》，见缪文远，《战国策新校注》，成都：巴蜀书社，1987 年，第 2 页。

其引《诗》只是简单的辞令引《诗》，把《诗》作为经典话语加以引用，策士们看重的是《诗》的意义，其典礼性和音乐性已被忽视。

这反映出春秋和战国两个时代对礼乐文化的两种截然相反的态度，从而显现出春秋和战国两种不同的时代精神。春秋是一个用诗的时代，赋《诗》、引《诗》、歌《诗》是礼乐文化精神在现实生活中的具体呈现，称引《诗》《书》不仅仅是知识的展示，独立的《诗》《书》在春秋文化精神中是不完备的，是残缺的，它们必须与礼、乐结合在一起，以礼乐精神为指导、为归依，共同构成春秋礼乐文明体系，因此，当我们欣赏春秋时代赋诗观诗活动时，感动我们的不只是贵族卿大夫对《诗》《书》的熟识，还有《诗》《书》中蕴含的宏大礼制背景和壮观庄重的典礼仪式以及时人对诗乐所代表的礼乐文化的向往与怀恋。因此可以说，《诗》《书》是春秋精神、春秋气象、春秋风度的代表。战国时代《诗》《书》地位的下降反映了春秋时期礼乐文化体系的解体。《诗》的衰落代表着诗乐文化的消解，宗周礼乐文明的大厦彻底崩颓，而赤裸裸的功利的追求与诈伪之术的兴起是促使礼乐文明垮塌的催化剂。两种不同的文化精神分别孕育出委婉含蓄的春秋辞令和铺张扬厉、诈谲并用的战国策士辞令。战国辞令中的引《诗》方式都是对《诗》的某个句子的引用，借用诗句的本义或者引申义来证明观点，《诗》在此时完全失去了在春秋时代那种典礼意义。战国辞令引《诗》更重视的是诗句的本义，并且在辞令中引用的诗句属于众多言辞的一部分，言说者是把诗句当成谚语、熟语等来运用了，根本没有像春秋时代引《诗》那样考虑到《诗》的委婉隐讳含蓄的特点，春秋时代非常含蓄的诗歌在战国辞令中变得非常直接和具体。《战国策》引《诗》可看出：纵横家口中的"诗"，与儒家传述的《诗》存在着较大的不同。在这里，与其将"诗"理解为"先王之典"——《诗》，不如说，它更侧重于"诗"字本义，指那些具有经验意义的格言警句，与"谚"表现了相类似的性质。纵横家之引《诗》，与引用谚语、歌谣一样，仅仅只是一种言语修辞的方式。

这一现象说明，随着贵族社会的分崩离析，社会开始重新组织自己的秩序，《诗》所指涉的那种精神价值已经被当作愚蠢的象征时，《诗》的功能就进一步发生了根本性的变化，失去了价值内涵，成为一种纯粹的语言修辞术。引《诗》不再是张扬或标榜某种精神性的价值或意义，而是直接指向功利的目的。《诗》之所以还被引用，是由于文化习惯使得《诗》还残存着一点影响力，可以增强言说的效果。用韩非子的话来说，战国是"争于气力"的时代。那些游说诸侯、追逐富贵的纵横策士们也都是博古通今、满腹经纶，但这不是为了道德和人生价值上的追求，而是求富贵，求飞黄腾达的资本。所以春秋时期的贵族们引《诗》的"断章取义"是以"误读"的方式来赋予《诗》以新的阐释和价值；战国的策士们的"断章取义"则是改变《诗》的原有之意而使之符合自己言说的需要，其着眼点是大不相同的。①

---

① 李春青，《论先秦"赋诗""引诗"的文化意蕴》，《齐鲁学刊》，2003 年第 6 期。

第四章

《左传》《国语》《战国策》引《诗》综论

　　《左传》《国语》《战国策》引《诗》说明，《诗》从有意识的累积——采诗、献诗到编定，"观风俗、知得失、自考正"的目的明确之后经过了一个不断强化推广过程，并被纳入礼的范畴，成为"经夫妇、成孝敬、厚人伦、美教化、移风俗"的政教工具。在此目的的导引下，《诗》最初的传播呈现出自上而下，自王公大臣而诸侯卿士，自统治中心向周边辐射、扩张的景象。春秋时期引《诗》、赋诗风气形成，社会各种场合频繁的引《诗》、赋诗活动，使《诗》逐渐由政教工具转变为交际工具。从《左传》《国语》《战国策》引《诗》，可以看出《诗》本身的内容、风格和围绕政教目的的"国子"教育导致《诗》之雅和颂在传播、引用中占据了统治地位。春秋战国人"断章取义"、引诗说理，反映出对《诗》的功用性接受和阐释性接受，这种接受并不是对《诗》的被动记忆和理解，而是主动地参与、发挥和改造。春秋战国时期《诗》的传播以及人们对《诗》的接受、引用奠定了《诗》的经典地位，为其最后成"经"打下了良好的基础。

第一节　《左传》《国语》《战国策》引《诗》的定量分析

综观《左传》《国语》《战国策》引《诗》，共涉及今《诗经》篇目118篇，其中风诗41篇，分别为周南2篇：《兔置》《卷耳》；召南9篇：《行露》《采蘩》《羔羊》《甘棠》《采蘋》《摽有梅》《草虫》《鹊巢》《野有死麕》；邶风9篇：《谷风》《泉水》《雄雉》《简兮》《柏舟》《绿衣》《匏有苦叶》《式微》《静女》；鄘风4篇：《鹑之奔奔》《相鼠》《桑中》《竿旄》；卫风3篇：《氓》《淇澳》《木瓜》；郑风8篇：《羔裘》《缁衣》《将仲子兮》《野有蔓草》《褰裳》《风雨》《有女同车》《搴兮》；唐风3篇：《蟋蟀》《无衣》《扬之水》；曹风1篇：《候人》；豳风2篇：《狼跋》《七月》。

雅诗60篇，其中小雅诗40篇，分别为：《巧言》《出车》《十月之交》《正月》《小旻》《常棣》《小明》《雨无正》《角弓》《六月》《四月》《信南山》《节南山》《桑扈》《裳裳者华》《采菽》《北山》《都人士》《南山有台》《小弁》《四牡》《采薇》《鹿鸣》《蓼莪》《车辖》《菁菁者莪》《湛露》《彤弓》《鸿雁》《皇皇者华》《青蝇》《圻父》《黍苗》《鱼丽》《蓼萧》《隰桑》《小宛》《瓠叶》《吉日》《菀柳》。大雅诗20篇，分别为：《既醉》《文王》《板》《抑》《皇矣》《旱麓》《思齐》《民劳》《桑柔》《烝民》《文王有声》《瞻卬》《荡》《假乐》《大明》《灵台》《緜》《行苇》《泂酌》《韩奕》。

颂诗17篇，其中周颂12篇，分别为：《敬之》《我将》《赉》《汋》《武》《时迈》《桓》《思文》《丰年》《烈文》《昊天有成命》《天作》。商颂4篇，分别为：《玄鸟》《殷武》《烈祖》《长发》。鲁颂1篇：《閟宫》。

《左传》《国语》《战国策》引《诗》比例见下表：

表30:《左传》《国语》《战国策》引《诗》比例情况

引《诗》分类	《诗经》篇目	《左传》《国语》《战国策》引《诗》涉及的篇目	《左传》《国语》《战国策》引《诗》涉及的篇目在《诗经》中所占比例
风	160	41	25.6%
小雅	74	40	54.1%
大雅	31	20	64.5%
三颂	40	17	42.5%
总计	305	118	38.7%

《左传》《国语》《战国策》中引用次数排在前位的诗句见下表:

表31:《左传》《国语》《战国策》引《诗》中所引诗句次数情况

引《诗》著作	所引诗句	引诗出自的篇目	分类	引用次数
《左传》	不解于位,民之攸塈。	《假乐》	大雅	3
《左传》《战国策》	靡不有初,鲜克有终。	《荡》	大雅	3
《左传》《国语》	陈锡载周。	《文王》	大雅	3
《左传》	无念尔祖,聿修厥德。	《文王》	大雅	2
《左传》	仪刑文王,万邦作孚。	《文王》	大雅	2
《左传》	永言配命,自求多福。	《文王》	大雅	2
《左传》	夙夜匪懈,以事一人。	《烝民》	大雅	2
《左传》	有觉德行,四国顺之。	《抑》	大雅	2
《左传》	不识不知,顺帝之则。	《皇矣》	大雅	2
《左传》	民之多辟,无自立辟。	《板》	大雅	2
	孝子不匮,永锡尔类。	《既醉》	大雅	2
《左传》《国语》	上帝临女,无贰尔心。	《大明》	大雅	2
《左传》《国语》	经始灵台,经之营之。庶民攻之,不日成之。经始勿亟,庶民子来。王在灵囿,麀鹿攸伏。	《灵台》	大雅	2

引《诗》著作	所引诗句	引诗出自的篇目	分类	引用次数
《左传》《国语》	刑于寡妻，至于兄弟，以御于家邦。	《思齐》	大雅	2
《左传》	惠此中国，以绥四方。	《民劳》	大雅	2
《左传》	人之云亡，邦国殄瘁。	《瞻卬》	大雅	2
《左传》	战战兢兢，如临深渊，如履薄冰。	《小旻》	小雅	2
《左传》《国语》	弗躬弗亲，庶民弗信。	《节南山》	小雅	2
《左传》	不吊昊天，乱靡有定。	《节南山》	小雅	2
《左传》	协比其邻，昏姻孔云。	《正月》	小雅	2
《左传》	君子屡盟，乱是用长。	《巧言》	小雅	2
《左传》	君子如祉，乱庶遄已。	《巧言》	小雅	2
《左传》	乐只君子，邦家之基。	《南山有台》	小雅	2
《左传》《战国策》	普天之下，莫非王土；率土之滨，莫非王臣。	《北山》	小雅	2
《国语》	每怀靡及。	《皇皇者华》	小雅	2
《左传》	畏天之威，于时保之。	《我将》	周颂	2
《左传》《国语》	载戢干戈，载櫜弓矢。我求懿德，肆于时夏，允王保之。	《时迈》	周颂	2
《左传》《国语》	思文后稷，克配彼天。立我烝民，莫匪尔极。	《思文》	周颂	2
《左传》	敬之敬之！天惟显思，命不易哉！	《敬之》	周颂	2
《左传》	布政优优，百禄是道。	《长发》	商颂	2
《左传》	岂不夙夜？谓行多露。	《行露》	召南	2
《左传》	人而无礼，胡不遄死！	《相鼠》	鄘风	2

第二节　先秦史书中《诗》的功能定位

　　《诗》在春秋中叶结集以后，诗歌创作的繁荣时代也就一去不返了，而结集之《诗》作为诗、乐、舞的共同体，以其政治的、道德的、伦理的、仪礼的多功能取得了崇高的地位。僖公二十二年臧文仲劝鲁公对邾人设备时说："国无小，不可易也。无备，虽众不可恃也。诗曰：'战战兢兢，如临深渊，如履薄冰。'又曰：'敬之敬之，天惟显思，命不易哉！'先王之明德，犹无不难也，无不惧也，况我小国乎！"[1]把《小雅·小旻》和《周颂·敬之》中的诗句视为"先王之明德"。成公二年齐师败，齐侯使宾媚人致赂求和，晋人开出苛刻条件，宾媚人反驳道："吾子布大命于诸侯，而曰必质其母为信，其若王命何？且是以不孝令也。诗曰：'孝子不匮，永锡尔类。'若以不孝令于诸侯，其无乃非德类也乎？先王疆理天下物土之宜，而布其利，故诗曰：'我疆我理，南东其亩。'今吾子疆理诸侯，而曰'尽东其亩'而已，唯吾子戎车是利，无顾土宜，其无乃非先王之命也乎？"[2]更是直接把《大雅·既醉》和《小雅·信南山》中的诗句当作"王命"和"先王之命"。可以肯定地说，《诗》在春秋时代事实上已被尊为经典，从来没有哪个时代像春秋时代如此广泛地用诗、引《诗》。此时，《诗》因发挥着政治、军事、外交等巨大的社会作用而为人们所普遍接受。《左传》《国语》《战国策》引《诗》表明，《诗》由最初的政教工具逐渐转变为交际工具。

　　《诗》在成为交际工具之前，自身也经历了长时期的发展，由诗乐舞三位一体，注重《诗》的音乐、政教作用，逐渐变为赋诗言志，注重言语

---

① 《左传·僖公二十二年》，见杨伯峻，《春秋左传注》，北京：中华书局，1981年，第395页。
② 《左传·成公二年》，见杨伯峻，《春秋左传注》，北京：中华书局，1981年，第797页。

表义作用。就《诗》的最初功能来看，它其实是一部音乐总集。《诗》可歌唱：《左传·襄公二十九年》记载吴公子在鲁观周乐，"使工为之歌《周南》《召南》《邶》《鄘》《卫》《王》……"①。《诗》可演奏（音乐）：《仪礼》明确规定在乡饮酒礼上"乐《南陔》《白华》《华黍》……间歌《鱼丽》，笙《由庚》；歌《南有嘉鱼》，笙《崇丘》；歌《南山有台》，笙《由仪》"②。《诗》可舞蹈：《礼记·乐记》载，"且夫《武》，始而北出，再成而灭商，三成而南，四成而南国是疆，五成而分，周公左，召公右，六成复缀，以崇天子"③，《诗经·周颂》中《武》《桓》《赉》等篇就是大武舞的乐章。从《诗》的内容分类来看，风、雅、颂也是音乐上的分类。诗、乐、舞是密不可分的，并且在初期，人们更注重的是《诗》的音乐作用。"从三百篇与礼乐的原始关系看来，我们可以做如下结论：原始意义上的三百篇，实在是乐的一部分。……在礼乐用途上，三百篇有声音的存在，却没有辞义的存在，在礼乐过程中，诗所表现的就是乐章，离开了乐章就是没有意义。"④"这个时期（西周到春秋前）是诗歌以声为用的时代。据三《礼》推知，祭祀、宴享、射、丧等都用《诗》，不过只歌唱演奏。歌唱也好，演奏也好，都注重它的音乐而忽视其内容……"⑤诗乐舞三位一体，以声为用，是《诗》在春秋时广泛地应用于政治生活中的直接原因。正因为此时人们在外交中用《诗》仅是取其音乐，而忽视其内容，才使《诗》的文学语言并不妨碍其政治功效，而也正是乐在外交活动中的大量使用，才使乐的附属——《诗》进入了交际领域。第二，应用于各种交际场合的乐是周王朝精心改造后的产品。周有"采诗观志"制度。"观志"确有可能，但

---

① 《左传·襄公二十九年》，见杨伯峻，《春秋左传注》，北京：中华书局，1981年，第1161页。
② 《仪礼·乡饮酒礼》，见李学勤主编，《仪礼注疏》，《十三经注疏》，北京：北京大学出版社，2000年，第172—173页。
③ 《礼记·乐记》，见王文锦，《礼记译解》，北京：中华书局，2001年，第555页。
④ 何定生，《诗经今论》（卷一），台北：台湾商务印书馆，1968年，第34页。
⑤ 袁长江，《先秦两汉诗经研究论稿》，北京：学苑出版社，1999年，第28—29页。

所采取的是以义为用的诗，还是以声为用的乐，却可商榷。从《诗》产生初期以声为用的特点来看，周所谓的"采诗"应也是从《诗》的音乐功能出发，收集和整理各地的音乐。周采乐，至少有两个动机。一是按周人的音乐观，他们认为音乐能反映人们的内心情感，通过音乐能察知人民对统治者的态度。二是通过采乐来改造、整理商的音乐，使之合乎周的礼仪，并通过给音乐划分等级，来让音乐成为统治工具。各国的太师把流行于本国的诗歌收集起来，进行筛选整理，配上符合本地歌曲风格的乐谱，然后送交周太师，经过周太师的统一整理、编选，对其应用场合及应用对象做统一规定，然后再将其分送各国。这样一来，这些原本是歌咏性情的歌乐，便成了礼的一部分，成了等级秩序的物质承担者而被用于各种政治交往场合。第三，乐教成为一种制度。当时有两类学校：一类是单为国子设立的学校，教"乐德""乐语""乐舞""六艺""六仪"等；另一类是专为乐工们设立的职业技术学校，主要教乐工们如何歌诗、诵诗、演奏诗和舞诗。此时的乐教是以对音乐的理解和运用为主。乐工们所学的是职业技能，而国子们所注重的是乐德、乐语，即音乐所蕴含的情感及其所代表的礼的规定性。通过这样的教育，一方面使贵族子弟们对《诗》非常了解，另一方面乐德、乐语教育也成为赋诗言志、断章取义的萌芽。由解读音乐走向解读语义，这是学《诗》及用《诗》发展的必然结果。从以上周王朝礼乐制度的实质及《诗》在产生初期的特点可以看出，在《诗》尚处于以声为用的阶段时，就已在政治活动中占有特殊的地位。随着《诗》的功能从以声为用向以义为用转变，赋诗、引《诗》现象也就出现了。

周王朝后期，王室力量衰微，已丧失了对各诸侯的统治能力，孔子所谓的"礼崩乐坏"的时期到来了。周王室力量衰微的直接后果，就是先前固有的等级制度被打破。各诸侯国的力量发展不均衡，同时都有称霸的野心，必然要求重新确立新的等级秩序。这样，作为原秩序的象征的礼乐就理所当然地会受到冲击。周礼的国际法规性质被破坏，乐的等级规定被故意僭越。如公元前 623 年，卫成公派大夫宁武子聘问鲁文公，席间鲁文公故意赋诸侯朝见天子时才能赋的《湛露》和《彤弓》。然而，周的礼乐制度毕竟已深入人心，诸侯要确立新的等级秩序依然要依靠礼乐。所以这一时期各诸侯一方面打着礼的幌子，另一方面按照自己的意图来重新确定礼的标准，以合礼或不合礼为借口来缔结盟约或打击异己。礼被打破，乐的等级标志也就形同虚设，所以在社会活动尤其是政治、外交中，《诗》的以声为用确立等级的功能就逐渐消退，以义为用的功能逐渐增强。在等级秩序重新确立的时代，各诸侯国之间的关系变得复杂微妙，两国之间的宴会已不再是单纯的享乐，所以作为仍是宴会重要形式的赋诗、歌诗，除了音乐功能之外，其表情达意的作用更加重要。在这种情况下，诗教就会侧重《诗》的言语功能，注重引类连譬，使国子们掌握如何运用《诗》去表达自己的意图。在此基础上，到《诗》以义为用的时候，赋诗言志、引诗说理就成为一种普遍的现象。

从《诗》以声为用到以义为用的发展过程中，也可以看出，《诗》之所以能够成为交际工具，第一，是由《诗》在春秋时期的地位决定的。"说礼乐而敦《诗》《书》。《诗》《书》，义之府也。礼乐，德之则也。德义，利之本也。"① 可见《诗》在当时的崇高地位业已确定，被人们公认为义理的府库。正因为《诗》是义理的府库，具有无可置疑的权威性，因而被广泛引用，成为人们交际的工具。

第二，《诗》本身题材广阔，内容丰富，凡社会生活的各个方面无不具备，再加上是韵文，易于记忆与背诵；语言精练生动，委婉含蓄，比普通语言具有更强的表达力，因此成为人们表情达意的最佳工具。

第三，诗、乐、歌、舞的一体性，使引《诗》、赋诗活动具有多功能的信息交流，美国语言学家雅各布森在《语言和其他交流系统的关系》中

---

① 《左传·僖公二十七年》，见杨伯峻，《春秋左传注》，北京：中华书局，1981 年，第 445 页。

指出，人类社会中最社会化、最丰富和最贴切的符号系统显然以视觉和听觉为基础。英国结构主义学者特伦斯·霍克斯认为，听觉的、时间的符号就其特征而言，倾向于象征；视觉的、空间的符号在特征上倾向于图画。诗、乐、歌、舞一体化把视觉符号的图画性与听觉符号的象征性综合为一，所以赋诗言志才成为春秋时期人与人交往的重要手段。

第四，《诗》之所以能成为社会交际的工具，与引诗者不无关系，引诗者断章取义、引诗说理，扩展或转移了原诗的含义，使其变成了一个新的信息或符号，这无疑扩大和丰富了《诗》的使用范围。

先秦史书中对《诗》广泛、频繁的征引，也反映出"诗"与"史"的关系。历史是可观的，撰写史书力求的是贴近历史真实本身，但由于撰写者选用历史资料的角度不同，观点、方法和描述语言都带有个性色彩，所以纯客观的历史纪录几乎是不可能的，总会或多或少地带有一些主观性，甚至带有撰写者的想象，即"史蕴诗心"。与史书相比，诗歌在反映历史真实方面虽不如史书翔实，但它所达到的艺术真实更具有典型性，更富有魅力，这便是"诗具史笔"。先秦史书引《诗》，体现了"诗"与"史"的完美结合，其意义就在于使史书具有了散韵结合的特点，增添了诗的韵味："在散文叙述中，适当加入一些韵文，使读者在阅读历史时，也阅读到精美的文学作品，引起美感。"①

第三节　从史书引《诗》看春秋战国时期《诗》的接受以及发展演变

《诗》从政教工具到交际工具这一社会功能的转变，使其获得了人们

---

① 张新科，《唐前史传文学研究》，西安：西北大学出版社，2000 年，第 254 页。

的普遍接受，从《左传》《国语》《战国策》引《诗》，可以看出春秋战国时期人们对《诗》接受的方式主要是实用性的和阐释性的。实用性接受之赋诗、引《诗》侧重于篇章义和礼仪场合的交往及敷衍，阐释性接受之赋诗、引《诗》侧重于诗句字义和一般场合的交谈和评论。

1.实用性接受。人们对《诗》的实用性接受主要表现为《诗》的实用的社会交流。《汉书·艺文志》云："古者卿大夫交结邻国，以微言相感，必称诗以喻其志，盖以别贤不肖而观盛衰焉。"① 赋诗言志之所以成为风尚，乃是因为礼仪的需要。这种礼仪标准在周初业已形成，绵延数百年，已经根深蒂固，成了集体无意识。周王在礼仪实施中体现的威仪令诸侯俯首帖耳的同时，也使他们顿生艳羡之心，可惜苦于王室强大，诸侯们也只好望王礼而叹。降及春秋，王室衰微，"礼乐征伐自诸侯出"②，属于周王之专用的表现周王与属国（诸侯）关系的《诗》之礼为诸侯所普遍使用。各诸侯都想借《诗》来表现自己对周的继承、对周礼的继承。礼的继承仅仅是形式的追求，而对周所拥有的权力的继承才是各诸侯的真正目的。实际上各诸侯因其实力各异，其关系也并不平等，其中大国、强国和小国、弱国的关系就近似于周王和诸侯的关系。每一位霸主都想以周王的继承者自居，其他各诸侯考虑其微妙的处境和复杂的关系，也去迎奉霸主。随着诸侯对周拥有权力之争日益频繁和加剧，对周礼形式的追求也就变得更为迫切，彼此间的会聘宴享也日益受到重视，于是赋诗言志之风兴焉，赋诗作为一种行为方式逐渐被众多的诸侯共同认可为礼仪的外化。就赋诗者来说，是言志、喻志、明志；就听诗者而言，是观志。赋诗言志有言一国之志者，更多的是言一己之志。《左传》中记载的众多赋诗言志事例即为明证。如襄公二十七年记载的郑国的子展等七位大夫赋诗言志的例子是有代表性的：首先，在郑国国君为晋国大夫赵文子举行的外交宴会上，子展等

① ［汉］班固，《汉书》，《二十五史》，上海：上海古籍出版社，1986年，第531页。
②《论语·季氏》，见杨伯峻，《论语译注》，北京：中华书局，1980年，第174页。

七位大夫不是采用直抒胸臆的方式，而是采用"赋诗"的方式来委婉曲折地表达他们对来宾的情感意愿和态度，这正是春秋时期各国官员之间外交往来和传情达意的一种普遍的方式。其次，在郑国的七位大夫赋诗之后，晋国大夫赵文子不需要借助任何辅助性的说明，就能够准确地揣摩和理解对方的情感、意愿和态度。这说明当时的贵族成员在普遍接受"诗教"和"乐教"的情况下，对《诗》的接受和应用已经达到相当自如的程度，他们已经把对《诗》的接受和应用作为一种重要的政治外交方式和生活交往方式。

2. 阐释性接受。人们对《诗》的阐释性接受表现的第一个方面是以诗证礼和以诗说理。文公二年君子批评鲁国祭祀失礼时引《鲁颂·閟宫》"春秋匪解，享祀不忒，皇皇后帝，皇祖后稷"和《邶风·泉水》"问我诸姑，遂及伯姊"，认为这就是"礼"，"谓其后稷亲而先帝也""谓其姊亲而先姑也。"作者以君子之名把礼抬出来，并以诗证之，主要是为了提高劝说的威力，使对方容易接受。引诗说理则更为普遍，触目皆是。阐释性接受表现的第二个方面是以诗论事议政、以诗评人。襄公三十一年："文子入聘，子羽为行人，冯简子与子大叔逆客。事毕而出，言于卫侯曰：'郑有礼，其数世之福也。其无大国之讨乎！诗云："谁能执热，逝不以濯。礼之于政，如热之有濯也。濯以救热，何患之有？"'"[①]北宫文子以《大雅·桑柔》中诗句为比，就郑之有礼进行评论。《国语》《战国策》中的引《诗》大多是引诗说理，进行劝谏或论辩，《左传》中"君子曰"引《诗》大多是以诗评人、议事。阐释性接受表现的第三个方面为特定意义的解说和强调。襄公十一年魏绛辞晋侯赐乐，引《小雅·采菽》之"乐只君子，殿天子之邦。乐只君子，福禄攸同。便蕃左右，亦是帅从"，然后对所引之诗句的特定意义进行解说："夫乐以安德，义以处之，礼以行之，信以守之，

---

① 《左传·襄公三十一年》，见杨伯峻，《春秋左传注》，北京：中华书局，1981年，第1190页。

仁以厉之，而后可以殿邦国，同福禄，来远人，所谓乐也。"①强调其所提出的观点"愿君安其乐而思其终"。这种解说和强调一般不重视对诗句之本义的探求，即目所见之诗句成为一种经验性的物象，由此感发引申联想出的"象外之义"才是引诗者所真正追寻的。

阐释性接受与实用性接受使用的方法是一样的，即"断章取义"。"断章取义"的方法在当时相当普遍和流行。人们已建立起《诗》的"阐释共同体"，由于阐释策略的一致性，使得意义的阐释具有稳定性，共同体的人就能不言自明。实用性接受之赋诗、引《诗》有时因特殊之原因会故意偏离一致的阐释策略，出现曲解"部分"和理解"部分"的现象，所以当有"类"来规范、限定。襄公二十六年："卫侯如晋，晋人执而囚之于士弱氏。秋七月，齐侯、郑伯为卫侯故，如晋，晋侯兼享之。晋侯赋《嘉乐》。国景子相齐侯，赋《蓼萧》。子展相郑伯，赋《缁衣》。叔向命晋侯拜二君曰：'寡君敢拜齐君之安我先君之宗祧也，敢拜郑君之不二也。'"②叔向在此明确阐述，他对齐郑赋诗意义的理解绝不是两位赋诗者的全部意图。国景子和子展之赋均表达了对霸主晋侯的歌颂和依附，但同时也包含着为卫求情的目的，是借赞美之辞行劝善之实。应该说叔向十分清楚这一点，只是他不同意这一请求，又不好直接拒绝，于是装着没有领会二人的全部意图而有意作"部分"曲解和"部分"理解，以"敢拜"敷衍了事。曲解"部分"和理解"部分"给具体的赋诗言志的操作带来麻烦，于是"歌诗必类"的原则出现了。确定"类"，也就是对阐释策略的一致性做硬性规定。有了"类"，理解过程中绝不会再出现曲解和理解"部分"的现象。如果不遵守"类"，不懂得"类"，就会遭人耻笑，在政治以至外交上陷入被动。

无论是实用性接受还是阐释性接受，都表现在引《诗》、赋诗的行为

---

① 《左传·襄公十一年》，见杨伯峻，《春秋左传注》，北京：中华书局，1981 年，第 993 页。
② 《左传·襄公二十六年》，见杨伯峻，《春秋左传注》，北京：中华书局，1981 年，第 1116 页。

中，可以说，引《诗》、赋诗的用诗过程，就是《诗》的经典化过程，是《诗》走向经学的桥梁。引《诗》之用，其实就是对《诗》文本的政治道德的抽象的解读和诠释。引《诗》证事论理的前提，实际上是将《诗》作为不容置疑的真理的标准，而且为引诗者和听诗者所共同认可。《诗》文本在不断征引的过程中，已经在实践中被推向了经学化的道路。赋诗和引《诗》有与原诗义相合的，然而更多的是扩展或转移原诗的含义。就《诗》本身来说，《诗》被解读、引用就是被赋予新意的过程，这种不断增益完善的解读也逐渐挖掘和丰富了《诗》的经典意义。

《左传》《国语》《战国策》引《诗》表明，春秋时代的引《诗》、赋诗活动在文本意义上确立了《诗》的经典地位，同时赋诗的原则和方法以及赋诗、引《诗》所形成的对《诗》的思想的阐释，对战国时代各流派诗学思想的成熟起了奠基的作用。春秋时期人们的言语引《诗》、赋诗活动虽然在战国时代逐渐走向沉寂，但《诗》并没有退出历史的舞台，随之而来的战国各家著述引《诗》，这再次肯定了《诗》的权威性，使《诗》在成"经"的过程中又迈进了一步。

中编

先秦儒家典籍引《诗》研究

先秦儒家在著述中频繁引《诗》，使得《诗》更加广泛地流传，提高了《诗》的社会地位。可以说，儒家用诗、论诗，奠定了《诗》走向经学的理论基础。

先秦儒家，从孔子到孟子再到荀子，一直全力以赴地致力于通过对西周遗留的文化典籍的重新阐释来建构完整的社会价值系统，从而达到恢复社会秩序的目的。"诗三百"恰恰是这些文化典籍中最具有阐释空间的一部分。本书中编主要选取了《论语》《孟子》《荀子》《礼记》《孝经》等儒家典籍①，对其引《诗》情况进行了梳理和研究。儒家典籍频繁的引《诗》、论诗，体现了对《诗》的接受和尊崇，这无疑加强了《诗》的经典地位。

---

① 和《论语》可以进行比照、对读的还有上海博物馆藏战国楚竹书《孔子诗论》，关于《诗论》的作者，主要有以马承源先生为代表的孔子说、以李学勤先生为代表的子夏说、以廖名春先生为代表的子羔说、以黄锡全先生为代表的子上说等。虽然现在还不能对《诗论》的作者骤然下结论，但不可否认的是，简文所反映的内容都是以孔子为代表的儒家的诗学思想，是对《诗》的论说和评价，其作者应为战国中晚期。陈桐生先生认为，《孔子诗论》第一次将《诗》作为独立的专门研究对象，不是借《诗》来说明政治、外交、礼义和学术观点，不再把《诗》看作传达志意的媒介或工具。以《孔子诗论》为标志，中国开始了真正意义上的《诗经》研究。(《文艺理论研究》2003 年第 5 期)《孔子诗论》吸纳了孔子关于诗乐教化和"兴、观、群、怨"的诗学思想，主张以礼义规范性情，对具体诗旨的解说简明扼要，深得《诗》的主旨，并且始终关注的一个重要内容就是《诗》的教化作用。《孔子诗论》这部《诗》学论著的问世，补正了从孔子到孟子、荀子，再到汉儒《诗》学的发展过程，为《诗经》研究提供了强有力的文献依据。本书虽然没有专门研究《孔子诗论》，但对其中的一些内容亦有所涉及。

《礼记》一书的编定者是西汉礼学家戴德和他的侄子戴圣。戴德选编的八十五篇本叫《大戴礼记》，在后来的流传过程中若断若续，到唐代只剩下了三十九篇。戴圣选编的四十九篇本叫《小戴礼记》，即我们今天见到的《礼记》。东汉末年，著名学者郑玄为《小戴礼记》作了出色的注解，后来这个本子便盛行不衰，并由解说经文的著作逐渐成为经典，到唐代被列为"九经"之一，到宋代被列入"十三经"之中。《礼记》的成书虽然不是在先秦时期，但其内容集中体现了先秦儒家的政治、哲学和伦理思想，故仍然可以将其视为先秦儒家典籍。

《汉书·艺文志》中讲："《孝经》者，孔子为曾子陈孝道也"，认为《孝经》的作者是孔子。后世信奉此说者，代不乏人。但司马迁在《史记》中认为《孝经》的作者是曾子，他说："孔子以为（曾参）能通孝道，故授之业。作《孝经》，死于鲁。"这种说法要比《汉书·艺文志》早数百年。宋代以后，疑经之风盛行，于是又有很多新的说法，如司马光的孔门弟子说、胡寅的曾门弟子说，其他还有孟子说、子思说、汉儒说，甚至有魏晋儒者作《孝经》之说。隋唐以前，人们遵信孔子说和曾子说，其后遂无统一认识，各取所信。清代纪昀在《四库全书总目》中指出，该书是孔子"七十子之徒之遗言"，成书于秦汉之际。孔子门人子夏的弟子魏文侯曾作过《孝经传》，此外，《吕氏春秋》中的《孝行》《察微》二篇均引用过《孝经》里的句子。《四库全书总目》亦说："蔡邕《明堂》引魏文侯《孝经传》，《吕览·察微篇》亦引《孝经·诸侯章》，则其来古矣。"所以笔者认为，《孝经》的成书时间应不晚于战国，是先秦儒家典籍。

第五章
《论语》引《诗》考论

从孔子开始，儒家思想家就已经开始借助整理、教授、引用、解释等方式对"诗三百"进行价值的赋予了。正如梁漱溟先生所说："中国数千年风教文化之所以形成，周孔之力最大，周公来代表他以前的那些人物；举孔子代表他以后的那些人物；故说'周孔教化'。周公及其所代表者，多半贡献在具体创造上，如礼乐之制作等。孔子则似是于昔贤制作大有所悟，从而推阐其理以教人。"[①]孔子既没有探讨《诗》创作的艺术规律，也没有研究《诗》的文学特征，他从用《诗》的角度，强调了《诗》的社会作用，把《诗》推向了社会。他教授弟子用诗的理论和方法，使用诗的现象理论化，使得《诗》更加广泛地流传。这种用诗现象的发展，反过来促进了《诗》与社会的结合，提高了《诗》的社会地位。

第一节 《论语》引《诗》概况

《论语》中孔子及其弟子论诗、解诗、引《诗》共有19处，具体见

---

① 梁漱溟，《中国文化要义》，上海：学林出版社，1987年，第85页。

下表：

表 32:《论语》引《诗》一览表

《论语》篇目	孔子论诗	孔子及其弟子解诗	孔子及其弟子引《诗》
《学而》		子贡曰："贫而无谄，富而无骄，何如？"子曰："可也。未若贫而乐，富而好礼者也。"子贡曰："诗云：'如切如磋，如琢如磨'，其斯之谓与？"子曰："赐也，始可与言诗已矣，告诸往而知来者。"	
《为政》	子曰："诗三百，一言以蔽之，曰：'思无邪。'"		
《八佾》	三家者以《雍》彻。子曰："'相维辟公，天子穆穆'，奚取于三家之堂？"	子夏问曰："'巧笑倩兮，美目盼兮，素以为绚兮'，何谓也？"子曰："绘事后素。"曰："礼后乎？"子曰："起予者商也！始可与言诗已矣。"	
	子曰："《关雎》乐而不淫，哀而不伤。"		
	子谓《韶》："尽美矣，又尽善也。"谓《武》："尽美矣，未尽善也。"		
《述而》	子所雅言：诗、书、执礼，皆雅言也。		
《泰伯》			曾子有疾，召门弟子曰："启予足！启予手！《诗》云：'战战兢兢，如临深渊，如履薄冰。'而今而后，吾知免夫！小子！"
	子曰："兴于诗，立于礼，成于乐。"		
	子曰："师挚之始，《关雎》之乱，洋洋乎盈耳哉！"		

《论语》篇目	孔子论诗	孔子及其弟子解诗	孔子及其弟子引《诗》
《子罕》	子曰："吾自卫反鲁，然后乐正，雅、颂各得其所。"		
	子曰："衣敝缊袍，与衣狐貉者立，而不耻者，其由也与？'不忮不求，何用不臧？'"子路终身诵之。子曰："是道也，何足以臧？"		
《先进》			南容三复"白圭"，孔子以其兄之子妻之。
《子路》	子曰："诵诗三百，授之以政，不达；使于四方，不能专对：虽多，亦奚以为？"		
《卫灵公》	颜渊问为邦。子曰："行夏之时，乘殷之辂，服周之冕，乐则《韶》《舞》。放郑声，远佞人。郑声淫，佞人殆。"		
《季氏》	陈亢问于伯鱼曰："子亦有异闻乎？"对曰："未也。尝独立，鲤趋而过庭。曰：'学诗乎？'对曰：'未也。''不学诗，无以言。'鲤退而学诗。他日，又独立，鲤趋而过庭。曰：'学礼乎？'对曰：'未也。''不学礼，无以立。'鲤退而学礼。闻斯二者。"陈亢退而喜曰："问一得三：闻诗、闻礼，又闻君子之远其子也。"		

《论语》 篇目	孔子论诗	孔子及其弟子解诗	孔子及其弟子引 《诗》
《阳货》	子曰："小子何莫学夫诗？诗，可以兴，可以观，可以群，可以怨。迩之事父，远之事君；多识于鸟兽草木之名。"		
	子谓伯鱼曰："女为《周南》《召南》矣乎？人而不为《周南》《召南》，其犹正墙面而立也与？"		

从表中可以看出，《论语》所反映的孔子及其弟子引《诗》、解诗涉及具体的风诗 4 篇，其中周南 1 篇：《关雎》；卫风 2 篇：《淇澳》《硕人》；邶风 1 篇：《雄雉》。雅诗 2 篇，其中小雅 1 篇：《小旻》；大雅 1 篇：《抑》。其余都是从总体上论说《诗》的功用和学《诗》的目的。《论语》引《诗》透视出孔子及孔门弟子对于《诗》的认识，这有助于我们更准确地把握先秦儒家最初的诗学观念。

第二节　孔子生活的时代背景及其思想对诗论的影响

任何一种理论的产生，都是对人类社会实践的理性的认识和概括，都离不开当时具体的社会背景和思想基础，孔子诗论之形成，也不例外。

孔子主要活动在鲁昭公、定公和哀公时期，其青少年之时，诸侯大夫赋诗之风正炽，爰及中年以后，赋诗之风日趋消沉。当时"天下共主"的周室已名存实亡，诸侯国彼此之间的关系显得空前重要。随着征战兼并的频繁与加剧，会聘宴享等外交活动的成败直接影响到一个国家的安危存亡。为了劝喻君主、结交同盟或折服敌国，各国大夫于外交场合莫不讲究礼仪之进退，文饰其应对之辞令，于是赋诗言志之风兴焉，通过赋诗言志，可以鉴别使者的贤或不肖，观察国家的兴盛或衰亡。正是有了赋诗言志的广泛的实践，孔子才得以对《诗》的作用做明确的概括。这就是孔子诗论产生的社会背景。

孔子推崇周礼，周文化中崇德重礼的思想给了他很大影响，但是，孔子最终把"德"发展为"仁"，并创立了作为系统的政治伦理思想的仁学体系，表达了新的时代精神。

孔子的"仁学"思想体系创建于春秋战国之际。春秋战国时代既是我国历史上动荡不安的时代，也是我国社会发展的重要转型时期。伴随着急剧变化的社会转型，整个社会的政治结构、经济秩序处于剧烈的变动之中，社会的阶级关系、政治关系出现了新的因素和成分，人们的生活方式、思维方法、价值观念发生了深刻的变化，其中尤为显著的是西周以来传统社会秩序和礼制体系发生了崩溃，以"周礼"为代表的礼乐文化出现了危机。这种文化危机用孔子的话来说就是"天下无道"。孔子曰："天下有道，则礼乐征伐自天子出；天下无道，则礼乐征伐自诸侯出。自诸侯出，盖十世希不失矣；自大夫出，五世希不失矣；陪臣执国命，三世希不失矣。天下有道，则政不在大夫；天下有道，则庶人不议。"①在孔子看来，天下太平、社会秩序稳定的时候，制定礼乐、决定战争之类的事就一定由天子做主，各种政治权力不会落在家族首领手里，老百姓也不会议论纷纷。可是，春秋战国之际是一个"天下无道"的多事之秋，各个诸侯、家族专权，他们制定礼乐，决定战争，把持政治，以致社会上出现了君不君、臣不臣、父不父、子不子等各种既定秩序颠倒错乱的现象。"齐景公问政于孔子。孔子对曰：'君君、臣臣、父父、子子。'公曰：'善哉！信如君不君、臣不臣、父不父、子不子，虽有粟，吾得而食诸？'"②在正常的

---

① 《论语·季氏》，见杨伯峻，《论语译注》，北京：中华书局，1980年，第174页。
② 《论语·颜渊》，见杨伯峻，《论语译注》，北京：中华书局，1980年，第128页。

情况下，社会的正常秩序应该是国君是国君，臣下是臣下，父亲是父亲，儿子是儿子，他们各安其位，各尽其责，遵守既定的秩序，遵守各自的行为规范。如果国君不守国君的规范，臣下不守臣下的规范，父亲不守父亲的规范，儿子不守儿子的规范，社会的正常秩序和运行机制就被破坏了。更为甚者，有人对传统的礼治秩序产生了怀疑，对礼制的社会规范作用失去了信心，他们超越礼制的既定规定而行动。当时鲁国的季氏就带头超越礼制的规定而舞"八佾"于庭："孔子谓季氏，八佾舞于庭，是可忍也，孰不可忍也"①。按照周礼的有关规定，"八佾舞"本来是天子享用的舞蹈，季氏乱用天子享用的舞蹈，从某种意义上可以说是对人文秩序的破坏。诚然，社会转型必然带来社会秩序的变化，一些过时的礼制条文必将被抛弃，但整个社会的运行机制不能错乱和失序。孔子正是在这种意义上突出社会人文秩序的重要性，把社会人文秩序的破坏称之为"天下无道"，并深深为之忧虑，从而提出了自己的"正名"主张，以保证社会机制的正常运转，促进社会的稳定。"子路曰：'卫君待子而为政，子将奚先？'子曰：'野哉，由也！君子于其所不知，盖阙如也。名不正，则言不顺；言不顺，则事不成；事不成，则礼乐不兴；礼乐不兴，则刑罚不中；刑罚不中，则民无所措手足。'"②所谓"正名"，就是订正各种名分。孔子认为，在人文秩序受到破坏之时，订正名分是十分重要的。如果名分不端正，说话就不顺当；说话不顺当，事情就办不成；事情办不成，礼乐就复兴不起来；礼乐复兴不起来，刑罚就不恰当；刑罚不恰当，老百姓就不知道如何行动。据此，孔子主张通过"正名"来继承传统礼制秩序，以维护社会的稳定。

对于周礼，孔子主张既不能全部肯定，也不能全部否定，该坚持的就坚持，不该坚持的就不坚持："子曰：麻冕，礼也；今也纯，俭，吾从众。

---

① 《论语·八佾》，见杨伯峻，《论语译注》，北京：中华书局，1980 年，第 23 页。
② 《论语·子路》，见杨伯峻，《论语译注》，北京：中华书局，1980 年，第 133 页。

拜下，礼也；今拜乎上，泰也；虽违众，吾从下。"①按照传统的礼制，应该用麻来织帽子，现在用丝来织帽子，俭朴，孔子不再死守传统，他跟随大家戴丝织的帽子。堂下作揖，这是传统礼制，现在改在堂上作揖，有点傲慢，虽然有违大家的意愿，孔子仍然坚持在堂下作揖，表示他对传统礼制的坚持。孔子要求人们懂礼、知礼、实践礼。"不知命，无以为君子；不知礼，无以立也；不知言，无以知人也。"②孔子指出，人们如果不懂礼、知礼，就无法建立自我，无法立足于社会。孔子把礼作为人文秩序的重要内容，一生遵守礼，按照礼的要求和规定办事。

孔子把"仁"纳入其"礼"的思想体系之中，用"仁"对传统的礼制思想进行改造，使"仁"成为"礼"的新的思想因素。孔子讲"仁"是为了释"礼"，与维护"礼"直接相关。"礼"是以血缘为基础、以等级为特征的氏族统治体系。要求维护或恢复这种体系是"仁"的根本目标。孔子在当时氏族体制、亲属关系崩毁的时代条件下，把这种血缘关系和历史传统提取出来，转化为意识形态上的自觉主张，对这种超出生物种属性质、起着社会结构作用的血缘亲属关系和等级制度做了明朗的政治学的解释，使之摆脱氏族社会的历史限制，强调其具有普遍和长久的社会性的含义和作用。

孔子说"礼自外作"。"礼"本是对个体成员具有外在约束力的一套习惯法规、仪式、礼节、巫术。孔子把"礼"以及"仪"外在的规范约束解说成人心的内在要求，把原来的僵硬的强制规定，提升为生活的自觉理念，把一种宗教性神秘性的东西变而为人情日用之常，从而使伦理规范与心理欲求融为一体。"礼"由于取得这种心理学的内在依据而人性化，因为上述心理原则正是具体化了的人性意识。由"神"的准绳命令变而为人的内在欲求和自觉意识，由服从于神变而为服从于人、服从于自己。

---

① 《论语·子罕》，见杨伯峻，《论语译注》，北京：中华书局，1980 年，第 87 页。
② 《论语·尧曰》，见杨伯峻，《论语译注》，北京：中华书局，1980 年，第 211 页。

孔子所谓的"仁"在内在方面突出了个体人格的主动性和独立性。在礼坏乐崩、周天子也无能为力、原有外在权威已丧失其力量和作用的时代，孔子用心理原则的"仁"来解说"礼"，实际就是把复兴"周礼"的任务和要求直接交给了氏族贵族的个体成员（"君子"），要求他们自觉地、主动地、积极地去承担这一"历史重任"，把它作为个体存在的至高无上的目标和义务。

孔子以"里仁为美"作为对人和人的一切行为的总体要求，要人从诗、乐熏陶与自然观照中，实现对于"仁"的切近，由个体的"依于仁"，达到"天下归仁"。这一时代西周的文化、典章、道德、礼法都已经破败到难以收拾的地步，社会处在这个地步就是礼崩乐坏。在孔子之前人们都按照周礼的要求来生活，无论做什么事情都有一套严格的规定，而且是见诸于规条。对于周礼的衰败，孔子想极力加以挽救，他想以"克己复礼"的方式，达到"天下归仁"。

可以说，"仁"和"礼"是孔子诗学的本体论，它不仅规定了诗文的方向内容，也规定了诗文作者的立身原则。"仁"和"礼"作为孔子的目标，无论是作诗也好，行文也好，以至于对人的要求或者对于从事诗文这种活动的人，要求也都要有"仁"，要"合礼"。孔子说："志于道，据于德，依于仁，游于艺。"[①]在孔子直接提出对诗文要求的时候，他用的概念是"约之以礼"，这个"礼"正通向"仁"。

第三节　孔子以礼为核心的诗学观念

在当时赋诗风气与自身"仁学""礼学"思想的影响下，孔子建立了

---

①《论语·述而》，见杨伯峻，《论语译注》，北京：中华书局，1980年，第67页。

以"思无邪""兴、观、群、怨"为核心的诗学理论，这是对礼乐之《诗》的人生修养和社会政治功能的深纯彻底的把握，是基于包括《诗》在内的礼乐文化这个语境背景而提出来的，强调《诗》的人生和政治功用，把三百篇视为体现礼原则的载体，看成指导人们修身、从政的读本。《论语》引《诗》正是反映了孔子以礼学为核心的诗学观念，以及围绕"思无邪""兴、观、群、怨"而提出的用诗和解诗理论。

一、"思无邪"

孔子的诗学理论，与他的政治思想、伦理思想关系甚密。我们不可就诗论诗，否则抓不住根本，难以理解其实质内容。通观《论语》，孔子之道的核心为"仁"，而仁之用即为礼。孔子曰："诗三百，一言以蔽之，曰：'思无邪。'"[①] 在这里，"思无邪"应该包括三个意义和内涵：一是诗歌思想内容上的审美化，即内容的纯正无邪，即符合雅正的要求，没有邪辟淫荡的内容；二是创作心境的审美化，即使不能肯定作家自身的素质完全的美好，但至少可以肯定的是，作者在创作的此时此刻或者说创作的正在进行时，其心境和灵魂必然是纯洁的净化的；三是诗歌效果的审美化，诗歌的功能是积极的，即诗歌对接受者的影响是正面的提升性的，对人生有着积极的促进作用，它会点化人性中符合历史发展的良性因素，使其增长、深化，对人性中那些邪恶的东西也会有所净化。所谓"思无邪"是从《诗》的教化作用着眼的，即"立于礼"。刘勰《文心雕龙·明诗》说："诗者，持也，持人情性。三百之蔽，义归无邪，持之为训，有符焉尔。"[②] 这里说明了《诗》有扶持和涵养人的性情的作用，使人的性情不至于邪。孔子所谓"放郑声""郑声淫"，指的并非是郑风，而是郑国的音乐，因此"无

---

① 《论语·为政》，见杨伯峻，《论语译注》，北京：中华书局，1980年，第11页。
② 《文心雕龙·明诗》，见黄叔琳注，《增订文心雕龙校注》（上），北京：中华书局，2000年，第64页。

邪"与所谓的"淫奔"之诗的说法也是不相干的[①]。可以说,"思无邪"是孔子对诗歌积极的社会功能的深刻揭示。理解了"思无邪"的真正内涵,也就容易理解孔子的"兴、观、群、怨"说了。

二、"兴、观、群、怨"

孔子曰:"小子何莫学乎诗?诗可以兴,可以观,可以群,可以怨。迩之事父,远之事君,多识于鸟兽草木之名。"[②]

孔子所说的"兴",今人多沿用朱熹"感发意志"的说法,即诗歌有激发情感意志、使人奋发有为的作用。笔者以为,这并不是孔子论诗的原意,也不符合孔子当时论诗的实际,所谓"兴",当为孔安国所说的"引譬连类",即诗歌具有比喻联想,托事于物,因物寄兴的特点,所以学诗也可以培养人们由此及彼、由事及理的通悟和联想能力。这一点可以和"兴于诗,立于礼,成于乐"联系起来看。包咸注:"兴,起也。言修身当先学诗。"孔子把学诗列于学礼、学乐之前,正是看到了《诗》在修养方面兴起领悟、感发联想的功能,而这与赋诗之风对他的影响是分不开的。《孔子诗论》中虽然没有"兴"字,但不等于没有"兴"的思想,竹书中常常征引《诗》篇、诗句加以评价,如第二十二简:"《宛丘》曰:'洵有情,而亡忘。'吾善之。《猗嗟》曰:'四矢反,以御乱。'吾喜之。《鸤鸠》曰:'其义一氏,心如结也。'吾信之。"第二十四简:"吾以《甘棠》得宗庙之敬,民性固然。甚贵其人,必敬其位;悦其人,必好其所为,恶其人者亦然。"这些文字是诵读诗作之后的感受,属于感兴式的点评。说诗者摘取诗篇、诗句,认为其能够感化人心,使人获得政治、伦理等不同方面的启迪,这样的论诗实践,不能不说是受到了孔子"诗可以兴"观点的影

---

① 宋代以来,学者多将"郑声淫"解释为郑诗在内容上多男女淫奔之辞,然而其说不确。"郑声淫"之"淫",当与《关雎》乐而不淫"之"淫"同义,都是逾越法度之意,其例则如鲁国季氏之八佾舞于庭。

② 《论语·阳货》,见杨伯峻,《论语译注》,北京:中华书局,1980年,第185页。

响。"诗可以兴"固然首次出自于孔子之口，然而《诗》可以引譬事理、启发联想的妙用早在孔子出生之前，就为世人所察觉了。《左传》《国语》所记载的频繁的赋诗事例即可作为证明，赋诗喻志"正是以个人对诗句之自由的感发联想为依据的一种实际应用"①。孔子的"兴"只不过是对这种具体的社会实践活动加以抽象的概括而已。

"观"为何义？郑玄注云："观风俗之盛衰。"朱熹补曰："考见得失"，二者与班固所谓"古有采诗之官，王者所以观风俗，知得失，自考证"的记载相符合。"观"就是说诗歌可以起到观察社会现实，认识生活，感悟哲理，了解风俗习惯，知晓国家盛衰的作用。《孔子诗论》（第三简）说："《邦风》，其纳物也，溥观人俗焉。"从《邦风》（国风）中可以博览风物，广察民俗，即所谓的振铎采诗、以观风俗。采诗、献诗是王室之事，旨在天子"参政"，到了孔子时期，以"诗"参政早已成为遥远的史话，而以诗观志正成为流行的风尚，通过赋诗明志、观志的交际方式，不仅可以知其人，还可以知其君、知其国，古云"欲知其君视其所使"②即是这个意思。所以孔子所谓的"观"是对当时赋诗言志、观志这一社会交际活动的理论概括。

"群"是"群居相切磋"，即互相启发，互相砥砺，引起感情共鸣，改变轻薄妒忌的恶习，培养群体意识，就是说诗歌可以使人们交流感情，达到和谐，起到团结人的作用。孔子在此强调的是《诗》在社会交际和外交活动中的实用价值。"群"是动词，意为会合、联合。对"可以群"，杨树达的解释最为精当："春秋时，朝聘宴享，动必赋诗，所谓可以群也。"③这说明"群"的主体和客体并不是普通的群众，而是活跃在外交场合的诸侯卿大夫，"可以群"主要是《诗》在会聘酬酢、折冲樽俎时显示出的结交

---

① 叶嘉莹，《"比、兴"之说与"诗可以兴"》，《光明日报》，1987年9月22日。
② 《说苑·奉使》，见向宗鲁，《说苑校证》，北京：中华书局，1987年，第298页。
③ 杨树达，《论语疏证》，上海：上海古籍出版社，2006年，第456页。

友好、联络感情的功能。赋诗这种交际方式，既可微言相感、委婉致意，又显得彬彬有礼、富有文采，所以士大夫们乐于采用。《左传》《国语》所记载的春秋时各国大夫于会聘宴享之时，或互相赞美、以示友好，或宾主唱酬、以结联盟，或诉说衷情、以求援于邻邦，或解危舒难，施惠于他国，莫不以《诗》作为传情达意的媒介，来实现自己的政治目的，这是《诗》"可以群"的最好说明。

"怨"是"怨刺上政"，就是说诗歌可以干预现实，批判黑暗的社会和不良的政治，即运用讽刺的形式针砭社会不合理现象，批评当权者的政治。《孔子诗论》第三简说小雅："多言难，而悁怼者也，衰矣，少矣。"意思是小雅多抒写国家和个人的灾难和怨恨之情，反映的是王道衰落、为政者少德的情形。但"怨"不仅限于君主、上政，结合当时的时代背景就可以看出来。春秋时期，周王室已经是日薄西山、奄奄一息了，早已无暇于采诗观风；诸侯公卿意在兼并，更无心创制新章。士大夫们之所以热衷于"讽诵旧章"，其目的不仅是怨刺上政，讽喻君主，更主要的是适应当时错综复杂、变化无常的政治形势和外交斗争，确切地说，是在会聘宴享时，文饰辞令，附庸风雅，掌握交接宾客、应对诸侯的交际本领。由此可见，"怨"与"群"一样，讲的主要是《诗》在办理外交事务、调节诸侯关系方面体现出的政治功能，其目的不外是争取盟国，孤立异己，捍卫社稷等。

至于"事父""事君"，则是指学诗可以使人懂得伦理道德，培养忠孝观念；"多识鸟兽草木之名"，则是指通过学诗可以掌握许多自然常识。

"兴、观、群、怨"说是春秋时期孔子在诗学方面的重要见解之一，也是其"诗教"的重要内容，它全面概括了诗歌的社会作用。《毛诗序》说："故正得失，动天地，感鬼神，莫近于诗"[1]，是孔子诗论的直接继承和发展。可以说，孔子"兴、观、群、怨"的诗学理论奠定了中国古代儒家

---

① 李学勤主编，《毛诗正义》，《十三经注疏》，北京：北京大学出版社，2000年，第11页。

温柔敦厚的"诗教"传统。

三、孔子的用诗理论

正是由于诗歌具有多种社会作用，孔子强调学习《诗》，认为它可以培养想象力和观察力，用其中的道理修身养性，可以用于政治和社交，认为"不学诗，无以言"①（《论语·季氏篇第十六》），"诵诗三百，授之以政，不达，使之不能专对，虽多，亦奚以为？"②（《论语·子路》）他指出学诗有两个目的：一是博通政事，能治理好国家；二是做外交使节使于四方，能做好外交工作。古代的使节出使外国时，"受命不受辞"，就是只接受使命，至于如何谈判应酬，全靠自己随机应变，独立行事，这叫作"专对"。孔子的"不学诗，无以言"，不是指一般人与人之间的谈话，而是外交场所的"专对"。又"子谓伯鱼曰：'女为《周南》《召南》矣乎？人而不为《周南》《召南》，其犹正墙面而立也与！'"③这些论诗的话语具有很强的时代性，很显然，孔子是从当时用诗的视角来说诗的，他重视《诗》是因为《诗》在当时的社会生活中有重要的用途，学诗的目的是用诗。

在春秋时期，言语辞令在社会政治、军事、外交等活动中有很重要的作用，而《诗》在当时的言语辞令中有极其重要的地位，所以孔子很重视言语辞令，在他的教学中，有一科便为言语。《诗》是孔子教学生最为主要的范本之一，也是培养学生言语的重要教材，孔子教《诗》，传《诗》，发挥《诗》之语用目的是很明显的。孔子的诗论，主要表现为用诗的理论，更表现在孔子坚持《诗》与礼、乐的统一，强调发挥《诗》的礼用功能。孔子对春秋时出现的礼崩乐坏的情形是极其不满的。《论语·八佾》载："三家者以《雍》彻。子曰：'相维辟公，天子穆穆'，奚取于三家

---

① 《论语·季氏》，见杨伯峻，《论语译注》，北京：中华书局，1980 年，第 178 页。
② 《论语·子路》，见杨伯峻，《论语译注》，北京：中华书局，1980 年，第 135 页。
③ 《论语·阳货》，见杨伯峻，《论语译注》，北京：中华书局，1980 年，第 185 页。

之堂？"又："八佾舞于庭，是可忍也，孰不可忍也。"①《雍》诗、八佾舞本是天子之诗乐，却出现于贵族之家，孔子对此极为愤慨，孔子以复礼为己任，极力维护诗礼间的密切关系。孔子崇尚周礼，生长在保留周礼的鲁国，从小习礼，因而对礼、乐、诗、舞很熟悉。孔子常把礼、诗、乐放在一起阐释解读，《论语·季氏》载孔子与其儿子的对话："鲤趋而过庭。曰：'学诗乎？'对曰：'未也。''不学诗，无以言。'鲤退而学诗。他日，又独立，鲤趋而过庭。曰：'学礼乎？'对曰：'未也。''不学礼，无以立。'鲤趋而学礼。"②孔子主张，于人生来说，诗、乐、礼是不可分的，"文之以礼乐，亦可以为成人矣"③。礼与诗、乐原本相互为用，郑樵《通志·乐略》云："礼乐相须以为用，礼非乐不行，乐非礼不举。"④其实这一点早在孔子已做出总结。《礼记·仲尼燕居》载孔子语："礼也者，理也。乐也者，节也。君子无理不动，无节不作。不能诗，于礼缪；不能乐，于礼素；薄于德，于礼虚。"⑤又曰："志之所至，诗亦至焉；诗之所至礼亦至焉；礼之所至，乐亦至焉。"《礼记》的真实性虽存争议，但这些话语与孔子的思想认识是一致的。孔子深谙周礼，深知礼与诗、乐、舞结合一体的特征。孔子对《诗》的喜爱，自然不单纯是一种文学的爱好，而是因其有礼用的功能。孔子要复"礼"，自然离不开《诗》。如《孔子诗论》第五简云："《清庙》，王德也，至矣。敬宗庙之礼，以为其本。"从《清庙》可以看出对宗庙之礼的重视。第十简云："《关雎》之改，《樛木》之时，《汉广》之知，《鹊巢》之归，《甘棠》之保，《绿衣》之思，《燕燕》之情，盖曰终而皆贤于其初者也。《关雎》以色喻于礼。"这段话表达了以礼节情的思想，"《关雎》以色喻于礼"即"《关雎》从开头'寤寐求之''辗转反侧'，到最后

① 《论语·八佾》，见杨伯峻，《论语译注》，北京：中华书局，1980年，第23页。
② 《论语·季氏》，见杨伯峻，《论语译注》，北京：中华书局，1980年，第178页。
③ 《论语·宪问》，见杨伯峻，《论语译注》，北京：中华书局，1980年，第149页。
④ [宋] 郑樵，《通志二十略》，北京：中华书局，1995年，第883页。
⑤ 《礼记·仲尼燕居》，见王文锦，《礼记译解》（下），北京：中华书局，2001年，第746页。

欲以钟鼓琴瑟之礼迎娶淑女，诗人之心从'好色''改'到礼仪之上。"①孔子讲礼，致力于礼治，也必致力于《诗》的整理与传播。《史记·孔子世家》载：孔子以前《诗》有三千余篇，至孔子，"去其重，取可施于礼义"者，"礼乐自始可得而述"②。虽然现在人们大多认为《诗经》并非孔子所删定，但孔子在礼崩乐坏之际，做了许多整理、传播工作是无疑的。孔子曾说："吾自卫返鲁，然后乐正，雅、颂各得其所。"③可以说，正是由于执礼，决定了孔子对《诗》的必然选择，正由于《诗》之礼用价值，孔子给予《诗》以重要的地位。孔子说："诗三百，一言以蔽之，曰：'思无邪。'"又云："《关雎》乐而不淫，哀而不伤。"可见孔子的诗教，实为礼教。最早的文学作品有很强的实用目的，且包含多方面的文化信息。春秋时期，《诗》处于与礼、乐舞由合而分的演化过程，《诗》还具有很强的实用性。到战国时期，《诗》从发挥礼用的价值转向史的价值，墨子、孟子的诗学观念便体现了这一点。孔子对中国早期诗歌的礼用价值进行了总结，集中表现出中国早期以礼学为核心的诗学观念。

四、孔子的解诗理论

王官之学的式微让孔子及其弟子一方面痛心于礼乐不再的现实而将学诗行为作为实现自我完善的途径，充分发挥《诗》的教育功能，另一方面也因此使《诗》在个人自我感悟、自我完善的过程中获得了独立和新生，对于《诗》的研习，逐渐开始了由王官之学到私人之学的过渡。孔子解诗，集中在一个"兴"字上。孔子认为："诗可以兴"，又说"兴于诗，立于礼，成于乐"。"兴"者，何晏在《论语集解》中引孔安国说："兴，引譬连类"，即用《诗》进行连类譬喻、联想引申，刘丽文先生对此有详尽的

---

① 陈桐生，《孔子诗论研究》，北京：中华书局，2004年，第263页。
② ［汉］司马迁，《史记》，北京：中华书局，1959年，第1936页。
③《论语·子罕》，见杨伯峻，《论语译注》，北京：中华书局，1980年，第92页。

解释，他认为孔子所谓的《诗》之"兴"中有三个含义：一是《诗》能启发思维，唤起人的联想，二是"兴"的思维方式是取象类比思维或者顿悟思维；三是"兴"的解诗方式最终回归于"用"之上，或以道德修身，或以诗教化。这意味着"兴"既是用诗方法，也是解诗方法，它包含了用诗方法和解诗方法在承继传统过程中的双重变革。孔子以"兴"的方法来解诗，是侧重《诗》的引申义和比兴的教化意义，目的还是从《诗》中引申出礼的功能和政治效用，从而把《诗》的社会价值归结于封建教化的需要。

孔子及其弟子学诗解诗，并非只是好古，而是在面对礼崩乐坏的现实时将《诗》中所述及的文武之世作为理想来歌颂。对于如何实现这个理想，孔子开始了身体力行的实践过程，即改造现实社会。孔子改造社会是从改造人的性情开始的，即培养所谓的"君子人格"。孔子教众弟子学诗，注重的是个人对《诗》的感悟体味，是《诗》对个人的教育意义，也即对个人人格的自我修养。所以孔子解《诗》，喜欢做礼的延伸，言礼常不脱离诗乐，解诗常关涉看礼。《论语》记载了两段孔子与弟子谈《诗》的情形：子夏问曰："'巧笑倩兮，美目盼兮，素以为绚兮。'何谓也？"子曰："绘事后素。"曰："礼后乎？"子曰："起予者商也！始可与言诗已矣。"[1]这里征引的诗篇见诸《诗经·卫风·硕人》，这是一首描述女子美丽容貌的诗篇，却被上升到礼仪教化的高度，而且还得到孔子的连连称赞。该《诗》本意在《左传·隐公三年》有明确记载："卫庄公娶于齐东宫得臣之妹，曰庄姜，美而无子，卫人所为赋《硕人》也。"[2]对于信而好古的孔子及其弟子子夏来说，这样的史实他们当然十分熟悉，但他们却做了远离本事的引申理解，足见孔子用诗是希望能借习诗达到教育的目的。还有《论语·学而》：子贡曰："贫而无谄，富而无骄，何如？"子曰："可也，未若

---

① 《论语·八佾》，见杨伯峻，《论语译注》，北京：中华书局，1980年，第25页。
② 《左传·隐公三年》，见杨伯峻，《春秋左传注》，北京：中华书局，1981年，第30页。

贫而乐，富而好礼者也。"子贡曰："诗云：'如切如磋，如琢如磨'，其斯之谓与？"子曰："赐也，始可与言诗已矣，告诸往而知来者。"[①]"如切如磋，如琢如磨"，出自《诗·卫风·淇奥》，引文大意是无谄无骄，还是不足，须能贫而乐道，富而好礼，始能成德，这犹如玉石经过切磋琢磨，始能成器。在这两段师生的交谈中，一由《诗》而至礼，一由礼而联想到《诗》，这种对《诗》之礼义的理解，孔子认为，正是解诗的正途和根本，只有如此，才可以言诗，或者说，才把握了《诗》之本质。对于《诗》的理解，孔子及其弟子不仅仅局限于具体的本事本义的篇章字句，而是注重从中获得启发感悟，所以在《孔子诗论》第一简中有这样的话："孔子曰：'诗亡（无）隐志。'"由此，我们可以看出，《论语》中记载的孔子及其弟子对《诗》的应用和对《诗》的评论，是早期儒家学者对待《诗》的基本态度，这种态度以用《诗》为最终目的。孔子用《诗》建构了一个理想国度的蓝图，作为对这个不完满现实的回应，并由此开启了用《诗》解决现实问题的传统和重联想譬喻的解诗方式，这些都为后世的儒家学者所本。

综上所述，春秋时期礼崩乐坏的现实在导致《诗》、乐分流的同时，《诗》的礼用旨归亦受到破坏。对《诗》的应用不再依礼而行，赋诗断章成为潮流。赋诗断章虽有一定的随意性，但同时亦给了《诗》以重新阐释的空间。孔子及其门人用《诗》构建了一个理想社会的蓝图，开启了用《诗》解决现实问题的传统；"兴"这个概念的提出体现了孔门学者重联想譬喻的解诗方式。用诗与解诗是他们对待《诗》的两种基本态度，早期儒家的诗学体系即由此建立。

孔子诗论是儒家诗学体系的源头。《论语》引《诗》及相关历史史实证明，《诗》正是经过孔子整理之后而成为儒家经典的，"孔子在元典形成

---

① 《论语·学而》，见杨伯峻，《论语译注》，北京：中华书局，1980年，第9页。

史中的地位，不是创作者，也不是严格意义上的编辑者，而是传述者。他对流散民间的周代王官典籍着力搜集，将其应用于平民教育，并在与门人及时贤的论难中，对这些典籍加以诠释，赋予新的意义，从而第一次使元典精神得到系统的阐发"[1]。

---

[1] 冯天瑜，《中华元典精神》，武汉：武汉大学出版社，2006 年，第 119 页。

第六章

《孟子》引《诗》考论

孔子论《诗》，奠定了儒家诗教的基础。孔子之后，以孔子道统继承人自居的孟子，继春秋时产生的对《诗》的接受观念，又提出了一个比较完备的接受理论纲要，为后人说《诗》确立了审美鉴赏的原则，对整个《诗经》学的发展产生了至关重要的影响。

第一节　《孟子》引《诗》概况

《孟子》一书共引《诗》37处，具体情况见下表。从表中可以看出，《孟子》引风诗6篇，其中邶风、豳风各2篇，齐风、魏风各1篇。引雅诗23篇，其中大雅15篇，小雅8篇，被引用最多的是大雅《文王》中的诗句，计4次，其次是《緜》《桑柔》，各2次。引颂诗2篇，其中周颂、鲁颂各1篇，被引用较多的是鲁颂《閟宫》中的诗句，计2次。

从表中还可以看出，《孟子》37处引《诗》，除了为数甚少的几次解诗和引诗评人以外，有26处都是引《诗》来论证自己的观点，可见，在

《孟子》一书中，《诗》的功能发生了改变，由春秋时期的言语交际工具而变为人们著书立说时的理论依据。《诗》功能的转变与当时的时代和孟子的诗学观念有十分密切的关联。

表33:《孟子》引《诗》一览表

《孟子》引《诗》篇目	所引诗句的出处	引《诗》分类	引《诗》的功能
《梁惠王章句上》	《灵台》	大雅	论证"古之人与民同乐"
	《巧言》	小雅	
	《思齐》	大雅	论证"推恩以保四海"
《梁惠王章句下》	《我将》	周颂	论证"畏天者保其国"
	《皇矣》	大雅	论证"大勇"
	《正月》	小雅	论证治国之"仁政"
	《公刘》	大雅	论证"好货""好色"
	《緜》	大雅	
《公孙丑章句上》	《文王有声》	大雅	论证"以德行仁者王"
	《鸱鸮》	豳风	论证"能治其国，谁敢侮之？"
	《文王》	大雅	论证"祸福无不自己求之者"
《滕文公章句上》	《七月》	豳风	论证"民事不可缓"
	《大田》	小雅	论证实行"助法"，使民有恒产
	《文王》	大雅	论证像文王一样治理国家
	《伐木》	小雅	论证"未闻变于夷者"
	《閟宫》	鲁颂	
《滕文公章句下》	《车攻》	小雅	论证不能"枉道而从彼"
	《閟宫》	鲁颂	论证"予岂好辩哉？予不得已也"

《孟子》引《诗》篇目	所引诗句的出处	引《诗》分类	引《诗》的功能
《离娄章句上》	《假乐》	大雅	论证应施行"先王之道"
	《板》	大雅	论证"上无礼，下无学，贼民兴，丧无日矣"
	《荡》	大雅	论证应行"仁政"
	《文王》	大雅	论证"其身正而天下归之"
	《文王》	大雅	论证"天下有道，小德役大德"
	《桑柔》	大雅	论证"今也欲无敌于天下而不以仁，是犹执热而不以濯也"
	《桑柔》	大雅	论证"苟不志于仁，终身忧辱，以陷于死亡"
《万章章句上》	《南山》	齐风	
	《北山》	小雅	解诗、论诗
	《云汉》	大雅	
	《下武》	大雅	论证"孝子之至，莫大乎尊亲。尊亲之至，莫大乎以天下养"
《万章章句下》	《大东》	小雅	论证"夫义，路也；礼，门也。惟君子能由是路，出入是门也"
《告子章句上》	《烝民》	大雅	论证仁义礼智"求则得之，舍则失之"
	《既醉》	大雅	论证"人人有贵于己者"
《告子章句下》	《小弁》	小雅	解诗、论诗
	《凯风》	邶风	
《尽心章句上》	《伐檀》	魏风	此处为公孙丑引《诗》，用以质问为何"君子不耕而食"
《尽心章句下》	《柏舟》	邶风	评价孔子
	《緜》	大雅	评价文王

第二节 《孟子》引《诗》的功能定位

孔子生活的主要年代正值公元前六世纪后半叶，所以只听夫子感叹"礼崩乐坏"，尚未有不解《诗》义之忧。因为当时社会中的贵族、士人不仅受过《诗》的教育，而且对《诗》反映的社会历史也较为熟悉，赋诗者依照通行的交际规则，在特定的交际场合，借用现成的诗歌作品，"断章取义，余取所求"①，以比喻等方式表述自己或其国家的志意；而听诗者，依照同样的规则，身处同一场合，从诗歌字面意义出发，通过解析，了解赋诗者或其国家的志意。赋诗者与听诗者都不太关注作者作品的原意。所以《论语》中言及《诗》句之处多为取譬连类，只是借诗句探讨更深的义理，而无须解释诗本事、本义。孟子的时代则不然，孟子时代到了战国中叶，当时是礼崩乐坏，"士"的地位空前提高。官学已废，私学林立。儒、墨、道、法等各家都在推行自己的主张，游说之风盛行，《诗》的社会地位已大不如从前。纵横之士在从事外交活动时不再把诗句当作格言运用，宴会上也不再用赋诗的办法委婉表达自己的意愿，因为直接表达还唯恐不能说服对方。《汉书·艺文志》说："春秋之后，周道渐坏。聘问歌咏不行于列国。"②在这种背景下，"引诗说理"之风渐兴。引诗说理与赋诗言志有所不同，赋诗言志一般是应用于外交场合，仍保留某种礼仪性质。赋诗者整篇整章地引用《诗》作品表达己意，一般不再直接发表见解，只有当用意过于深曲时，才另加说明。而引诗说理是为了表达论者某种见解。论者根据需要将《诗》作品中的话纳入自己的议论内容之中，以加强说理的力量。《诗》在这种情况下被当作古训或史实，用作说理的论据或比喻的喻

---

① 《左传·襄公二十八年》，见杨伯峻，《春秋左传注》，北京：中华书局，1981年，第1145页。
② ［汉］班固，《汉书》，《二十五史》，上海：上海古籍出版社，1986年，第531页。

体。引诗者在正确理解诗的前提下，对《诗》的运用和重新解释是同时进行的，诗句一旦被引用，就在新的语境中获得新义，变成论说的有机组成部分。

这种"引诗说理"，是以《诗》为经典，以诗句为格言，论者注意到诗句的本来意义，对诗句有正确深入的理解和掌握，并以此为前提把它们组织到论理过程中。但论者更多的却是对诗句意义的引申发挥，融进新的意义，从而加强对论点的论证。孟子用《诗》多为引诗证己，即借诗来说理论事，是为自己"仁政""王道"的思想服务。《诗》成了孟子立论的根据，或论辩的有力论据。这一点和春秋"赋诗"及孔子引《诗》明显不同。如《梁惠王章句上》：

> 孟子见梁惠王。王立于沼上，顾鸿雁麋鹿，曰："贤者亦乐此乎？"孟子对曰："贤者而后乐此。不贤者虽有此，不乐也。诗云：'经始灵台，经之营之。庶民攻之，不日成之。经始勿亟，庶民子来。王在灵囿，麀鹿攸伏。麀鹿濯濯，白鸟鹤鹤（翯翯）。王在灵沼，於牣鱼跃。'文王以民力为台为沼，而民（欢）[劝]乐之，谓其台曰灵台，谓其沼曰灵沼，乐其有麋鹿鱼鳖。古之人与民偕乐，故能乐也。"①

孟子认为，只有有道德的人才能享受这一快乐（"立于沼上，顾鸿雁麋鹿"），没有道德的人即使有这种快乐也是无法享受的，并列举周文王和夏桀的史事来说明。他引用《诗·大雅·灵台》："开始筑灵台，经营复经营，大家齐努力，很快便落成。王说不着急，百姓更卖力。王到鹿苑中，母鹿正安逸。母鹿光且肥，白鸟羽毛洁。王到灵沼上，满池鱼跳跃。"证明周文王虽然耗费了百姓的力量来兴建高台深池，但因为他愿意和百姓一同快乐，所以他能得到真正的快乐。《灵台》的主旨为"民始附也。文王受命，而民乐其有灵德，以及鸟兽昆虫焉"②。在这里，引诗义与诗本义相符，作

①《孟子·梁惠王章句上》，见杨伯峻，《孟子译注》，北京：中华书局，1960年，第3页。
② 李学勤主编，《毛诗正义》，《十三经注疏》，北京：北京大学出版社，2000年，第1219页。

为论据，有力地证明了孟子的观点——只有与百姓同乐的人才能享受真正的快乐。还有《公孙丑章句上》：

> 孟子曰："以力假人者霸，霸必有大国。以德行仁者王，王不待大，汤以七十里，文王以百里。以力服人者，非心服也，力不赡也。以德服人者，中心悦而诚服也，如七十子之服孔子也。诗云：'自西自东，自南自北，无思不服。'此之谓也。"[①]

孟子以商汤、文王实行仁政而使人心归服的事例，说明"仗恃实力来使人服从的，人家不会心悦诚服，只是因为本身实力不够；依靠道德来使人服从的，人家才会心悦诚服，就像七十多位大弟子归服孔子一样。《诗》云：'从西从东，从南从北，无不心悦诚服'，正是这个意思。"孟子引用了《大雅·文王有声》中的诗句，证明依靠道德来实行仁义就可以使天下归服的观点，该诗句的本义是"武王于镐京行辟廱之礼，自四方来观者，皆感化其德，心无不归服者"[②]，引诗义与诗本义相合。再如《离娄章句上》：

> 孟子曰："规矩，方圆之至也。圣人，人伦之至也。欲为君，尽君道；欲为臣，尽臣道。二者皆法尧、舜而已矣。不以舜之所以事尧事君，不敬其君者也；不以尧之所以治民，贼其民者也。孔子曰：'道二，仁与不仁而已矣。'暴其民甚，则身弑国亡；不甚，则身危国削。名之曰'幽'、'厉'，虽孝子慈孙，百世不能改也。诗云：'殷鉴不远，在夏后之世。'此之谓也。"[③]

孟子论证做人和治国必须要遵守规矩和尺度，要行仁政，并列举尧、舜的事例以及孔子的话，来说明暴虐百姓太厉害，本身就会被杀，国家就会灭亡；即使不太厉害，本身也会有危险，国力会削弱，正如《诗》中所云

---

① 《孟子·公孙丑章句上》，见杨伯峻，《孟子译注》，北京：中华书局，1960年，第74页。
② 李学勤主编，《毛诗正义》，《十三经注疏》，北京：北京大学出版社，2000年，第1236页。
③ 《孟子·离娄章句上》，见杨伯峻，《孟子译注》，北京：中华书局，1960年，第165页。

"殷商有一面离它不远的镜子，就是前一代的夏朝"。孟子引用的是《大雅·荡》的诗句，该诗主旨是"召穆公伤周室大坏也。厉王无道，天下荡荡，无纲纪文章，故作是诗也"[1]，引诗义与诗本义相合。类似的情形在《孟子》中还有很多，引《诗》针对性强，效果显著，《诗》成了孟子雄辩术的重要组成部分，增强了其论辩的艺术魅力。可见，《诗》从春秋时期的交际工具变为了孟子说理、辩论的理论依据。

第三节　从《孟子》引《诗》看孟子的诗学观念

孟子说："王者之迹熄而诗亡，诗亡然后《春秋》作。"[2]孟子认为，《诗》是政教风俗的忠实记录，是"王者之迹"的宝贵龟鉴。《孟子》全书引用《诗》共 37 次，他引用雅诗、颂诗的作品较多而引用风诗的作品甚少，引用庙堂作品较多而引用民间作品甚少。这种明显的选择性、倾向性，是受他诗学观念的指导与制约的。

一、"以意逆志"与"知人论世"说

孟子的"以意逆志""知人论世"理论内涵丰富、实践意义重大，是解读、阐释《诗》作品的重要原则。所谓解诗，是指读者探求作者作品原意的活动，在阅读作品时，希望自己的理解能契合作者的原意，这是每位读者孜孜以求的目的。然而，能做到这一点并不容易，主要原因是：第一，作品中虽然寄托了作者的原意，但要认识这个原意，却要靠读者的理解，而读者在阅读理解某一作品之前，已经在接受语言和经历生活的同时，受到了历史、文化等各方面的影响，形成了自己特有的语言习惯、知

---

① 李学勤主编，《毛诗正义》，《十三经注疏》，北京：北京大学出版社，2000 年，第 1356 页。
②《孟子·离娄章句下》，见杨伯峻，《孟子译注》，北京：中华书局，1960 年，第 192 页。

识经验、思维方式、思想情感等，用西方文论的术语说，他已经处于某种"前理解状态"。而任何阅读理解活动只有在前理解的基础上才能展开，读者的前理解各不相同，理解也必然会出现种种差异。第二，作者总是特定时代、社会、环境中的人，读者同样也是特定时代、社会、环境中的人。读者与作者有容易被忽视却又万万忽视不得的历史、文化、心理等各方面的距离。当读者要对作品做出解释时，他最容易犯的错误就是忽视与作者的历史、文化、心理等各方面的距离，做出不准确甚至不正确的解释。第三，作品是读者与作者对话交流的媒介。读者的阅读理解能力往往有限，而作品的情况往往比较复杂。如果作品为理解提供的条件比较充分、准确，读者的理解还可能接近原意；如果作品为理解提供的条件比较隐蔽，读者的理解就会有较大差异。袁行霈先生认为诗歌具有宣示义和启示义。宣示义是诗歌借助语言明确传达给读者的意义；启示义是诗歌以它的语言和意象启示给读者的意义，包括双关义、情韵义、象征义、深层义、言外义。[①]宣示义比较容易掌握，启示义的理解就需要读者具有较高的欣赏水平。

面对解释作品的困难，孟子提出了"以意逆志""知人论世"的行之有效的原则方法，并努力付诸实践。他在分析《小雅·北山》《大雅·云汉》时，从整体上把握作品，注意到作品评论的客观性，认识到作品中的夸张等文学性特点；在分析《小雅·小弁》《邶风·凯风》时也能够不拘泥于教义，论其世、知其人，实事求是地解释诗歌。后来《诗序》的作者，就是运用和发展了孟子的方法，对《诗经》的某些作品进行了较好的诠释。

1. "以意逆志"

春秋时期，由于离《诗》的时代并不太远，加上《诗》在文化教育

---

① 袁行霈，《中国诗歌艺术研究》，北京：北京大学出版社，1987 年，第 6—7 页。

和社会政治交往方面的普遍应用，人们对《诗》的了解达到相当熟练的程度，因此不存在对《诗》的释义的问题。到了战国时期，情况发生了变化。由于离《诗》的时代越来越远，特别是由于有人将赋诗言志活动中盛行的"断章取义"的"用诗"方法当作"解诗"的方法，将《诗》的引用义和引申义当作了《诗》的本义，致使人们对《诗》义的理解往往产生很大的偏差。正是在这样一种文化背景之下，孟子在和弟子讨论《诗》义时提出了如何正确地理解和阐释《诗》的问题：

> 《万章上》：咸丘蒙曰："舜之不臣尧，则吾既得闻命矣。诗云：'普天之下，莫非王土；率土之滨，莫非王臣。'而舜既为天子矣，敢问瞽瞍之非臣，如何？"曰："是诗也，非是之谓也；劳于王事而不得养父母也。曰此莫非王事，我独贤劳也。故说诗者，不以文害辞，不以辞害志，以意逆志，是为得之。如以辞而已矣，《云汉》之诗曰：'周余黎民，靡有孑遗。'信斯言也，是周无遗民也。"①

显然，咸丘蒙是一个不能正确理解《诗》义的人。咸丘蒙的疑问是：俗语说"盛德之士，君不得而臣，父不得而子"，但《北山》诗却说普天之下都是天子的臣民，那舜的父亲怎么办，他是否也是舜的臣民呢？在孟子看来，咸丘蒙的问题就出在"断章取义"上，他只抓住个别的词句，而忽略了对《诗》义的整体的理解。孟子不仅对《北山》诗的主旨用"劳于王事，不得养父母也"予以正确的概括，而且进而提出他有关解诗的原则："不以文害辞，不以辞害志，以意逆志，是为得之。"关于"以意逆志"，现代学者朱自清《诗言志辨》说："以己之意'迎受'诗人之志而加以'钩考'。"② 很显然，读者在对文学作品进行阅读和释义的过程中，总要带有自己的理解，总是要用自己的生活经验、知识阅历、思想情感和审美需求去对作品进行加工和改造。所以将"意"理解为读者或接受者之意是

---

① 《孟子·万章章句上》，见杨伯峻，《孟子译注》，北京：中华书局，1960 年，第 215 页。
② 朱自清，《诗言志辨》，上海：华东师范大学出版社，1996 年，第 72 页。

基本符合孟子的原义的。具体说来，第一，孟子提出的"以意逆志"的阐释原则，强调了读者在理解和阐释活动中主体意识的介入和参与，突出了读者在理解和阐释过程中的主体地位和主观能动性的发挥，肯定了接受者和阐释者参与作品意义重构的权力。第二，孟子提出的"以意逆志"的解诗原则，在某种意义上也与西方现代阐释学大师迦达默尔"视域融合"的观点相通。因为"历史视域"下的作者之"志"和"现实视域"下的读者之"意"不会自行结合，它需要一个"逆"的过程，而且也正是在这一"逆"的过程当中，两个不同视域下的"意"和"志"产生了契合，这实际上就是迦达默尔所说的"历史视域和现实视域的融合"。简而言之，孟子的"以意逆志"为我们提供了解诗的一个重要方法：一是要从整体上把握，不要断章取义、望文生义。二是要从作品实际出发，不要把主观、外在的东西强加给作品。

2."知人论世"

孟子提出的"以意逆志"的说诗原则还避免了文学理解和阐释的相对主义，这就是他在"以意逆志"之外又提出的"知人论世"说：

> 《孟子·万章下》：孟子谓万章曰："一乡之善士，斯友一乡之善士。一国之善士，斯友一国之善士。天下之善士，斯友天下之善士。以友天下之善士为未足，又尚论古之人。颂其诗，读其书，不知其人可乎？是以论其世也，是尚友也。"①

对孟子的"知人论世"说，所谓"知人"就是要了解艺术品作者的生平事迹、思想状况，"论世"就是要考察艺术家生活的时代，考察艺术品产生的背景，只有了解了这些，才能对艺术品产生的历史语境及文化空间有一个深入的了解，也才能真正把握艺术品本身的内涵及审美价值。这里，孟子揭示了关于艺术欣赏的步骤问题，那就是：要想真正了解一篇作品，就

---

① 《孟子·万章章句下》，见杨伯峻，《孟子译注》，北京：中华书局，1960 年，第 251 页。

要把这篇作品放到当时的历史语境中去考察，如果从审美的角度看，也就是要对作品中的审美意识做社会历史考察，因为审美活动是一种主体加入其中的个体情感体验，审美客体（也就是艺术品）是在人的实践活动中成为人的审美对象的，它的形象所包含、所象征的意义是为主体所必须理解和把握的。如果不了解作品中审美意识产生的具体语境，就很难把握作品的美学价值。所以，必须把考察作品的历史语境作为个体进入真正的审美体验的必要前提，从而为真正的审美扫清障碍。在孟子看来，解释者在文学接受和审美理解活动中，固然需要主体意识的介入，需要阐释者对作者之志做主观的臆测和揣度，但这一切都不能脱离作品本文和作者的思想、经历及其所处的历史境况，唯有既"颂其诗，读其书"，又"知其人"，才能获得对作者创作意图和思想情感的最终把握。

孟子的"知人论世"实际上表达了三个内容：（1）从创作的角度看，作者总是特定时代、社会、环境中的人，他的作品都是本着特定的生活经历、文化心理与个性特征，面对特定社会文化环境中的特定问题做出的个性化反映。（2）从解释的角度看，读者同样总是特定时代、社会、环境中的人，读者与作者有一种容易被忽视却又万万忽视不得的"历史距离"。当读者要对作品做出解释时，他最容易犯的错误就是忽视历史距离而以今论古、以己度人，遽然做出不准确甚至不正确的解释。这时，"人必与世相关"，"古人自有古人之世"、今人自有今人之世，这样浅显而又深刻的道理，就显得特别重要。（3）作品及其解释，是读者与作者对话交流的媒介。如果没有作品及其解释，后人就难以了解古人及其思想情感，获得有益的启示。

孟子"知人论世"说的提出，为后世儒家说诗确立了原则。后世儒家以史证诗，以史实附会诗义，就是受了孟子此论的影响。李春青先生在《诗与意识形态》一书中，对"知人论世"说有过一段精辟的见解。他认为孟子在此所要真正表达的意思是交友之道。"知人论世"之说"实质是向古人学习品德的方式，用今天的话来说就是将古人创造的精神价值转化为当下的精神价值"①。"因为古人在其诗、其书中所蕴涵的绝不是什么冷冰冰的知识，而是他们的生命体验与智慧，是活泼泼的精神。故而后人就应该以交友的态度来对待之，就是说要把古人当作可以平等对话的主体，而不是死的知识。读古人的书就如同坐下来与老朋友谈话一样，其过程乃是两个主体间的深层交流与沟通。通过这种交流与沟通古人创造的精神价值或意义空间就自然而然地在新的主体上获得新生。由此可见，孟子'知人论世'说实际上包含着古人对前人文化遗留的一种极为可贵的阐释态度。"②

总之，孟子提出的"以意逆志"和"知人论世"的解诗原则，既高度重视解释者的积极参与和主体意识的介入，又强调作品文本内涵和作者思想经历及所处的社会历史境况对读者理解、阐释活动的制约和影响，这显然要比西方现代阐释学更富有辩证意味。"知人论世"必须与"以意逆志"有机结合。孟子本人虽未明确指出这一点，但后世学者对此有深刻认识。如清顾镇说："夫不论其世，欲知其人，不得也；不知其人，欲逆其志，亦不得也。孟子若预忧后世将秕糠一切而自以其察言也，特著其说以防之。故必论世知人而后逆志之说可用之。"③王国维在《玉谿生年谱会笺序》中指出："顾意逆在我，志在古人，果何修而能使我之所意不失古人之志乎？此其术，孟子亦言之曰：'诵其诗，读其书，不知其人可乎？是以论其世也。'是故由其世以知其人，由其人以逆其志，则古诗虽有不能解者，寡矣。"④这样，我们就可以在"知人论世"说与"以意逆志"说的有机结合中看到孟子解诗的思想脉络：解读诗书必须迎逆作者心志；要迎逆作者

① 李春青，《诗与意识形态》，北京：北京大学出版社，2005 年，第 200 页。
② 同上注，第 201 页。
③ ［清］顾镇，《虞东学诗》，台北：台湾商务印书馆，1983 年，第 384 页。
④ 张采田，《玉谿生年谱会笺》，上海：上海古籍出版社，1983 年，第 3 页。

心志，就必须深入地知晓其人；要深入地知晓其人，就必须全面地考论其世；而一旦迎逆了作者心志，便能两相融合，就能正确深刻地解读作品。

二、"怨"的审美价值

孟子诗论的另一有价值的命题，就是孟子提出了关于"怨"的定义。《告子下》中记述了孟子与弟子公孙丑的一段对话：

> 公孙丑问曰："高子曰：'《小弁》，小人之诗也。'"孟子曰："何以言之？"曰："怨。"曰："固哉！高叟之为诗也。有人于此，越人关弓而射之，则己谈笑而道之，无他，疏之也；其兄关弓而射之，则己垂涕泣而道之，无他，戚之也。《小弁》之怨，亲亲也。亲亲，仁也。固矣夫，替高叟之为《诗》也！"曰："《凯风》何以不怨？"曰："《凯风》，亲之过小者也；《小弁》，亲之过大者也。亲之过大而不怨，是愈疏也；亲之过小而怨，是不可矶也。愈疏，不孝也；不可矶，亦不孝也。"①

《小雅·小弁》是一首抒发儿子被父亲放逐、充满哀怨之情的作品。旧说是周幽王宠爱褒姒而驱逐了太子宜臼，此诗为宜臼自作或他的老师代作。儿子无过受罚，父亲听信谗言而"不惠"，真正有过失的是父亲。但高叟认为，父亲对儿子不好，儿子是不该怨的，若怨，那就是小人而不是君子了。孟子于是以人际关系的亲疏划定了可"怨"与不可"怨"的界限。孟子以为，遭到与本人关系疏远的人的攻击，可"谈笑而道之"，无所谓怨；蒙受与自己关系至亲的人的冤枉、伤害，那就要"垂泪而道之"，倾诉哀怨之情，这种怨，表现的是怨者与被怨者之间的关系的亲密，说明怨者没有忘却"亲亲"的关系。"亲亲，仁也"，是仁的表现，仁人之怨怎能说是小人之怨呢？所以，孟子说"固矣夫，高叟之为《诗》也！"高叟

---

① 《孟子·告子章句下》，见杨伯峻，《孟子译注》，北京：中华书局，1960 年，第 278 页。

治《诗》太古板了，按朱熹的说法就是"执滞不通"。那么，"《凯风》何以不怨？"《凯风》是一首儿子劝慰母亲并自责的诗。旧说卫国有位养了七个儿子的母亲准备改嫁，儿子们不责怪母亲反而反省自己："母氏圣善，我无令人。""有子七人，莫慰母心。"主动自责以求母亲回心转意。《诗序》说："《凯风》，美孝子也。卫之淫风流行，虽有七子之母，犹不能安其室，故美七子能尽其孝道，以慰母心，而成其志尔。"① 孟子以为，《凯风》中的母亲是有过错的，但"不能安其室"只能算是小过错，因此不能怨。如果为此而怨，就会"不可矶"，亦即不能或没有激起自己反省之意，"不可矶，亦不孝也"。这里就涉及了什么是"怨"的问题。关于怨，朱熹注曰"怨而不怒"，孔安国注为"怨刺上政"，孔子曾说《诗》可以"兴、观、群、怨"，并在《孔子诗论》（第四简）中对"怨"做了具体的阐释："贱民而怨之，其用心也将何如？《邦风》是也（邦风即国风）。民之有戚患也，上下之不和者，其用心也将何如？"从这里可以看出，孔子对诗歌这种"怨"的功能十分重视，并且认为怨的产生乃是上下不和所致，而怨的目的正是欲使上知道下的不满，从而调整政策，最终达到"和"的理想状态。孟子将《诗》可以"怨"界定在一种特定的情境之中，具有非常丰富的内涵。首先，孟子肯定了《诗》的"怨"的功能，并为"怨"做了辩护。这实际上是要保留诗歌作为被统治者向统治者宣泄不满情绪的手段，这与孔子讲的"怨"是一脉相承的。其次，孟子在此还为"怨"划定了一个界限，那就是，"亲亲"，但是亲之过大，也可以怨；否则的话就是"疏"，"愈疏，不孝也"；亲之过小则不可以怨，否则的话就会"不可矶"，"不可矶，亦不孝也"。如果延伸到人际的政治关系中，那就是：君王有大过错，臣必怨，否则就是疏远了君王，就是不忠的表现；国家政乱而君王的过失小，那么做臣子的就要反躬自责，不能怨上，不自责而怨上，

① 李学勤主编，《毛诗正义》，《十三经注疏》，北京：北京大学出版社，2000年，第157页。

亦是不忠的表现。这里就涉及"怨"的尺度问题。孟子认为，《诗》可以"怨"，但要掌握一个"度"，按朱熹所说即是"怨而不怒"。按孔子的追求就是"中和"，这"中和"其实也就是孟子的看法。"中和之美"是儒家追求的具有美学意义的最高人格境界，它强调不偏不倚，无过无不及。孟子在此为"怨"所做的界定，对于后世有着儒学观的诗人进行创作，几乎成了一种定律，是儒家诗教中重要的一笔，它的审美价值也是不可忽视的。

第四节　引诗义与诗本义比较

孟子在其《离娄下》中曰："王者之迹熄而诗亡，诗亡然后《春秋》作"，其中"诗"的含义应为"诗三百"以外的新作。当时，由于废止了采诗制度，陆续而出的新诗不得采集，随之而亡佚，而"诗亡然后《春秋》作"一句将《诗》与史书《春秋》的承继关系说得非常清楚，即《春秋》继承和发挥了《诗》的功能和作用，这正反映了孟子的观点，他认为《诗》和《春秋》一样，是记录圣王事迹的历史，所以在解诗中要探求《诗》的本义和《诗》反映现实的历史功能。

《孟子》引《诗》充分体现了"以诗为史"的这一特点。《孟子》一书中"以诗为史"的用诗近20处，几乎占全书用诗的三分之二。对这些引《诗》一一辨析，可以认为其基本符合诗作本义，可见孟子"以意逆志"的理论并非一句空话。

例如，《梁惠王下》云：

齐宣王问曰："交邻国有道乎？"孟子对曰："有。惟仁者为能以大事小，是故汤事葛，文王事昆夷。惟智者为能以小事大，故大王事獯鬻，勾践事吴。以大事小者，乐天者也。以小事大者，畏天者也。乐天者保天下，畏天者保其国。诗云：'畏天之威，于时保之。'"王曰："大哉言矣！寡人有疾，寡人好勇。"对曰："王请无好小勇。夫抚剑疾视，曰：'彼恶敢当我哉！'此匹夫之勇，敌一人者也。王请大之。诗云：'王赫斯怒，爰整其旅。以遏徂莒，以笃周祜，以对于天下。'此文王之勇也。文王一怒而安天下之民。"①

齐宣王向孟子请教："交邻国有道乎？"即与邻国相交有什么方法？孟子论述道："只有仁爱的人才能以大国的身份来侍奉小国，所以商汤侍奉葛伯，文王侍奉昆夷。只有聪明的人才能以小国的身份侍奉大国，所以太王侍奉獯鬻，勾践侍奉夫差。以大国身份侍奉小国的，是无往而不快乐的人；以小国身份侍奉大国的，是谨慎畏惧的人。无往而不快乐的人足以安定天下，谨慎畏惧的人足以保护住自己的国家。正如《周颂·我将》说的：'害怕上帝的威灵，（因此小心谨慎）所以得到安定。'"宣王认为孟子之言甚为高明，但自己却因太好勇，怕不能做到侍奉别国之事。孟子告诉他这只是"小勇"，匹夫之勇不足取，应学习文王之勇，于是引《大雅·皇矣》中的诗句："我王勃然大怒，整顿军队往前去，阻止侵略莒国的敌人，增强周国的威望，以报答各国对周国的向往。"孟子以文王怒伐密人之事证明"文王一怒而安天下之民"的大勇之举，鼓励宣王学习文王的"大勇"。此段引《诗》显然是"以诗为史"的用法，其中对于诗义的理解，亦符合原诗义。

再如《滕文公上》云：

滕文公问为国。孟子曰："民事不可缓也。诗云：'昼尔于茅，宵尔索绹。亟其乘屋，其始播百谷。'民之为道也，有恒产者有恒心，无恒产者无恒心。苟无恒心，放僻邪侈，无不为已。及陷乎罪，然后从而刑之，是罔民也。焉有仁人在位，罔民而可为也？是故贤君必恭俭、礼下，取于民有制。……诗云：'雨我公田，遂及我私。'惟助

---

①《孟子·梁惠王章句下》，见杨伯峻，《孟子译注》，北京：中华书局，1960 年，第 36—37 页。

为有公田，由此观之，虽周亦助也，设为庠序学校以教之。庠者，养也；校者，教也；序者，射也。夏曰校，殷曰序，周曰庠，学则三代共之，皆所以明人伦也。人伦明于上，小民亲于下。有王者起，必来取法，是为王者师也。诗云：'周虽旧邦，其命维新。'文王之谓也。子力行之，亦以新子之国。"①

孟子在回答滕文公如何治国的问题时，认为关心人民是最为急迫的任务，《豳风·七月》说："白天割取茅草，晚上绞成绳索，赶紧修缮房屋，到时播种五谷。"孟子还指出，民需有"恒产"，取于民的赋税应有限制，世禄、助法要并行，《小雅·大田》说："雨先下到公田里，然后再落到私田。"只有助法才有公田，从这点来看，就是周朝也是实行助法的。在此基础上再"设为庠序学校以教之"，那么滕国将会气象一新，《大雅·文王》中说："周虽旧国，但它接受天命，像一个新兴的国家。"孟子在这里的引《诗》，都是以此鼓励滕文公力行王政，也是推寻原诗义、以诗为史的用法。

《梁惠王下》中有这样一段：

王曰："寡人有疾，寡人好货。"对曰："昔者公刘好货，诗云：'乃积乃仓，乃裹餱粮，于橐于囊，思戢用光。弓矢斯张，干戈戚扬，爰方启行。'故居者有积仓，行者有裹粮也，然后可以爰方启行。王如好货，与百姓同之，于王何有？"王曰："寡人有疾，寡人好色。"对曰："昔者大王好色，爰厥妃。诗云：'古公亶父，来朝走马。率西水浒，至于岐下。爰及姜女，聿来胥宇。'当是时也，内无怨女，外无旷夫。王如好色，与百姓同之，于王何有？"②

孟子劝齐宣王实行王政，而宣王自称"好货""好色"，表示难以实行。孟子于是引《公刘》《緜》中诗句，以"昔者公刘好货""昔者太王好色"来

①《孟子·滕文公章句上》，见杨伯峻，《孟子译注》，北京：中华书局，1960 年，第 117 页。
②《孟子·梁惠王章句下》，见杨伯峻，《孟子译注》，北京：中华书局，1960 年，第 36—37 页。

诱导宣王效法他们，认为不管"好货""好色"，只要能像两位先王那样做到"与百姓同之"，便可实行王政。表面看来，好像是孟子篡改了原诗义，把公刘率领周民族由邰迁豳时准备的粮食、武器等，歪曲为公刘好货；而把太王携妻子姜氏前往歧地察看地形、由豳迁岐之事说成是太王好色。但读一下原文便可发现，孟子引《公刘》诗为："外有囤，内满仓，还包裹好干粮，使人民安集，国威发扬。箭上弦，弓开张，带上所有武器，浩荡出发。"显然这段引《诗》不会教人产生"好货"之感，相反倒使人觉得公刘为民积蓄，加强国力，是一位合格的君王。这正是孟子的良苦用心。所以，其后他紧接着解释道："故居者有积仓，行者有裹囊也，然后可以爰方启行。"意思是说留在家里的人有积谷，行军的人有干粮，这样便能率领军队出发了。这两句解说正符合诗篇原义。那么，"昔者公刘好货"当如何解释？我们只要给好货加上引号，表示特殊用法，即可看出孟子只是运用了偷换概念的手法，给宣王造成一种错觉：自己与古代圣王有相同之处，拉近了宣王与古代圣王间的距离，使宣王对实行王政更有信心。这仅是一种诱导方式，一种修辞手法罢了。只是孟子时代还没有标点符号，而后来的标点者又偏偏忽略了它，使问题复杂化了。"昔者太王好色"一段与此手法相同。孟子先言太王好色，喜爱自己的妻子，并引《緜》中诗句"古公亶父，来朝走马。率西水浒，至于歧下。爰及姜女，聿来胥宇"，言其携妻子姜氏去岐山下视察地形，准备迁徙，并说"当这个时候，没有找不着丈夫的老处女，也没有找不着妻子的单身汉。王假如喜爱女人，能跟百姓一道，那对于实行王政、统一天下有什么困难呢？"这不是歪曲诗义，分明是硬牵着宣王改变好色之癖，向昔者太王靠拢。同样只需将"昔者太王好色"中"好色"二字加上引号，便是一篇"以诗为史"劝谏宣王的例子。孟子正是以这样的手法劝谏宣王做古代圣王那样的"好货""好色"者。由此可见，孟子是真的把《公刘》《緜》当作史料来运用的。对于两首诗"以意逆志"的理解，亦并无不当。

《公孙丑章句上》云：

> 孟子曰："仁则荣，不仁则辱。今恶辱而居不仁，是犹恶湿而居下也。如恶之，莫如贵德而尊士，贤者在位，能者在职。国家闲暇，及是时明其政刑，虽大国必畏之矣。诗云：'迨天之未阴雨，彻彼桑土，绸缪牖户。今此下民，或敢侮予？'孔子曰：'为此诗者，其知道乎！能治其国家，谁敢侮之？'今国家闲暇，及是时，般乐怠敖，是自求祸也。祸福无不自己求之者。诗云：'永言配命，自求多福。'《太甲》曰：'天作孽，犹可违。自作孽，不可活。'此之谓也。"①

这段话主要论证了实行仁政的重要性。孟子认为，如果实行仁政，就会有荣耀；如果行不仁之政，就会遭受屈辱。假如真的厌恶屈辱，最好是以德为贵而尊敬士人，使有德行的人居于相当的官位，有才能的人担任一定的职务；国家没有内忧外患，趁这个时候修明政治法典，纵使强大的邻国也一定会畏惧它，正如《豳风·鸱鸮》所云："趁着雨未下云没起，桑树根上剥些皮，门和窗户都得修理。下面的人们，谁敢把我欺。"国家没有内忧外患，便追求享乐，怠惰游玩，这等于自己寻求祸害。祸害或者幸福没有不是自己找来的，《大雅·文王》说："我们永远要与天命相配，自己去寻求更多的幸福。"就是这个意思。《鸱鸮》的主旨是"周公救乱也。成王未知周公之志，公乃为诗以遗王，名之曰《鸱鸮》焉。"②正义曰："武王既崩，周公摄政，管、蔡流言，以毁周公，又导武庚与淮夷叛而作乱，将危周室。周公东征而灭之，以救周室之乱也。于是之时，成王仍惑管、蔡之言，未知周公之志，疑其将篡，心益不悦，故公乃作诗，言不得不诛管、蔡之意，以贻遗成王，名之曰《鸱鸮》焉。"③"迨天之未阴雨，彻彼桑土，绸缪牖户。今此下民，或敢侮予"的本义是"自说作巢至苦，言己及天之

---

① 《孟子·公孙丑章句上》，见杨伯峻，《孟子译注》，北京：中华书局，1960年，第75页。
② 李学勤主编，《毛诗正义》，《十三经注疏》，北京：北京大学出版社，2000年，第599页。
③ 同上。

未阴雨之时，剥彼桑根，以缠绵其牖户，乃得成此室巢，以喻先公先王亦世修其德，积其勤劳，乃得成其王业。致此王功甚难若是，今汝下民管、蔡之属，何由或敢侮慢我周室而作乱乎？故不得不诛之。"①引诗义与诗本义基本相符，孟子此处引用，正是以史实来教育统治者要修明国政，以免被人欺侮。《文王》一诗记述的是文王受命作周的历史，"永言配命，自求多福"的本义是"王既述修祖德，常言当配天命而行，则福禄自来。"②引诗义与诗本义相符，孟子引用该诗句的目的，同样是以文王的作为来警醒当世统治者应该勤修国政。从中可以看出，这两处引《诗》都是"以诗为史"。

以上这些例子都比较鲜明地反映了孟子"以意逆志"的解诗理论和"以诗为史"的用诗方法。但是，在《孟子》一书中也有不少例子证明他也存在断章取义地引《诗》、用诗，其数量约占全书用诗的三分之一。朱自清先生在《诗言志辨》中说："他（孟子）和咸丘蒙论《北山》诗，和公孙丑论《小弁》《凯风》的怨亲不怨亲，都是就全篇而论。而在对咸丘蒙的一段话里，更明显地表示他的主张。'以文害辞''以辞害志'便指断章取义而言，他反对那样的说诗。"③在这里，朱自清先生很明确地指出孟子反对的是断章取义地解说诗，而并没有反对传统的"断章取义"地用诗。

如《万章下》云：

> 夫义，路也；礼，门也。惟君子能由是路，出入是门也。诗云："周道如（底）[砥]，其直如矢。君子所履，小人所视。"④

孟子认为：义，好比是路；礼，如同是门。只有君子能由道义这条路走，并出入礼仪之门。如同《小雅·大东》中说的："大道如磨刀石般平，如箭

---

① 李学勤主编，《毛诗正义》，《十三经注疏》，北京：北京大学出版社，2000年，第603页。
② 同上注，第1129页。
③ 朱自清，《诗言志辨》，上海：华东师范大学出版社，1996年，第76页。
④《孟子·万章章句下》，见杨伯峻，《孟子译注》，北京：中华书局，1960年，第248页。

一般直；君子所行之路，是小人所效法的。"《大东》原为东方诸侯国的臣民怨刺西周残酷统治的诗，所引之句意为"通往周京的大道平如砥，直如箭，西周君主走在上面，百姓只能怒目而视。"因为东方的赋役，皆由此而输入周京。孟子断取此诗，比喻道义之路平坦、正直，君子走在上面，百姓则效法之。

再如《尽心上》中对《卫风·伐檀》的引用：

公孙丑曰："《诗》曰：'不素餐兮。'君子之不耕而食，何也？"

孟子曰："君子居是国也，其君用之，则安富尊荣；其子弟从之，则孝悌忠信。'不素餐兮'，孰大于是？"①

文中公孙丑只是借诗句发问，是一种表达上的需要，并非是向孟子请教诗篇本义，之所以这样判断的原因有三：一是虽然孟子时代人们对于《诗》本事本义的熟悉程度远远比不上孔子时代，但对《伐檀》诗义的理解，孟子的弟子尚不至于有问题，也就是说不至于辨不出"彼君子兮，不素餐兮"是作者用的反语。二是当时学术界正围绕"社会分工"问题进行论辩，而孟子及其弟子正是主要论辩者之一。所以孟子回答时亦不谈原诗义，仅就论辩主题谈自己的看法："君子虽'不耕'，但是做了比耕者更重要的事情。他居住某国，国君用他，国家就平安富足，尊贵荣耀；少年子弟信从他，就孝顺父母，敬爱兄长，忠诚守信。君子不仅不白吃饭，而且是最好的不白吃饭者。"这里的观点与孟子在《滕文公上》中告陈相、《滕文公下》中告彭更之语观点一致。三是《伐檀》诗中的"君子"与孟子所称的"君子"含义不同。"君子"一词本来专指统治阶级的贵族士大夫而言，在《尚书》《诗经》中都没有例外，到了《论语》时，君子一词就有不同的用法了，开始从有地位的君子变成有道德的君子。《伐檀》中的君子，无疑是指贵族统治者；而孟子所言的君子则是经过价值重新估定后的

① 《孟子·尽心章句上》，见杨伯峻，《孟子译注》，北京：中华书局，1960 年，第 315 页。

有道德者，这从其文中解说即可看出。由此可见，公孙丑只是为了方便而借"不素餐兮"提出自己在论辩中的疑问，而孟子自明弟子之义，并且仅就其问作答，二人都是用的"断章取义"法，将原诗中的反语作正面语使用。取诗句字面义而用，属于"断章取义"地用诗，正是因为断章取义，才会出现引诗义与诗本义不相符合的情况。

　　孟子是继孔子之后的儒家诗学大师，对《诗》做出了独到而精辟的品评论断，通过《孟子》引《诗》，不仅说明"孟子是先秦诸子中最善于用诗的大学者，将《诗》背得滚瓜烂熟"①，同时也彰显了《诗》的新功能——理论依据。孟子的"以意逆志""知人论世"为核心的诗学观念进一步完善了儒家的诗学体系，"沿袭孟子以意逆志的方法，于是有《诗序》""沿袭孟子知人论世的方法，于是有《诗谱》"②。可见，《孟子》引《诗》对《诗经》学的发展产生了至关重要的影响。

① 陈良运，《中国诗学批评史》，南昌：江西人民出版社，1995 年，第 48 页。
② 郭绍虞，《中国文学批评史》，上海：上海古籍出版社，1979 年，第 30—32 页。

第七章

《荀子》引《诗》考论

在《诗经》学术史上，荀子是继孔子、孟子之后的又一位诗学大师，既深谙于《诗》，亦极喜引《诗》。他对《诗》的鉴赏批评、征引应用、宣传讲授，与孔、孟的诗论诗教一道，共同构成了先秦时代儒家引《诗》文化现象的鼎足局面。

第一节 《荀子》引《诗》概况

《荀子》一书引《诗》情况见下表：

表 34：《荀子》引《诗》一览表

《荀子》引《诗》篇目	所引诗句	所引诗句的出处	引《诗》分类
《劝学》	嗟尔君子，无恒安息。靖共尔位，好是正直。神之听之，介尔景福。	《小明》	小雅
	鸤鸠在桑，其子七兮。淑人君子，其仪一兮。其仪一兮，心如结兮。	《鸤鸠》	曹风
	匪交匪舒，天子所予。	《采菽》	小雅

《荀子》引《诗》篇目	所引诗句	所引诗句的出处	引《诗》分类
《修身》	嗡嗡呰呰，亦孔之哀。谋之其臧，则具是违；谋之不臧，则具是依。	《小旻》	小雅
	礼仪卒度，笑语卒获。	《楚茨》	小雅
	不识不知，顺帝之则。	《皇矣》	大雅
《不苟》	物其有矣，唯其时矣。	《鱼丽》	小雅
	温温恭人，惟德之基。	《抑》	大雅
	左之左之，君子宜之；右之右之，君子有之。	《裳裳者华》	小雅
《荣辱》	受小共大共，为下国骏蒙。	《长发》	商颂
《非相》	雨雪瀌瀌，宴然聿消。莫肯下隧，式居娄骄。	《角弓》	小雅
	徐方既同，天子之功。	《常武》	大雅
《非十二子》	匪上帝不时，殷不用旧；虽无老成人，尚有典刑；曾是莫听，大命以倾。	《荡》	大雅
	温温恭人，维德之基。	《抑》	大雅
《仲尼》	媚兹一人，应侯顺德。永言孝思，昭哉嗣服。	《下武》	大雅
《儒效》	自西自东，自南自北，无思不服。	《文王有声》	大雅
	自西自东，自南自北，无思不服。	《何人斯》	小雅
	鹤鸣于九皋，声闻于天。	《鹤鸣》	小雅
	民之无良，相怨一方。受爵不让，至于己斯亡。	《角弓》	小雅
	平平左右，亦是率从。	《采菽》	小雅
	维此良人，弗求弗迪；维彼忍心，是顾是复。民之贪乱，宁为荼毒。	《桑柔》	大雅
《王制》	天作高山，大王荒之；彼作矣，文王康之。	《天作》	周颂

《荀子》引《诗》篇目	所引诗句	所引诗句的出处	引《诗》分类
《富国》	雕琢其章，金玉其相，亹亹我王，纲纪四方。	《棫朴》	大雅
	我任我辇，我车我牛，我行既集，盖云归哉！	《黍苗》	小雅
	无言不雠，无德不报。	《抑》	大雅
	钟鼓喤喤，管磬玱玱，降福穰穰。降福简简，威仪反反。既醉既饱，福禄来反。	《执竞》	周颂
	天方荐瘥，丧乱弘多。民言无嘉，憯莫惩嗟。	《节南山》	小雅
	淑人君子，其仪不忒；其仪不忒，正是四国。	《鸤鸠》	曹风
《王霸》	如霜雪之将将，如日月之光明；为之则存，不为则亡。		逸诗
	自西自东，自南自北，无思不服。	《文王有声》	大雅
《君道》	王犹允塞，徐方既来。	《常武》	大雅
	介人维藩，大师维垣。	《板》	大雅
	温温恭人，维德之基。	《抑》	大雅
	济济多士，文王以宁。	《文王》	大雅
《臣道》	国有大命，不可以告人，妨其躬身。		逸诗
	不敢暴虎，不敢冯河。人知其一，莫知其它。战战兢兢，如临深渊，如履薄冰。	《小旻》	小雅
	不僭不贼，鲜不为则。	《抑》	大雅
	受小球大球，为下国缀旒。	《长发》	商颂
《致士》	惠此中国，以绥四方。	《民劳》	大雅
	无言不雠，无德不报。	《抑》	大雅

《荀子》引《诗》篇目	所引诗句	所引诗句的出处	引《诗》分类
《议兵》	武王载发，有虔秉钺；如火烈烈，则莫我敢遏。	《长发》	商颂
	自西自东，自南自北，无思不服。	《文王有声》	大雅
	淑人君子，其仪不忒；其仪不忒，正是四国。	《鸤鸠》	曹风
	王犹允塞，徐方既来。	《常武》	大雅
《强国》	价人维藩，大师维垣。	《板》	大雅
	德輶如毛，民鲜克举之。	《烝民》	大雅
《天论》	天作高山，大王荒之。彼作矣，文王康之。	《天作》	周颂
	礼义之不愆，何恤人之言兮。		逸诗
《正论》	明明在下。	《大明》	大雅
	下民之孽，匪降自天。噂沓背憎，职竞由人。	《十月之交》	小雅
《礼论》	礼仪卒度，笑语卒获。	《楚茨》	小雅
	怀柔百神，及河乔岳。	《时迈》	周颂
	恺悌君子，民之父母。	《泂酌》	大雅
《解蔽》	凤凰秋秋，其翼若干，其声若箫。有凤有凰，乐帝之心。		逸诗
	采采卷耳，不盈顷筐。嗟我怀人，寘彼周行。	《卷耳》	周南
	墨以为明，狐狸而苍。		逸诗
	明明在下，赫赫在上。	《大明》	大雅
《正名》	颙颙卬卬，如珪如璋，令闻令望。岂弟君子，四方为纲。	《卷阿》	大雅
	长夜漫兮，永思骞兮。太古之不慢兮，礼义之不愆兮，何恤人之言兮。		逸诗
	为鬼为蜮，则不可得。有靦面目，视人罔极。作此好歌，以极反侧。	《何人斯》	小雅

《荀子》引《诗》篇目	所引诗句	所引诗句的出处	引《诗》分类
《君子》	普天之下，莫非王土；率土之滨，莫非王臣。	《北山》	小雅
	百川沸腾，山冢崒崩，高岸为谷，深谷为陵。哀今之人，胡憯莫惩！	《十月之交》	小雅
	淑人君子，其仪不忒；其仪不忒，正是四国。	《鸤鸠》	曹风
《大略》	颠之倒之，自公召之。	《东方未明》	齐风
	我出我舆，于彼牧矣。自天子所，谓我来矣。	《出车》	小雅
	物其指矣，唯其偕矣。	《鱼丽》	小雅
	饮之食之，教之诲之。	《緜蛮》	小雅
	我言维服，勿用为笑。先民有言，询于刍荛。	《板》	大雅
	如切如磋，如琢如磨。	《淇奥》	卫风
	温恭朝夕，执事有恪。	《那》	商颂
	孝子不匮，永锡尔类。	《既醉》	大雅
	刑于寡妻，至于兄弟，以御于家邦。	《思齐》	大雅
	朋友攸摄，摄以威仪。	《既醉》	大雅
	昼尔于茅，宵尔索绹，亟其乘屋，其始播百谷。	《七月》	豳风
	无将大车，维尘冥冥。	《无将大车》	小雅
《宥坐》	忧心悄悄，愠于群小。	《柏舟》	邶风
	尹氏大师，维周之氏；秉国之均，四方是维；天子是庳，卑民不迷。	《节南山》	小雅
	周道如砥，其直如矢。君子所履，小人所视。眷焉顾之，潸焉出涕。	《大东》	小雅
	瞻彼日月，悠悠我思。道之云远，曷云能来。	《雄雉》	邶风
《子道》	孝子不匮。	《既醉》	大雅

《荀子》引《诗》篇目	所引诗句	所引诗句的出处	引《诗》分类
《法行》	涓涓源水，不雝不塞。毂已破碎，乃大其辐。事已败矣，乃重大息。		逸诗
	言念君子，温其如玉。	《小戎》	秦风
《尧问》	既明且哲，以保其身。	《烝民》	大雅

根据数据统计，可以看出《荀子》的引《诗》具有如下三个特点：

一是引《诗》数量大，涉及面广。《荀子》全书32篇，有27篇引《诗》，共计83处。如此引《诗》数量，在先秦子书中是仅见的。所引诗作，不仅遍及风、雅、颂，而且还征引了未收入"诗三百"的"逸诗"。

二是反复征引。《荀子》的83处引《诗》，涉及诗作47篇，这说明《荀子》对相当一部分诗篇，并非一引而止，而是视论证（行文）之需要，反复加以征引的。具体说，在《荀子》所引及的47篇诗作中，有18篇被引用达2次或2次以上（其中曹风《鸤鸠》4次，大雅《常武》《文王有声》《板》《既醉》和商颂《长发》各3次，小雅《采薇》《小旻》《楚茨》《鱼丽》《角弓》《十月之交》《节南山》《何人斯》，大雅《大明》《烝民》和周颂《天作》各2次），最多者竟达6次（大雅《抑》）。就其反复引征的诗篇来看，又分三种情况：一是所引为同一篇诗中完全相同的诗句。如《富国》《议兵》《君子》中所引的都是《曹风·鸤鸠》第三章的后四句："淑人君子，其仪不忒。其仪不忒，正是四国。"又如《不苟》《非十二子》《君道》中所引的都是《大雅·抑》第九章中的两句："温温恭人，维德之基。"二是所引虽为同一篇诗，但引用的诗句完全不同。如《劝学》篇所引《曹风·鸤鸠》："鸤鸠在桑，其子七兮；淑人君子，其仪一兮；其仪一兮，心如结兮。"便不同于上述《富国》《议兵》《君子》所引。又如：《富国》《致士》所引都是《大雅·抑》第六章中的两句："无言不仇，无德不报。"这既不同于上述《不苟》《非十二子》《君道》中所引，亦不同于《臣道》篇所引："不僭不贼，鲜不为则"。三是一篇所引为他篇所引诗句中的一部分。如：《天论》篇所引逸诗"礼义之不愆兮，何恤人之言兮"便是《正名》篇所引同一逸诗"长夜漫兮，永思骞兮。太古之不慢兮，礼义之不愆兮，何恤人之言兮"中的两句。又如《正论》所引《大雅·大明》："明明在下，赫赫在上。"而《解蔽》篇则只引了其中的一句："明明在下"。

　　三是喜欢引雅、颂。《荀子》引用次数最多的是大雅 32 次，涉及作品17 篇；小雅 25 次，涉及作品 17 篇；引用风诗 11 次，涉及作品 8 篇；引用颂诗 8 次，涉及作品 5 篇；引用次数最少的是"逸诗"7 次，涉及作品6 篇。这说明荀子喜引雅、颂。众所周知，305 篇的《诗经》，风诗便占了二分之一多——160 篇，大雅 31 篇，小雅 74 篇，周颂 31 篇，鲁颂 4 篇，商颂 5 篇。《荀子》所引大雅的次数，比其篇数还多，所涉及的作品，亦过其篇数之半数。所引小雅次数，亦过其篇数三分之一，所涉及作品亦近其篇数四分之一。引风诗的次数虽然比引颂诗多了 3 次，但若以其引用的次数与其本有篇数之比而言，只引了风诗的十六分之一强，远远小于颂诗的五分之一，就其所涉篇数与其本有篇数之比而言，颂诗占八分之一，而风诗仅占二十分之一。《荀子》的喜引雅、颂与《左传》《国语》引《诗》情况的统计基本相类。为什么会出现这种情况呢？"这是否意味着时人征引雅诗（以及颂诗）常着眼于诗文的直接含义，而对于风诗就较多重视其比喻、象征意义和音乐价值呢？"[①]荀子生活的战国时代，"赋诗""歌诗"之风不再，作为一个严肃、务实的学者，其引《诗》或证事、或明理，所看重的正是诗文之直接含义。因而，准史诗类的大雅、反映礼乐制定陵迟的小雅以及展示先王之制、礼义彬彬的颂诗，便自然而然地成了其为文引诗的重点对象。此外，荀子对"逸诗"引用 6 篇 7 次，这说明，荀子所生

---

① 董治安，《先秦文献与先秦文学》，济南：齐鲁书社，1994 年，第 32 页。

活的战国后期，尚有相当数量未收入"诗三百"的作品仍在社会上流传，同时亦说明了荀子在为文引诗时眼界宽广，不为"诗三百"所囿。

第二节 《荀子》引《诗》的方法及其经学意义

一、《荀子》引《诗》方法探析

荀子的引《诗》既量大又面广，对于 53 篇诗作，或一引而止，或引至再三、乃至四次、六次，或引相同之诗句，或引不同之诗句，或是这篇所引为他篇引用之部分等，不一而足，说明了荀子对《诗》的深谙娴熟及为文引《诗》的极大灵活性。但荀子的引《诗》，毕竟不是行空的天马，还是有理路可寻的。那就是：本义可用者，引其本义；若"断章"与所述问题相合，则"断章取义"；反之，即赋予诗句新的含义，以简洁的、注释性语言点明诗句与所论问题之间的联系。

1. 引用诗句的本义

荀子《礼论》篇云：

> 君之丧所以取三年，何也？曰：君者、治辨之主也，文理之原也，情貌之尽也，相率而致隆之，不亦可乎？诗曰："恺悌君子，民之父母。"彼君子者，固有为民父母之说焉。父能生之，不能养之；母能食之，不能教诲之；君者，已能食之矣，又善教诲之者也。三年毕矣哉！[①]

在这里，荀子主要论及了"君之丧所以取三年"的原因：君主是治理国家的主宰，是礼义的根本，是忠诚和恭敬的最完善的表现对象，人们互

---

① 《荀子·礼论》，见 [清] 王先谦，《荀子集解》（诸子集成本），北京：中华书局，1954 年，第 248 页。

相遵循并极其尊重他，不也是应当的吗？荀子引用了《大雅·泂酌》第一章中的后二句："恺悌君子，民之父母。"并解释说："彼君子者，固有为民父母之说焉。"因为父母之丧是三年，君主（子）本来就有为民父母之说，所以为君服丧三年，便是理所当然的了。《泂酌》的主旨是"召康公戒成王也。言皇天亲有德、飨有道也。"[1] 结合原诗的内容，"恺悌君子，民之父母"说的是"此薄陋之物，皇天所以飨之者，以此设祭者是乐易之君子，能有道德，为民之父母，上天爱其诚信，故歆飨之。然则为人君者，安可以不行道德，而作民父母？故言此以戒王。"[2] 荀子这里直接以诗句作为史实论据，既简洁有力，又十分恰当。

荀子《修身》篇云：

> 小人反是：致乱而恶人之非己也；致不肖而欲人之贤己也；心如虎狼，行如禽兽，而又恶人之贼己也。谄谀者亲，谏争者疏，修正为笑，至忠为贼，虽欲无灭亡，得乎哉！诗曰："噏噏呰呰，亦孔之哀。谋之其臧，则具是违；谋之不臧，则具是依。"此之谓也。[3]

《小雅·小旻》是讽刺幽王的诗篇。朱熹《诗集传》说："大夫以王惑于邪谋，不能断以从善，而作此诗。"[4] 这里引用的诗句是《小旻》第二章中的前六句。荀子认为，小人胡作非为到极点，却还憎恨别人批评自己；自己无能到极点，却还希望别人说自己贤能；自己的心地像虎狼，行为像禽兽，却又憎恨别人把自己当作坏人；对阿谀奉承自己的人就亲近，对规劝自己的人就疏远，把善良正直的话当作是对自己的讥笑，把极端忠诚的行为看作是对自己的残害，这样的人即使不灭亡，能避免得了吗？接着便引

① 李学勤主编，《毛诗正义》，《十三经注疏》，北京：北京大学出版社，2000 年，第 1320 页。
② 同上注，第 1321 页。
③ 《荀子·修身》，见 [清] 王先谦，《荀子集解》（诸子集成本），北京：中华书局，1954 年，第 12 页。
④ [宋] 朱熹，《朱子全书·诗集传》，上海：上海古籍出版社，2002 年，第 598 页。

了上述诗句："随声附和又诋毁，也实在是很可悲。建议本来很正确，却偏偏都来违背；建议本来并不好，却偏偏都来依从"，以证明己说。很明显，这里是把"诗"作"史"用的，诗句所描写的情景是"幽王时，小人在位，皆嗋嗋然自作威福，患苦其上。又呰呰然竞营私利，不思称于上。臣行如此，亦甚可哀伤也。王不用善臣，又弃职事，君臣并皆昏乱，故云：谋之其有不善者，则君臣俱于是共背违之；谋之其有不善者，则君臣俱于是共就依之。"[1] 荀子以诗所言之史实，作为自己的论据，极有力量。

荀子引《诗》，更多的是取一个类似点，以为己用。如在《富国》篇中，荀子表述了这样的观点：

> 人之生，不能无群，群而无分则争，争则乱，乱则穷矣。故无分者，人之大害也；有分者，天下之本利也；而人君者，所以管分之枢要也。故美之者，是美天下之本也；安之者，是安天下之本也；贵之者，是贵天下之本也。古者先王分割而等异之也，故使或美，或恶，或厚，或薄，或佚或乐，或劬或劳，非特以为淫泰夸丽之声，将以明仁之文，通仁之顺也。故为之雕琢、刻镂、黼黻文章，使足以辨贵贱而已，不求其观；为之钟鼓、管磬、琴瑟、竽笙，使足以辨吉凶、合欢、定和而已，不求其余；为之宫室、台榭，使足以避燥湿、养德、辨轻重而已，不求其外。[2]

人类为了生存，不能不组成社会，组成社会，不能缺了等级名分。而君主是掌管等级名分的枢纽。他所使用的一切，都是独有的、不同于他人的，人们之所以想方设法在器物、服饰、乐器、宫室上造成各种各样的区别，目的就在于以此来分辨尊卑、区分等级。为了证明自己的观点，荀子接着便引了《大雅·棫朴》中的四句诗："雕琢其章，金玉其相，亹亹我王，纲

---

① 李学勤主编，《毛诗正义》，《十三经注疏》，北京：北京大学出版社，2000 年，第 863 页。

②《荀子·富国》，见［清］王先谦，《荀子集解》（诸子集成本），北京：中华书局，1954 年，第 116 页。

纪四方"，并且说："此之谓也"。我们知道，这几句诗在篇中的意思是说："精雕细刻出纹章，如金如玉显示出本来面目，我们的君王勤勉不倦，张纲立纪治理着四方。"可见，诗句之意与荀子所论述的问题并不吻合，只是由于"雕琢其章，金玉其相"两句与荀子所谓的"故为之雕琢刻镂、黼黻文章"（即"在各种金玉木器上雕刻图案，在礼服上绘制各种彩色花纹"）的字面义相类似，因而便被其引来做了"辨贵贱"的例子。

再如，《小雅·何人斯》是一首绝交诗，诗人对那位背他而去、"其心孔艰"的昔日密友，进行了愤怒的谴责与讥刺。该诗的最后一章说："为鬼为蜮，则不可得。有靦面目，视人罔极。作此好歌，以极反侧。"《荀子》的《儒效》篇、《正名》篇，都引用了这几句诗。

> 若夫充虚之相施易也，"坚白""同异"之分隔也，是聪耳之所不能听也，明目之所不能见也，辩士之所不能言也，虽有圣人之知，未能偻指也。不知无害为君子，知之无损为小人。工匠不知，无害为巧；君子不知，无害为治。王公好之则乱法，百姓好之则乱事。而狂惑戆陋之人，乃始率其群徒，辩其谈说，明其辟称，老身长子，不知恶也。夫是之谓上愚，曾不如相鸡狗之可以为名也。诗曰："为鬼为蜮，则不可得；有腼面目，视人罔极。作此好歌，以极反侧。"此之谓也。[1]

> 故愚者之言，芴然而粗，啧然而不类，諓諓然而沸，彼诱其名，眩其辞，而无深于其志义者也。故穷借而无极，甚劳而无功，贪而无名。故知者之言也，虑之易知也，行之易安也，持之易立也，成则必得其所好，而不遇其所恶焉。而愚者反是。诗曰："为鬼为蜮，则不可得。有靦面目，视人罔极。作此好歌，以极反侧。"此之谓也。[2]

---

[1]《荀子·儒效》，见〔清〕王先谦，《荀子集解》（诸子集成本），北京：中华书局，1954年，第79页。

[2]《荀子·正名》，见〔清〕王先谦，《荀子集解》（诸子集成本），北京：中华书局，1954年，第283页。

《儒效》篇引诗，目的在于批判那些迷于辨"坚白""同异"等学说的"狂惑""戆陋"之辈：世间万物盈和虚的相互转化，"坚白""同异"的分辨，这是耳朵聪敏的人也不能听懂的，是眼睛明亮的人也不能看清的，是能言善辩的人也不能说明白的，即使有了圣人的智慧，也不能很快地将它们一一点明。如果帝王、诸侯喜欢这些学说，就会乱了法度；老百姓喜欢这些学说，就会扰乱了他们应该做的工作。但是那些狂妄糊涂、愚笨浅陋的人却始终率领着一帮门徒，辩护他们的奇谈怪说，不知厌倦。这就是最愚蠢的人。《诗》上说："你是鬼是妖怪，难料你的底细；你的厚颜这样丑，让人看都看不透。我作这善意的歌，揭穿你的反复无常。"《正名》篇引这几句诗，旨在批判那些不惮其烦地搬弄词句，却言无主旨，啰唆嘈杂，劳而无功，贪名不得的"蠢人"：愚蠢人的言论，轻率而又粗疏，喜欢争吵而又不合法度，啰里啰唆而又嘈杂不清。他们搬弄各种诱人的名称，词句令人眼花缭乱而思想学说却毫无深意。

荀子论述的问题与所引诗句之间好像风马牛不相及，实际上，荀子所取，正是"狂惑""戆陋"之辈、"蠢人"与《何人斯》中诗人所讥刺的"昔日密友"在行为实质方面的类似——"视人罔极"。荀子认为，办任何事情，研究任何学问，都应该有个标准，那就是看是否有益于"理"。而那些迷于辨"坚白""同异"的"狂惑""戆陋"之辈的学说，既无益于"理"，亦很难让人搞明白；那些"蠢人"的言论，模模糊糊，嘈杂啰唆，亦有类于"为鬼为蜮""视人罔极"，所以引用了相同的诗句以讥刺之。

在荀子引《诗》中，有相当数量的征引，可以说是准成语式的。这种准成语式的引《诗》，也正是取其一点，以为己用的。如《大略》篇云：

> 天下、国有俊士，世有贤人。迷者不问路，溺者不问遂，亡人好
> 独。诗曰："我言维服，勿用为笑。先民有言，询于刍荛。"言博问也。[1]

① 《荀子·大略》，见［清］王先谦，《荀子集解》（诸子集成本），北京：中华书局，1954年，第329页。

荀子认为，整个天下和一个国家都有才能杰出的人，每个时代都有贤能的人。迷路的人是因为他不问路，溺水的人是因为他不问可以涉水的路，亡国的君主是因为他独断专行。正如《大雅·板》说的："我所讲的都是当今要事，不要以为我是在说笑话。古人曾经有这样的话：'遇事要向打柴的人请教。'"这就是说要广泛地征询各方面的意见。荀子把引《诗》的用意说得很明确："言博问也。"可见他虽然引了四句诗，但其所取以为用者，只是"先民"已有之成辞——"询于刍荛"。

又如，《强国》篇云：

> 故善日者王，善时者霸，补漏者危，大荒者亡。故王者敬日，霸者敬时，仅存之国危而后戚之。亡国至亡而后知亡，至死而后知死，亡国之祸败，不可胜悔也。霸者之善箸焉，可以时托也；王者之功名，不可胜日志也。财物货宝以大为重，政教功名反是，能积微者速成。诗曰："德辅如毛，民鲜克举之。"此之谓也。[1]

荀子在文中指出了"积微"的重要性，告诫称王天下的君主应重视每一天，称霸诸侯的君主应重视每一季。为了阐明"财物货宝以大为重，政教功名反是，能积微者速成"（即道德教化的实施，必须从小事入手，积小才能成大，"积微"方能"速成"）的道理，他引用《大雅·烝民》第六章中的句子："德辅如毛，民鲜克举之。"意即："道德品行轻得像毫毛，民众却很少积累它。"而在原诗中，这两句之前的四个字是："人亦有言"，说明"德辅如毛，民鲜克举之"亦是"成辞"入诗，荀子此处征引，正是作为准成语来用的。

荀子《臣道》篇云：

> 仁者必敬人。凡人非贤，则案不肖也。人贤而不敬，则是禽兽也；人不肖而不敬，则是狎虎也。禽兽则乱，狎虎则危，灾及其身

---

[1]《荀子·强国》，见［清］王先谦，《荀子集解》（诸子集成本），北京：中华书局，1954年，第203页。

矣。诗曰："不敢暴虎，不敢冯河。人知其一，莫知其它。战战兢兢，如临深渊，如履薄冰。"此之谓也。故仁者必敬人。

敬人有道。贤者则贵而敬之，不肖者则畏而敬之；贤者则亲而敬之，不肖者则疏而敬之。其敬一也，其情二也。若夫忠信端悫，而不害伤，则无接而不然，是仁人之质也。忠信以为质，端悫以为统，礼义以为文，伦类以为理，喘而言，臑而动，而一可以为法则。[①]

在第一段话中，荀子认为，仁德的人一定尊敬别人，如果知道别人没有德才而不去尊敬，就好比是戏弄老虎，就会引来灾难，并且引《小雅·小旻》的最后一章："不敢空手斗老虎，不敢徒步渡河流。人们只知这些有害，不知其它害处更大。处处恐惧处处小心，就像身临深渊，就像脚踏薄冰。"在荀子看来，尊敬"贤者"的道理，一般人都明白，对"不贤者"也要"尊敬"，恐怕就不容易想通了。事实上，对"不贤者"如果不"尊敬"，那就像戏弄老虎一样危险。荀子征引《小旻》诗的目的正在于强调"人知其一，莫知其它"的危害。在第二段话中，荀子指出，尊敬别人有一定的原则：对贤能的人就用崇拜的心情尊重他，对没有德才的人就用畏惧的心情尊敬他；对于贤能的人就用亲近的方式尊敬他，对没有德才的人就用疏远的方式尊敬他。荀子还对"仁人"的品行进行了比较全面的描述：以忠厚守信为本质，以正直诚实为纲领，以道德礼义为规范，以伦理法律为原则。因此，"仁人"的一举一动，即使是细微的言行，都会成为别人效法的准则。接着，荀子便引了《大雅·抑》"不僭不贼，鲜不为则"为证。所谓"不僭不贼"，意思是：不超越本分犯错误，不伤害别人。根本没有荀子所说"仁人"品行那样深广的意蕴。荀子所看重的实际是"鲜不为则"这句话，以此证明"仁人"的言行成为人们学习的典范。

---

①《荀子·臣道》，见［清］王先谦，《荀子集解》（诸子集成本），北京：中华书局，1954 年，第169 页。

荀子在《大略》篇云：

> 不富无以养民情，不教无以理民性。故家五亩宅，百亩田，务其
> 业，而勿夺其时，所以富之也。立大学，设庠序，修六礼，明七教，
> 所以道之也。诗曰："饮之食之，教之诲之。"王事具矣。[①]

荀子认为，君临天下者，不使民众富有，就无法调动民众的感情，不对民
众进行教化，就无法改造、整饬民众的本性，并引用《小雅·绵蛮》中的
两句诗，证明如果对百姓做到了"饮之食之，教之诲之"，那么王者之事
也就完备了，即"王事具矣"。《小雅·绵蛮》本是一首写行役的诗。全诗
三章，每章的后四句都是"饮之食之，教之诲之。命彼后车，谓之载之。"
所谓"饮之食之"，是说给那些处境艰难的服役者吃的喝的。"教之诲之"，
是说对他们晓之以道理。可见这两句诗都是针对服役者而言的。可见荀子
的引用，是把诗句从具体的、实指的狭小圈子里解放出来，赋予它以普遍
性的意义和价值。

荀子《天论》说：

> 天不为人之恶寒也辍冬，地不为人之恶辽远也辍广，君子不为小
> 人之匈匈也辍行。天有常道矣，地有常数矣，君子有常体矣。君子
> 道其常，而小人计其功。诗曰："礼义之不愆，何恤人之言兮。"此之
> 谓也。[②]

上天并不因为人们厌恶寒冷就废止冬天，大地并不因为人们厌恶辽远就废
止宽广，所以君子只要遵循固有的规则来行事，就大可不必管"小人之匈
匈"，并征引逸诗"礼义之不愆兮，何恤人之言兮"（即"礼义上的错误我
不犯，何必担忧人们说长道短？"）表述了同样的看法。因荀子所引为逸

---

① 《荀子·大略》，见［清］王先谦，《荀子集解》（诸子集成本），北京：中华书局，1954 年，第
328 页。
② 《荀子·天论》，见［清］王先谦，《荀子集解》（诸子集成本），北京：中华书局，1954 年，第
208 页。

诗，故诗句所指的具体对象，现已无从考知。但可以肯定的是，这两句诗亦必有实指，决非泛泛之言。而荀子在征引这两句诗的时候，很明显没有虑及诗句所指的具体对象，而只是把它当成了一般的、带有普遍性意义的准成语。

2. 断章取义

诗歌作为一种语言艺术形式，是由有意义的词语所构成的意象，依据表情达意的需要而组成的意象体系。当这些意象被诗人有机地组织到一起之后，它们自身的独立意义随之隐匿，而各以诗篇的有机组成部分，共同体现一个主旨，即该诗的诗旨。但是，当这些意象一旦被人为地从体系中剥离出来的时候，其独立意义便即刻复显出来。这正是春秋时期得以"断章赋诗"的内在根据。《荀子》引《诗》中，也有相当数量断章取义不顾原旨的例子。

例如，荀子《大略》篇云：诸侯召其臣，臣不俟驾，颠倒衣裳而走，礼也。诗曰："颠之倒之，自公召之。"[①] 按照"礼"的规定，诸侯召见臣子的时候，臣子就应该不等把车套好、把衣服穿整齐，就赶紧朝见。荀子为了说明这一点，引用了《齐风·东方未明》："颠三倒四地急忙穿衣裳，因为国君那里要召见我。"这首诗本来是写一个小官吏因差役纷繁、早起晚睡的怨愤心情的。诗的第一章是："东方未明，颠倒衣裳。颠之倒之，自公召之。"即"天还未亮，便因公务而被召唤起身，以致把衣裳都穿颠倒了。"荀子在这里断章取义地把"颠之倒之，自公召之"从原诗中剥离出来，虽然有违诗篇主旨，但这两句诗自身所固有的意义却和荀子所要表达的意思正相吻合。

还有一个更为典型的例子，那便是《君子》篇对《小雅·北山》的引用：

---

①《荀子·大略》，见［清］王先谦，《荀子集解》（诸子集成本），北京：中华书局，1954 年，第321 页。

"天子无妻"，告人无匹也。"四海之内无客礼"，告无适也。"足能行，待相者然后进；口能言，待官人然后诏。不视而见，不听而聪，不言而信，不虑而知，不动而功"，告至备也。天子也者，势至重，形至佚，心至愈，志无所诎，形无所劳，尊无上矣。诗曰："普天之下，莫非王土；率土之滨，莫非王臣。"此之谓也。[①]

这段话是论说天子尊贵无比的地位，为了证明这一点，荀子征引了《北山》中的诗句："普天之下，莫非王土；率土之滨，莫非王臣。"可以说荀子引用的真是太恰当了，因为这四句足以说明天子无与伦比的尊崇和高贵。但荀子的引用，只是断章取义而已。《北山》是一首服役者怨恨劳逸不均的诗。这一主旨，孟子在批评其弟子咸丘蒙对该诗断章取义、理解失误的时候即已指出："是诗也，非是之谓也，劳于王事而不得养父母也，曰：'此莫非王事，我独贤劳也'。"[②] 联系《北山》第二章的最后两句："大夫不均，我从事独贤"来看，这几句诗的本意是："言王之土地广矣，王之臣又众矣，何求而不得，何使而不行！王不均大夫之使，而专以我有贤才之故，独使我从事于役。"[③] 荀子的引用虽然贴切，却与诗本义不合。

3. 赋予新义

荀子为了阐述自己的观点，有时候征引的诗句，既不是用其本义，也不是"断章取义"，而是赋予其新的含义，并以简洁的语言加以注释，以点明诗句与所论问题之间的联系。

例如，《解蔽》篇云：

周而成，泄而败，明君无之有也。宣而成，隐而败，暗君无之有也。故人君者，周则谗言至矣，直言反矣；小人迩而君子远矣！诗

---

① 《荀子·君子》，见〔清〕王先谦，《荀子集解》（诸子集成本），北京：中华书局，1954 年，第300 页。

② 《孟子·万章章句上》，见杨伯峻，《孟子译注》，北京：中华书局，1960 年，第 215 页。

③ 李学勤主编，《毛诗正义》，《十三经注疏》，北京：北京大学出版社，2000 年，第 931 页。

云:"墨以为明,狐狸而苍。"此言上幽而下险也。君人者,宣则直言至矣,而谗言反矣;君子迩而小人远矣!诗云:"明明在下,赫赫在上。"此言上明而下化也。①

荀子提出了这样的看法:做君主的应该(增加为政的透明度)把所要办事情的真相公之于众,只有这样才会听到真话,杜绝谗言。为了证明自己的观点,荀子接下来便引了两句诗:"墨以为明,狐狸而苍。"这是逸诗,其意是"把黑的说成白的,把(黄色的)狐狸说成青黑色的",亦即黑白颠倒、是非不分。我们看不出诗句与荀子所述问题之间的联系。但荀子紧接着便做了富有新意的解释:"此言上幽而下险也。"即"君主昏庸愚昧,臣民就会阴险狡诈。这样,我们便清楚了荀子引《诗》的用意:只有"君不幽"才能臣不"险",才会听到真话,杜绝谗言,而不至于黑白颠倒,是非不分。荀子又引了《大雅·大明》的两句:"明明在下,赫赫在上。"这两句诗的本义是说文王、武王的明明之德布于天下,天上便会有其相应的征兆赫赫显现。如果没有荀子注释性的解释:"此言上明而下化也。"即"君主光明正大,臣民就会被感化",我们同样无法把它同荀子所论述的问题联系起来。

又如,荀子《儒效》篇云:

故明主谲德而序位,所以为不乱也;忠臣诚能然后敢受职,所以为不穷也。分不乱于上,能不穷于下,治辩之极也。诗曰:"平平左右,亦是率从。"是言上下之交不相乱也。②

荀子认为,圣明的君主靠评判各人的德行来安排官位,这是为了不乱加封赏;忠诚的臣子确实有才能,然后才敢接受职位,这是为了不陷入困

①《荀子·解蔽》,见〔清〕王先谦,《荀子集解》(诸子集成本),北京:中华书局,1954年,第273页。
②《荀子·儒效》,见〔清〕王先谦,《荀子集解》(诸子集成本),北京:中华书局,1954年,第82页。

境。君主安排职位不乱来，臣下有能力胜任而又不陷入困境，这就是治理社会的最高境界。荀子接着引用《小雅·采菽》："左右臣子精明能干，顺从君命从不违反"，来证明自己所说的为政的最高境界。实际上，在原诗中，这两句只是就"臣子"一方而言的：君王左右的臣子既很能干，又遵从而不违背君命。与荀子前面所说的君主如何如何，臣子如何如何，根本就不是一回事。所以，荀子在引《诗》之后，紧接着做了新的解释："是言上下之交不相乱也"，即"这就是说君主和臣下的交往不互相错乱"，以此点明所引诗句与所述问题之间的联系：只有如诗中所说，上下的关系互相不错乱，才能达致"上有明君以德任人，下有贤臣以能受职"这种"政治的最高境界"。如果说引用本义和断章取义不同程度地体现了荀子引《诗》的灵活性，那么富有新意的"注释性"地引《诗》，则体现了荀子引《诗》的创造性。

二、《荀子》引《诗》的经学意义

《荀子》一书开创了儒家诗学"宗经、征圣、明道"说的先河。在荀子看来，人们学习的主要对象应当是记载圣人之道的《诗》《书》《礼》《乐》《春秋》等，故曰："短绠不可以汲深井之泉，知不几者不可与及圣人之言。夫《诗》《书》《礼》《乐》之分，固非庸人之所知也。"[①]"圣人也者，道之管也。天下之道管是矣，百王之道一是矣。故《诗》《书》《礼》《乐》之归是矣。《诗》言是其志也……故风之所以为不逐者，取是以节之也；小雅之所以为小雅者，取是而文之也；大雅之所以为大雅者，取是而光之也；颂之所以为至者，取是而通之也。天下之道毕矣。"[②]由上面的文

---

① 《荀子·荣辱》，见［清］王先谦，《荀子集解》（诸子集成本），北京：中华书局，1954年，第43页。
② 《荀子·儒效》，见［清］王先谦，《荀子集解》（诸子集成本），北京：中华书局，1954年，第84页。

字可以看出，荀子认为《诗》容载了圣人之志，是经典之言，"经典著作树立了道德的最高标准，包罗了宇宙万象。对儒家圣人与经典做如此崇高的评价，在先秦时代始见于《荀子》，为汉以后文学理论批评中宗经、征圣、明道等说的先声"①。正是荀子将《诗》提高到经典的地位（虽然还没有称之为"经"，但上升到经典的角色却是客观存在的），《诗》才被荀子大量地征引，借以证明自己观点的牢不可破。我们从荀子引《诗》的句法方式明显可以看出《诗》在荀子心中的至尊地位。

《荀子》引《诗》的格式大抵有以下两种：一是先陈述自己的观点，再引《诗》，也即引用圣人之言来表明自己观点的绝对真理性；二是先引《诗》，再解说自己对《诗》中圣人之志的理解。第一种情况在荀子引《诗》中占绝对主导地位，有60余处，而且几乎无一例外地在最后都加上"此之谓也"的字样，这种文法实际上暗示了《诗》作为经典的不可更改性，从一个侧面说明此时《诗》的经学化已经完成。因为前文在论述荀子引《诗》方法时已经列举过大量的例子，下面就仅举两例，简单加以证明。

《儒效》篇云：

> 凡人莫不欲安荣而恶危辱，故唯君子为能得其所好，小人则日徼其所恶。诗曰：'维此良人，弗求弗迪。维彼忍心，是顾是复。民之贪乱，宁为荼毒。'此之谓也。②

荀子认为，大凡人没有不想得到安宁、荣誉，而憎恶危险、耻辱的，但是只有君子才能得到他所喜好的，而小人却是每天都会招致他所憎恶的。为了说明自己观点的正确性，荀子引用了《大雅·桑柔》进行了印证："有这些善良的人，你不访求不任用；那些残忍狠心的人，你却又照顾又重用。

---

① 王运熙、顾易生，《中国文学批评通史》，上海：上海古籍出版社，1996年，第128页。
②《荀子·儒效》，见［清］王先谦，《荀子集解》（诸子集成本），北京：中华书局，1954年，第92页。

百姓一心想作乱，怎能甘愿受残害？""此之谓也"，从语气上来说，无疑是十分肯定的，在《荀子》中成为最普遍的手段，这也是荀子最典型的引《诗》格式。究其本质，实际上是《诗》处于经典地位的重要性所致。

又如《正名》篇云：

> 说行则天下正，说不行则白道而冥穷，是以圣人之辩说也。诗曰：'颙颙卬卬，如圭如璋，令闻令望。岂弟君子，四方为纲。'此之谓也。①

在这里，荀子指出，自己的学说能够实行，那么天下就能进入正道；自己的学说不能实行，那么就彰明正道，然后默默无闻地隐退。这就是圣人的辩论和解说。为了说明圣人的榜样作用，荀子引用了《大雅·卷阿》中的诗句："体貌谦恭志气高昂，品德纯洁如圭璋，名声美好威望高。和乐平易的君子，是天下人的好榜样。"以此证明圣人君子的典范作用。引《诗》之后，荀子同样用了"此之谓也"的句法，表明己论的绝对正确性。

第二种引《诗》格式虽然没有"此之谓也"的言语，但通常仍然从"宗经""征圣""明道"的角度，阐发其中的义理，通过引《诗》从而对文章的观点做进一步的补充、论证。这种情况约有10余处。

如《不苟》篇云：

> 君子崇人之德，扬人之美，非谄谀也；正义直指，举人之过，非毁疵也；言己之光美，拟于舜禹，参于天地，非夸诞也；与时屈伸，柔从若蒲苇，非慑怯也；刚强猛毅，靡所不信，非骄暴也；以义变应，知当曲直故也。诗曰："左之左之，君子宜之；右之右之，君子有之。"此言君子以义屈信变应故也。②

---

① 《荀子·正名》，见［清］王先谦，《荀子集解》（诸子集成本），北京：中华书局，1954年，第282页。

② 《荀子·不苟》，见［清］王先谦，《荀子集解》（诸子集成本），北京：中华书局，1954年，第25页。

荀子认为，君子对他人的推崇、称颂、议论、批评等，都是根据道义来应对变化，懂得能屈能伸的道理。随后引用《小雅·裳裳者华》中的诗句："向左再向左，君子能适应；向右再向右，君子也适应。"这说的就是君子能够根据道义来屈伸进退，应对变化的事情。从中可以看出，荀子在引《诗》之后，接着就阐述了所引之诗包含的义理，即君子之所以能够左右相洽、随遇而安，是以"义"来应付了其中的变化。

通过对荀子引《诗》格式的分析，我们看到其中有一点是共同的，那就是荀子的引《诗》都是为"征圣""明道"思想服务的，而"征圣""明道"的思想则是建立在"宗经"的基础上，也就是说，"征圣""明道"作为一种形而上的思想必须依附在形而下的文献前提上。于是，《诗》作为儒家的典籍，在荀子的思想中就潜在地被经典化了，《诗》最终向经学化迈出了关键的一步。荀子潜在地将《诗》经学化，对以后儒家的引《诗》、说诗产生了深刻的影响。正因为《诗》在荀子手中被经典化，故而他对《诗》的具体阐释，在后世儒家说诗中被当作不二之言。

综上所述，《荀子》32篇，引《诗》83次，不仅遍引风、雅、颂，而且还引及了"逸诗"。《荀子》引《诗》的特点是：量大面广，对同一首诗反复征引，喜引雅、颂。《荀子》引《诗》的方法灵活多变。但万变不离其宗，83处引《诗》（除个别地方所载他人引《诗》外）无不是为阐明其观点、表述其思想服务的。

第三节　荀子的诗学观念

在先秦诸子中，荀子引《诗》数量最多，对《诗》表现出特别的青睐，他在《诗》传授史上也是一位承前启后、不可或缺的人物。《史记·儒林传》谈到古代典籍传承时说："孟子、荀卿之列，咸遵夫子之业而润色之，以学显于当世。"①可见，孔子之后，儒家学术首推孟、荀，汉人已将他们并列相称。三国吴人陆玑《毛诗草木鸟兽虫鱼疏》云："孔子删诗授卜商，商为之《序》以授鲁人曾申，申授魏人李克，克授鲁人孟仲子，仲子授根牟子，根牟子授赵人荀卿，荀卿授鲁国毛亨，毛亨作《诂训传》以授赵国毛苌，时人谓亨为大毛公，苌为小毛公。"②《诗经》最早的权威注解《毛传》，乃荀卿弟子所为，东汉之后逐渐兴盛的毛诗学派，遂尊荀子为鼻祖。清皮锡瑞《经学历史》曰："惟荀卿传经之功甚巨。"③

荀子的诗学观念是受其学术思想制约和影响的，关于荀子学术思想的渊源，马积高先生认为其上承孔子、仲弓和公孙尼子，并指出："荀子对儒学传统的继承既是广泛的，又是有宗主的。如果与孟子相比，则可以说，孟子主要是继承、发挥孔子的仁学，荀子主要是继承发挥孔子的礼学；在某种意义上还可说，孟子比较接近于《礼运》中的大同理想，荀子则发展了小康思想。"④荀子提出"天行有常"的观点，从而割断了天道与社会治乱、人的善恶的关系，这明显是有得于道家；提出"性恶论"，认为人都有好利之心，从而割断了人性与天道的关系，这是从法家得到的启示（法家尚功利）；他把人性与礼义的关系限制在人有"可以知"的认识能力这一点上，从而否定了仁、义、礼、智出于天命之性的观点。故"荀子之学虽以礼义为核心而上承孔子、仲弓之学，而其堂宇则广阔得多，理论体系也严密得多，远非儒学一家一派所能限。但因其骨髓仍在隆礼义，我们仍应说属于儒家的一派。"⑤

荀子的诗学理论归纳起来主要有四条，即《诗》言其志""中声所止""国风好色、小雅居下"和"故而不切"。

---

① [汉] 司马迁，《史记》，北京：中华书局，1959年，第3116页。
② [吴] 陆玑，《毛诗草木鸟兽虫鱼疏》，台北：台湾商务印书馆，1983年，第21页。
③ [清] 皮锡瑞，《经学历史》，北京：中华书局，1959年，第55页。
④ 马积高，《荀学源流》，上海：上海古籍出版社，2000年，第166页。
⑤ 同上注，第173页。

一、《诗》言其志

《荀子·儒效》云:"圣人也者,道之管也:天下之道管是矣,百王之道一是矣。故诗书礼乐之道归是矣。《诗》言是,其志也;《书》言是,其事也;《礼》言是,其行也;《乐》言是,其和也;《春秋》言是,其微也。……天下之道毕是矣。"① 这段文字本来是承接前文论述何谓"君子"、何谓"贤人"、何谓"圣人"的,在荀子看来,圣人是道德层次最高的人,具有"井井兮其有理兮,严严兮其能敬己兮"等八条优良品质,因此堪称"道之管也",杨倞解释曰:"'管',枢要也",意谓圣人是"道"的集中体现,是"道"的具体象征。而"道"则是一个内涵相当广泛的抽象概念,可理解为儒家学派的思想体系,甚至客观世界的运行规律。荀子自己解释:"'道'也者何也? 曰:礼、让、忠、信是也。"② 在这里,"圣人"与"道"几乎等同起来了,被视为同质概念。前者以人言之,后者以学说言之。"《诗》言是,其志也"是说《诗》反映圣人的意志、思想,反映"道",侧重于情志的表现;"《书》言是,其事也"是说《尚书》侧重于事功的叙述,记载圣人的政事;"《礼》言是,其行也"是说《礼》侧重于记载圣人的行为;"《乐》言是,其和也"是说《乐》反映圣人的和谐心情;"《春秋》言是,其微也"是说《春秋》体现了圣人的微言大义。这是荀子对儒家经典著作内容倾向的概要论断,其中涉及《诗》,故称为"《诗》言其志"。

今天看来,《诗》当然不是仅言所谓圣人之志的,更多的是反映庶民之情、百姓之意,国风中的民歌就足以说明问题。所以荀子的上述观点只能看作是在特定场合下对《诗》的一种品评,并非系统研究之后的科学结论,不一定符合《诗》多数作品的客观实际。但是这个命题对于后世潜移

---

① 《荀子·儒效》,见〔清〕王先谦,《荀子集解》(诸子集成本),北京:中华书局,1954年,第84页。

② 《荀子·强国》,见〔清〕王先谦,《荀子集解》(诸子集成本),北京:中华书局,1954年,第199页。

默化的影响却相当大，极大地提高了《诗》的经典地位和儒家圣人的神圣权威，充分肯定了二者在学术文化领域的品格和价值，有其一定的积极意义。荀子还进一步阐明："学恶乎始？恶乎终？曰：其数则始乎诵经，终乎读礼；其义则始乎为士，终乎为圣人。"[①]人们学习的基本内容和方法就是"诵经"，治学的最终目的就是使自己也成为圣人，而圣人与"道"有着不可分割的关系。这样，荀子的上述思想就成为后世"宗经""征圣""明道"批评理论的基础和先声，所谓"道沿圣以垂文，圣因文而明道""论文必征于圣，窥圣必宗于经"[②]，作为传统文论而沾溉后世，流泽久远。

二、"中声所止"

荀子对《诗》的音乐风格做出了评论，其《乐论》是现存先秦时期第一篇系统音乐理论专著，是儒家诗乐观的总结。《诗》在周代是入乐的，可以演奏歌唱，这已成为古今学人的共识。荀子认为："《诗》者，中声之所止也。"[③]杨倞解释道："《诗》谓乐章。所以节声音至乎中而止，不使流淫也。"意思是说，《诗》乐章的风格是适度平和、有所节制的，没有淫靡放荡的成分。所谓"中声"，指健康的音乐旋律，是与"淫声""邪音"相对的概念。《吕氏春秋·仲夏纪》有"声出于和，和出于适"[④]的提法，可以看作是对"中声"的解释。另考季札观乐，评雅、颂"广哉，熙熙乎！"和"五声和，八风平，节有度，守有序"[⑤]等语，可知《诗》入乐后，确实

---

① 《荀子·劝学》，见［清］王先谦，《荀子集解》（诸子集成本），北京：中华书局，1954 年，第 7 页。

② 《文心雕龙·徵圣》，见黄叔琳注，《增订文心雕龙校注》（上），北京：中华书局，2000 年，第 28 页。

③ 《荀子·劝学》，见［清］王先谦，《荀子集解》（诸子集成本），北京：中华书局，1954 年，第 7 页。

④ ［战国］吕不韦，《吕氏春秋·大乐》，《吕氏春秋》（诸子集成本），北京：中华书局，1954 年，第 46 页。

⑤ 《左传·襄公二十九年》，见杨伯峻，《春秋左传注》，北京：中华书局，1981 年，第 1164 页。

有一种庄严肃穆、中正平和的风格。荀子又何以如此重视和强调《诗》乐风格呢？这与他乐政相通、寓教于乐的思想有着密切的内在关联。其《乐论》云："夫声乐之入人也深，其化人也速，故先王谨为之文。乐中平则民和而不流，乐肃庄则民齐而不乱。""故人不能不乐，乐则不能无形，形而不为道，则不能无乱。"这个"形"，指的是包括《诗》乐在内的艺术形式，这个"道"，就是正确引导之意。"先王恶其乱也，故制雅、颂之声以道之，使其声足以乐而不流，使其文足以辨而不諰，使其曲直、繁省、廉肉、节奏足以感动人之善心，使夫邪汙之气无由得接焉。"这说明，音乐和民风、和政治教化密切相关，是统治阶级移风易俗、进行道德宣传、感染老百姓品性行为的重要工具。好的音乐可以激发人之善心，敦厚社会风俗；坏的音乐诱导"邪污"，败坏风气。因此荀子积极推崇健康向上的《诗》乐，尤其是雅颂之乐，对它们做出高度评价，所谓"听其雅颂之声，而志意得广焉""容貌得庄焉""行列得正焉，进退得齐焉"，雅颂之声可以使人们的精神面貌和行为态度得到正确引导和重大改变。

此外，荀子还对风、雅、颂做了自己的评价和理解，他在《儒效》篇中说："故风之所以为不逐者，取是以节之也；小雅之所以为小雅者，取是而文之也；大雅之所以为大雅者，取是而光之也；颂之所以为至者，取是而通之也。"荀子认为，国风之所以是不流于放荡的作品，是因为用圣人的思想去节制了它；小雅之所以称为小雅，是因为用圣人的思想去润饰了它；大雅之所以称为大雅，是因为用圣人的思想去发扬光大了它；颂之所以称为至高无上的作品，是因为用圣人的思想去贯通了它。这反映出荀子的音乐观、诗学观是其"宗经""征圣"思想影响下的产物。

荀子"中声所止"的《诗》说命题，在古代文学批评史上具有新的理论意义，它揭示了《诗》的入乐性质和风格，认可其乐章的合理性，强调它具有感奋人心的重大社会功能，对于后人全面认识《诗》的价值具有启发作用。

三、"国风好色、小雅居下"

"国风好色，小雅居下"是荀子对于这两类诗歌思想内容的基本倾向所做出的正面论断。《荀子·大略》篇云："国风之好色也，传曰：'盈其欲而不愆其止。其诚可比于金石，其声可内于宗庙。'小雅不以于污上，自引而居下，疾今之政，以思往者，其言有文焉，其声有哀焉。"① 所谓"国风好色"，是指《诗》十五国风多情歌，多有抒发男女相思、表达彼此恋慕的作品。正如朱熹对风诗的解释："凡诗之所谓风者，多出于里巷歌谣之作，所谓男女相与咏歌，各言其情者也。"② 荀子对此类作品是予以认可的："（国风中的恋歌）满足人们的情欲而又不使人们的行为越轨。它歌颂男女之间爱情的忠贞不渝，可以跟坚固的金属、玉石相比。"可见，荀子赞赏国风诗所反映的情出于"诚"，其行出于正而不"愆"，所以他认为其乐章可以在庄严的宗庙里演奏，并非淫邪放荡之作。荀子对国风持这样一种观点和态度，是因为在他看来，国风之作虽"好色"，但能"以道制欲"③，不致蛊惑人的心志。应该说，这是荀子对《诗》民歌风情的首肯，是一种难能可贵的态度。至于小雅，荀子认为，其作者不为腐朽无道的君主所用，自动引退而甘居下位，他们痛恨当时腐败的政治，怀念美好的过去，所以所创作的诗歌，基本为怨愤之作，大抵抒写的是人子、人臣、人仆遭遇坎坷，所受不公，蒙受冤屈，心怀不满；虽然诗人卑以自牧，歌以自悯，但还是能够把握自己的情感和注意上下有别的礼义，不会肆意诬诟居上位者。小雅的言辞很有文采，其音乐则表达了哀怨的感情。如《小弁》诗，虽遭父放逐，其辞犹言："维桑与梓，必恭敬止。靡瞻匪父，靡依匪母"，意思是"我见到了桑树和梓树，引起了我对父母的怀念，于是便恭恭敬敬

---

① 《荀子·大略》，见［清］王先谦，《荀子集解》（诸子集成本），北京：中华书局，1954年，第336页。

② ［宋］朱熹，《朱子全书·诗集传》，上海：上海古籍出版社，2002年，第351页。

③ 《荀子·乐论》，见［清］王先谦，《荀子集解》（诸子集成本），北京：中华书局，1954年，第254页。

地对着它们。我尊敬的是自己的父亲，我依恋的是自己的母亲"。的确表现出自甘居下的思想风格。

荀子这种"国风好色，小雅居下"的看法，导源于孔子"思无邪"和"乐而不淫，哀而不伤"的观点，此后则导致汉儒对风雅诗歌不同思想倾向的认定，出现了"国风好色而不淫，小雅怨诽而不乱"[①]和"发乎情，止乎礼义"[②]等著名论断，可以说，这是荀子对于诗经学早期理论的贡献之一。

四、"故而不切"

荀子还站在读者接受立场提出了"故而不切"说。其《劝学》篇云："学莫便乎近其人。《礼》《乐》法而不说，《诗》《书》故而不切，春秋约而不速。方其人之习君子之说，则尊以遍矣，周于世矣。故曰：学莫便乎近其人。"[③]意谓治学最有效的途径是接近贤师硕儒，向他们求教，而不能只信赖文献典籍闭门独学。因为古代典籍尽管含有丰富良好的教益，却存在较大局限性，即时过境迁、时移事异，其所记载的人物事件、制度风俗与当今社会相去甚远，并不一定切近现实生活（"故而不切"）。若一味以《诗》《书》之是非为准绳，墨守泥滞而不知权变，则"末世穷年，不免为陋儒而已"[④]。又曰："不道礼宪，以《诗》《书》为之，譬之犹以指测河也，以戈春黍也，以锥餐壶也，不可以得之矣。"[⑤]不遵守礼法，只是依照《诗》《书》来做事，就好像用手指去测量河水的深度，用长戈去春捣黄米，用锥子代替筷子到饭盒中夹菜一样，是不可能达到目的的。在这里，荀子表

---

① ［汉］司马迁，《史记·屈原列传》，北京：中华书局，1959年，第2482页。
② 李学勤主编，《毛诗正义·诗大序》，《十三经注疏》，北京：北京大学出版社，2000年，第18页。
③《荀子·劝学》，见［清］王先谦，《荀子集解》（诸子集成本），北京：中华书局，1954年，第8页。
④ 同上注，第9页。
⑤ 同上注，第10页。

现出较为开通的现实功利意识，他并没有贵古贱今，把自己所推崇的儒家经典神圣化、教条化，而是能够以批判的眼光客观评价它们的利与弊，告诫后学不要死读书而应注重实践效果，注重现实社会礼仪法度知识的学习和运用，甚至还提出过"隆礼义而杀《诗》《书》"①（推崇礼义而贬低《诗》《书》）的口号。这样的认识，本质上已触及学与行、文艺与政治的相互关系，而且与他"法后王"的思想相一致，在当时来讲是具有革新意义的。

"孔子之后，孟荀并称，但是从文学批评讲，荀子要比孟子更为重要""荀子奠定了传统的文学观"②。如果说孔子是"长者"说诗，以教育家身份宣传《诗》的伦理道德内容；孟子是"辩者"说诗，以政治家立场发挥《诗》的社会现实功用；那么荀子则是"学者"说诗，以哲学家眼光阐述《诗》的历史文化价值③。

---

① 《荀子·儒效》，见［清］王先谦，《荀子集解》（诸子集成本），北京：中华书局，1954年，第88页。

② 郭绍虞，《中国文学批评史》，上海：上海古籍出版社，1979年，第18页。

③ 袁长江，《孔子孟子荀子说诗之比较》，《文史知识》，1995年第1期。

第八章
《礼记》引《诗》考论

　　《礼记》是儒家的重要经典之一，其成书时间跨度较长，历经战国秦汉之际以至汉初。《礼记》的内容十分博杂，涉及政治、伦理、文化、教育、哲学等，大致可分为三个方面：一是诠释《仪礼》和考证古礼，这些礼仪制度是此后儒家文化中的生活习俗的源头；二是孔门弟子的言行杂事，在一定程度上反映了儒家的"礼"的生活实践；三是对"礼"的理论性论述。"礼治"构成了《礼记》的思想核心。在《礼记》中，著者引《诗》100 余处，《诗》被作为儒家阐述、论证其礼治思想的理论依据频繁引用，其数量在先秦儒家典籍中堪称第一。

第一节　《礼记》引《诗》概况

　　《礼记》一书引《诗》情况见下表：

表35：《礼记》引《诗》一览表

《礼记》篇目	风	大雅	小雅	颂	逸诗	次数
《檀弓下》	邶风《谷风》					1
《礼运》	鄘风《相鼠》					1
《礼器》		《文王有声》				1
《大传》				周颂《清庙》		1
《乐记》		《皇矣》《板》		周颂《有瞽》		3
《祭义》		《文王有声》	《小宛》			2
《经解》	曹风《鸤鸠》					1
《孔子闲居》	邶风《柏舟》邶风《谷风》	《泂酌》《崧高》《江汉》		周颂《昊天有成命》商颂《长发》		7
《坊记》	邶风《燕燕》卫风《氓》邶风《谷风》齐风《南山》	《桑柔》《板》《文王有声》《既醉》2	《角弓》2《楚茨》《大田》		1	14
《中庸》	豳风《伐柯》卫风《硕人》	《旱麓》《抑》2《假乐》《烝民》2《皇矣》《文王》	《常棣》《正月》	周颂《维天之命》《振鹭》《烈文》商颂《烈祖》		16
《表记》	邶风《谷风》曹风《候人》曹风《蜉蝣》卫风《氓》鄘风《鹑之奔奔》	《抑》2《文王有声》《烝民》《旱麓》《大明》《泂酌》《生民》	《车舝》《何人斯》《小明》《隰桑》《巧言》			18

《礼记》篇目	风	大雅	小雅	颂	逸诗	次数
《缁衣》	郑风《缁衣》 曹风《鸤鸠》2 周南《关雎》 周南《葛覃》	《文王》2 《下武》 《抑》4 《板》 《既醉》	《巷伯》 《节南山》2 《都人士》 《小明》 《巧言》 《正月》 《鹿鸣》 《车攻》 《小旻》			24
《大学》	卫风《淇奥》 周南《桃夭》 曹风《鸤鸠》	《文王》3	《緜蛮》 《蓼萧》 《南山有台》 《节南山》	周颂《烈文》 商颂《玄鸟》		12
《射义》			《宾之初筵》		《狸首》	2
《聘义》	秦风《小戎》					1
						104

（注：篇目后的数字表示被引用的次数。）

从表中可以看出，《礼记》中的 15 篇引《诗》共计 104 次，涉及今《诗经》篇目 64 篇，其中引用风诗 18 篇 25 次，周南、邶风、鄘风、曹风、卫风各 3 篇，齐风、豳风、郑风、秦风各 1 篇，被引用诗句次数最多的是邶风《谷风》和曹风《鸤鸠》，各 4 次，其次是卫风《氓》2 次。引用雅诗 37 篇 67 次，大雅 16 篇 40 次，被引用诗句次数最多的是《抑》8 次，其次是《文王》6 次，《文王有声》4 次，《板》《既醉》《烝民》各 3 次，《皇矣》《泂酌》《旱麓》各 2 次。小雅 21 篇 27 次，被引用诗句次数最多的是《节南山》3 次，其次是《角弓》《正月》《小明》《巧言》各 2 次。引用颂诗 9 篇 10 次，周颂 6 篇，商颂 3 篇，被引用诗句次数最多的是周颂《烈文》2 次。引用逸诗 2 次。

《礼记》引《诗》的 15 篇目中，引《诗》次数最多的是《缁衣》24 次，其次是《表记》18 次，再次是《中庸》16 次，《坊记》14 次。

第二节 《礼记》引《诗》分类

一、《礼记》所引风诗

《礼记》引风诗 18 篇，涉及周南、邶风、鄘风、曹风、卫风、齐风、豳风、郑风、秦风，被引用诗句次数最多的是邶风《谷风》和曹风《鸤鸠》，其次是卫风《氓》，下面就以周南、邶风、曹风为例，具体分析这些风诗在《礼记》中的引用情况。

1. 周南

《礼记》引《诗》属于周南中的诗篇是《关雎》《葛覃》和《桃夭》3 篇，《缁衣》篇云：

> 子曰："唯君子能好其正，小人毒其正。故君子之朋友有乡，其恶有方。是故迩者不惑，而远者不疑也。诗云：'君子好仇。'"

> 子曰："苟有车，必见其轼。苟有衣，必见其敝。人苟或言之，必闻其声；苟或行之，必见其成。《葛覃》曰：'服之无射。'"①

儒家认为《关雎》的主旨是："后妃之德也……是以《关雎》乐得淑女以配君子，忧在进贤不淫其色，哀窈窕，思贤才，而无伤善之心焉。是《关雎》之义也。"②但根据诗作的内容，这是一首青年男子追求恋人的诗。儒家托孔子之口，论述唯有君子能够喜好正直、正派，而小人憎恨正直、正派。所以君子交的朋友有同样的志向，他所厌恶的也有一定的原则。因此，接近他的人对他无所迷惑，而远离他的人也不生怀疑。正如《诗》中

---

① 《礼记·缁衣》，见王文锦，《礼记译解》（下），北京：中华书局，2001 年，第 834—835 页。
② 李学勤主编，《毛诗正义》，《十三经注疏》，北京：北京大学出版社，2000 年，第 24 页。

所说："君子喜好品德相当的朋友。"可见在这里，诗本义"（那个漂亮的姑娘）是君子的好配偶"被引申为"君子交友的对象"，引诗义与诗本义不符合。

关于《葛覃》的主旨，一种说法是："后妃之本也。后妃在父母家，则志在于女功之事，躬俭节用，服浣濯之衣，尊敬师傅，则可以归安父母，化天下以妇道也。"① 另一种说法是方玉润《诗经原始》："盖此亦采之民间，与《关雎》同为房中乐，前咏初婚，此赋归宁耳。"② 根据诗中的描写，应属于"归宁"说，女子在采制葛衣的时候生发了与父母团聚的希望，准备回娘家，"服之无射"的意思是粗布细布制成新装，穿在身上不厌弃，实际上暗示不忘父母之情。在《缁衣》中，儒家论述如果有车，必定能看到车前的横木；如果有衣服，必定会看到被穿破的情形；如果有人说话，必定能听到声音；如果认真做事，必定会见成效，就像《诗》中说的"君子穿葛制的衣服也不厌倦"，显然，与诗本义不同。

《大学》篇云：

> 是故君子有诸己而后求诸人，无诸己而后非诸人。所藏乎身不恕，而能喻诸人者，未之有也。故治国在齐其家。诗云："桃之夭夭，其叶蓁蓁。之子于归，宜其家人。"宜其家人，而后可以教国人。③

《毛诗序》认为《桃夭》一诗的主旨是："后妃之所致也。不妒忌，则男女以正，婚姻以时，国无鳏民也。"④ 方玉润《诗经原始》则曰："《桃夭》不过取其色以喻'之子'，且春华初茂，即芳龄正盛时耳，故以为比。"⑤ 根据该诗的内容可以判断，这本是写新嫁娘的诗，用美艳的桃花比喻女子的容貌，这个女子嫁出去，和顺对待全家人。《礼记》此处引用，是儒家为了

---

① 李学勤主编，《毛诗正义》，《十三经注疏》，北京：北京大学出版社，2000 年，第 36 页。
② ［清］方玉润，《诗经原始》，北京：中华书局，1986 年，第 76 页。
③ 《礼记·大学》，见王文锦，《礼记译解》（下），北京：中华书局，2001 年，第 901 页。
④ 李学勤主编，《毛诗正义》，《十三经注疏》，北京：北京大学出版社，2000 年，第 54 页。
⑤ ［清］方玉润，《诗经原始》，北京：中华书局，1986 年，第 82 页。

论证"所谓治国必先齐其家者，其家不可教而能教人者，无之"的观点，引诗义是国君只有使家庭和睦，才能教育一国人，与诗本义不符。

2. 邶风

《礼记》引邶风诗句涉及最多的篇目是《谷风》《檀弓下》和《孔子闲居》引用的是《谷风》中的同一句诗：

> 阳门之介夫死，司城子罕入而哭之哀。晋人之觇宋者，反报于晋侯曰："阳门之介夫死，而子罕哭之哀，而民说，殆不可伐也。"孔子闻之曰："善哉觇国乎！诗云：'凡民有丧，扶服救之。'虽微晋而已，天下其孰能当之！"①

> 孔子曰："无声之乐，无体之礼，无服之丧，此之谓'三无'。"子夏曰："'三无'既得略而闻之矣，敢问何诗近之？"孔子曰："……'凡民有丧，匍匐救之'，无服之丧也。"②

《谷风》的主旨是："刺夫妇失道也。卫人化其上，淫于新婚而弃其旧室，夫妇离绝，国俗伤败焉。"③这是一首写弃妇诉苦的诗，"凡民有丧，扶服救之"的意思是陈述自己辛劳持家，即使对于邻居家遇到的灾难，也能够积极去救助，但最终还是被抛弃。此处引《诗》，都是为了论证统治者应该对民众施恩，才能让民众心服，引诗义是"百姓有了死丧之事，就应该哀恸惶急地去料理"，与诗本义不同。这和《孔子闲居》另一处引用："'威仪逮逮，不可选也'，无体之礼也"④用法是一样的。这句诗出自《柏舟》，写的是一位弃妇自伤不得于夫，见侮于众妾。诗句的本义是描写自己仪容娴静、品行端正，表明了决不退让、任人欺侮的决心。但引诗义却是"（国君）应该具有威严而又安和的神态，（民众就会跟着效法）"，可见也是断

---

① 《礼记·檀弓下》，见王文锦，《礼记译解》（上），北京：中华书局，2001年，第153页。

② 《礼记·孔子闲居》，见王文锦，《礼记译解》（下），北京：中华书局，2001年，第750页。

③ 李学勤主编，《毛诗正义》，《十三经注疏》，北京：北京大学出版社，2000年，第171页。

④ 《礼记·孔子闲居》，见王文锦，《礼记译解》（下），北京：中华书局，2001年，第750页。

章取义、为我所用的引《诗》。

再如《表记》篇云：

> 子言之："仁有数，义有长短小大。中心憯怛，爱人之仁也：率法
> 而强之，资仁者也。……《国风》曰：'我今不阅，皇恤我后。'终身
> 之仁也。"①

在这里，儒家主要对"仁"进行了论述，并引《谷风》诗句说明何谓"终身之仁"，即"自身今天尚且不能见容，哪有工夫忧虑以后"。而"我今不阅，皇恤我后"的本义是弃妇陈述自己不见容于丈夫，更何况是自己的后代呢（丈夫更容不下了），引诗义与诗本义不合。

3. 曹风

《礼记》中虽然只引用了曹风中的一首即《鸤鸠》，可是引用频率却高达4次，值得我们关注。《经解》篇云：

> 天子者，与天地参，故德配天地，兼利万物，与日月并明，明照
> 四海而不遗微小。其在朝廷，则道仁圣礼义之序；燕处，则听雅颂之
> 音；行步，则有环佩之声；升车，则有鸾和之音。居处有礼，进退有
> 度，百官得其宜，万事得其序。诗云："淑人君子，其仪不忒。其仪不
> 忒，正是四国。"此之谓也。②

《鸤鸠》的主旨是："刺不壹也。在位无君子，用心之不壹也。"③根据诗作的内容，这首诗讽刺在位无贤人，并对自己理想中的君子贤人形象进行了描述。"淑人君子，其仪不忒。其仪不忒，正是四国"的本义是"执义如一，无疑贰之心""执义不疑，则可为四国之长"。④可见，"仪"是"义"的意思。《经解》这段话主要论述天子居处有一定的礼节，进退有一定的法度，所任百官各得其宜，所做万事各得其序，并引诗为证："善人君子，

---

① 《礼记·表记》，见王文锦，《礼记译解》（下），北京：中华书局，2001年，第806页。

② 《礼记·经解》，见王文锦，《礼记译解》（下），北京：中华书局，2001年，第728页。

③ 李学勤主编，《毛诗正义》，《十三经注疏》，北京：北京大学出版社，2000年，第557页。

④ 同上注，第560—561页。

仪态没有差错。仪态没有差错，正确领导四方各国。"根据上下文之意，引诗者在这里把"仪"释为"仪态、威仪"，与诗本义不符。再如《缁衣》篇云：

> 子曰："为上可望而知也，为下可述而志也，则君不疑于其臣，而臣不惑于其君矣。《尹（吉）［告］》曰：'惟尹躬暨汤，咸有壹德。'诗云：'淑人君子，其仪不忒。'"①

> 子曰："言有物而行有格也，是以生则不可夺志，死则不可夺名。故君子多闻，质而守之；多志，质而亲之；精知，略而行之。《君陈》曰：'出入自尔师虞，庶言同。'诗云：'淑人君子，其仪一也。'"②

第一段话主要论述在上位的人不隐瞒自己的情感，望见他的容貌就可以知道他的心态；在下位的人率诚奉上，循其言貌可以认识他的内心，这样国君就不会猜忌臣子，臣子也不会不了解国君了，正如《诗》中所说："君子的仪容没有差错。"引诗义与诗本义有出入。第二段话论述的是君子应该多听往事，选择主要的而牢守不失；要多结识人才，选择主要的而加以亲近；知识要博大精深，择取要略而付诸行动，并引《诗》说："善人君子，他们的仪度纯一。""淑人君子，其仪一也"本为"淑人君子，其仪一兮"，义为"善人君子，其执义当如一也"。③ 所以，引诗义与诗本义不符合。还有《大学》篇云：

> 故治国在齐其家。……诗云："其仪不忒，正是四国。"其为父子兄弟足法，而后民法之也。此谓治国在齐其家。④

这段话论证国君要治理好国家，首先应该治理好自己的家庭，并引《诗》说："君子言行礼仪没有差错，可以作为各国的表率。"同样，"仪"被用为"仪容"之意。引诗义与诗本义不合。

---

① 《礼记·缁衣》，见王文锦，《礼记译解》（下），北京：中华书局，2001年，第828页。
② 同上注，第834页。
③ 李学勤主编，《毛诗正义》，《十三经注疏》，北京：北京大学出版社，2000年，第557页。
④ 《礼记·大学》，见王文锦，《礼记译解》（下），北京：中华书局，2001年，第902页。

二、《礼记》所引雅诗

《礼记》引雅诗 37 篇，其中大雅 16 篇，小雅 21 篇，引用次数最多的是大雅《抑》8 次，其次是《文王》6 次，《文王有声》4 次。小雅中引用最多的是《节南山》3 次。下面就以这几篇为例，具体分析《礼记》对雅诗的引用。

1.《抑》

《抑》诗诗句在《礼记》中出现了 8 次之多，可见儒家对《抑》诗引用的热衷程度。其具体情况如下：

《中庸》篇云：

> 子曰："鬼神之为德，其盛矣乎！视之而弗见，听之而弗闻，体物而不可遗。使天下之人齐明盛服，以承祭祀，洋洋乎如在其上，如在其左右。诗曰：'神之格思，不可度思！矧可射思！'夫微之显，诚之不可掩如此夫。"①

> 诗云："相在尔室，尚不愧于屋漏。"故君子不动而敬，不言而信。②

《抑》诗的主旨是："卫武公刺厉王，亦以自警也。"③"神之格思，不可度思！矧可射思"的本义是"神之来至去止，不可度知，况可于祭末而有厌倦乎"。④《中庸》第一段话论说鬼神所表现的功德是盛大恢宏的，人们看不到它，听不到它，但它的功德体现在万物上而无所遗漏，鬼神仿佛漂浮在人们的上空，又仿佛就在人们的左右，正如《诗》中所描写的："鬼神的事情本来就是虚无隐约的，但又是那样明显地体现出来，所以不能有厌倦之心。"这里的引诗义是为了证明神明来去难预测，不知何时就会忽然降临，因此不可以怀有厌倦之心，引诗义与诗本义是相合的。"相在尔室，

---

① 《礼记·中庸》，见王文锦，《礼记译解》（下），北京：中华书局，2001 年，第 780 页。

② 同上注，第 799 页。

③ 李学勤主编，《毛诗正义》，《十三经注疏》，北京：北京大学出版社，2000 年，第 1365 页。

④ 同上注，第 1375 页。

尚不愧于屋漏"的本义是"诸侯卿大夫助祭在女宗庙之室，尚无肃敬之心，不惭愧于屋漏（注：西北隅谓之屋漏）。"①第二段话引《诗》论述君子未曾举动就得到人们的崇敬，没有发言就得到人们信任的原因，其引诗义是一个人（君子）独处室内，做事无愧于神明，与诗本义是相符的。

《表记》篇云：

> 子曰："以德报德，则民有所劝；以怨报怨，则民有所惩。诗曰：'无言不仇，无德不报。'《大甲》曰：'民非后，无能胥以宁。后非民，无以辟四方。'"②

> 子曰："恭近礼，俭近仁，信近情，敬让以行，此虽有过，其不甚矣。夫恭寡过，情可信，俭易容也，以此失之者，不亦鲜乎？诗云：'温温恭人，惟德之基。'"③

第一段话论述以德报德，民众就有所勉励，以怨报怨，民众就会有所警戒，并引诗为证："没有得不到酬答的语言，没有得不到回报的恩德。"第二段话论述恭敬接近礼，省俭接近仁，诚信接近人情，恭敬谦让地去做事，即使有过错，也不会很严重。能够恭敬就会少犯错误，能有人情就可以使人信赖，能够省俭就容易被人接纳，像这样去做的话，犯过失不就很少了吗？就如《诗》中所说的："君子容貌、态度温柔和顺，举动恭恭敬敬，这才是道德的基础。""无言不仇，无德不报"的本义是"德加于民，民则以义报之"④，"温温恭人，惟德之基"的本义是"宽柔之人温温然，则能为德之基止"⑤，这两处引诗义与诗本义都是相合的。

《缁衣》篇云：

> 子曰："上好仁，则下之为仁争先人。故长民者章志、贞教、尊

---

① 李学勤主编，《毛诗正义》，《十三经注疏》，北京：北京大学出版社，2000年，第1374页。
②《礼记·表记》，见王文锦，《礼记译解》（下），北京：中华书局，2001年，第804页。
③ 同上注，第808页。
④ 李学勤主编，《毛诗正义》，《十三经注疏》，北京：北京大学出版社，2000年，第1373页。
⑤ 同上注，第1379页。

仁，以子爱百姓；民致行己，以说其上矣。诗云：'有梏德行，四国顺之。'"

子曰："王言如丝，其出如纶。王言如纶，其出如綍。故大人不倡游言。可言也，不可行，君子弗言也。可行也，不可言，君子弗行也。则民言不危行，而行不危言矣。诗云：'淑慎尔止，不愆于仪。'"

子曰："君子道人以言，而禁人以行。故言必虑其所终，而行必稽其所敝，则民谨于言而慎于行。诗云：'慎尔出话，敬尔威仪。'"①

子曰："言从而行之，则言不可饰也。行从而言之，则行不可饰也。故君子寡言而行，以成其信，则民不得大其美而小其恶。诗云：'白圭之玷，尚可磨也。斯言之玷，不可为也。'……"②

《缁衣》一篇之中4次引《抑》诗诗句，第一段话论证上行下效，在上位的人尊崇仁道，民众就会尽心竭力地行仁道，正像诗句说的："只要有正直的德行，四方的民众都会归顺。"第二段话论述君主说话要谨慎，并引诗为证："好好慎重你的容止，不要触犯礼仪犯过失。"第三段话阐述君王说话前必须考虑后果，行动前必须考察它的弊端，《诗》中早就告诫我们："小心你的出言吐语，敬谨你的威严仪表。"第四段话指出君子不应多说话，而应用实际行动来成就自己的诚信，《诗》中说："白圭上面有缺损，还可以将它磨平，言语上的污点就无法可想了。""有梏德行，四国顺之"本为"有觉德行，四国顺之"，其义是"有大德行，则天下顺从其政"③，"淑慎尔止，不愆于仪"的本义是"当善慎女之容止，不可过差于威仪"④，"慎尔出话，敬尔威仪"的本义是"当谨慎尔王所出之教令，又当恭敬尔在朝之威仪"⑤，"白圭之玷，尚可磨也。斯言之玷，不可为也"的本义

① 《礼记·缁衣》，见王文锦，《礼记译解》（下），北京：中华书局，2001年，第826—827页。
② 同上注，第836页。
③ 李学勤主编，《毛诗正义》，《十三经注疏》，北京：北京大学出版社，2000年，第1367页。
④ 同上注，第1377页。
⑤ 同上注，第1371页。

是"白玉为圭，圭有损缺，犹尚可更磨鑢而平，若此政教言语之有缺失，则遂往而不可改"①，可见这四处引《诗》，引诗义与诗本义都是基本相合的。

2.《文王》

《礼记》引《文王》诗句6次，分别见于《中庸》《缁衣》和《大学》篇。

《中庸》篇云：

> 子曰："声色之于以化民，末也。"诗曰："德辅如毛。"毛犹有伦。"上天之载，无声无臭"，至矣！②

这段话论述用厉声厉色去教化民众，这是末等的方法，应该像《诗》中说的那样"上天化育万物的道理，无声无味"，这才是对大德的最确切的描述。《文王》一诗的主旨是"文王受命作周也"③，即主要是追述文王建立周朝的事迹，"上天之载，无声无臭"的本义是"上天所为之事，无声音，无臭味，人耳不闻其音声，鼻不闻其香臭，其事冥寞，欲效无由"。④在这里，引诗义与诗本义一致。

《缁衣》篇云：

> 子曰："好贤如《缁衣》，恶恶如《巷伯》，则爵不渎而民作愿，刑不试而民咸服。大雅曰：'仪刑文王，万国作孚。'"⑤
>
> 子曰："君子道人以言，而禁人以行。故言必虑其所终，而行必稽其所敝，则民谨于言而慎于行。……大雅曰：'穆穆文王，於缉熙敬止！'"⑥

第一段话论述如果能够喜爱贤德的人像《缁衣》诗所讲的那样，厌恶坏人

---

① 李学勤主编，《毛诗正义》，《十三经注疏》，北京：北京大学出版社，2000年，第1371页。
② 《礼记·中庸》，见王文锦，《礼记译解》（下），北京：中华书局，2001年，第799页。
③ 李学勤主编，《毛诗正义》，《十三经注疏》，北京：北京大学出版社，2000年，第1114页。
④ 同上注，第1131页。
⑤ 《礼记·缁衣》，见王文锦，《礼记译解》（下），北京：中华书局，2001年，第824页。
⑥ 同上注，第827页。

像《巷伯》诗所讲的那样，那么爵位就不会滥赏，民众就诚实谨慎，不必使用刑罚也会服从，正像《诗》中所说"效法文王，每个国家都会信任你、归顺你"。第二段话是论证君子应该谨慎自己的言行，就像《诗》中所描绘的那样："端庄肃穆的文王，不断地走向光明，敬慎自己所处的地位。""仪刑文王，万国作孚"本为"仪刑文王，万邦作孚"，其义是"仪法文王之事，则天下咸信而顺之"①，"穆穆文王，於缉熙敬止"的本义是"穆穆乎文王，有天子之容。於美乎！又能敬其光明之德"②，引诗义与诗本义都是相符的。

《大学》篇云：

> 诗曰："周虽旧邦，其命维新。"是故君子无所不用其极。……诗云："穆穆文王，於缉熙敬止！"为人君，止于仁；为人臣，止于敬；为人子，止于孝；为人父，止于慈；与国人交，止于信。③

> 诗云："殷之未丧师，克配上帝。仪监于殷，峻命不易。"道得众则得国，失众则失国。④

第一段话论证君子应该不断自新，《诗》中说："周朝虽然是一个旧的邦国，但它接受天命，气象一新"，所以为了除旧更新，君子要用尽一切有效的办法。《诗》中描写的文王是："端庄肃穆，不断地走向光明，敬慎自己所处的地位"，所以做人君的也要像他一样，居心于仁爱；做人臣的要居心于恭敬；做人子的要居心于孝顺；做人父的要居心于慈爱；和国人交往要居心于诚信。第二段话引《诗》说："殷商没有丧失民心的时候，也能够德配上帝。应该把殷商作为借鉴，获得天命是很不容易的"，以此来证明得到民众的拥护，就能获得国家，失去民众的拥护，就会丧失国家。"周虽

---

① 李学勤主编，《毛诗正义》，《十三经注疏》，北京：北京大学出版社，2000 年，第 1131 页。
② 同上注，第 1126 页。
③《礼记·大学》，见王文锦，《礼记译解》（下），北京：中华书局，2001 年，第 898 页。
④ 同上注，第 903 页。

旧邦，其命维新"的本义是"大王肇来胥宇而国于周，王迹起矣，而未有天命。至文王而受命。言新者，美之也"①，"殷之未丧师，克配上帝。仪监于殷，峻命不易"的本义是"殷自纣父之前，未丧天下之时，皆能配天而行，故不亡也。宜以殷王贤愚为镜。天之大命，不可改易"②。可见，文中的引诗义与诗本义也是相符的。

3.《文王有声》

《礼记》共引《文王有声》诗句4次：

《礼器》篇云：

> 礼，时为大，顺次之，体次之，宜次之，称次之。尧授舜，舜授禹，汤放桀，武王伐纣，时也。诗云："匪革其犹，聿追来孝。"天地之祭，宗庙之事，父子之道，君臣之义，伦也。③

这段话论述制定礼，最重要的是注意时代特点，其次是注意顺乎人伦，再次是分辨祭祀的主体，另外是注意事理之所宜，还有是注意用物要和礼的档次、人的身份相称。《诗》中说："不要急着施行自己的谋略，而是要追承先祖的功业来表达孝心。"意思是时势使然，不得不如此。《文王有声》的主旨是："继伐也。武王能广文王之声，卒其伐功也。"④"匪革其犹，聿追来孝"本为"匪棘其欲，遹追来孝"，其意思是："非以急从己之欲而广此都邑，乃述追王季勤孝之行，思进其业故耳。"⑤引诗义与诗本义相合。

《祭义》篇云：

> 曾子曰："夫孝，置之而塞乎天地，(溥)[敷]之而横乎四海，施诸后世而无朝夕，推而放诸东海而准，推而放诸西海而准，推而放诸南海而准，推而放诸北海而准。诗云：'自西自东，自南自北，无思不

---

① 李学勤主编，《毛诗正义》，《十三经注疏》，北京：北京大学出版社，2000年，第1121页。
② 同上注，第1130页。
③《礼记·礼器》，见王文锦，《礼记译解》(上)，北京：中华书局，2001年，第311页。
④ 李学勤主编，《毛诗正义》，《十三经注疏》，北京：北京大学出版社，2000年，第1232页。
⑤ 同上注，第1234页。

服。'此之谓也。"①

这一段论述孝道放之四海皆准，正如《诗》所谓的"从西往东，从南到北，没有不遵从的"。"自西自东，自南自北，无思不服"的本义是"武王于镐京行辟雍之礼，自四方来观者，皆感化其德，心无不归服者"②。所谓的"辟雍之礼"，即"谓养老以教孝悌也"③，所以引诗义与诗本义相同。

《坊记》篇云：

> 子云："'善则称人，过则称己，则民让善。诗云：'考卜惟王，度是镐京。惟龟正之，武王成之。'"④

这段话在论述推功善让时引用《文王有声》中的诗句，意思是"武王向神问卜，谋划定居镐京；神龟将它卜定，武王将它筑成"。意在用"归美于君"证明应该"归美于他人"。"考卜惟王，度是镐京。惟龟正之，武王成之"的本义是"武王卜居是镐京之地，龟则正之，谓得吉兆，武王遂居之。修三后之德，以伐纣定天下，成龟兆之占，功莫大于此"⑤，显然，这里引用该诗句作为论证的依据显得有些牵强。

《表记》篇云：

> 子言之："仁有数，义有长短小大。中心憯怛，爱人之仁也；率法而强之，资仁者也。诗云：'丰水有芑，武王岂不仕，诒厥孙谋，以燕翼子，武王烝哉？'数世之仁也。"⑥

这一段论述仁有程度高低，义有长短大小。发自内心的悲痛，这是爱人的仁。依循善法而强力推行，这是取仁为手段的仁。《诗》中说："丰水中生有芑菜，武王难道无事可做？他留给子孙良谋善策，帮助他们得到安乐，

---

① 《礼记·祭义》，见王文锦，《礼记译解》（下），北京：中华书局，2001年，第695页。

② 李学勤主编，《毛诗正义》，《十三经注疏》，北京：北京大学出版社，2000年，第1236页。

③ 同上。

④ 《礼记·坊记》，见王文锦，《礼记译解》（下），北京：中华书局，2001年，第760页。

⑤ 李学勤主编，《毛诗正义》，《十三经注疏》，北京：北京大学出版社，2000年，第1237页。

⑥ 《礼记·表记》，见王文锦，《礼记译解》（下），北京：中华书局，2001年，第806页。

真是个英明的君王啊"，这说的就是惠及几代的仁。"丰水有芑，武王岂不仕，诒厥孙谋，以燕翼子，武王烝哉"的本义是"丰水之傍有芑菜，丰水是无情之物，犹以润泽而生菜为己事，况武王岂不以功业为事乎？言实以功业为事，思得泽及后人，故遗传其所以顺天下之谋，以安敬事之子孙。言武王能传顺天下，功被来世，后人敬其事者，则得行之乃安。是武王之道，令得长世，武王诚得为人君之道哉"①，引诗义与诗本义基本相符。

4.《节南山》

《礼记》引《节南山》诗句 3 次，是小雅中被引用最多的一篇。

《缁衣》篇云：

> 子曰："禹立三年，百姓以仁遂焉，岂必尽仁？诗云：'赫赫师尹，民具尔瞻。'"

> 子曰："民以君为心，君以民为体。心庄则体舒，心肃则容敬。心好之，身必安之。君好之，民必欲之。心以体全，亦以体伤；君以民存，亦以民亡。诗云：'昔吾有先正，其言明且清。国家以宁，都邑以成，庶民以生。谁能秉国成？不自为正，卒劳百姓。'"②

第一段话论述百姓原本并非都是仁人，主要是在上位的人有善行，所以感化了民众，人民都在看着统治者的言行，如《诗》中说的："地位显赫的尹太师，民众都在注视你。"第二段话论述君民关系，民众把国君当作心，国君把民众当作身体。心情庄重就会身体舒适，心情严肃就会容止恭敬。心里爱好什么，身体必定能习惯它们。国君爱好的，民众必定也想得到它。心固然因身体而得以保存，也会因身体有缺陷而受到伤害；国君因民众而得以存在，亦会因民众的背叛而灭亡。正如《诗》中说的："从前我们有位先世的贤臣，他的言谈明达而且公平，国家得以安宁，城市得以建成，民众得以安生。（现在）谁能执掌国政？自己居官不正，结果劳苦

---

① 李学勤主编，《毛诗正义》，《十三经注疏》，北京：北京大学出版社，2000 年，第 1237 页。
②《礼记·缁衣》，见王文锦，《礼记译解》（下），北京：中华书局，2001 年，第 826、833 页。

了百姓。"《节南山》一诗的主旨是"家父刺幽王也"①，"赫赫师尹，民具尔瞻"本义是"言尹氏，女居三公之位，天下之民俱视女之所为"②，"谁能秉国成？不自为正，卒劳百姓"的本义是"谁能持国之平乎？王身不自为政教，终劳苦我百姓"③，引诗义与诗本义是相合的。

《大学》篇云：

> 诗云："节彼南山，维石岩岩。赫赫师尹，民具尔瞻。"有国者不可以不慎，辟则为天下僇矣。④

这段话论证"平天下在治其国者"，并引诗为证："那座高峻的南山，山石巍峨巉岩，声名赫赫的太师尹氏，人民都在把你观看"，以此告诫国家的统治者不可以不慎重，如果邪僻失道，就将被天下人民所诛戮。"节彼南山，维石岩岩。赫赫师尹，民具尔瞻"的本义是"节然高峻者，彼南山也。山既高峻，维石岩岩然，故四方皆远望而见之。以兴赫赫然显盛者，彼太师之尹氏也。尹氏为太师既显盛，处位尊贵，故下民俱仰汝而瞻之"⑤，引诗义与诗本义相符。

三、《礼记》所引颂诗

《礼记》引颂诗9篇，被引用次数最多的是周颂《烈文》中的诗句。《中庸》篇云："诗曰：'不显惟德，百辟其刑之。'是故君子笃恭而天下平。"⑥《烈文》的主旨是："成王即政，诸侯助祭也。"⑦"不显惟德，百辟其刑之"的本义是"不勤明其德乎，勤明之也，故卿大夫法其所为也"⑧。在

① 李学勤主编，《毛诗正义》，《十三经注疏》，北京：北京大学出版社，2000年，第814页。
② 同上注，第816页。
③ 同上注，第824页。
④《礼记·大学》，见王文锦，《礼记译解》（下），北京：中华书局，2001年，第903页。
⑤ 李学勤主编，《毛诗正义》，《十三经注疏》，北京：北京大学出版社，2000年，第816页。
⑥《礼记·中庸》，见王文锦，《礼记译解》（下），北京：中华书局，2001年，第799页。
⑦ 李学勤主编，《毛诗正义》，《十三经注疏》，北京：北京大学出版社，2000年，第1515页。
⑧ 同上注，第1519页。

文中引用，是为了证明德行的重要性："大大显扬贤德，诸侯都要以之为楷模"，只要君子诚笃恭敬，天下就能太平。引诗义与诗本义相符。

《大学》篇云："诗云：'於戏前王不忘！'君子贤其贤而亲其亲，小人乐其乐而利其利，此以没世不忘也。"[①] 这段话主要是论述"对前王念念不忘"的原因，嗣位的君子之所以不忘前王，是尊重前王的贤德，热爱前代的亲人；百姓之所以不忘前王，是乐于享受前王所创造的安乐局面，利于享有前王所带来的利益，因此人们终生念念不忘前王。"於戏前王不忘"本为"於乎前王不忘"，其义是"文王、武王勤行此道，谓行此求贤、勤德之事，故人称诵之不忘也"。[②] 引诗义与诗本义相符。

四、《礼记》所引逸诗

《礼记》引逸诗 2 次，《坊记》篇云：

> 子云："天无二日，土无二王，家无二主，尊无二上，示民有君臣之别也。《春秋》不称楚越之王丧，礼：君不称天，大夫不称君，恐民之惑也。诗云：'相彼盍旦，尚犹患之。'"[③]

这段话主要论述国无二主，一切都有礼法的定则。礼法规定，称呼诸侯不能称为天，大夫不能成为君，就是要有所区别，害怕民众会迷惑，正如《诗》中说的"看那盍旦鸟，夜鸣求旦，人们尚且厌恶它，（何况是臣下僭越，想反臣为君呢）？"

《射义》篇云：

> 故诗曰："曾孙侯氏，四正具举。大夫君子，凡以庶士，小大莫处，御于君所。以燕以射，则燕则誉。"言君臣相与尽志于射，以习礼乐，则安则誉也。是以天子制之，而诸侯务焉。此天子之所以养诸

---

① 《礼记·大学》，见王文锦，《礼记译解》（下），北京：中华书局，2001 年，第 898 页。

② 李学勤主编，《毛诗正义》，《十三经注疏》，北京：北京大学出版社，2000 年，第 1519 页。

③ 《礼记·坊记》，见王文锦，《礼记译解》（下），北京：中华书局，2001 年，第 756 页。

侯而兵不用，诸侯自为正之具也。①

这一段主要引《狸首》诗来说明古代射箭的礼仪制度，即"身为王者后裔的诸侯，在射宫张起了四个正鹄。大夫君子以及众士，大小官员都离开各自的办公场所，来到国君的所在处陪侍，宴饮、比射，既快乐又荣誉"，所以天子制定射礼，用以调教诸侯，无须动用干戈而诸侯自行匡正。

通过对《礼记》引《诗》的分类研究，可以看出，其引《诗》既有引诗义与诗本义相合的情况，也有引诗义与诗本义不符的情况。具体来说，在引用雅诗和颂诗时，绝大部分是引用的诗本义，而引用风诗时，对诗本义多有改变，即断章取义地为我所用。

第三节 《礼记》引《诗》的功能定位

儒家的政治使命就是维护和实现礼，其思想学说的中心任务就是论证礼的意义和重要性。故而《礼记》的思想核心即为"礼治"，其主旨是要求统治者在政治实践中，通过对礼乐制度、礼仪规范的广泛推行，充分发挥其道德约束和行为规范的社会功能，以维护社会等级秩序和国家政治的稳定，有效地治理民众。并主张从伦理道德入手，充分发挥道德精神善化民心、防患于未然的功能，通过礼乐教化来提高人们的道德修养，从而自觉地脱离罪恶，正如《礼记·经解》中所云："故礼之教化也微，其止邪也于未形，使人日徙善远罪而不自知也，是以先王隆之也。"②"礼治"的特点是强调道德教化，而道德教化要求统治者以身作则、身体力行，以达到上行下效的目的。

儒家倡导以礼治世，极力推崇礼教修德化民之功，旨在努力为世人创

---

① 《礼记·射义》，见王文锦，《礼记译解》（下），北京：中华书局，2001年，第934页。
② 《礼记·经解》，见王文锦，《礼记译解》（下），北京：中华书局，2001年，第731页。

建一个上下有序、和谐有度的理想化的社会形态。为了阐发、论证自己的礼治思想,《礼记》中多次以诗为据、引诗为证,通过《坊记》一文的引《诗》即可窥见一斑。

所谓《坊记》,即"防记",不塞不流,不止不行,建设和防御是两个互为条件、不可偏废的一个问题的两个方面。所以,一方面要建设,另一方面要设堤防防范对礼及礼治的侵害和破坏。《坊记》全文约 2500 字,假托孔子之口论述了儒家以礼防范民众出现过失的方法,充分体现了儒家的礼治思想。而为了增强所述所论之说服力,文中多处引《诗》,具体情况见下表:

表 36:《坊记》引《诗》一览表

引《诗》分类		所引诗句	所引诗句在《诗经》中的篇名	篇数
大雅		1. 民之贪乱,宁为荼毒。	《桑柔》	4
		2. 先民有言,询于刍荛。	《板》	
		3. 考卜惟王,度是镐京。惟龟正之,武王成之。	《文王有声》	
		4. 孝子不匮。 5. 既醉以酒,既饱以德。	《既醉》	
小雅		6. 民之无良,相怨一方;受爵不让,至于己斯亡。 7. 此令兄弟,绰绰有裕;不令兄弟,交相为瘉。	《角弓》	3
		8. 礼仪卒度,笑语卒获。	《楚茨》	
		9. 彼有遗秉,此有不敛穧,伊寡妇之利。	《大田》	
风	邶风	10. 先君之思,以畜寡人。	《燕燕》	4
		11. 采葑采菲,无以下体。德音莫违,及尔同死。	《谷风》	
	卫风	12. 尔卜尔筮,履无咎言。	《氓》	
	齐风	13. 伐柯如之何?匪斧不克。取妻如之何?匪媒不得。蓺麻如之何?横从其亩。取妻如之何?必告父母。	《南山》	
逸诗		14. 相彼盍旦,尚犹患之。		1

由上表可知，《坊记》共引包括逸诗在内的诗句14次，这些诗句属于《诗经》中的雅诗和风诗（逸诗不计算在内），其中引大雅《桑柔》《板》《文王有声》《既醉》4篇中的诗句5次；引小雅《角弓》《楚茨》《大田》3篇中的诗句4次；引风诗邶风诗句2次，分别出自《燕燕》和《谷风》，卫风诗句1次，出自《氓》，齐风诗句1次，出自《南山》。合计大雅4篇，小雅3篇，风4篇。

《坊记》中所引之诗都是雅诗和风诗，这说明儒家对雅诗和风诗的接受，当然，在儒家心目中，雅诗更重于风诗，这不仅从《坊记》引雅诗的总量超过风诗可以看出，实际在整部《礼记》中，所引雅诗也是占绝对优势的。而儒家之所以接受并频繁引用雅诗和风诗，可以从儒家的诗教观中看出一丝端倪，《诗大序》曰："上以风化下，下以风刺上，主文而谲谏，言之者无罪，闻之者足以戒，故曰风。"① "是以一国之事，系一人之本，谓之风。言天下之事，形四方之风，谓之雅。所由废兴也。政有小大，故有小雅焉，有大雅焉。"② 儒家认为，风诗和雅诗可以美刺、褒贬、歌颂现实，所以在行文中多加引用。除了这一原因之外，《诗》在长期的传播与接受过程中形成的权威性及其功能的扩展，也使得儒家把《诗》作为自己论证礼治思想的理论依据。

诗歌本身具有凝练的特色，这就为引诗者比附扩伸提供了方便。引诗者不拘泥于诗歌原句字面上的含义，而是推求其潜在的意蕴，巧妙地做出符合自己社会理想的解释。《坊记》引《诗》也不例外，通过对其中诗本义和引诗义的对比分析，我们可以看出《诗》如何被儒家"为我所用"，成为其礼治思想的论证依据。

《坊记》引《诗》可以分为两类，一类是对《诗》的正解，即引诗义和诗本义基本相符。如《坊记》在论说以等级制度来防范民众的奢僭叛逆

---

① 李学勤主编，《毛诗正义》，《十三经注疏》，北京：北京大学出版社，2000年，第15页。
② 同上注，第19页。

时，云："子云：'贫而好乐，富而好礼，众而以宁者，天下其几矣。诗云："民之贪乱，宁为荼毒。"故制国不过千乘，都城不过百雉，家富不过百乘。以此坊民，诸侯犹有畔者。'"其引《诗》出自《大雅·桑柔》，《毛诗序》曰："《桑柔》，芮伯刺厉王也。"① 朱熹认为《序》与《春秋传》合"②，并对"民之贪乱，宁为荼毒"一句释曰："言不求善人进而用之，其所顾念重复而不已者，乃忍心不仁之人。民不堪命，所以肆行贪乱，而安为荼毒也。"③《坊记》此处引用，是为了证明天下贫穷而能自得其乐、富有而能谦恭好礼、族人众多而能安宁本分的人（特别是统治者）太少了，否则民众怎么会贪图作乱、安心制造苦难呢？实际上表达了儒家对统治者的希望，即"贫而好乐，富而好礼，众而以宁"。在论说礼治中的礼让观点时，"子云：'觞酒豆肉，让而受恶，民犹犯齿。衽席之上，让而坐下，民犹犯贵。朝廷之位，让而就贱，民犹犯君。诗云："民之无良，相怨一方；受爵不让，至于己斯亡。"'"其引《诗》出自《小雅·角弓》，《毛诗序》曰："《角弓》，父兄刺幽王也。不亲九族而好谗佞，骨肉相怨，故作是诗也。"④ 朱熹释"民之无良，相怨一方；受爵不让，至于己斯亡"曰："相怨者各据其一方耳。若以责人之心责己，爱己之心爱人，使彼己之间，交见而无蔽，则岂有相怨者哉！况兄弟相怨相谗以取爵位，而不知逊让，终亦必亡而已矣。"⑤《坊记》这里引此诗句，是为了阐明"让"的重要性，它可以防止人际间的争执，实现宗法政治关系的和谐稳定。因为《角弓》中有描写小人因受爵不让而终至灭亡之事，所以成为儒家有力的理论支撑。在论说礼治中的"孝道"时，同样引用的是《角弓》中的诗句："子云：'睦于父母之党，可谓孝矣，故君子因睦以合族。诗云："此令兄弟，绰绰有裕；不令

① 李学勤主编，《毛诗正义》，《十三经注疏》，北京：北京大学出版社，2000年，第1383页。
② ［宋］朱熹，《朱子全书·诗集传》，上海：上海古籍出版社，2002年，第394页。
③ 同上注，第702页。
④ 李学勤主编，《毛诗正义》，《十三经注疏》，北京：北京大学出版社，2000年，第1057页。
⑤ ［宋］朱熹，《朱子全书·诗集传》，上海：上海古籍出版社，2002年，第640页。

兄弟，交相为瘉。"'"也是符合诗原义的，即有德之人善待兄弟，便会宽容融洽；无德之人不能善待兄弟，便会互相厌恶、伤害。《诗》作为儒家论证"孝"的依据而被加以引用。在论说"上取民心，则民报礼重"时，"子云：'上酬民言，则下天上施。上不酬民言，则犯也；下不天上施，则乱也。故君子信让以莅百姓，则民之报礼重。诗云："先民有言，询于刍荛。"'"所引诗句出自《大雅·板》，主旨是"凡伯刺厉王也"①，诗中劝告厉王应该多向下层民众咨询请教，这也正是儒家的观点之一，自然成为其论证的依据。在论说宴饮礼仪时，《坊记》引用了《大雅·既醉》中的诗句："子云：'敬则用祭器。故君子不以菲废礼，不以美没礼。故食礼，主人亲馈则客祭，主人不亲馈则客不祭。故君子苟无礼，虽美不食焉。《易》曰："东邻杀牛，不如西邻之禴祭，实受其福。"诗云："既醉以酒，既饱以德。"以此示民，民犹争利而忘义。'"《毛诗序》曰："《既醉》，大平也。醉酒饱德，人有士君子之行焉。"②《笺》曰："成王祭宗庙，旅酬下遍群臣，至于无算爵，故云醉焉。乃见十伦之义，志意充满，是谓之'饱德'。"③《坊记》引此诗，是为了证明儒家所持"君子飨宴，非专为酒肴，亦以观威仪、讲德美"之观点。在论说以礼来防民淫泆时，"子云：'夫礼，坊民所淫，章民之别，使民无嫌，以为民纪者也。故男女无媒不交，无币不相见，恐男女之无别也。以此坊民，民犹有自献其身。诗云："伐柯如之何？匪斧不克。取妻如之何？匪媒不得。""蓺麻如之何？横从其亩。取妻如之何？必告父母。"'"引用的是《齐风·南山》中的诗句，《毛诗序》曰："《南山》，刺襄公也。鸟兽之行，淫乎其妹。大夫遇是恶，作诗而去之。"④在这里引用此诗，是因为其意与儒家"男女非媒非币不相交见"的观点

---

① 李学勤主编，《毛诗正义》，《十三经注疏》，北京：北京大学出版社，2000 年，第 1344 页。

② 同上注，第 1279 页。

③ 同上。

④ 同上注，第 398 页。

不谋而合。再如："子云：'七日戒，三日齐，承一人焉以为尸，过之者趋走，以教敬也。醴酒在室，醍酒在堂，澄酒在下，示民不淫也。尸饮三，众宾饮一，示民有上下也。因其酒肉，聚其宗族，以教民睦也。故堂上观乎室，堂下观乎上。诗云："礼仪卒度，笑语卒获。"'"这一节主要论述祭祀应该恭敬，使礼仪各得其所。《毛诗序》曰："《楚茨》，刺幽王也。政繁赋重，田莱多荒，饥馑降丧，民卒流亡，祭祀不飨，故君子思古焉。"①《诗经原始》则认为此诗是"王者尝烝以祭宗庙也"②，这种说法更符合诗中所描写之意。"礼仪卒度，笑语卒获"是说祭祀时礼仪合乎法度，谈笑有节制，证明了儒家所要论说的观点。还有"子云：'君子不尽利，以遗民。诗云："彼有遗秉，此有不敛穧，伊寡妇之利。"故君子仕则不稼，田则不渔，食时不力珍，大夫不坐羊，士不坐犬。诗云："采葑采菲，无以下体。德音莫违，及尔同死。"以此坊民，民犹忘义而争利，以亡其身。'"其中的诗句分别引自《小雅·大田》和《邶风·谷风》，朱熹说《大田》"为农夫之词，以颂美其上"③，《谷风》乃"妇人为夫所弃，故作此诗以叙其悲怨之情"④，并释"彼有遗秉，此有不敛穧，伊寡妇之利"曰："此见其丰成有余而不尽取，又与鳏寡共之，既足以为不费之惠，而亦不弃于地也。"⑤释"采葑采菲，无以下体。德音莫违，及尔同死"曰："言采葑菲者，不可以其根之恶而弃其茎之美，如为夫妇者，不可以其颜色之衰，而弃其德音之善。但德音之不违，则可以与尔同死矣。"⑥《坊记》此处引《诗》，正是用明王不取尽谷物以留给寡妇和采葑菲之菜不弃其根作为"君子应遗利与民"的论据。"子云：'利禄先死者而后生者，则民不偝；先亡者而后存者，

---

① 李学勤主编，《毛诗正义》，《十三经注疏》，北京：北京大学出版社，2000 年，第 945 页。
② ［清］方玉润，《诗经原始》，北京：中华书局，1986 年，第 430 页。
③ ［宋］朱熹，《朱子全书·诗集传》，上海：上海古籍出版社，2002 年，第 628 页。
④ 同上注，第 431 页。
⑤ 同上注，第 628 页。
⑥ 同上注，第 431 页。

则民可以托。诗云:"先君之思,以畜寡人。"以此坊民,民犹背死而号无告。'"引《诗》出自《邶风·燕燕》,《毛诗序》曰:"《燕燕》,卫庄姜送归妾也。"①"先君之思,以畜寡人"是说所送之人因思先君之故,勉励我以礼义。此处引该诗句,是为了论说人们不应该"偝死嚮生"。其他如"子云:'从命不忿,微谏不倦,劳而不怨,可谓孝矣。诗云:"孝子不匮。"'"和"子云:'天无二日,土无二王,家无二主,尊无二上,示民有君臣之别也。《春秋》不称楚越之王丧,礼:君不称天,大夫不称君,恐民之惑也。诗云:"相彼盍旦,尚犹患之。"'"等,引诗义与原诗义也是符合的。不管论说的是等级制度,还是"尚让"、"尚孝"、以礼防淫、贵义轻利等,都属于儒家礼治的内容,而这些在《诗》中都可以找到明证,再加上《诗》本身所具有的权威性,使其自然成为儒家在《坊记》中阐明观点、增强说服力的理论依据。

《坊记》引《诗》中为数不多的另一类就是对《诗》的误读,引诗义与诗本义不相符合。如"子云:'善则称人,过则称己,则民不争。善则称人,过则称己,则怨益亡。诗云:"尔卜尔筮,履无咎言。"'"这一节是论述以"让"防民的重要性,引用了《卫风·氓》的诗句。《毛诗序》认为这首诗的主旨是:"刺时也。宣公之时,礼仪消亡,淫风大行,男女无别,遂相奔诱。华落色衰,复相弃背,或乃困而自悔,丧其妃耦,故序其事以风焉。美反正,刺淫泆也。"②《诗三家义集疏》则认为此诗是"弃妇自悔恨之词"。③这种说法似乎更符合今人的理解。而诗中"尔卜尔筮,履无咎言"原义本为弃妇回忆当初心上人曾占卜、请筮,卦象并未显示不吉祥的话(没想到自己今天却落了个被抛弃的下场),而《坊记》此处引《诗》,则是"言恶在己,彼过浅",以此教育人们应该"善则称人,过则称己",未

① 李学勤主编,《毛诗正义》,《十三经注疏》,北京:北京大学出版社,2000年,第142页。
② 同上注,第268页。
③ [清]王先谦,《诗三家义集疏》,上海,上海古籍出版社,1995年,第482页。

免有些牵强。再如"子云：'善则称人，过则称己，则民让善。诗云："考卜惟王，度是镐京。惟龟正之，武王成之。"'"引《诗》出自《大雅·文王有声》，《毛诗序》曰："《文王有声》，继伐也。武王能广文王之声，卒其伐功也。"①意在歌颂文王、武王的丰功伟绩。"考卜惟王，度是镐京。惟龟正之，武王成之"是说武王考察、占卜，最终定居镐京。在论述"善则称人，过则称己"时引用该诗句，意在以"归美于君"证明应该"归美于他人"，显得说服力不足。当然，引《诗》中出现的误读，正说明了"诗无达诂"②，即诗的意义是"无定指"的，古人尚且能注意到文艺欣赏与接受中的"空白"，认识到诗歌的意义要从读者的解读活动中生成出来，作为今人，我们就更不必对儒家引《诗》中出现的误读现象过于苛责了。

无论是正解还是误读，其实都体现了儒家对《诗》的接受，由于儒家所要论说的观点可以在《诗》中找到明证，所以被频繁引用。以《礼记·坊记》引《诗》为例，可以说明儒家引《诗》是为了诉诸权威，为自己的学说服务，《诗》已经成为儒家在《礼记》一书中论证其礼治思想不可或缺的理论依据。

第四节　《礼记》诗教观透视

《礼记》一书频繁引《诗》，且雅诗居多，这是与儒家的诗教观相一致的。要把握儒家的诗教观，必须先理清儒家礼治思想指导下的礼乐观。

一、儒家诗教观的理论基础

《礼记》反映了儒家的礼治思想，其基本特点就是德治和文治。《礼

---

① 李学勤主编，《毛诗正义》，《十三经注疏》，北京：北京大学出版社，2000年，第1232页。
② ［汉］董仲舒，《春秋繁露》（卷三），北京：中华书局，1975年，第106页。

记》作者指出，作为政治手段，道德之所以比刑法更有效，是因为道德本身就渗透在人们的日常生活之中，所谓"礼义之始，在于正容体、齐颜色、顺辞令。容体正，颜色齐，辞令顺，而后礼义备"①。这样，道德礼义就在潜移默化中起到善化民心的作用。尽管道德、刑罚是交相互补的，但道德的力量更深厚，更寓于无形之中。"礼和法不相同的地方是维持规范的力量。法律是靠国家的权力来推行的。……而礼却不需要这有形的权力机构来维持。维持礼这种规范的是传统。……如果我们对行为和目的之间的关系不加推究，只按着规定的方法做，而且对于规定的方法带着不这样做就会有不幸的信念时，这套行为也就成了普通我们所谓'仪式'了。礼是按照仪式做的意思。……礼……是从教化中养成了个人的敬畏之感，使人服膺；人服礼是主动的……是经过教化过程而成为主动性的服膺于传统的习惯"②。人总是本能性地追求着自我欲望的满足，这种欲望在人与人的聚合群落中不可避免地会发生冲突，由此而有礼义之必要。维持社会秩序的稳定，关键之处就是使社会成员的个体自然性的欲望与作为外在社会伦理规范的礼统一起来。

礼在西周时期本是高踞于各等级、各区域之上的超然的行为和价值规范，所谓"怀德为宁"，但城邦的地缘化国家化及其崛起，对周礼造成了毁灭性的冲击。礼制的崩解，是随着社会经济状况的变化而发生于实际结构功能的层面的。在观念文化的层面，作为漫长历史传统的凝聚积淀，其神圣性则注定将要延续一个相当长的过程才能慢慢消退。城邦政治的发展导致了周礼的解体，而它自身的最本原依据又来自周礼，这一点决定了即使在礼制的本质丧失以后，"礼"仍然具有观念领域内的利用价值。礼作为一种社会行为规范、方式，作为"治政安君"的工具，必须与乐、政、刑等一起构成完备的治理系统，才能发挥有效的治理社会的功能。乐，包

---

① 《礼记·冠义》，见王文锦，《礼记译解》（下），北京：中华书局，2001 年，第 909 页。
② 费孝通，《乡土中国》，上海：生活·读书·新知三联书店，1985 年，第 49—53 页。

括各种艺术，之所以必要，就在于它们能够帮助人们，引导人们，濡染人们，能够使那本是与人的自然性的欲望相连的情感需要符合社会的伦理道德，使人们对快乐的需要和快乐的满足处处符合礼的要求。"乐者，音之所由生也，其本在人心之感于物也。是故其哀心感者，其声噍以杀；其乐心感者，其声啴以缓；其喜心感者，其声发以散；其怒心感者，其声粗以厉；其敬心感者，其声直以廉；其爱心感者，其声和以柔。六者，非性也，感于物而后动。是故先王慎所以感之者。故礼以道其志，乐以和其声，政以一其行，刑以防其奸。礼乐刑政，其极一也，所以同民心而出治道也。"①在儒家看来，礼乐乃德治之器，仁义乃德治之精神。礼和乐是相互关联的，在很多的礼仪制度中都少不了"乐"的内容。从社会政治的角度看，礼和乐的功能和作用也是互补的，《乐记》阐明了"礼乐"之治的意义所在，集中反映了儒家视礼乐之制、礼乐之器为文治的重要手段的思想。《礼记》作者认为，礼的功能在于从外部的仪规制度上形成对人们行为的规范，约束人们的言行仪表，即所谓"致礼以治身"；而乐的功能则在于能沁人心髓，调节人们的情绪，使人们保持平和的心境。所以《乐记》说"乐由中出，礼自外作，乐由中出故静，礼自外作故文"②，又说"礼也者，反其所自生；乐也者，反其所自成。是故先王之制礼也以节事，修乐以道志，故观其礼乐，治乱可知也"③。一方面是外在的约束和限制，另一方面是内在的调和和自娱，这就是礼乐之治的意义所在。所谓"乐至则无怨，礼至则不争。揖让而治天下者，礼乐之谓也"④。乐，也即艺术，能够直接诉诸人的内在心性情感，能够以自然而然的方式改变性情、移易气质，使人们化性弃伪，使人们的发而为外的冲动愿望不再与社会伦

---

① 《礼记·乐记》，见王文锦，《礼记译解》（下），北京：中华书局，2001年，第525页。

② 同上注，第531页。

③ 《礼记·礼器》，见王文锦，《礼记译解》（上），北京：中华书局，2001年，第327页。

④ 《礼记·乐记》，见王文锦，《礼记译解》（下），北京：中华书局，2001年，第531页。

理对他的各式各样的期许要求相冲突。"经吉礼之'六代乐舞'活动达到的，是天人之间、神祇与人世之间的相'和'；经嘉礼之'风''雅'诗乐活动达到的，是君臣尊卑、邦国万民之间的相'和'。其中的诗乐活动，明显地具有娱乐、审美的功能，形式上的等级象征并不掩饰行乐中听音而乐的审美效应，含有后世'寓教于乐'的审美意识……在这类行乐环境、氛围和过程中被陶冶、感发而产生的愉悦情感，不仅与外在行乐的各类形式（乐舞表演、乐歌演唱以及行乐的规则）相谐和，并且在心理上同样也以人与天地神、人与人之间的同乐相谐的关系而获得情感的愉悦，最终仍然达到了审美的快乐……一旦在雅乐活动中达到了审美的快乐，制礼作乐的文化功能也就得到了完满的实现"①。

在社会等级制度之下，礼与乐的政治功能也是不同的，所谓"乐者为同，礼者为异。同则相亲，异则相敬。乐胜则流，礼胜则离。合情饰貌者礼乐之事也。礼义立，则贵贱等矣；乐文同，则上下和矣"②，又"礼者，殊事合敬者也；乐者，异文合爱者也"③、"仁近于乐，义近于礼"④。通过"乐"的推行，可以从心理上起到调和社会各等级间的矛盾冲突的作用。处于不同等级地位的人们通过"乐"就能够达到心绪上的共鸣和情感上的融通，使整个社会都处于一种融融陶陶、相安无事的氛围之中，从而填补因严格划分等级亲疏所造成的隔阂与不和谐。当礼乐之器运用得相得益彰的时候，社会政治就能够达到"礼义立则贵贱等，乐文同则上下和"的理想境地，礼乐之治也就真正得以实现了。

另外，乐有着移风易俗、教化民心的作用，"乐也者，圣人之所乐也，而可以善民心，其感人深，其移风易俗，故先王著其教焉"⑤，所谓"乐者，

---

① 修海林，《周代雅乐审美观》，《音乐研究》，1991 年第 1 期。
②《礼记·乐记》，见王文锦，《礼记译解》（下），北京：中华书局，2001 年，第 531 页。
③ 同上注，第 532 页。
④ 同上注，第 535 页。
⑤ 同上注，第 539 页。

通伦理者也"和"乐与政通"的意义就在于此。《乐记》说"是故君子反情以和其志,广乐以成其教,乐行而民乡方,可以观德矣"①,在实行文治、推行教化的过程中不能忽视乐的作用。

二、《礼记》的诗教观

《诗》自产生之初,就是伴随着乐、舞的。《诗》与儒家礼乐政治的结合,使《诗》具备了礼乐思想的意义和政教的属性。在儒家礼治思想指导下所推行的礼乐制度,把《诗》也纳入了政教工具的范畴,《诗》、乐、舞与礼仪制度是相为表里的,前者的表演,就是后者的实施,审美意识伴随着教化意识。

在《礼记》中,作者首先阐明了《诗》、礼的关系,《礼器》篇云:"诵诗三百,不足以一献。一献之礼,不足以大飨。大飨之礼,不足以大旅。大旅具矣,不足以飨帝。毋轻议礼!"②诵读了《诗》三百篇而没有学礼,就不足以举行一献之礼;仅学了一献之礼,还是不足以举行宗庙中的大飨礼;学习了大飨之礼,还不足以举行祷祀上帝的大旅礼;学习了大旅之礼,还不足以举行祭天的正礼。可见礼是博大精深的,不要轻率地评论礼。礼是至高无上的,其地位毋庸置疑在《诗》之上。《仲尼燕居》篇云:"礼也者,理也。乐也者,节也。君子无理不动,无节不作。不能《诗》,于礼缪;不能乐,于礼素;薄于德,于礼虚。"③礼是有理的意思,乐是有节的意思。君子没有道理的事情不为,没有节制的事不做。不能习诗,行礼就难免错谬;不能习乐,则质朴无文,行礼就显得单调;道德浅薄,则气质轻浮,行礼就流于空虚。在这里,儒家又指出了学习《诗》、乐对行"礼"的重要性,礼不是单独而存在的,离开了《诗》、乐以及道德品

---

① 《礼记·乐记》,见王文锦,《礼记译解》(下),北京:中华书局,2001年,第544页。
② 《礼记·礼器》,见王文锦,《礼记译解》(上),北京:中华书局,2001年,第331页。
③ 《礼记·仲尼燕居》,见王文锦,《礼记译解》(下),北京:中华书局,2001年,第746页。

行，礼就会流于形式，难以发挥治理国家、社会的作用。《孔子闲居》篇记载了孔子和子夏之间的一段问答：子夏曰："敢问何谓'五至'？"孔子曰："志之所至，《诗》亦至焉。《诗》之所至，礼亦至焉。礼之所至，乐亦至焉。乐之所至，哀亦至焉。哀乐相生。是故正明目而视之，不可得而见也；倾耳而听之，不可得而闻也；志气塞乎天地，此之谓'五至'。"①子夏向孔子请教什么是"五至"，孔子回答说："君王的情谊所至之处，讴歌也随之而至；讴歌所至之处，礼也随之而至；礼所至之处，乐也随之而之；乐所至之处，哀也随之而至。君王与人民休戚相关，哀乐相生。这种看不见、听不着的感情充满了天地之间，这就叫作'五至'。"孔子的回答实际上代表了儒家的观点，其中关于《诗》、礼关系的就是礼紧随《诗》（讴歌）之后而来，两者之间相互依存。

《诗》与礼不可分割，《诗》与乐、舞也是如此。《乐记》云："是故君子反情以和其志，广乐以成其教，乐行而民乡方，可以观德矣。德者，性之端也，乐者，德之华也。金石丝竹，乐之器也。诗，言其志也。歌，咏其声也。舞，动其容也。三者本于心，然后乐器从之。"②君子抑制情欲而调和自己的心志，推广正乐借以完成它的教育作用。乐教推行，从而人民归向正道，可以看到德教的成效了。德是人性的根本，乐是德的花朵，金石丝竹是乐的器具。诗是表达人们志趣的，歌是吐露人们心声的，舞是用动作表现仪容姿态的。诗、歌、舞三者都是本自人的内心，然后乐器随从伴奏。儒家所推行的乐教其中就包含诗教、舞教，即文艺的教化，这其实都属于德教的内容。

儒家推行乐教、诗教，且与等级森严的礼制相结合，所以《礼记》引《诗》中除了前文所论述的以诗为论证依据外，还有一部分是阐明礼乐制度的，有助于我们掌握先秦时期的礼仪规范以及所谓的"礼乐相须以为

---

① 《礼记·孔子闲居》，见王文锦，《礼记译解》（下），北京：中华书局，2001年，第749页。
② 《礼记·乐记》，见王文锦，《礼记译解》（下），北京：中华书局，2001年，第544页。

用，礼非乐不行，乐非礼不举"①。

《礼记》中与乐、舞、礼仪相配合的引《诗》情况见下表：

表 37：《礼记》引《诗》乐、舞一览表

《礼记》篇目	风	大雅	小雅	颂	逸诗	次数
《文王世子》				周颂《清庙》《大武》		2
《郊特牲》				《大武》《武》		2
《明堂位》				周颂《清庙》《大武》		2
《学记》			《鹿鸣》《四牡》《皇皇者华》			3
《乐记》	召南《驺虞》			周颂《清庙》《武》	《狸首》	4
《祭统》				周颂《清庙》《大武》		2
《仲尼燕居》				周颂《清庙》《武》		2
《投壶》					《狸首》	1
《乡饮酒义》	周南《关雎》 周南《葛覃》 周南《卷耳》 召南《采蘋》 召南《鹊巢》 召南《采蘩》		《鹿鸣》《四牡》《皇皇者华》《南陔》《白华》《华黍》《鱼丽》《由庚》《南有嘉鱼》《崇丘》《南山有台》《由仪》			18
《射义》	召南《驺虞》 召南《采蘋》 召南《采蘩》				《狸首》	4
						40

---

① ［宋］郑樵，《乐略·乐府总序》，《通志二十略》，北京：中华书局，1995 年，第 883 页。

《礼记》中的《文王世子》《明堂位》《乐记》《祭统》《仲尼燕居》《孔子闲居》《射义》等篇，对用乐的礼典都有详略不同的记述，其所用乐名即"诗三百"中篇名，至今犹在讽诵中。从表中统计可以看出，《礼记》中因阐述礼仪、乐舞制度所提到的《诗》乐共计40次，其中风7篇，为周南《关雎》《葛覃》《卷耳》和召南《驺虞》《采蘋》《采蘩》《鹊巢》；小雅12篇，为《鹿鸣》《四牡》《皇皇者华》《鱼丽》《南有嘉鱼》《南山有台》《南陔》《白华》《华黍》《由庚》《崇丘》《由仪》，后6篇今已失其辞；周颂2篇，为《清庙》和《武》；逸诗1篇，《狸首》。这些都充分证明了《诗》与乐、《诗》与礼的密切关系。

乐在礼仪中的应用，使配合乐演唱的《诗》也有了礼用角度的分类，《乐记》云："宽而静，柔而正者宜歌颂。广大而静，疏远而信者宜歌大雅。恭俭而好礼者，宜歌小雅。正直而静，廉而谦者宜歌风。肆直而慈爱者，宜歌《商》。温良而能断者，宜歌齐。夫歌者，直己而陈德也。动己而天地应焉，四时和焉，星辰理焉，万物育焉。故商者，五帝之遗声也。商人识之，故谓之商。齐者，三代之遗声也，齐人识之，故谓之齐。"①宽厚而文静、温柔而端正的人，适合歌唱周颂；心胸广大而沉静、开朗通达而诚信的人，适合歌唱大雅；恭慎简朴而好礼的人，适合歌唱小雅；正直而安静、清廉而谦逊的人，适合歌唱国风；直率而慈爱的人，适合歌唱商颂；温良而能决断的人，适合歌唱齐风。唱歌这件事就是直接抒发自己的情感，敷陈某种品德。歌声感动自己的同时，从而觉得天地响应了，四时调和了，星辰理顺了，万物发育了。由于商颂是五帝时遗留下来的声调，商人记录下来，所以称为商颂。齐风是三代时遗留下来的声调，齐人记录下来，所以称为齐风。这段话里对乐进行了分类，分为周颂、大雅、小雅、国风、商颂、齐风六类，这实际上也是对《诗》的分类。《诗》的分类在

---

① 《礼记·乐记》，见王文锦，《礼记译解》（下），北京：中华书局，2001年，第562页。

诗歌发展史上的意义在于，它更有利于人们对诗乐特点和诗歌内容的整体把握。

乐、《诗》不但有教化作用，还可以反映政治的兴衰得失，这就是儒家所提出的"乐与政通"（亦可以引申为"诗与政通"）的观点。《乐记》云："声音之道，与政通矣。宫为君，商为臣，角为民，徵为事，羽为物，五者不乱，则无怗滞之音矣。宫乱则荒，其君骄。商乱则陂，其官坏。角乱则忧，其民怨。徵乱则哀，其事勤。羽乱则危，其财匮。五者皆乱，迭相陵，谓之慢。如此，则国之灭亡无日矣。郑卫之音，乱世之音也，比于慢矣。桑间濮上之音，亡国之音也。其政散，其民流，诬上行私而不可止也。"① 五音可以反映国政的兴衰，郑、卫两国的音乐就是乱世的音乐，濮水桑间的音乐是殷纣王亡国的靡靡之音。否定郑卫的音乐其实也意味着否定伴随音乐而唱的《诗》，音乐是形式，而《诗》是内容，形式可以反映政治，内容就更能反映政治。

既然"乐"与政通、《诗》与政通，所以儒家指出先王制定雅、颂的方针："先王耻其乱，故制雅、颂之声以道之，使其声足乐而不流，使其文足论而不息，使其曲直、繁瘠、廉肉、节奏足以感动人之善心而已矣，不使放心邪气得接焉。是先王立乐之方也。"② 先王厌恶淫乱，所以制定雅颂的声乐来加以引导，使它的声音足以供人快乐而不流于放纵，使它的文辞足以供人讨论而不至于无话可说，使它的曲折或平直、繁富或简约、瘦硬或丰满的节奏足以感动人们的善心，不让邪恶、放荡的念头接触人心，这就是先王制定音乐的方针。《诗》是配合乐演唱的，音乐方针的制定实际上也就决定了所唱之《诗》的内容，当然也要不邪恶、不放荡，唤醒人们的善心。这样制定出来的乐（《诗》）可以发挥怎样的作用呢？《乐记》云："故听其雅、颂之声，志意得广焉；执其干戚，习其俯仰诎伸，容貌得庄

---

① 《礼记·乐记》，见王文锦，《礼记译解》（下），北京：中华书局，2001 年，第 526 页。
② 同上注，第 560 页。

焉；行其缀兆，要其节奏，行列是正焉，进退得齐焉。"① 聆听雅颂的乐声，会使人的心胸得以宽广；手执盾、斧之类的舞具，演习俯仰屈伸的姿势，从而容貌得以端庄；行走在舞列中舞位上，趁着节奏，能够使人们在行列里能够端正，进退行动能够整齐。雅颂之音发挥的作用也代表了与之配合演唱的雅诗、颂诗所发挥的作用。

《诗》、乐教化人的功能巨大，所以儒家重视推行先王制定的礼乐制度。《礼记》作者认为，先王的礼乐之道，不仅是一种制度，也是一种知识，因此推行礼治，一方面要广泛推行礼仪制度，另一方面又要把这些礼仪制度中所包含的伦理道德意义作为知识来传播、教授，使民众得以理解和掌握。《学记》篇云："大学之教也，时教必有正业，退息必有居学。不学操缦，不能安弦；不学博依，不能安诗；不学杂服，不能安礼；不兴其艺，不能乐学。故君子之于学也，藏焉修焉，息焉游焉。夫然，故安其学而亲其师，乐其友而信其道，是以虽离师辅而不反。《兑命》曰：'敬孙务时敏，厥修乃来。'其此之谓乎？"② 反映了儒家大学教育的内容，从中可以清楚地看到学习课程中包括《诗》。以《诗》为代表的六经是儒家德治、文治主张的重要组成部分。儒家所崇奉的经典在施教于民方面发挥着不同的教育意义，而根本上是以伦理道德为中心的，《经解》篇云："入其国，其教可知也。其为人也温柔敦厚，《诗》教也；疏通知远，《书》教也；广博易良，《乐》教也；洁静精微，《易》教也；恭俭庄敬，《礼》教也；属辞比事，《春秋》教也。"③ 进入一个国家，对这个国家的教化就可以知晓了。国民们的为人，如果辞气温柔，性情敦厚，那是属于《诗》的教化；如果通达时政，远知古事，那是属于《书》的教化；如果心胸宽广，和易善良，那是属于《乐》的教化；如果安详沉静，推测精微，那是属于

---

① 《礼记·乐记》，见王文锦，《礼记译解》（下），北京：中华书局，2001 年，第 561 页。
② 《礼记·学记》，见王文锦，《礼记译解》（下），北京：中华书局，2001 年，第 516 页。
③ 《礼记·经解》，见王文锦，《礼记译解》（下），北京：中华书局，2001 年，第 727 页。

《易》的教化；如果谦恭节俭，庄重诚敬，那是属于《礼》的教化；如果善于连属文辞，排比事例，那是属于《春秋》的教化。《经解》还指出了各种教化节制失宜、掌握不妥而产生的偏向："故《诗》之失愚，《书》之失诬，《乐》之失奢，《易》之失贼，《礼》之失烦，《春秋》之失乱。其为人也，温柔敦厚而不愚，则深于《诗》者也；疏通知远而不诬，则深于《书》者也；广博易良而不奢，则深于《乐》者也；洁静精微而不贼，则深于《易》者也；恭俭庄敬而不烦，则深于《礼》者也；属辞比事而不乱，则深于《春秋》者也。"[1]《诗》教的流弊在于愚昧不明，《书》教的流弊在于言过其实，《乐》教的流弊在于奢侈浪费，《易》教的流弊在于迷信害人，《礼》教的流弊在于繁苛琐细，《春秋》教的流弊在于乱加褒贬。为人既能温柔敦厚，又不愚昧不明，就是深于《诗》教的人了；为人既能通达知远，又不言过其实，就是深于《书》教的人了；为人既能洁静精微，又不迷信害人，就是深于《易》教的人了；为人既能恭俭庄敬，又不烦琐苛细，就是深于《礼》教的人了；为人既能属辞比事，又不乱加褒贬，就是深于《春秋》教的人了。

儒家以六经为教学依据的主张，开启了封建时代的教育模式，从而使经学构成了封建时代知识体系的根本性内容。汉代经学的兴起与儒家《诗》教等文治主张的具体实践有着直接的联系。

《礼记》引《诗》反映了儒家对《诗》的推崇以及《诗》功能的转变，同时也折射出儒家的诗教观。儒家把《诗》、乐、舞当作推行礼法的工具，正所谓"先王之制礼乐也，非以极口腹耳目之欲也，将以教民平好恶而反人道之正也"[2]。基于这种理念，使他们陷入了保守，对当时产生的"新声"，采取了排斥的态度。《乐记》记载：

　　　魏文侯问于子夏曰："吾端冕而听古乐，则唯恐卧。听郑、卫之

---

① 《礼记·经解》，见王文锦，《礼记译解》（下），北京：中华书局，2001 年，第 727 页。
② ［汉］司马迁，《史记》，北京：中华书局，1959 年，第 1184 页。

音，则不知倦。敢问古乐之如彼何也？新乐之如此何也？"子夏对曰："今夫古乐，进旅退旅，和正以广；弦匏笙簧，会守拊鼓；始奏以文，复乱以武；治乱以相，讯疾以雅。君子于是语，于是道古，修身及家，平均天下。此古乐之发也。今夫新乐，进俯退俯，奸声以滥，溺而不止；及优侏儒，獶杂子女，不知父子；乐终不可以语，不以道古。此新乐之发也。今君之所问者乐也，所好者音也。夫乐者，与音相近而不同。"文侯曰："敢问何如？"子夏对曰："夫古者，天地顺而四时当，民有德而五谷昌，疾疢不作而无妖祥，此之谓大当。然后圣人作，为父子君臣，以为纪纲。纪纲既正，天下大定。天下大定，然后正六律，和五声，弦歌《诗·颂》，此之谓德音。德音之谓乐。诗云：'莫其德音，其德克明。克明克类，克长克君，王此大邦。克顺克俾，俾于文王。其德靡悔，既受帝祉，施于孙子。'此之谓也。今君之所好者，其溺音乎？"①

这个故事说明，当时流行的新乐比古乐更动听、更抒情，可是儒家并没有从艺术的角度肯定它，而是从政教的角度斥责"新声"害于德，这种理念无疑会抑制新乐的发展。儒家的诗教观虽然推崇雅乐、雅诗，提高了其地位，但从某种程度上也制约了新乐的创作，给先秦诗歌的发展和流传带来了一定的损失。

---

① 《礼记·乐记》，见王文锦，《礼记译解》（下），北京：中华书局，2001年，第548页。

第九章
《孝经》引《诗》考论

　　《孝经》的成书年代当在战国末期，"经"是原则、方法的意思，并非后人所加。"经者，常也，法也。……孝为百行之先，故名曰《孝经》。"[①]《孝经》是一部儒家伦理道德专著，汲取了儒家先辈们论述孝的言论，在"事亲"的前提下阐明了天子、诸侯、卿大夫、士、庶人等应遵守的孝道及推广孝道的方法和步骤，同时揭示了以"孝"修身、治家、治官、治国的功效，可以说全面而系统地论述了儒家所倡导的孝道思想。在《孝经》中，儒家为了证明自己的观点，增强说服力，多次引《诗》,《诗》成为儒家阐述孝道思想的理论依据。

第一节　《孝经》引《诗》概况

　　《孝经》引《诗》情况见下表：

[①]《孝经皇氏义疏》，见［清］马国翰辑，《玉函山房辑佚书》，上海：上海古籍出版社，1990年，第1548页。

表 38：《孝经》引《诗》一览表

《孝经》引诗篇目	所引诗句	所引诗句的出处	引《诗》分类
《开宗明义章》	无念尔祖，聿修厥德。	《文王》	大雅
《诸侯章》	战战兢兢，如临深渊，如履薄冰。	《小旻》	小雅
《卿大夫章》	夙夜匪懈，以事一人。	《烝民》	大雅
《士章》	夙兴夜寐，无忝尔所生。	《小宛》	小雅
《三才章》	赫赫师尹，民具尔瞻。	《节南山》	小雅
《孝治章》	有觉德行，四国顺之。	《抑》	大雅
《圣治章》	淑人君子，其仪不忒。	《鸤鸠》	曹风
《广至德章》	恺悌君子，民之父母。	《泂酌》	大雅
《感应章》	自西自东，自南自北，无思不服。	《文王有声》	大雅
《事君章》	心乎爱矣，遐不谓矣？ 中心藏之，何日忘之！	《隰桑》	小雅

从表中可以看出，《孝经》一书共引《诗》10 次，涉及《诗》篇目 10 篇，其中大雅 5 篇，小雅 4 篇，曹风 1 篇。《孝经》全书共 18 章，计 1900 余字，可是有 10 章都引用了诗句，占了半数以上，可见引诗频率之高。

第二节　《孝经》引《诗》分类

《孝经》借孔子之口论述儒家的孝道思想，并以《诗》为据、引《诗》为证，可见，《诗》已成为儒家论证其孝道思想的理论依据。《孝经》对《诗》的引用，基本上引诗义与诗本义都是相合的，但也偶有"断章取义"、为我所用的情况。

一、《孝经》所引雅诗

《孝经》引大雅最多，计 5 篇，下面就具体分析。

1.《开宗明义章》云：

> 仲尼居，曾子侍。子曰："先王有至德要道，以顺天下。民用和睦，上下无怨。汝知之乎？"曾子避席曰："参不敏，何足以知之？"子曰："夫孝，德之本也，教之所由生也。……身体发肤，受之父母，不敢毁伤，孝之始也。立身行道，扬名于后世，以显父母，孝之终也。夫孝，始于事亲，中于事君，终于立身。大雅云：'无念尔祖，聿修厥德。'"①

《孝经》首章主要论述了孝的重要性，开门见山地指出孝是道德的根本，教化的源泉，孝道从侍奉父母开始，以侍奉君主作为继续，修身处世能够忠孝两全就是孝道的最终归宿。文中借孔子提问引出了先王治理天下的最高道德是孝道，然后阐明什么是孝，并引用了《大雅·文王》的诗句，意思是要"思念你的祖先，发扬他们的美德"。《文王》一诗是追述文王的事迹，即"受天命而王天下，制立周邦"②，诗中对文王的品德行为多所赞美。"无念尔祖，聿修厥德"的本义为"当念女祖为之法，述修祖德"③，可以看出，《孝经》此处引《诗》，其义与诗本义是相符的，引《诗》的作用是为了告诫今人要向先王学习，不要忘记其以孝治国的美好品行。

2.《孝治章》云：

> 子曰："昔者明王之孝治天下也，不敢遗小国之臣，而况于公、侯、伯、子、男乎？故得万国之欢心，以事其先王。治国者，不敢侮于鳏寡，而况于士民乎？故得百姓之欢心，以事其先君。治家者，不敢失于臣妾，而况于妻子乎？故得人之欢心，以事其亲。夫然，故生则亲安之，祭则鬼享之。是以天下和平，灾害不生，祸乱不作，故明

---

① 《孝经·开宗明义章》，见李学勤主编，《孝经注疏》，《十三经注疏》，北京：北京大学出版社，2000年，第2页。
② 李学勤主编，《毛诗正义》，《十三经注疏》，北京：北京大学出版社，2000年，第1114页。
③ 同上注，第1128页。

王之以孝治天下也如此。诗云：'有觉德行，四国顺之。'"①

儒家认为，过去的圣明帝王用孝道治理天下，不敢遗弃小国的臣仆，不敢侮辱鳏夫寡妇，因此天下和平，没有灾害发生，没有祸乱兴起。正如《大雅·抑》所说："如果有伟大的德行，四方的国家都会归顺。"在这里引诗是为了证明施行孝治的巨大功效。"有觉德行，四国顺之"的本义是"四方之民得其教化，其皆慕仰而顺从之"②，引诗义与诗句的本义相一致。

3.《感应章》云：

> 子曰："昔者明王事父孝，故事天明；事母孝，故事地察；长幼顺，故上下治。天地明察，神明彰矣！故虽天子，必有尊也，言有父也；必有先也，言有兄也。宗庙致敬，不忘亲也；修身慎行，恐辱先也。宗庙致敬，鬼神著矣。孝悌之至，通于神明，光于四海，无所不通。诗云：'自西自东，自南自北，无思不服。'"③

这一章同样是论述孝道的功效和作用，孝悌之道达到极致，就没有什么不能贯通感应的。《大雅·文王有声》是歌颂文王、武王迁都丰、镐的诗，其中有"匪棘其欲，遹追来孝"诗句，意思是"非以急从己之欲而广此都邑，乃述追王季勤孝之行，思进其业故耳"④，即先不要急着满足别的欲望，应遵循、追想先代的孝，这与儒家所主张的孝道思想是相合的。因为先王有勤孝之行，所以最终"自西自东，自南自北，无思不服"。儒家引用该诗句，正是为了证明只要施行孝治，无论西方东方、南方北方，没有谁不心悦诚服。引诗义与诗本义相符。

4.《广至德章》云：

> 子曰："君子之教以孝也，非家至而日见之也。教以孝，所以敬天

---

① 《孝经·孝治章》，见李学勤主编，《孝经注疏》，《十三经注疏》，北京：北京大学出版社，2000年，第27页。

② 李学勤主编，《毛诗正义》，《十三经注疏》，北京：北京大学出版社，2000年，第1367页。

③ 《孝经·感应章》，见李学勤主编，《孝经注疏》，《十三经注疏》，北京：北京大学出版社，2000年，第60页。

④ 李学勤主编，《毛诗正义》，《十三经注疏》，北京：北京大学出版社，2000年，第1234页。

下之为人父者也；教以悌，所以敬天下之为人兄者也；教以臣，所以
敬天下之为人君者也。诗云：'恺悌君子，民之父母。'非至德，其孰
能顺民如此其大者乎？"①

这一章主要阐明君子教导民众实行孝道的方法，教人孝顺父亲，所采用的
方法是自己敬重天下人的父亲；教人顺从兄长，采用的方法是自己敬重天
下人的兄长；教人忠于国君，所采用的方法是自己敬重天下的国君，正如
《大雅·泂酌》说的："德行高尚的君子，是百姓的父母"，如果没有孝这种
最高的德行，怎么能够顺应民心而产生这样巨大的影响呢？《毛诗序》曰：
"《泂酌》，召康公戒成王也。言皇天亲有德，飨有道也。"②"恺悌君子，民
之父母"的本义是"乐易之君子，能有道德，为民之父母"③。引诗义与所
引诗句的本义相合。

5.《卿大夫章》云：

非先王之法，服不敢服；非先王之法，言不敢道；非先王之德，
行不敢行。是故，非法不言，非道不行；口无择言，身无择行；言满
天下，无口过；行满天下，无怨恶。三者备矣，然后能守其宗庙，盖
卿、大夫之孝也。诗云："凤夜匪懈，以事一人。"④

既然孝道如此重要，且具有巨大的安定社会、赢得民心的作用，所以儒家
规定了不同阶层各自所应实行的孝道。对卿大夫而言，应该做到：不穿戴
不符合先王礼法规定的服饰，不宣扬不符合先王礼法的言论，不实行不符
合先王道德的行为，服饰、言论、行为三方面都完美，就能够保持职位，
祭祀祖先的宗庙，这便是卿大夫的孝道。关于《大雅·烝民》一诗的主

① 《孝经·广至德章》，见李学勤主编，《孝经注疏》，《十三经注疏》，北京：北京大学出版社，
2000 年，第 53 页。
② 李学勤主编，《毛诗正义》，《十三经注疏》，北京：北京大学出版社，2000 年，第 1320 页。
③ 同上注，第 1321 页。
④ 《孝经·卿大夫章》，见李学勤主编，《孝经注疏》，《十三经注疏》，北京：北京大学出版社，
2000 年，第 12 页。

旨,《毛诗序》曰:"尹吉甫美宣王也,任贤使能,周室中兴焉。"① "夙夜匪懈,以事一人"的本义是"(仲山甫)能早起夜卧,非有懈倦之时,以常尊事此一人之宣王也。"② 这里儒家引用该诗句,主要是为了阐述卿大夫为实行孝道所应尽的职责,即早起晚睡从不懈怠,尽心尽职侍奉君主。引诗义与诗本义也是相符合的。

《孝经》引小雅4篇,具体情况如下:

1.《诸侯章》云:

> 在上不骄,高而不危;制节谨度,满而不溢。高而不危,所以长守贵也;满而不溢,所以长守富也。富贵不离其身,然后能保其社稷,而和其民人,盖诸侯之孝也。诗云:"战战兢兢,如临深渊,如履薄冰。"③

这段话论述诸侯之孝道,指出诸侯应该处在上位而不骄纵,节制费用,遵循礼义法度,保持自身长久富贵、保护社稷并使民众和平安定,这就是诸侯的孝道。《毛诗序》曰:"《小旻》,大夫刺幽王也。"④ 该诗是讽刺幽王任用小人,表现了诗人唯恐遭祸的心情。"战战兢兢,如临深渊,如履薄冰"是说诗人每天战战兢兢地过日子,就像面临着深渊,像在冰上行走。此处引用该诗句,是告诫诸侯要戒惧小心,实行孝道。显然,引诗义与诗本义不符合。

2.《士章》云:

> 资于事父以事母而爱同;资于事父以事君而敬同。故母取其爱,而君取其敬,兼之者父也。故以孝事君则忠,以敬事长则顺。忠顺不失,以事其上,然后能保其禄位,而守其祭祀,盖士之孝也。诗云:

① 李学勤主编,《毛诗正义》,《十三经注疏》,北京:北京大学出版社,2000年,第1432页。
② 同上注,第1436页。
③《孝经·诸侯章》,见李学勤主编,《孝经注疏》,《十三经注疏》,北京:北京大学出版社,2000年,第10页。
④ 李学勤主编,《毛诗正义》,《十三经注疏》,北京:北京大学出版社,2000年,第862页。

"夙兴夜寐，无忝尔所生。"①

这一章论述用孝道侍奉君主就会忠，用恭敬态度去侍奉长辈就会顺从。士应该不违反忠和顺从，来侍奉自己的主上，就能保住自己的俸禄官位，祭祀自己的祖先，这便是士的孝道。《小雅·小宛》的主旨是"大夫刺幽王也"②，"夙兴夜寐，无忝尔所生"的本义是"当早起夜卧行之，无辱汝所生之父祖已"③，即劝诫幽王应该勤于政事，不要辱没了祖先的好名声。在这里引用，是奉劝士人早起晚睡，实行孝道，不要使父母的名誉受到污损，引诗义与诗本义基本相符。

3.《三才章》：

子曰："夫孝，天之经也，地之义也，民之行也。天地之经，而民是则之。则天之明，因地之利，以顺天下。是以其教不肃而成，其政不严而治。先王见教之可以化民也，是故先之以博爱，而民莫遗其亲；陈之于德义，而民兴行；先之以敬让，而民不争；导之以礼乐，而民和睦；示之以好恶，而民知禁。诗云：'赫赫师尹，民具尔瞻。'"④

这段话指出孝是天地间的法则，是人的行为标准，先王看到教化可以改善人心风俗，所以提倡博爱、宣传德义，用谦敬礼让来引导百姓，用礼乐来熏陶百姓，用赏罚使百姓明白好坏。《小雅·节南山》的主旨是："周室之衰，其卿大夫缓于谊而急于利，亡推让之风而有争田之讼，故诗人疾而刺之曰：'节彼南山，惟石岩岩。赫赫师尹，民具尔瞻。'尔好谊则民向仁而俗善，尔好利则民好邪而俗败。"⑤此处引用该诗句，是为了说明人们都看着统治者的行为（是否施行孝道），引诗义与诗本义不同。

---

① 《孝经·士章》，见李学勤主编，《孝经注疏》，《十三经注疏》，北京：北京大学出版社，2000年，第16页。

② 李学勤主编，《毛诗正义》，《十三经注疏》，北京：北京大学出版社，2000年，第869页。

③ 同上注，第872页。

④ 《孝经·三才章》，见李学勤主编，《孝经注疏》，《十三经注疏》，北京：北京大学出版社，2000年，第22页。

⑤ ［清］王先谦，《诗三家义集疏》，上海，上海古籍出版社，1995年，第605页。

4.《事君章》：

> 子曰："君子之事上也，进思尽忠，退思补过，将顺其美，匡救其恶，故上下能相亲也。诗云：'心乎爱矣，遐不谓矣？中心藏之，何日忘之！'"①

这一章论述孝子侍奉君主，被任用提拔时就专心想到尽忠，被废弃降职时就专心想到弥补过失，顺从和推行君主的美好举动，制止和纠正君主的错误言行，所以君臣间能够相互亲密。《毛诗序》说《小雅·隰桑》的主旨是"刺幽王也。小人在位，君子在野，思见君子，尽心以事之"。②《笺》曰："隰中之桑，枝条阿阿然长美，其叶又茂盛，可以庇荫人。兴者，喻时贤人君子不用而野处，有覆养之德也。正以隰桑兴者，反求此义，则原上之桑枝叶不能然，以刺小人在位，无德于民。思在野之君子，而得见其在位喜乐无度。"③实际这是一首妇女思念丈夫的诗，"心乎爱矣，遐不谓矣？中心藏之，何日忘之"的本义是说心里既然很爱，为什么不说出来呢？心中蕴藏着感情，哪一天又能忘记呢？《孝经》作者此处引用比喻君臣间的融洽关系，引诗义与诗本义不符合。

二、《孝经》所引风诗

《孝经》引曹风1篇，其《圣治章》云：

> 子曰："天地之性，人为贵。人之行，莫大于孝。……故不爱其亲而爱他人者，谓之悖德；不敬其亲而敬他人者，谓之悖礼。以顺则逆，民无则焉；不在于善，而皆在于凶德，虽得之，君子不贵也。君子则不然，言思可道，行思可乐，德义可尊，作事可法，容止可观，进退可度，以临其民。是以其民畏而爱之，则而象之，故能成其德

---

① 《孝经·事君章》，见李学勤主编，《孝经注疏》，《十三经注疏》，北京：北京大学出版社，2000 年，第 64 页。

② 李学勤主编，《毛诗正义》，《十三经注疏》，北京：北京大学出版社，2000 年，第 1082 页。

③ 同上。

教，而行其政令。诗云：'淑人君子，其仪不忒。'"①

这一章论述天地间的万物中，人是最贵重的。人的德行中，孝道是最重要的。不爱自己的父母却爱其他人，这是违背道德；不尊敬自己的父母却尊敬其他人，这是违背礼义。不追求敬与爱的善良品德，却一心追求违反人心和礼义的坏品德，即使一时取得成效，也是君子所不推崇的。只有推行孝道，才能得到人民的拥护和爱戴，才能"行其政令"。《曹风·鸤鸠》的主旨是："刺不壹也。在位无君子，用心之不壹也。"②用鸤鸠起兴，实际上说真正在位的人不称其服，更不称其职。"淑人君子，其仪不忒"的本义是"执义如一，无疑贰之心"③，此处引用，其义为"善良的君子，仪表规范无差错"，这就是应该做到儒家所要求的"言思可道，行思可乐，德义可尊，作事可法，容止可观，进退可度，以临其民"，引诗义与诗本义不符合。

从《孝经》引《诗》的具体分析可以看出，《孝经》的作者非常熟悉《诗》，无论是论述孝道的重要性，还是论述实行孝道的功效和作用，抑或是阐明实行孝道的方法、途径，都不断以《诗》为依据，多次引用《诗》。其所引几乎全部为雅诗，只有一处引用了风诗，这反映出儒家对雅诗高度重视和乐于征引的态度。《孝经》中引《诗》，其引诗义与诗本义大多相符。不管引诗义与诗本义是否相符，都说明儒家是把《诗》奉为圣典的，《诗》成为儒家论证其孝道思想的理论依据。

---

① 《孝经·圣治章》，见李学勤主编，《孝经注疏》，《十三经注疏》，北京：北京大学出版社，2000 年，第 33 页。

② 李学勤主编，《毛诗正义》，《十三经注疏》，北京：北京大学出版社，2000 年，第 557 页。

③ 同上注，第 560 页。

第十章
先秦儒家典籍引《诗》综论

在诸子学派中，儒家学派特别注重继承和发展周代的礼乐文化，因此，集中体现礼乐精神的《诗》成为儒家哲学思想体系的重要组成部分。《诗》所蕴含的思想精神、作用及其品质特性都从不同方面被体认和关注。由儒家学派师徒相承及引诗论理和论诗、解诗的不断阐发过程中，《诗》与《书》《易》等其他元典一起，共同构成了儒家对文化经典的升华转换后焕发着时代精神的观念体系。如果说《诗》在编辑之初即具有了走向经学的内在规定性，而春秋赋诗积累了走向经学阐释的实践经验，那么儒家用诗、论诗奠定了《诗》走向经学的理论基础。

第一节　先秦儒家典籍引《诗》的定量分析

综观《论语》《孟子》《荀子》《礼记》《孝经》等先秦儒家典籍引《诗》，共涉及今《诗经》篇目 99 篇，其中风诗 25 篇，分别为周南 4 篇：《关雎》《卷耳》《葛覃》《桃夭》；邶风 5 篇：《雄雉》《凯风》《柏舟》《谷风》《燕燕》；卫风 3 篇：《淇奥》《硕人》《氓》；豳风 3 篇：《鸱鸮》《七月》《伐柯》；曹风 3 篇：《鸤鸠》《候人》《蜉蝣》；鄘风 2 篇：《相鼠》《鹑之奔奔》；齐风 2 篇：《南山》《东方未明》；郑风 1 篇：《缁衣》；魏风 1 篇：《伐檀》；秦风 1 篇：《小戎》。

雅诗 59 篇，其中小雅诗 33 篇，分别为：《小旻》《隰桑》《小弁》《巧言》《正月》《大田》《伐木》《车攻》《北山》《大东》《小明》《采菽》《楚茨》《鱼丽》《裳裳者华》《角弓》《何人斯》《鹤鸣》《黍苗》《节南山》《十月之交》《出车》《緜蛮》《无将大车》《小宛》《常棣》《车辖》《巷伯》《都人士》《鹿鸣》《蓼萧》《南山有台》《宾之初筵》。大雅诗 26 篇，分别为：《抑》《灵台》《思齐》《皇矣》《公刘》《緜》《文王有声》《文王》《假乐》《板》《荡》《桑柔》《云汉》《下武》《烝民》《既醉》《常武》《民劳》《大明》《泂酌》《卷阿》《生民》《旱麓》《江汉》《崧高》《棫朴》。

颂诗 15 篇，其中周颂 10 篇，分别为：《我将》《天作》《执竞》《时迈》《烈文》《振鹭》《维天之命》《昊天有成命》《清庙》《有瞽》；鲁颂 1 篇：《閟宫》；商颂 4 篇，分别为：《长发》《那》《玄鸟》《烈祖》。

先秦儒家典籍引《诗》比例见下表：

表 39：先秦儒家典籍引《诗》比例情况

引《诗》分类	《诗经》篇目	先秦儒家典籍引《诗》涉及的篇目	先秦儒家典籍引《诗》涉及的篇目在《诗经》中所占比例
风	160	25	15.6%
小雅	74	33	44.6%
大雅	31	26	83.9%
三颂	40	15	37.5%
总计	305	99	32.5%

先秦儒家典籍中引用次数排在前位的诗句见下表：

表 40：先秦儒家典籍引《诗》中所引诗句次数情况

引《诗》著作	所引诗句	引《诗》出自的篇目	分类	引用次数
《孟子》《荀子》《礼记》《孝经》	自西自东，自南自北，无思不服。	《文王有声》	大雅	6
《荀子》《礼记》《孝经》	淑人君子，其仪不忒。	《鸤鸠》	曹风	6
《荀子》《礼记》《孝经》	恺悌君子，民之父母。	《泂酌》	大雅	4
《荀子》《礼记》	温温恭人，惟德之基。	《抑》	大雅	4
《荀子》《礼记》	无言不仇，无德不报。	《抑》	大雅	3
《荀子》《礼记》	孝子不匮。	《既醉》	大雅	3
《荀子》《礼记》	德𬨎如毛，民鲜克举之。	《烝民》	大雅	3
《论语》《荀子》《孝经》	战战兢兢，如临深渊，如履薄冰。	《小旻》	小雅	3
《礼记》《孝经》	赫赫师尹，民具尔瞻。	《节南山》	小雅	3
《荀子》《礼记》	礼仪卒度，笑语卒获。	《楚茨》	小雅	3
《荀子》《礼记》	既明且哲，以保其身。	《烝民》	大雅	2
《孟子》《礼记》	既醉以酒，既饱以德。	《既醉》	大雅	2
《荀子》《礼记》	朋友攸摄，摄以威仪。	《既醉》	大雅	2

引《诗》著作	所引诗句	引《诗》出自的篇目	分类	引用次数
《孟子》《礼记》	周虽旧邦，其命维新。	《文王》	大雅	2
《孟子》	永言配命，自求多福。	《文王》	大雅	2
《礼记》	穆穆文王，於缉熙敬止！	《文王》	大雅	2
《礼记》《孝经》	有觉德行，四国顺之。	《抑》	大雅	2
《论语》《礼记》	白圭之玷，尚可磨也。斯言之玷，不可为也。	《抑》	大雅	2
《荀子》《礼记》	先民有言，询于刍荛。	《板》	大雅	2
《荀子》	介人维藩，大师维垣。	《板》	大雅	2
《孟子》《荀子》	刑于寡妻，至于兄弟，以御于家邦。	《思齐》	大雅	2
《荀子》	明明在下。	《大明》	大雅	2
《荀子》	王犹允塞，徐方既来。	《常武》	大雅	2
《礼记》《孝经》	心乎爱矣，遐不谓矣？中心藏之，何日忘之！	《隰桑》	小雅	2
《荀子》《礼记》	民之无良，相怨一方；受爵不让，至于己斯亡。	《角弓》	小雅	2
《荀子》	为鬼为蜮，则不可得；有靦面目，视人罔极。作此好歌，以极反侧。	《何人斯》	小雅	2
《孟子》《荀子》	普天之下，莫非王土；率土之滨，莫非王臣。	《北山》	小雅	2
《孟子》《荀子》	周道如砥，其直如矢。君子所履，小人所视。	《大东》	小雅	2
《荀子》	天作高山，大王荒之；彼作矣，文王康之。	《天作》	周颂	2
《孟子》	戎狄是膺，荆舒是惩。	《閟宫》	鲁颂	2

引《诗》著作	所引诗句	引《诗》出自的篇目	分类	引用次数
《论语》《荀子》	如切如磋，如琢如磨。	《淇奥》	卫风	2
《孟子》《荀子》	忧心悄悄，愠于群小。	《柏舟》	邶风	2
《礼记》	凡民有丧，扶服救之。	《谷风》	邶风	2
《孟子》《礼记》	取妻如之何？必告父母。	《南山》	齐风	2
《孟子》《荀子》	昼尔于茅，宵尔索绹。亟其乘屋，其始播百谷。	《七月》	豳风	2
《荀子》《礼记》	言念君子，温其如玉。	《小戎》	秦风	2
《荀子》	礼义之不愆，何恤人之言兮。		逸诗	2

第二节　先秦儒家典籍引《诗》比较研究

先秦儒家在著述中频繁引《诗》、论诗，主要是基于这样的背景：一、政治背景：制度的变迁。春秋末期至战国时代，列国纷争，战争频仍，社会动荡不安。旧的奴隶主贵族、王公大人腐败堕落，奢侈淫逸；新兴的统治者通过战争兼并、掠夺，聚敛钱财，大肆挥霍。新旧交替时代，完全以武力维护政治统治，旧有的礼乐制度已经失去了原有的权威性、规范性。二、文化背景：《诗》乐的分离。其主要原因是礼乐制度的崩坏，当时礼乐制度赖以存在的社会政治根基——周天子的统治已经形同虚设。"从西周到春秋中叶，诗与乐是合一的，乐与礼是合一的。春秋末叶，新声起了。新声是有独立性的音乐，可以不必附歌词，也脱离了礼节的束缚。因为这种音乐很能悦耳，所以在社会上占极大的势力，不久就把雅乐打倒……

雅乐成为古乐，更加衰微得不成样子。一二儒者极力拥护古乐诗，却只会讲古诗的意义，不会讲古乐的声律。因为古诗离开了实用，大家对它有一点历史的态度。但不幸大家没有历史的智识可以帮着研究，所以结果只造成了许多附会。"① 《诗》虽然与礼乐分离，但《诗》的礼乐精神赖文本而存在，《诗》的文本经典意义所具有的权威性使得《诗》在社会生活中依然发挥着作用。《诗》由以声为用到以义为用的转折，给思想家们提供了一个升华其精神观念的历史契机，"历史的态度"也就是指对《诗》中所反映的礼乐文化内涵的继承和阐释。特别是儒家学派的引《诗》、解诗和论诗，都是在《诗》乐分离的文化背景下所进行的对《诗》的文化价值的开掘。三、思想背景：道术将为天下裂。春秋末期至战国时期，士人们怀着重建社会价值体现的宏图大志，试图为君子代言，为社会立法。各学派纷纷著书表述自己的政治主张，儒家学派因《诗》合乎其政治理想而对《诗》推崇备至，由此而产生的儒家诗学正是当时整个思想文化乃至社会政治运作过程中的一个有机组成部分。战国中后期儒家频繁地引《诗》、用诗既是不断儒学化的过程，也是尊诗为经的过程。如果说春秋赋诗断章还囿于具体的语境和具体的当下情志，那么儒家诸子诗说则更加具有抽象说理的系统性和理论性，标志着诗教传统的奠基和经学历程的开始。

诗教传统在春秋后期面临着危机，它伴随着周王朝礼乐制度的衰微而逐渐被人们所疏远、淡薄，《战国策》中策士们在政治、外交场合引《诗》日渐稀少就证明了这一点。宋王应麟《困学纪闻》云："霸者兴，'变风'息焉。然诗止于陈灵，在桓文之后。"② 明杨慎《升庵诗话》亦云："成康没而颂声寝，陈灵兴而变风息。"③ 正是在这种背景下，孔子以其强烈的文化

---

① 顾颉刚编著，《古史辨》（第三册）下编，上海：上海古籍出版社，1982 年，第 366 页。
② ［宋］王应麟，《困学纪闻》，济南：山东友谊书社，1992 年，第 178 页。
③ ［明］杨慎，《升庵诗话》，见王仲镛，《升庵诗话笺证》，上海：上海古籍出版社，1987 年，第 109 页。

使命感和现实忧患意识，致力于恢复周公时代的礼乐制度，其中一个很重要的内容就是对"诗三百"的崇尚和传播。《论语》引《诗》的特点是以礼说诗，援诗说礼，为后世儒家诗教实践提供了基本范式。由于孔子的思想核心是恢复和建立一个"礼"治社会，因此，在研究和传授《诗经》的过程中，他往往以礼说诗，或者援诗说礼。如《八佾》篇：子夏问曰："'巧笑倩兮，美目盼兮，素以为绚兮'，何谓也？"子曰："绘事后素。"曰："礼后乎？"子曰："起予者商也！始可与言诗已矣。"在这里，子夏把一首描写青春少女容貌神情的诗句的内涵转化为富有浓郁伦理色彩的论题，而这正是孔子所希望产生的教育效果，故而使孔子非常满意。《述而》篇载：子曰："暴虎冯河，死而无悔者，吾不与也。必也临事而惧，好谋而成者也。"此语出自《小雅·小旻》："不敢暴虎，不敢冯河。人知其一，莫知其他。战战兢兢，如临深渊，如履薄冰。"孔子在此借用诗句表达"人无远虑，必有近忧"的观点。《礼记》作为一部阐述儒家礼治思想的著作，其中多次借孔子之口援诗说礼，如《中庸》篇云：子曰："舜其大孝也与！德为圣人，尊为天子，富有四海之内。宗庙飨之，子孙保之。故大德得其位，必得其禄，必得其名，必得其寿。故天之生物，必因其材而笃焉。故栽者培之，倾者覆之。诗曰：'嘉乐君子，宪宪令德。宜民宜人，受禄于天。保佑命之，自天申之。'故大德者必受命。"①引用《大雅·假乐》的诗句论证有大德的人必定能秉受天命。通过这种引述方式，《诗》的伦理教化功能能不断得到凸现和强化。此后儒家解诗大多沿袭这一方式，如《毛诗序》以及朱熹解诗，也都注重挖掘每一首诗的伦理价值。可以说，后世儒家能够把《诗》列为"五经"之首，使之成为中国古代文化中的"圣典"，主要依赖于孔子的首倡之功。

宋王应麟《困学纪闻》云："自赐商之后，言诗莫若孟子"②，甚至认

---

① 《礼记·中庸》，见王文锦，《礼记译解》（下），北京：中华书局，2001 年，第 781 页。
② ［宋］王应麟，《困学纪闻》，济南：山东友谊书社，1992 年，第 222 页。

为"学诗必自孟子始"①。王国维也曾赞叹："善哉，孟子之言诗也"。孟子作为孔子之后儒家学派的代表人物，更加自觉地弘扬诗教传统。在《孟子》一书中引《诗》达 37 处，可见《诗》在孟子心中的重要地位。孟子最早把《诗》的兴衰与"圣王政治"联系起来："王者之迹息而诗亡，诗亡然后《春秋》作。"②对此，明焦竑认为："孟子之言，实二经终始之要，义理之所关也。"③孟子不仅揭示了《诗》与《春秋》之间历史精神的一脉相承，而且包含着对西周以前诗教制度的肯定和向往。孟子引《诗》基本上都是为自己的论证服务的，借《诗》来追述和寻觅"王者之迹"，体现了"以诗为史"的用《诗》方法，同时也使《诗》的伦理教化功能更加突出。如《告子上》：孟子曰："欲贵者，人之同心也。人人有贵于己者，弗思耳矣。人之所贵者，非良贵也。赵孟之所贵，赵孟能贱之。诗云：'既醉以酒，既饱以德。'言饱乎仁义也，所以不愿人之膏粱之味也。令闻广誉施于身，所以不愿人之文绣也。"④引用《大雅·既醉》的诗句论证"人人有贵于己者"。又如，在论述"老吾老以及人之老，幼吾幼以及人之幼"的观点时，孟子引用了《大雅·思齐》中的诗句"刑于寡妻，至于兄弟，以御于家邦"来阐明自己的"推恩"思想，即"推恩足以保四海，不推恩无以保妻子。古之人所以大过人者，无他焉，善推其所为而已矣"⑤。前文对《孟子》引《诗》的研究表明，在孟子论辩引用《诗》时，其十之八九都出自雅、颂，引用国风诗篇的比例较小，究其原因，笔者以为，雅、颂更加直接而且集中地反映了周王朝的政治体制、礼乐规范和伦理生活，其中许多诗篇都是以史诗的形式记录周王朝民族繁衍和迁徙立国的过程，包含极为丰富深刻的历史启迪。相比而言，十五国风大多是"桑间陌上"之作，具有强

---

① ［宋］王应麟，《困学纪闻》，济南：山东友谊书社，1992 年，第 222 页。
② 杨伯峻，《孟子译注》，北京：中华书局，1960 年，第 192 页。
③《焦氏笔乘》，见［清］伍崇曜辑，《奥雅堂丛书》。
④ 杨伯峻，《孟子译注》，北京：中华书局，1960 年，第 271 页。
⑤ 同上注，第 16 页。

烈的民间色彩和生活气息。如果说十五国风更多地属于爱情诗、劳动诗和生活诗的话，雅、颂则更多地属于政治诗、宗教诗、礼仪诗和历史诗。朱熹认为："风者，民俗歌谣之诗也。""雅者，正也，正乐之歌也。……故或欢欣和说，以尽群下之情；或恭敬齐庄，以发先王之德。"① 因此，孟子在实践诗教的过程中，自然要重雅、颂而轻国风。

关于荀子引《诗》，朱自清先生在《诗言志辨》中说："《荀子》引《诗》，常在一段议论之后，作论断之用"②，并认为"荀子影响汉儒最大……汉人的诗教，他该算是开山祖师"③。可见荀子在诗学方面的影响巨大。荀子进一步肯定和确立了《诗》作为"先王之道"的崇高地位，在《荣辱》篇中，他批评"偷生浅知之属"只知道追求眼前的衣食温饱，而不知"长虑顾后"时说："况夫先王之道，仁义之统，诗书礼乐之分乎！彼固为天下之大虑也，将为天下生民之属，长虑顾后而保万世也。其流长矣，其温厚矣，其功盛姚远矣，非顺孰修为之君子，莫之能知也。"④ 在《劝学》篇中，他主张为学"其数则始乎诵《经》，终乎读礼"⑤。并认为"故风之所以为不逐者，取是以节之也，小雅之所以为小雅者，取是而文之也，大雅之所以为大雅者，取是而光之也，颂之所以为至者，取是而通之也。天下之道毕是矣"⑥。荀子把《诗》的地位和功用推崇到无以复加的程度，从而为汉儒以诗为经、以诗为教打下了坚实的基础。《荀子》引《诗》方式大抵有以下两种：一是先陈述自己的观点，再引《诗》，也即引用圣人之言来表明自己观点的绝对真理性；二是先引《诗》，再解说自己对《诗》

---

① ［宋］朱熹，《朱子全书·诗集传》，上海：上海古籍出版社，2002年，第401、543页。

② 朱自清，《诗言志辨》，上海：华东师范大学出版社，1996年，第111页。

③ 同上。

④《荀子·荣辱》，见［清］王先谦，《荀子集解》（诸子集成本），北京：中华书局，1954年，第43页。

⑤《荀子·劝学》，见［清］王先谦，《荀子集解》（诸子集成本），北京：中华书局，1954年，第7页。

⑥《荀子·儒效》，见［清］王先谦，《荀子集解》（诸子集成本），北京：中华书局，1954年，第85页。

中圣人之志的理解。前一种情况在荀子引《诗》中占绝对主导地位，有 60 余处，而且几乎无一例外地在最后都加上"此之谓也"的字样，这种文法实际上暗示了《诗》作为经典的不可更改性，从一个侧面说明此时《诗》的经学化已经完成。

对孔、孟、荀儒家三个重要人物引《诗》情况及其各自特点做纵向考察、分析，可以明显看出先秦儒家《诗》渐被经学化的轨迹。孔子很少引诗言志、说明自己的观点，而到了孟子的手中，引《诗》逐渐增多，是为了论证自己"仁政""王道"的思想服务。荀子引《诗》则是在先秦诸子中最为丰富的，儒家诗学中"宗经"的思想已显露无遗，《诗》被提升到经典的地位，这都与荀子的重视和引《诗》、说诗的实践密不可分。

如果做整体考察并结合表 39 分析，我们发现，先秦儒家典籍引《诗》总体上有一个显著的特点，那就是多引雅、颂，较少征引风诗。如《论语》引雅诗 2 篇，风诗 4 篇；《孟子》引雅诗 23 篇，颂诗 2 篇，风诗 6 篇；《荀子》引雅诗 34 篇，颂诗 5 篇，风诗 8 篇；《礼记》引雅诗 37 篇，颂诗 9 篇，风诗 18 篇；《孝经》引雅诗 9 篇，风诗 1 篇。从比例上来讲，先秦儒家典籍引雅、颂的比例较高，引风的比例偏低。此种状况表明，在儒家学者的眼中，雅、颂的地位似乎更高，而风诗的地位则相对较低，这可能与风诗多是民间土歌，而雅、颂多是王朝乐歌有关。不管如何，先前儒家引《诗》、说诗中所反映的诗学思想，由一个动态发展变化的过程，最终趋向于《诗》的经学化，为后来《诗》被奉之为《经》，由"六艺"之一变为"六经"之一，并被立为官学创造了必要的条件和学术氛围。

第三节　先秦儒家典籍引《诗》对《诗》之成"经"的推动作用

朱自清先生指出："周人所习之文，似乎只有《诗》《书》；礼乐是行，不是文。《礼古经》等大概是战国时代的记载，所以孔子只说'执礼'；乐本无经，更是不争之论。而《诗》在乐章、古籍中屡称'诗三百'，似乎都是人所常习；《书》不便讽诵，又无一定的篇数，散篇断简，未必都是人所常习。《诗》居六经之首，并不是偶然的。"①这里，朱自清先生把"诗在乐章""人所常习""便于讽诵"等作为《诗》居六经之首的重要原因，的确很有见地。但一部伟大文化经典的地位与影响的确立，绝非是一个自然而然的过程，它还有赖于当时以及后世统治阶级及其知识分子的倡导与传承。正如冯天瑜先生所说："事实上，典籍的价值不单由文本自身的性状决定，还得经由阅读者的理解和重铸方能实现。历代阅读者、解释者的反复参与，不仅造成典籍的'增值'或'减值'，还会导致典籍价值体系的重构，以至典籍常释常新，没有终期，这便是'《诗》无达诂，《易》无达占，《春秋》无达辞'的缘由所在。"②

先秦儒家典籍引《诗》表明，《诗》与儒家思想结合在一起，经历了从文学的《诗》到经学的《诗》这样一个过程，在诗的本义与异化间徘徊，成为一种独特的文化现象。以孔子为首的儒家数代思想家们，总结了周代历史的经验，将周代的礼乐文化转化为以道德精神为内核的儒家治世思想，将《诗》《书》等文化典籍的思想精神作为垂教后世的思想教本，从理论上将其总结和阐发为儒家的思想经典，迈出了走向经学的重要一步。秦汉的战火并未能焚毁思想，薪火传承下来的儒家思想终于成为坐稳了江山以后的汉代统治者首选的治世之道，承载着儒家思想的《诗》等经典从此成为国家的治世大典，《诗》在两汉儒者的阐释下，终于成为国家的主流意识形态，成为主宰人们思想意识的教化纲领，《诗》完成了从《诗》走向"经"的历程。

由《诗》到"经"的结果并不是偶然的，是中国古代人们对传统文

---

① 朱自清，《诗言志辨》，上海：华东师范大学出版社，1996年，第106页。
② 冯天瑜，《中华元典精神》，武汉：武汉大学出版社，2006年，第3页。

化的选择和发展。从《诗》到"经"具有必然性：一、《诗》成为周代礼乐制度组成部分的历史渊源；《诗》的源起与诗的起源的必然联系。诗起源于人类的生存实践，发展于原始巫术礼仪；原始之诗传达人类的主观意志和生命体验；原始之诗宣释和教化原始伦理。正因为诗在原始文化中具有如此重要的作用和功能，诗在原始文化中占据崇高的地位，这才会使后世的统治阶层利用诗这一利器来统治和控制人们的思想，人们也能够不知不觉地在这种文化氛围中心甘情愿地获得文化价值的认同。周代统治者编《诗》的源起，正是基于这个深远的文化背景。周代基于礼乐制度而编的《诗》，不仅是周代的统治思想和文化精神的体现，还由此影响了中国文化发展的方向。可以说，《诗》源起于周代的礼乐制度，是诗与王权结合的产物，是推行宗法礼乐精神的物质载体，集中体现了周代社会的礼乐精神。《诗》的编辑体现了周代统治者对其政治教化作用清醒的理性认识。二、作为礼乐制度的组成部分和宣传工具，《诗》本身所宣教的礼乐精神对《诗》走向经学的内在规定性。诗与周代礼乐政治的结合，使诗具备了礼乐思想的意义和政教的属性。在长期的社会实践中，西周统治者依靠礼乐制度成功地使周族站稳脚跟并开创了西周盛世，于是礼乐的内容成了公认的、具有权威性的教条。《诗》自伴随着礼乐制度产生以后便具有了公认的、固定的含义，与礼乐制度一起成为社会活动的规范和标准，其所具有的意义被认为是符合礼的原则的。三、春秋时代《诗》的流传、应用铸成的《诗》文本的经典意义。《诗》本身所蕴含的礼乐精神，在礼乐文化中本身已经成为经典的素材，但是《诗》文本成为"义之府"，是在《诗》的应用中逐渐确立起来的。春秋时代引《诗》、赋诗的用诗过程，就是《诗》的经典化过程，是《诗》走向经学的桥梁。春秋中期以后大量的引《诗》、赋诗，充满着使之经典化的诠释活动，广泛应用于政治、外交方面的《诗》虽然有时还配合仪式而用，但更多的时候是脱离了仪式和音乐的形式，而突出了《诗》文本的意义。春秋用诗使《诗》政治与道德的文本意义得到了阐发。四、孔子将礼乐精神提炼为儒家哲学体系，其弟子及再传弟子传承并阐释和发挥孔子思想，而孔门诗教又影响了汉代的经学。五、在汉代政治和思想的背景下，经学家对汉以前诗说的选择、继承和阐释，建构了汉代《诗经》学的体系。汉代儒生把《诗经》当作政治课本，挖空心思从其中搜寻先王事迹、圣人遗训。其所述说《诗》义都是从《诗》的教化作用出发，《毛诗序》便是其中的代表。《毛诗序》是属于题解性质的文字，是为介绍与《诗》相关的知识而作，是《诗》的辅助材料，文字的指向是在《诗》外。汉儒解诗的基本立足点是建立在经学至上的观念上，在注解《诗经》时，总要从历史中找出典型的人物或事件，附会于不相关的诗篇，并加以伦理道德的评价，使读者在读诗的过程中受到儒家特色的思维模式的影响。

可见，在礼乐制度崩坏以后，《诗》所蕴含的思想意义仍然是春秋时代的精神元典，仍然是儒家学派阐发哲学思想的理论源泉。也正因为如此，汉代的儒者才在大一统的帝国思想意识支配下，将诗即《诗》仍然看作能够"正得失，动天地，感鬼神""先王以是经夫妇，成孝敬，厚人伦，美教化，移风俗"的重要手段和教化经典。"夫经籍也者，机神之妙旨，圣哲之能事，所以经天地、纬阴阳、正纪纲、弘道德，显仁足以利物，藏用足以独善。"① 这就揭示了中华元典的人文倾向：以政治—伦常为旨趣，其基本使命是"树风声，流显号，美教化，移风俗"。② 可以说，《诗》因为本身所承载的浓厚的政治教化功能而被推崇与承传。

① ［唐］魏征等，《隋书·经籍志一》，北京：中华书局，1973 年，第 903 页。
② 同上。

先秦非儒家典籍引《诗》研究

先秦非儒家著述中的引《诗》情况，同样反映了《诗》的流传广泛。虽然非儒家对《诗》表现出冷漠、贬斥和批判的态度，在著述中征引较少，但这种现象从另一个角度揭示出《诗》经学化的演进轨迹。

与先秦儒家典籍相比，非儒家诸子较少在著述中引《诗》、论诗。随着《诗》流传得越来越深广，非儒家诸子对《诗》批判的力度也越来越大，手段也有变化，这和儒家从孔子到孟子直至荀子"以诗为经"的观念越来越深入正相对应。本书下编研究了《晏子春秋》《墨子》《庄子》《韩非子》《吕氏春秋》①等非儒家著作的引《诗》情况，这是《诗》在儒家之外流传的另外一种景象，换一个角度来看，同样反映了《诗》的流传广泛，影响深远。

　　① 《晏子春秋》一书的作者和成书年代，自古以来颇多争论。有人认为此书是晏婴本人所撰。如《隋书·经籍志》就说："《晏子春秋》七卷，齐大夫晏婴撰。"也有人认为是墨家后学所为。唐代柳宗元说："吾疑其墨子之徒有齐人者为之。墨好俭，晏子以俭名世，故墨子之徒尊著其事以增高为己术者。"又有人怀疑是六朝后人伪造。清代管同《因寄轩文集》说："吾谓汉人所言《晏子春秋》不传久矣，世所有者，后人伪为者耳……其文浅薄过甚，其诸六朝后人为之者欤？"国学大师吴则虞先生曾编著《晏子春秋集释》，认为《晏子春秋》的作者是淳于越。现在，一般的看法是，此书成书于战国中后期，作者可能不止一人，很可能出自众手。对于《晏子春秋》的归类，即它所属的学派，历来也有不同的看法。《汉书·艺文志》《七略》等把它归入儒家，认为此书"义理可法，皆合六经之义"。而柳宗元认为其"宜列之墨家"。非墨非儒的说法可能比较接近于实际，因为从《晏子春秋》所反映的内容看，它表现出来的近似于儒家学说的思想在孔子之前，自然就不能把它划到后起的儒家学派中去，不然，晏子就成了儒家学派的创始人了。它表现出来的近似于墨家思想的尚俭观点与墨家尚俭的目的、作用也迥然不同，因此也不能把它归入到墨家学派去。故本书将其列入先秦非儒家典籍进行研究。
　　《吕氏春秋》是战国末年（公元前 221 年前后）秦国丞相吕不韦组织属下门客们集体编纂的杂家著作，又名《吕览》，在公元前 239 年写成，当时正是秦国统一六国前夜。其内容驳杂，兼有儒、道、墨、法、兵、农、纵横、阴阳等各家思想，《汉书·艺文志》将其列入杂家。本书将其列入先秦非儒家典籍，并作为杂家的代表著作进行研究。

第十一章

《晏子春秋》引《诗》考论

　　《晏子春秋》一书集中而详细地记载了春秋末期齐国大夫晏子的思想和言行，体现了晏子的政治主张。其中多次引《诗》，反映了晏子及其周围人对《诗》的接受和应用情况，从中可以看出以晏子为代表的非儒家派别对《诗》的肯定态度以及《诗》作为论说依据所发挥的功能、作用。

第一节　晏子的政治思想及诗学观念

　　春秋末期，王权衰落，诸侯纷争，诸子百家之学应风而起，作为齐国大夫，晏子的思想十分复杂。他站在贵族阶级的立场上，不愿看到王权衰落，为了维护奴隶制政权，他强调"不可变古"，反映了他思想中保守的一面。为了争取民心，他提出了一系列对百姓有益的主张，如爱民、省刑、薄敛、戒奢等。可以说，《晏子春秋》是晏子根据社会实际情况，根据自己所侍奉的君王的不同性格特征而形成的政治思想的反映。

　　晏子政治思想的核心首先就是"德治"，对于道德与政治的关系，晏子认为道德是政治的基础和根本。究竟什么是政治的根本？是力、刑、伐，还是德、仁、礼？对待这一问题，晏子坚持德为政本，实行王道，而反对崇力贬义，滥施刑伐。

齐庄公矜勇力，不顾行义；齐景公养勇士三人，无君臣之义，晏子对此均提出劝谏，要君主以德作为政治的根本，勇力必须服从德义，如果仅有勇力，而"上无君臣之义，下无长率之伦，内不以禁暴，外不可威敌，此危国之器也"。① 勇力只有符合礼义，才有价值。"婴闻之，轻死以行礼谓之勇，诛暴不避强谓之力。故勇力之立也，以行其礼义也。汤武用兵而不为逆，并国而不为贪，仁义之理也。诛暴不避强，替罪不避众，勇力之行也。古之为勇力者，行礼义也；今上无仁义之理，下无替罪诛暴之行，而徒以勇力而立于世，则诸侯行之以国危，匹夫行之以家残。昔夏之衰也，有推侈、大戏；殷之衰也，有费仲、恶来，足走千里，手裂兕虎，任之以力，凌轹天下，威戮无罪，崇尚勇力，不顾义理，是以桀纣以灭，殷夏以衰。"② 晏子用历史的经验教训告诫庄公，只讲勇力、不循礼义必然乱政亡国。

崇德贬力，体现在内政方面，就是要先教后刑，慎于刑罚。表现在外交方面，就是要以德化之，慎于讨伐。总之，晏子认为政治之本在道德而不在力霸。那么，这种本中之本又是什么呢？晏子也同孔子等儒者的看法一样，即君德好坏是决定治乱兴衰的根本。他说："古之王者，德厚足以安世，行广足以容众，诸侯戴之，以为君长，百姓附之，以为父母。是故天地四时和而不失，星辰日月顺而不乱，德厚行广，配天象时，然后为帝王之君，明神之主。"③ 晏子还以齐国先君桓公因德行之变化引起治乱之变化

---

① 《晏子春秋·内篇谏下第二十四》，见［清］张纯一，《晏子春秋校注》（诸子集成本），北京：中华书局，1954 年，第 64 页。

② 《晏子春秋·内篇谏上第一》，见［清］张纯一，《晏子春秋校注》（诸子集成本），北京：中华书局，1954 年，第 2 页。

③ 《晏子春秋·内篇谏上第十四》，见［清］张纯一，《晏子春秋校注》（诸子集成本），北京：中华书局，1954 年，第 20 页。

的事迹劝谏景公要修德以长保国家。

应该如何实行德治呢？晏子认为最主要的就是施仁于民、实行仁政，强调礼制。晏子同儒家的认识也是一样的，即认为民为邦本、仁民得国。晏子说："卑而不失尊，曲而不失正者，以民为本也。苟持民矣，安有遗道！苟遗民矣，安有正行焉！"①"谋度于义者必得，事因于民者必成。……故臣闻义谋之法以民事之本也，故及义而谋，信民而动，未闻不存者也。昔三代之兴也，谋必度其义，事必因于民。及其衰也，建谋不及义，兴事伤民。故度义因民，谋事之术也。"②

晏子的德治主义不仅主张施仁于民、实行仁政，而且还非常强调礼制，主张以仁得民，以礼御民。礼的本质，在晏子看来，就是："君令臣忠，父慈子孝，兄爱弟敬，夫和妻柔，姑慈妇听，礼之经也。君令而不违，臣忠而不二，父慈而教，子孝而箴，兄爱而友，弟敬而顺，夫和而义，妻柔而贞，姑慈而从，妇听而婉，礼之质也。"③很明显，晏子所谓的礼，是实行于社会各个阶层之中的一种行为准则，并认为君臣关系也好，家庭关系也罢，只要按礼办事，就能营造出一种和谐融洽的人际关系。同时，我们可以看出，晏子主张的礼不是一种单向的强制压迫，而是一种双向的平等反馈，这与等级森严的周礼比较起来，不能不说是齐国礼治中的一大特色。

在前人的基础上，晏子发展了礼的内容，突破了"礼不下庶人"传统原则的藩篱。他认为"礼者，所以御民也"④，强调"夫礼者，民之纪，纪

①《晏子春秋·内篇问下第二十一》，见［清］张纯一，《晏子春秋校注》（诸子集成本），北京：中华书局，1954 年，第 116 页。

②《晏子春秋·内篇问上第十二》，见［清］张纯一，《晏子春秋校注》（诸子集成本），北京：中华书局，1954 年，第 83 页。

③《晏子春秋·外篇上第十五》，见［清］张纯一，《晏子春秋校注》（诸子集成本），北京：中华书局，1954 年，第 195 页。

④《晏子春秋·内篇谏下第二十五》，见［清］张纯一，《晏子春秋校注》（诸子集成本），北京：中华书局，1954 年，第 66 页。

乱则民失，乱纪失民，危道也"①，认为礼同样适用于平民百姓，是治理人民的一种良策。对于大臣，晏子则界定了这样的礼仪行为准则："衣冠不中，不敢以入朝；所言不义，不敢以要君；行己不顺，治事不公，不敢以莅众。"② 即衣服不端正，不敢进入朝廷；说话不符合义理，不敢来匡扶国君；行为不遵循礼仪规范，办事不公正，不敢临官署治理百姓。

对于礼的作用，晏子有自己独到的看法。他认为礼可以维护"君强臣弱"的纲常，防止"臣富主亡"的结局。唯有"在礼"，才可以做到"家施不及国，民不懈，货不移，工贾不变，士不滥，言不谄，大夫不收公利。"③ 即只要实行礼治，士农工商等各个阶层均会安分守己，社会秩序将会有条不紊。

作为一个政治家，晏子将礼与政治牢牢地结合在一起，认为礼是国家兴旺的砝码："夫乐亡而礼从之，礼亡而政从之，政亡而国从之。"④ 从正面讲就是：礼维护君主的权利，君主的权利维护国家的生存。他将礼的作用看得很重要："礼之可以为国也久矣，与天地并……先王之所以临天下也，以为其民，是故尚之"⑤，认为礼是立国、治国的法宝。

晏子以上的政治主张，虽然有与儒家相一致的一面，但他并不是完全肯定儒家的学说，《仲尼见景公景公欲封之晏子以为不可》载：

　　仲尼之齐，见景公，景公说之，欲封之以尔稽，以告晏子。晏

---

① 《晏子春秋·内篇谏下第十二》，见［清］张纯一，《晏子春秋校注》（诸子集成本），北京：中华书局，1954 年，第 48 页。

② 《晏子春秋·问上第十六》，见［清］张纯一，《晏子春秋校注》（诸子集成本），北京：中华书局，1954 年，第 87 页。

③ 《晏子春秋·外篇上第十五》，见［清］张纯一，《晏子春秋校注》（诸子集成本），北京：中华书局，1954 年，第 195 页。

④ 《晏子春秋·内篇谏上第六》，见［清］张纯一，《晏子春秋校注》（诸子集成本），北京：中华书局，1954 年，第 9 页。

⑤ 《晏子春秋·外篇上第十五》，见［清］张纯一，《晏子春秋校注》（诸子集成本），北京：中华书局，1954 年，第 195 页。

子对曰："不可。彼浩裾自顺，不可以教下；好乐缓于民，不可使亲治；立命而建事，不可守职；厚葬破民贫国，久丧道哀费日，不可使子民；行之难者在内，而传者无其外，故异于服，勉于容，不可以道众而驯百姓。自大贤之灭，周室之卑也，威仪加多，而民行滋薄；声乐繁充，而世德滋衰。今孔丘盛声乐以侈世，饰弦歌鼓舞以聚徒，繁登降之礼，趋翔之节以观众，博学不可以仪世，劳思不可以补民，兼寿不能殚其教，当年不能究其礼，积财不能赡其乐，繁饰邪术以营世君，盛为声乐以淫愚其民。其道也，不可以示世；其教也，不可以导民。今欲封之，以移齐国之俗，非所以导众存民也。"[1]

从这一段记载可以看出，晏子虽然尊周礼、讲仁义，但反对儒家的繁文缛节和乐教主张，明显受到了墨家思想的影响。关于晏子对音乐的态度，《景公夜听新乐而不朝晏子谏》云："夫乐亡而礼从之，礼亡而政从之，政亡而国从之。国衰，臣惧君之逆政之行。有歌，纣作北里，幽厉之声，顾夫淫以鄙而偕亡。君奚轻变夫故哉？"[2]景公由于彻夜演奏新乐而不能早朝，晏子进谏，认为古乐消亡，礼法就会随之消亡；礼法消亡，政教也会随之消亡；政教消亡，国家便会跟着消亡。新乐淫靡鄙下，所以君王不应该轻易改变古曲。晏子将音乐抬高到礼治与政教之上的地位，反对齐景公弃旧乐用新乐的做法。这表明，晏子尊崇的是古乐，想来也不会否定配合古乐演唱的《诗》。晏子在劝谏、论说时经常引诗为证、以诗为据，就证明了这一点。由于晏子所持的德治、仁政等主张，所以他引《诗》多是为证明自己的政治观点服务，以增强论述的权威性和说服力。

---

①《晏子春秋·外篇下第一》，见［清］张纯一，《晏子春秋校注》（诸子集成本），北京：中华书局，1954年，第205页。

②《晏子春秋·内篇谏上第六》，见［清］张纯一，《晏子春秋校注》（诸子集成本），北京：中华书局，1954年，第9页。

第二节 《晏子春秋》引《诗》研究

《晏子春秋》共引《诗》16处24次（包括2次引逸诗），涉及今《诗经》篇目17篇，具体情况见下表：

表41:《晏子春秋》引《诗》一览表

所引诗句	篇名	分类	引诗者
人而无礼，胡不遄死。（2次）	《相鼠》	鄘风	晏子
德音不瑕。	《狼跋》	豳风	晏子
彼己之子，舍命不渝。	《羔裘》	郑风	作者
穀则异室，死则同穴。	《大车》	王风	景公
载骖载驷，君子所诫。	《采菽》	小雅	晏子
君子如祉，乱庶遄已。	《巧言》	小雅	作者
侧弁之俄。	《宾之初筵》	小雅	晏子
屡舞傞傞。			
既醉而出，并受其福。			
醉而不出，是谓伐德。			
虽无德与汝，式歌且舞。	《车辖》	小雅	晏子
高山仰止，景行行止。			
哲夫成城，哲妇倾城。	《瞻卬》	大雅	晏子
既醉以酒，既饱以德。	《既醉》	大雅	晏子
靡不有初，鲜克有终。	《荡》	大雅	晏子
维此文王，小心翼翼，昭事上帝，聿怀多福，厥德不回，以受方国。	《大明》	大雅	晏子
武王岂不事，贻厥孙谋，以燕翼子。	《文王有声》	大雅	晏子
芃芃棫朴，薪之槱之，济济辟王，左右趋之。	《棫朴》	大雅	晏子

所引诗句	篇名	分类	引诗者
既明且哲，以保其身， 夙夜匪懈，以事一人。	《烝民》	大雅	晏子
莫莫葛藟，施于条枚， 恺恺君子，求福不回。	《旱麓》	大雅	晏子
亦有和羹，既戒且平； 奏鬷无言，时靡有争。	《烈祖》	商颂	晏子
我无所监，夏后及商， 用乱之故，民卒流亡。		逸诗	晏子
进退维谷。		逸诗	叔向

从表中可以看出，《晏子春秋》引风诗 4 篇，小雅诗 4 篇，大雅诗 8 篇，商颂 1 篇，且 24 次引《诗》的引诗者绝大多数为晏子，除他以外还有晋国的叔向、齐景公和《晏子春秋》的作者。下面就具体分析。

一、晏子引《诗》分析

晏子热衷于引《诗》，首先，他借《诗》反映了自己重视礼仪、以礼治国的思想，如《景公饮酒酣愿诸大夫无为礼晏子谏》云：

> 景公饮酒酣，曰："今日愿与诸大夫为乐饮，请无为礼。"晏子蹴然改容曰："君之言过矣！群臣固欲君之无礼也。力多足以胜其长，勇多足以弑君，而礼不使也。禽兽以力为政，强者犯弱，故日易主，今君去礼，则是禽兽也。群臣以力为政，强者犯弱，而日易主，君将安立矣！凡人之所以贵于禽兽者，以有礼也；故诗曰：'人而无礼，胡不遄死。'礼不可无也。"公湎而不听。①

景公饮酒兴起，希望与诸位大夫畅饮，不为礼法所拘束。晏子劝谏说，礼

①《晏子春秋·内篇谏上第二》，见［清］张纯一，《晏子春秋校注》（诸子集成本），北京：中华书局，1954 年，第 3 页。

法制约着人的行为，现在君王丢弃礼法，就和禽兽的情况一样了。人之所以比禽兽高明，就是因为人类讲求礼法，所以《诗》中说"人若不知礼义，不如快点死去"。与这段记载相类似的还有《景公饮酒命晏子去礼晏子谏》：

> 晏子对曰："君之言过矣！群臣皆欲去礼以事君，婴恐君子之不欲也。今齐国五尺之童子，力皆过婴，又能胜君，然而不敢乱者，畏礼也。上若无礼，无以使其下；下若无礼，无以事其上。夫麋鹿维无礼，故父子同麀，人之所以贵于禽兽者，以有礼也。婴闻之，人君无礼，无以临其邦；大夫无礼，官吏不恭；父子无礼，其家必凶；兄弟无礼，不能久同。诗曰：'人而无礼，胡不遄死。'故礼不可去也。"①

景公连续多日饮酒，以此为乐，并邀请晏子一同享受，不要讲究礼仪。晏子进言说，君王如果不讲究礼义，就不能领导臣子；臣下如果不讲究礼义，就不能侍奉国君。人比禽兽高明之处，就在于人有礼仪。晏子在这两次劝谏中的引《诗》均出自鄘风《相鼠》，诗主旨是"刺无礼也。卫文公能正其群臣，而刺在位承先君之化无礼仪也"②。"人而无礼，胡不遄死"的本义是"人无礼仪，何不快点死去"，引诗义与诗本义相合。晏子引这样的诗句，是为了以诗为据，劝说景公遵守礼法，为自己的劝谏增强说服力。再如《景公爱嬖妾随其所欲晏子谏》云：

> （晏子）对曰："……昔者先君桓公之地狭于今，修法治，广政教，以霸诸侯。今君，一诸侯无能亲也，岁凶年饥，道途死者相望也。君不此忧耻，而惟图耳目之乐，不修先君之功烈，而惟饰驾御之伎，则公不顾民而忘国甚矣。且诗曰：'载骖载驷，君子所诫。'夫驾八，固非制也，今又重此，其为非制也，不滋甚乎！……君苟美乐之，诸侯

① 《晏子春秋·外篇上第一》，见〔清〕张纯一，《晏子春秋校注》（诸子集成本），北京：中华书局，1954 年，第 177 页。
② 李学勤主编，《毛诗正义》，《十三经注疏》，北京：北京大学出版社，2000 年，第 242 页。

必或效我，君无厚德善政以被诸侯，而易之以僻，此非所以子民、彰名、致远、亲邻国之道也。且贤良废灭，孤寡不振，而听嬖妾以禄御夫以蓄怨，与民为雠之道也。诗曰：'哲夫成城，哲妇倾城。'今君不免成城之求，而惟倾城之务，国之亡日至矣。君其图之！"公曰："善。"遂不复观，乃罢归翟王子羡，而疏嬖人婴子。①

景公的臣子羡不守礼制，用来驾车的马匹数量超过了天子，而景公因爱妾喜欢，竟欲赏赐羡。晏子严厉地批评了这件事，指出景公这样淫于耳目，不当民务，听宠嬖妾随其所欲，这是与民构怨，必将自取灭亡。第一句引《诗》出自小雅《采菽》，其主旨是"刺幽王也。侮慢诸侯。诸侯来朝，不能锡命以礼数，征会之而无信义。君子见微而思古焉"②。"载骖载驷，君子所诫"本为"载骖载驷，君子所届"，其义是"诸侯将朝于王，则骖乘乘四马而往。此之服饰，君子法制之极也，言其尊，而王今不尊也"。③此处引用是以古时的礼制来反衬臣子羡驾马的数量不合规矩、礼法，引诗义与诗本义一致。第二处引《诗》出自大雅《瞻卬》，其主旨是"凡伯刺幽王大坏也"。④即讽刺幽王宠幸褒姒、斥逐贤良，以致乱政病民，国运濒危。"哲夫成城，哲妇倾城"的本义是"谓妇人之言不可听用。若谓智多谋虑之丈夫，则兴成人之城国；若为智多谋虑之妇人，则倾败人之城国。妇言是用，国必灭亡"。⑤此处引用，是为了论证景公宠信爱妾，听其随心所欲，一定会招致百姓的怨恨，陷入亡国的危险。引诗义与诗本义相合。听了晏子的劝谏，景公意识到自己的错误，于是罢免臣子羡，疏远了爱妾。《晏子饮景公酒公呼具火晏子称诗以辞》云：

---

① 《晏子春秋·内篇谏上第九》，见［清］张纯一，《晏子春秋校注》（诸子集成本），北京：中华书局，1954年，第13页。

② 李学勤主编，《毛诗正义》，《十三经注疏》，北京：北京大学出版社，2000年，第1047页。

③ 同上注，第1051页。

④ 同上注，第1477页。

⑤ 同上注，第1479页。

晏子饮景公酒，日暮，公呼具火，晏子辞曰："诗云：'侧弁之俄'，言失德也。'屡舞傞傞'，言失容也。'既醉以酒，既饱以德，既醉而出，并受其福'，宾主之礼也。'醉而不出，是谓伐德'，宾之罪也。婴已卜其日，未卜其夜。"公曰："善。"举酒祭之，再拜而出。曰："岂过我哉，吾托国于晏子也。以其家货养寡人，不欲其淫侈也，而况与寡人谋国乎！"①

晏子诵诗劝谏景公不要过分饮酒，以免酒后失德："《诗》中说'帽子歪歪斜斜戴'，指的是酒后失德；'酒醉起舞舞不停'，说的是酒后失态；'尽享美酒，饱尝恩德，喝醉了就出去，大家都受福'，说的是宾主的礼；'喝醉了还不离开，这叫损德'，这是说客人的不对。"景公听了，以酒祭拜天地，很快就离开了。晏子的引《诗》出自小雅《宾之初筵》和大雅《既醉》，《宾之初筵》的主旨是"卫武公刺时也。幽王荒废，媟近小人，饮酒无度。天下化之，君臣上下沉湎淫液。武公既入，而作是诗也"②。"侧弁之俄"的本义是"此言宾曰既已醉，则不自知其过失，倾倾其弁，使之俄然"③。"屡舞傞傞"的本义是"舞不止"④。"既醉而出，并受其福。醉而不出，是谓伐德"的本义是"若既醉而出，则宾与主人并受其得礼之福。宾则身为知礼，主则用得其人，是并受其福也。若至于醉而不出，是谓诛伐其德。醉前无失为有德，既醉为愆以丧之，是伐其德也"⑤。《既醉》的主旨是"大平也。醉酒饱德，人有士君子之行焉"⑥。"既醉以酒，既饱以德"的本义是"成王之祭宗庙，群臣助之，至旅酬而酳酒，终无筭爵，而皆醉。言成王既醉之以酒矣，又于祭末见惠施先后归俎之事，差次二者之德，志

---

① 《晏子春秋·内篇杂上第十五》，见［清］张纯一，《晏子春秋校注》（诸子集成本），北京：中华书局，1954 年，第 134 页。
② 李学勤主编，《毛诗正义》，《十三经注疏》，北京：北京大学出版社，2000 年，第 1026 页。
③ 同上注，第 1043 页。
④ 同上。
⑤ 同上。
⑥ 同上注，第 1279 页。

意充满，又是既饱以德矣"①，引诗义与诗本义均相符。晏子巧妙地以诗劝谏，阻止了景公的过度饮酒。

其次，晏子引《诗》来借以阐明自己的仁政、德治思想，如《景公贪长有国之乐晏子谏》云：

> 晏子对曰："婴闻明王不徒立，百姓不虚至。今君以政乱国，以行弃民久矣，而声欲保之，不亦难乎！婴闻之，能长保国者，能终善者也。诸侯并立，能终善者为长；列士并学，能终善者为师。……诗曰：'靡不有初，鲜克有终。'不能终善者，不遂其君。今君临民若寇雠，见善若避热，乱政而危贤，必逆于众，肆欲于民，而诛虐于下，恐及于身。婴之年老，不能待于君使矣，行不能革，则持节以没世耳。"②

景公想实现世世代代的统治，晏子认为，想要达到长久统治，必须坚持始终实行仁政，任贤而赞德，像景公这样与百姓对立，残害贤良，横征暴敛，只能招致灭亡。引《诗》出自大雅《荡》，其主旨是"召穆公伤周室大坏也。厉王无道，天下荡荡，无纲纪文章，故作是诗也"③。"靡不有初，鲜克有终"的本义是"无不有其初心，欲庶几慕善道，少能有其终行"④，即"善始者多，善终者少"，晏子此处引用，是为了告诫景公应该善始善终地行仁政，引诗义与诗本义是符合的。再如《景公使祝史禳彗星晏子谏》云：

> 齐有彗星，景公使祝禳之。晏子谏曰："无益也，祇取诬焉。天道不疑，不贰其命，若之何禳之也！且天之有彗，以除秽也。君无秽德，又何禳焉？若德之秽，禳之何损？诗云：'维此文王，小心翼翼，昭事上帝，聿怀多福，厥德不回，以受方国。'君无违德，方国将至，

---

① 李学勤主编，《毛诗正义》，《十三经注疏》，北京：北京大学出版社，2000年，第1281页。
②《晏子春秋·内篇谏上第十六》，见 [清] 张纯一，《晏子春秋校注》（诸子集成本），北京：中华书局，1954年，第22页。
③ 李学勤主编，《毛诗正义》，《十三经注疏》，北京：北京大学出版社，2000年，第1356页。
④ 同上注，第1357页。

何患于彗？诗曰：'我无所监，夏后及商，用乱之故，民卒流亡。'若德之回乱，民将流亡，祝史之为，无能补也。"公说，乃止。①

齐国出现彗星，景公派祝史祭祀消灾。晏子指出，是德行的邪与正影响了天命，而不是祷告在起作用，正如《诗》中说的"这个周文王，小心翼翼，忠心侍奉上帝，获得了许多福分。他的德行不邪僻，受到邦国的崇敬"，君王没有邪僻之德，四方之国来归服，为什么要惧怕彗星呢？《诗》中还说"我没有什么可以引以为戒的，这借鉴就是夏和商，因为政事混乱，百姓终于去流亡"。第一句引《诗》出自大雅《大明》，其主旨是"文王有明德，故天复命武王也"②，"维此文王，小心翼翼，昭事上帝，聿怀多福，厥德不回，以受方国"的本义是"维此文王，既生长之后，小心而恭慎翼翼然，明事上天之道，既维恭慎而明事上天，述行此道，思得多福，其德不有所违。以此之故，受得四方之国来归附之"③，引诗义与诗本义相符。第二句诗是逸诗，晏子引用诗句都是为了论证"德政"思想服务的。还有《景公登路寝台望国而叹晏子谏》云：

> 景公与晏子登寝而望国，公愀然而叹曰："使后嗣世世有此，岂不可哉！"晏子曰："臣闻明君必务正其治，以事利民，然后子孙享之。诗云：'武王岂不事，贻厥孙谋，以燕翼子。'今君处佚怠，逆政害民有日矣，而犹出若言，不亦甚乎！"④

景公欲世代为王，晏子指出，只有政治清明，凡事为百姓谋利才能拥有王者之位，并引《诗》说"武王难道没有功业吗？留下他的深谋远虑，来使他的后代享有国家"。这句诗出自大雅《文王有声》，"武王岂不事，贻厥

① 《晏子春秋·外篇上第六》，见［清］张纯一，《晏子春秋校注》（诸子集成本），北京：中华书局，1954年，第182页。

② 李学勤主编，《毛诗正义》，《十三经注疏》，北京：北京大学出版社，2000年，第1132页。

③ 同上注，第1135页。

④ 《晏子春秋·内篇谏下第十九》，见［清］张纯一，《晏子春秋校注》（诸子集成本），北京：中华书局，1954年，第55页。

孙谋，以燕翼子"的本义是"武王岂不以其功业为事乎？以之为事，故传其所以顺天下之谋，以安其敬事之子孙，谓使行之也"①，引诗义与诗本义相合。引《诗》的目的是提醒景公像武王那样从长远打算，像现在这样行事安逸惰怠、违背民情，国家是无法长久的。

第三，晏子引《诗》来论证自己的以民为本、减轻刑法、善待百姓的思想，如《景公坐路寝曰谁将有此晏子谏》云：

> 景公坐于路寝，曰："美哉其室，将谁有此乎？"晏子对曰："其田氏乎，田无宇为圻矣。"公曰："然则奈何？"晏子对曰："为善者，君上之所劝也，岂可禁哉！……今公家骄汰，而田氏慈惠，国泽是将焉归？田氏虽无德而施于民。公厚敛而田氏厚施焉。诗曰：'虽无德与汝，式歌且舞。'田氏之施，民歌舞之也，国之归焉，不亦宜乎！"②

景公问大好河山将归谁所有，晏子趁机进谏，谓善待百姓，轻敛于民者能得天下，并引《诗》证明"田氏虽无德而施于民""民歌舞之也"，田氏乐于施舍，所以百姓又歌又舞，国家将归他所有了，以此警示景公应该乐善好施。引《诗》出自小雅《车辖》，其主旨是"大夫刺幽王也。褒姒嫉妒，无道并进，谗巧败国，德泽不加于民。周人思得贤女以配君子，故作是诗也"。③"虽无德与汝，式歌且舞"的本义是"虽无其德，我与女用是歌舞，相乐喜之至也"④，引诗义与诗本义相合。

第四，晏子引《诗》表明自己的贤人观和以贤治国的主张，如《景公问贤不肖可学乎晏子对以勉强为上》云：

> 景公问晏子曰："人性有贤不肖，可学乎？"晏子对曰："诗云：'高山仰止，景行行止。'之者其人也。故诸侯并立，善而不怠者为

---

① 李学勤主编，《毛诗正义》，《十三经注疏》，北京：北京大学出版社，2000 年，第 1137 页。
②《晏子春秋·外篇上第十》，见［清］张纯一，《晏子春秋校注》（诸子集成本），北京：中华书局，1954 年，第 187 页。
③ 李学勤主编，《毛诗正义》，《十三经注疏》，北京：北京大学出版社，2000 年，第 1019 页。
④ 同上注，第 1021 页。

长；列士并学，终善者为师。"①

景公问晏子人性的贤能否学到，晏子认为贤人的境界通过努力追求是可以达到的，像《诗》中所说的"人们仰望高山，人们行走在大路上"，大家向往的是仰望高山、行走大路的人。所以，诸侯并立，行善而不懈怠的人成为首领；众多学士一起学习，善始善终的人成为老师。引《诗》出自小雅《车辖》。"高山仰止，景行行止"的本义是"古人有高显之德如山者则慕而仰之，有远大之行者则法而行之"②。晏子此处引用，是劝说景公努力向贤人学习，引诗义与诗本义相合。再如《鲁昭公问鲁一国迷何也晏子对以化为一心》云：

> 晏子对曰："君之所尊举而富贵，入所以与图身，出所与图国，及左右逼迩，皆同于君之心者也。犒鲁国化而为一心，曾无与二，其何暇有三？夫逼迩于君之侧者，距本朝之势，国之所以治也；左右谗谀，相与塞善，行之所以衰也；士者持禄，游者养交，身之所以危也。诗曰：'芃芃棫朴，薪之槱之，济济辟王，左右趋之。'此言古者圣王明君之使以善也。故外知事之情，而内得心之诚，是以不迷也。"③

晏子到鲁国聘问，昭公说自己与鲁国一国的人商讨国家大事，还不免于迷乱。晏子向他解释之所以这样，是因为鲁国上下皆与君同心，君云亦云，这与《诗》中所描述的"茂盛的树木堆积起来点火，庄严恭敬的文王，众人都归附他"的古人趋附圣王的情形是不同的，并没有真正做到广开言路。引《诗》出自大雅《棫朴》，其主旨是"文王能官人也"④，诗中主要赞誉文王能任用贤人为官。"芃芃棫朴，薪之槱之，济济辟王，左右趋之"

---

① 《晏子春秋·内篇问下第六》，见［清］张纯一，《晏子春秋校注》（诸子集成本），北京：中华书局，1954 年，第 103 页。

② 李学勤主编，《毛诗正义》，《十三经注疏》，北京：北京大学出版社，2000 年，第 1023 页。

③ 《晏子春秋·内篇问下第十三》，见［清］张纯一，《晏子春秋校注》（诸子集成本），北京：中华书局，1954 年，第 107 页。

④ 李学勤主编，《毛诗正义》，《十三经注疏》，北京：北京大学出版社，2000 年，第 1168 页。

的本义是"芃芃然枝叶茂盛者，是彼棫木之朴属而丛生也。我农人得析而薪之，又载而积之于家，使农人得以济用。兴德行俊秀者，乃彼贤人之丛集而众多也。我国家得徵而取之，又引而置之于朝，使国得以蕃兴。既得贤人，置之于位，故济济然多容仪之君王，其举行政，此贤臣皆左右辅助而疾趋之"。① 晏子这里引《诗》是为了说明古代的圣王明君任用的是贤德之人，所以能够了解事情的真相，不会迷乱，引诗义与诗本义符合。

第五，晏子引《诗》来阐述自己的忠君保身观念，如《叔向问人何以则可保身晏子对以不要幸》云：

> 叔向问晏子曰："人何以则可谓保其身？"晏子对曰："诗曰：'既明且哲，以保其身，夙夜匪懈，以事一人。'不庶几，不要幸，先其难乎而后幸，得之时其所也，失之非其罪也，可谓保其身矣。"②

叔向问晏子怎样可以保全自身，晏子认为不贪求、不心怀侥幸、不懈怠是保全自身的根本，并引诗为证："聪明又有智慧，能够保全自身。早晚不懈怠，来侍奉周天子"。引《诗》出自大雅《烝民》，该诗主要赞美了仲山甫的美德和他辅佐宣王的政绩，"既明且哲，以保其身，夙夜匪懈，以事一人"的本义是"（仲山甫）既能明晓善恶，且又是非辨知，以此明哲，择安去危，而保全其身，不有祸败。又能早起夜卧，非有懈倦之时，以常尊事此一人之宣王也"③，引诗义与诗本义相符。晏子引《诗》是用历史人物为例，表明自己的忠君保身观。再如《叔向问齐德衰子若何晏子对以进不失忠退不失行》中亦有类似思想的流露：

> 叔向问晏子曰："齐国之德衰矣，今子何若？"晏子对曰："婴闻事明君者，竭心力以没其身，行不逮则退，不以诬持禄；事惰君者，

---

① 李学勤主编，《毛诗正义》，《十三经注疏》，北京：北京大学出版社，2000年，第1168页。

②《晏子春秋·内篇问下第二十七》，见〔清〕张纯一，《晏子春秋校注》（诸子集成本），北京：中华书局，1954年，第119页。

③ 李学勤主编，《毛诗正义》，《十三经注疏》，北京：北京大学出版社，2000年，第1436页。

优游其身以没其世，力不能则去，不以谏持危。且婴闻君子之事君也，进不失忠，退不失行。不苟合以隐忠，可谓不失忠；不持利以伤廉，可谓不失行。"叔向曰："善哉！诗有之曰：'进退维谷。'其此之谓欤！"[1]

晏子到晋国聘问，叔向问他为臣之道，他坚持"竭心力""优游其身""不持利""不苟合"的事君之道，体现了忠臣思想，所以叔向引《诗》赞他说的这种情况就是"进退两难"了。该引《诗》为逸诗，本义不明，但叔向这里引用，是表示理解晏子作为忠臣所处的进退两难的境地。

晏子还引《诗》说明了自己的"和""同"有别理论即君臣关系理论，《景公谓梁丘据与己和晏子谏》云：

公曰："和与同异乎？"对曰："异。和如羹焉，水火醯醢盐梅，以烹鱼肉，燀之以薪，宰夫和之，齐之以味，济其不及；以泄其过，君子食之，以平其心。君臣亦然。君所谓可，而有否焉，臣献其否，以成其可；君所谓否，而有可焉，臣献其可，以去其否。是以政平而不干，民无争心。故诗曰：'亦有和羹，既戒且平；奏鬷无言，时靡有争。'先王之济五味，和五声也，以平其心，成其政也。声亦如味：一气，二体，三类，四物，五声，六律，七音，八风，九歌，以相成也；清浊，大小，短长，疾徐，哀乐，刚柔，迟速，高下，出入，周流，以相济也。君子听之，以平其心，心平德和。故诗曰：'德音不瑕。'今据不然，君所谓可，据亦曰可；君所谓否，据亦曰否。若以水济水，谁能食之？若琴瑟之专一，谁能听之？同之不可也如是。"公曰："善。"[2]

①《晏子春秋·内篇问下第十八》，见［清］张纯一，《晏子春秋校注》（诸子集成本），北京：中华书局，1954 年，第 112 页。
②《晏子春秋·外篇上第五》，见［清］张纯一，《晏子春秋校注》（诸子集成本），北京：中华书局，1954 年，第 181 页。

晏子巧妙设喻，说明了"和"与"同"的区别，"和"如调羹，调和几种味道，而味美无穷；又如合奏，协调多种乐器，美妙动听。"同"如往水中添水，如琴瑟合鸣，单一无味，晏子以此来说明正常的君臣关系应该是"和而不同"，而不是臣子对君王的一味附和。第一句引《诗》出自商颂《烈祖》，其主旨是"祀中宗也"[1]，即祭祀先祖的诗。"亦有和羹，既戒且平；奏鬷无言，时靡有争"的本义是"和羹者，五味调，腥熟得节，食之于人性安和，喻诸侯有和顺之德也。我既裸献，神灵来至，亦复由有和顺之诸侯来助祭也。其在庙中既恭肃敬戒矣，既齐立平列矣，至于设荐进俎，又緫升堂而齐一，皆服其职，劝其事，寂然无言语者，无争讼者"[2]，即"有了调和的肉羹，调和好敬献神灵，心中默默祷告，人们和睦不相争"，引诗义与诗本义相合。第二句引《诗》出自豳风《狼跋》，其诗主旨是"美周公也。周公摄政，远则四国流言，近则王不知。周大夫美其不失其圣也"[3]，"德音不瑕"的本义是"美好的声音没有瑕疵"，引诗义与诗本义也是相合的。晏子引《诗》，正是作为自己论证"和""同"理论的依据。

此外，晏子还引《诗》表明了自己的凛然正气，如《崔庆劫齐将军大夫盟晏子不与》云：

> 晏子曰："劫吾以刃，而失其志，非勇也；回吾以利，而倍其君，非义也。崔子！子独不为夫诗乎！诗云：'莫莫葛藟，施于条枚，恺恺君子，求福不回。'今婴且可以回而求福乎？曲刃钩之，直兵推之，婴不革矣。"崔杼将杀之，或曰："不可！子以子之君无道而杀之，今其臣有道之士也，又从而杀之，不可以为教矣。"崔子遂舍之。晏子曰："若大夫为大不仁，而为小仁，焉有中乎！"趋出，授绥而乘。其

---

① 李学勤主编，《毛诗正义》，《十三经注疏》，北京：北京大学出版社，2000 年，第 1690 页。
② 同上注，第 1691 页。
③ 同上注，第 626 页。

仆将驰，晏子抚其手曰："徐之！疾不必生，徐不必死，鹿生于野，命县于厨，婴命有系矣。"按之成节而后去。诗云："彼己之子，舍命不渝。"晏子之谓也。①

这段记载可与《吕氏春秋》所载相互印证，晏子面对崔杼、庆封的暴行，面对武力甚至是死亡的威胁，面对利益的诱惑，置生死于度外，坚决不与之同流合污，他机智沉稳地引《诗》为自己的行为作辩解，最终保全了性命。引《诗》出自大雅《旱麓》，其主旨是"受祖也。周之先祖，世修后稷、公刘之业。大王、王季，申以百福干禄焉"②，"莫莫葛藟，施于条枚，恺恺（悌）君子，求福不回"的本义是"言莫莫然而延蔓者，是葛也藟也，乃施于木之条枚之上而长也。以兴依缘者，此大王、王季也，乃依缘己之先祖之功业而起也。大王、王季既依缘先祖，则述修其业，是此乐易之君子，其求福禄不违先祖之正道。言其修先祖之正道以致之"③，晏子引《诗》说："茂密的葛藤缠绕在树干上，快乐平易的君子，不用邪法求福"，表明了自己不违背正道的决心，引诗义与诗本义相合。《晏子春秋》的作者引《诗》称赞晏子"那个人，宁死也不改变"，这句诗出自郑风《羔裘》，其主旨是"刺朝也。言古之君子，以风其朝焉"④诗中表现了对正直官吏的赞美，"彼己之子，舍命不渝"的本义是"是子处命不变，谓守死善道，见危授命之等"⑤，引诗义与诗本义相合。

二、他人引《诗》分析

《晏子春秋》中除了晏子引《诗》，还有晋国叔向、齐景公和作者引

---

① 《晏子春秋·内篇杂上第三》，见［清］张纯一，《晏子春秋校注》（诸子集成本），北京：中华书局，1954 年，第 126 页。

② 李学勤主编，《毛诗正义》，《十三经注疏》，北京：北京大学出版社，2000 年，第 1175 页。

③ 同上注，第 1182 页。

④ 同上注，第 341 页。

⑤ 同上。

《诗》之例，前面已有论述，这里还有两例，《景公路寝台成逢于何愿合葬晏子谏而许》云：

> 梁丘据曰："自古及今，未尝闻求葬公宫者也，若何许之？"公曰："削人之居，残人之墓，凌人之丧，而禁其葬，是于生者无施，于死者无礼。诗云：'毂则异室，死则同穴。'吾敢不许乎？"逢于何遂葬其母路寝之牖下，解衰去绖，布衣縢履，元冠茈武，踊而不哭，擗而不拜，已乃涕洟而去。①

景公大兴土木，建造路寝台，而侵占了百姓的墓地，晏子为逢于何请命，批评了景公"侈为宫室，夺人之居；广为台榭，残人之墓"的做法，景公意识到自己挤占活人的居地，毁坏死者的墓穴，这是对活人寡恩，对死者无礼，《诗》上说"活着不能同室，死了也要同穴"，所以答应了晏子的请求，准许逢于何将其母葬在路寝墙下。景公这里的引《诗》出自王风《大车》，《毛诗序》认为其主旨是"刺周大夫也。礼义陵迟，男女淫奔，故陈古以刺今大夫不能听男女之讼焉"②，"毂则异室，死则同穴"的本义是"生在于室，则外内异，死则神合，同为一也"③，景公引《诗》是表示对死者的尊重，引诗义与诗本义相合。

《景公欲更晏子宅晏子辞以近市得求讽公省刑》云：

> 公曰："何贵何贱？"是时也，公繁于刑，有鬻踊者。故对曰："踊贵而屦贱。"公愀然改容。公为是省于刑。君子曰："仁人之言，其利博哉！晏子一言，而齐侯省刑。诗曰：'君子如祉，乱庶遄已。'其是之谓乎。"④

---

① 《晏子春秋·内篇谏下第二十》，见［清］张纯一，《晏子春秋校注》（诸子集成本），北京：中华书局，1954 年，第 58 页。

② 李学勤主编，《毛诗正义》，《十三经注疏》，北京：北京大学出版社，2000 年，第 314 页。

③ 同上注，第 317 页。

④ 《晏子春秋·内篇杂下第二十一》，见［清］张纯一，《晏子春秋校注》（诸子集成本），北京：中华书局，1954 年，第 169 页。

景公问晏子知道不知道市场的行情，什么贵、什么贱，当时景公刑法严苛，所以有专门卖假足的人，晏子回答"假足贵而鞋贱"，景公面有悲色，因此减轻了刑罚。《晏子春秋》的作者借君子之口评价晏子"一句话使景公减轻刑罚，正像诗中所说的'君子如果任用贤良，祸乱很快就能平定'。"引《诗》出自小雅《巧言》，"君子如祉，乱庶遄已"的本义是"君子在位之人，见有德贤者，如福禄之，则此乱亦庶几可疾止"①，引诗义与诗本义相合。

综上所述，《晏子春秋》引《诗》以晏子引诗为主，《诗》主要作为晏子论说自己的礼治、德治、仁政以及民本思想的依据，增强了劝谏的说服力，引诗义与诗本义几乎都相符，可见《诗》发挥着充当理论依据的功能，而晏子之所以乐于引《诗》，且用《诗》来证明、阐述自己的观点，是由其政治思想和诗学观决定的。《晏子春秋》引《诗》，反映了春秋末期《诗》的流传及功能的转变，以及围绕晏子的各类人等对《诗》的接受，这一接受，主要代表了儒家以外的人对《诗》的接受和应用。

---

① 李学勤主编，《毛诗正义》，《十三经注疏》，北京：北京大学出版社，2000年，第884页。

第十二章

《墨子》引《诗》考论

墨家与儒家并称显学，墨家是作为儒家反对派的姿态出现的，可是在其代表人物墨子的著述《墨子》一书中，却不乏对《诗》的征引，从中可以看出，墨家既不像儒家那样对《诗》推崇备至，动辄必引，也不像道家那样对《诗》充满了排斥和冷嘲热讽，而是以一种平静的态度引《诗》为我所用，这与墨家自己的思想及政治主张有关。

第一节　墨子的思想及其对引《诗》的影响

墨子生活在春秋战国时代，这是一个臣不朝君的时代，各诸侯国相互征伐，战争不断，民不聊生，社会矛盾十分尖锐。面对这样的社会矛盾，墨子提出了"兼相爱"，这是墨子思想的核心。墨子说："若使天下兼相爱，国与国不相攻，家与家不相乱，盗贼无有，君臣父子皆能孝慈，若此则天下治。"[①] 墨子认为只要天下的人都相爱，那么君臣、父子以及人与人之间

---

① 《墨子·兼爱上》，见［清］孙诒让，《墨子闲诂》（诸子集成本），北京：中华书局，1954年，第63页。

就不会有仇杀，国与国之间就相安无事，社会也就安定了。墨子宣传"兼爱"的另一个目的就是反对儒家等级森严的宗法制度，认为无论是贵族还是奴隶，都应该得到别人的爱。

据《淮南子·要略》记载："墨子学儒者之业，受孔子之术，以为其礼烦扰而不悦，厚葬靡财而贫民，服伤生而害事，故背周道而用夏道。"① 孔子的思想所维护的是西周初年的王权宗法制社会，而出生在贫民阶层的墨子与孔子恰恰相反，他认为夏朝的政治制度才是最理想的社会制度，所以墨子背叛了孔子的宗法思想，提出了"兼爱""非攻"等思想，创立了与儒家对立的墨家学派。

一、礼乐观

儒家十分重视礼乐文化对人的教化作用，认为一个人"兴于诗，立于礼，成于乐"②。孔子对周礼情有独钟，他认为周礼借鉴了夏礼和殷礼，并做了应有的损益，在文化上已经达到了相当高的程度，他说："周监于二代，郁郁乎文哉，吾从周。"③ 孔子认为，通过学习周礼，可以帮助人们了解生命的意义和价值，过一种符合道德要求的生活，为为政者找到一种长治久安之道。尤其是春秋末年礼崩乐坏，天下失序，在孔子看来恢复和弘扬周礼显得尤为重要。而墨子主张"非乐"，在他看来，"礼乐"是等级森严的封建领主阶级进行统治的具体表现和武器。在古代礼乐之类的社会活动完全限于贵族，对平民来说，礼乐之类都是奢侈品，毫无实用价值。故此，出身贫贱的墨子猛烈抨击儒者所主张的"国治则为礼乐，乱则治之"④的观点。墨子在《非儒》中说："孔某盛容修饰以蛊世，弦歌鼓舞以聚徒，

---

① ［汉］刘安，《淮南子·要略》，《淮南子》（诸子集成本），北京：中华书局，1954 年，第 375 页。

② 《论语·泰伯》，见杨伯峻，《论语译注》，北京：中华书局，1980 年，第 81 页。

③ 《论语·八佾》，见杨伯峻，《论语译注》，北京：中华书局，1980 年，第 28 页。

④ 《墨子·公孟》，见［清］孙诒让，《墨子闲诂》（诸子集成本），北京：中华书局，1954 年，第 276 页。

务趋翔之节以观众。博学不可以议世，劳思不可以补民，累寿不能尽其学，当年不能行其礼，积财不能瞻其乐。繁饰淫术，盛为声乐，以淫遇民。其道不可以欺世，其学不可以导众。"[①] 以此讥讽儒教宗师孔子个人之矫揉造作也。这确实击中了儒家的要害。至于"乐"，墨子更是反对，他认为在当时饥者不得食、寒者不得衣、劳者不得息的社会里，王公大臣还整日歌舞升平，是在剥夺民之衣食之财，故他在《非乐》篇中指出："子墨子之所以非乐者，非以大钟鸣鼓琴瑟之声，以为不乐也；非以刻镂华文之色，以为不美也；非以犓豢煎炙之味，以为不甘也；非以高台楼榭之居，以为不安也。虽身知其安也，口知其甘也，目知其美也，耳知其乐也。然上考之，不中圣王之事；下度之，不中万民之利。"这是墨子"非乐"的根本原因，其真实动机是"先天下之忧而忧，后天下之乐而乐"的一种忧国忧民的伟大精神。将儒墨两家的理论相对比，就可以看出儒家是站在贵族阶级的立场，而墨家是站在庶民阶级的立场。冯友兰先生指出："墨翟虽然没有明确地从根本上批判周礼，但上面所说的墨子这些主张的实际意义，就是反对和批判周礼。"[②]

二、仁爱观

"仁爱"和"兼爱"分别是儒墨两家的代表性理论和核心范畴。从总体意义上来看，儒家的"仁爱"是一种有差等的爱，即要求以对父母兄弟之爱为同心圆的圆心，层层外推，逐渐扩充到对宗族、国家和社会的爱，其中"亲亲"之爱最真实，最浓厚，即"孝悌也者，其为仁之本与"[③]。而墨家的"兼爱"则是一种无差等的爱，要求人们抛却血缘和等级差别的观

---

① 《墨子·非儒》，见［清］孙诒让，《墨子闲诂》（诸子集成本），北京：中华书局，1954 年，第185 页。

② 冯友兰，《中国哲学简史》，北京：北京大学出版社，1985 年，第 65 页。

③ 《论语·学而》，见杨伯峻，《论语译注》，北京：中华书局，1980 年，第 2 页。

念，爱人如己。用墨子的话说就是："视人之国若视其国，视人之家若视其家，视人之身若视其身"①，以此达到"国与国不相攻，家与家不相乱，盗贼无有，君臣父子皆能孝慈"②的良好局面。

孔子"仁爱"的心理动因是"报恩心"，报恩心主要指孝道，孝就是爱父母，这是人最真实、最基本的情感，是其他情感的基础。如果能爱父母，便能推而广之爱其他人，如果不能爱父母，那又怎么去爱那些给我们的利益少于父母的人呢？所以"孝"乃为"仁"的根本。孔子的仁爱是层层外推之爱，是植根于人的本性的，是人心自然而然萌发出来的。但是，同样自然的是，别人对我的爱总要少于父母对我的爱，所以爱父母总要胜于爱其他人，爱是有差等的。墨家则认为，"以兼相爱交相利之法易之……视人之国若视其国，视人之家若视其家，视人之身若视其身。是故诸侯相爱则不野战，家主相爱则不相篡，人与人相爱则不相贼，贵不傲贱，诈不欺愚，凡天下祸篡怨恨可毋使起"③。墨子曰："乱何自起，起不相爱。"④又曰："是故诸侯不相爱，则必野战；家主不相爱，则必相篡；人与人不相爱，则必相贼；君臣不相爱，则不惠忠；父子不相爱，则不慈孝；兄弟不相爱，则不调和；天下之人皆不相爱，强必执弱，富必辱贫，贵必傲贱，诈必欺愚，凡天下之祸篡怨恨其所以起者，以不相爱生也。是仁者非之。"⑤与孔子强调爱的心理动因不同，墨子的兼爱强调的是功利动因。墨子的兼爱是基于功利主义的，是主体以自爱之心去爱与"我"相对等的

①《墨子·兼爱中》，见［清］孙诒让，《墨子闲诂》（诸子集成本），北京：中华书局，1954 年，第 65 页。
②《墨子·兼爱上》，见［清］孙诒让，《墨子闲诂》（诸子集成本），北京：中华书局，1954 年，第 63 页。
③《墨子·兼爱中》，见［清］孙诒让，《墨子闲诂》（诸子集成本），北京：中华书局，1954 年，第 65 页。
④《墨子·兼爱上》，见［清］孙诒让，《墨子闲诂》（诸子集成本），北京：中华书局，1954 年，第 62 页。
⑤《墨子·兼爱中》，见［清］孙诒让，《墨子闲诂》（诸子集成本），北京：中华书局，1954 年，第 64 页。

客体，最终实现"投之以桃，报之以李"，即唤起对方爱自己的目的："夫爱人者，人亦从而爱之；利人者，人亦从而利之。"①在墨子看来，修身是实现兼爱的前提，而修身的目的却在功名。墨子这种以功利作为出发点的道德修养思路较之孔子"以义为上"的修身原则，显然是停留在形而下的感性层面。墨子认为博爱无私，没有亲疏远近。天是兼爱的保证，天有意志，人顺之得赏，违之得罚。在《法仪》篇中，墨子说："爱人利人者，天必福之；恶人贱人者，天必祸之。"②在这里，爱人不是出于一种发自内心的自然情感的流露，而是免祸求福的功利思想在作祟。

综上所述，可以说，儒家的仁爱是天道与人道相融合，内在与超越相统一的爱。而在这点上，墨子是有欠缺的，他只注重人的超越层面和现实性的探讨，而忽视了对人的内在心性的探究。因此，儒家的仁爱易转化为实际，而墨家的兼爱作为一种博爱，虽然是对仁爱的超越，但在血缘关系起重要作用的中国社会，就难免流于空想。

三、天命观

孔子不仅认为自然界的事情由天命支配，而且认为人的生死、贫富、贵贱、成败也都是由天命决定的，所谓"死生有命，富贵在天"，人们应该承认天命，顺天命而行，否则就会受到惩罚。但是同时，孔子也认为人还是应该尽力去做自己应该做的事，不管成功还是失败，"知其不可而为之，尽人事然后听其自然"。在对待"鬼神"的问题上，孔子的态度是犹豫不定的，他对鬼神没有明确肯定或否定，基本上采取的是"存而不论，敬而远之"的态度，他说："未能事人，焉能事鬼；未知生，焉知死。"③

---

① 《墨子·兼爱中》，见［清］孙诒让，《墨子闲诂》（诸子集成本），北京：中华书局，1954 年，第 65 页。
② 《墨子·法仪》，见［清］孙诒让，《墨子闲诂》（诸子集成本），北京：中华书局，1954 年，第 12 页。
③ 《论语·先进》，见杨伯峻，《论语译注》，北京：中华书局，1980 年，第 113 页。

"敬鬼神而远之，可谓知矣。"①墨子批评儒家的这种模糊态度，曰："执无鬼而学祭礼，是犹无客而学客礼也，是犹无鱼而为鱼罟也。"②墨子对待"天命"问题的态度是坚决的。墨子曰："然则天亦何欲何恶，无欲义而恶不义……天下有义则生，无义则死；有义则富，无义则贫；有义则治，无义则乱；然则欲其生而恶其死，欲其富而恶其贫，欲其治而恶其乱，此我所以知天之欲义而恶不义也。"又曰："顺天意者，兼相爱，交相利，必得赏；反天意者，别相恶，交相贼，必得罚。"③又曰："爱人利人者，天必福之；恶人贼人者，天必祸之。"④在对待"鬼神"的问题上，墨子则明确肯定了鬼神的存在。墨子认为，鬼神具有赏罚善恶的能力，其标准同于"天志"的标准。可见，墨子的"明鬼"与"天志"是相辅相成的，其目的都是督促人们实现"兼爱"的。墨子借天言志，借鬼言志，可以增强自己理论的力度，但同时也反映了手工业者力量的薄弱，借助超自然的力量不可避免地具有空想性。冯友兰先生说："墨子要证明鬼神的存在，本来是为了给他的'兼爱'学说设立宗教的制裁，并不是对于超自然的实体有任何真正的兴趣。"⑤

墨子以"兼爱"为核心的思想决定了墨子对《诗》的态度，"非乐"其实就暗含着对《诗》的指责，因为《诗》、乐、舞是一体的。但墨子在阐述自己的礼乐观、仁爱观、天命观时，也会征引《诗》，表现出不完全排斥《诗》的倾向。

---

①《论语·雍也》，见杨伯峻，《论语译注》，北京：中华书局，1980年，第61页。

②《墨子·公孟》，见［清］孙诒让，《墨子闲诂》（诸子集成本），北京：中华书局，1954年，第276页。

③《墨子·天志上》，见［清］孙诒让，《墨子闲诂》（诸子集成本），北京：中华书局，1954年，第120页。

④《墨子·法仪》，见［清］孙诒让，《墨子闲诂》（诸子集成本），北京：中华书局，1954年，第12页。

⑤ 冯友兰，《中国哲学简史》，北京：北京大学出版社，1985年，第65页。

第二节 《墨子》引《诗》研究

《墨子》一书共引《诗》11 处，包括 3 处引逸诗。涉及今《诗经》篇目 7 篇，分别为大雅《桑柔》《抑》《皇矣》《文王》；小雅《皇皇者华》《大东》；周颂《载见》。

一、《墨子》引雅诗、颂诗

1.《尚贤中》云：

> 既曰若法，未知所以行之术，则事犹若未成，是以必为置三本。何谓三本？曰："爵位不高则民不敬也，蓄禄不厚则民不信也，政令不断则民不畏也。故古圣王高予之爵，重予之禄，任之以事，断予之令。夫岂为其臣赐哉？欲其事之成也。诗曰：'告女忧恤，诲女予爵。孰能执热，鲜不用濯？'则此语古者国君诸侯之不可以不执善承嗣辅佐也，譬之犹执热之有濯也，将休其手焉。"①

《尚贤》的内容主要是探讨尚贤与政治的关系，墨子以为尚贤是"为政之本"，国家欲要长治久安，就必须打破血统的界限，不论阶级贵贱，"唯才是举"，令那些尸位素餐的贵族让位于贤者，给予贤能之人充分展示才华的空间。这里引用了《大雅·桑柔》的诗句，意思是"告诉你应当忧国事，合理授官任贤能，这就像人想驱赶炎热，不洗澡能行吗？"墨子引《诗》来证明古代的国君、诸侯不可以不亲近、善待继承人和辅佐大臣，就好比手里拿了热的东西要用冷水洗濯一样，是要他的手得到休息。

---

① 《墨子·尚贤中》，见［清］孙诒让，《墨子闲诂》（诸子集成本），北京：中华书局，1954 年，第 30 页。

《桑柔》本是"芮伯刺厉王也"①，"告女忧恤，诲女予爵。孰能执热，鲜不用濯"本为"告尔忧恤，诲尔序爵。谁能执热，逝不以濯"，其义是"我语女以忧天下之忧，教女以次序贤能之爵，其为之当如手持热物之用濯，谓治国之道，当用贤者"②，墨子对诗义的理解与诗本义基本相符，引《诗》是为了以诗为据，论证自己的尚贤思想。

2.《尚同中》云：

> 故古者圣人之所以济事成功、垂名于后世者，无他故异物焉，曰唯能以尚同为政者也。是以先王之书周颂之道之曰："载来见彼王，聿求厥章。"则此语古者国君诸侯之以春秋来朝聘天子之廷，受天子之严教，退而治国，政之所加，莫敢不宾。当此之时，本无有敢纷天子之教者。诗曰："我马维骆，六辔沃若。载驰载驱，周爰咨度。"又曰："我马维骐，六辔若丝。载驰载驱，周爰咨谋。"即此语也。古者国君诸侯之闻见善与不善也，皆驰驱以告天子。是以赏当贤，罚当暴，不杀不辜，不失有罪，则此尚同之功也。③

"尚同"即"上同"，即意见统一于上级，并最终统一于天，其主要内容是指出天下混乱的原因是没有符合天意的好首领，主张选用仁人、贤者进行统治。在这里，墨子引用了《周颂·载见》和《小雅·皇皇者华》的诗句，来证明"古者国君诸侯之闻见善与不善也，皆驰驱以告天子"，即只要各级统治者是"贤者"，能够按照天子的意志来行事，天下的是非就会得到泯灭，统一于天子的意志，就不至于众说纷纭、天子的典制难以统一行使。先王的书周颂记载："始来见君王，求取礼法典章"，这是说古代的国君、诸侯在春秋两季到天子的朝廷来朝见、聘问，接受天子严正的教

① 李学勤主编，《毛诗正义》，《十三经注疏》，北京：北京大学出版社，2000年，第1383页。
② 同上注，第1387页。
③《墨子·尚同中》，见［清］孙诒让，《墨子闲诂》（诸子集成本），北京：中华书局，1954年，第54页。

令，回去治理国家，政令所施行的地方，没有敢不服从的。这时，根本就没有敢扰乱天子的教令的，《诗》说："我的四匹黑鬃白马，六条缰绳很润泽，在路上或快或慢地跑，广泛地询问斟酌。"又说："我的四匹青黑纹的马，六条缰绳柔软如丝，在路上或快或慢地跑，普遍地询问商议。"说的就是这个意思。《毛诗序》曰："《载见》，诸侯始见乎武王庙也。"① "载来见彼王，聿求厥章"本为"载见辟王，曰求厥章"，其义是"诸侯始见君王，谓见成王也。曰求其章者，求车服礼仪之文章制度也"。② 引诗义与诗本义是相符的。《皇皇者华》乃"君遣使臣也。送之以礼乐，言远而有光华也。"③《笺》云："言臣出使能扬君之美，延其誉于四方，则为不辱命也。"④ "我马维骆，六辔沃若。载驰载驱，周爰咨度"中，"咨礼义所宜为度"⑤；"我马维骐，六辔若丝。载驰载驱，周爰咨谋"中，"咨事之难易为谋"⑥，引诗义与诗本义也是相合的。

3. 《兼爱下》云：

> 且不惟《誓命》与《汤说》为然，周《诗》即亦犹是也。周《诗》曰："王道荡荡，不偏不党，王道平平，不党不偏。其直若矢，其易若厎。君子之所履，小人之所视。"若吾言非语道之谓也？古者文、武为正，均分赏贤罚暴，勿有亲戚弟兄之所阿。即此文、武兼也。虽子墨子之所谓兼者，于文、武取法焉。不识天下之人，所以皆闻兼而非之者，其故何也。⑦

墨子提出消除血缘等级差别的"兼相爱"观点，为了让大家接受这一观

---

① 李学勤主编，《毛诗正义》，《十三经注疏》，北京：北京大学出版社，2000 年，第 1570 页。

② 同上注，第 1571 页。

③ 同上注，第 658 页。

④ 同上。

⑤ 同上注，第 661 页。

⑥ 同上。

⑦《墨子·兼爱下》，见［清］孙诒让，《墨子闲诂》（诸子集成本），北京：中华书局，1954 年，第 77 页。

点，墨子说"今若夫兼相爱、交相利，此自先圣六王者亲行之"，怎么知道先圣六王亲自实行过呢？墨子先举了《泰誓》《禹誓》《汤说》等为证，又引《诗》证明，王道坦坦荡荡，不偏私不袒护；王道公正均平，不袒护不偏私。《诗》说："（周道）笔直如箭，平直如砥石，小人望着并沿着君子的足迹前行。"古代的文王、武王为政公正均平，赏赐贤者，惩罚暴虐之人，对亲戚弟兄毫无偏私，这是文王、武王的兼爱，即便我墨子所说的兼爱也是从文王、武王那里取法的。这里的引《诗》出自《小雅·大东》，《大东》是"刺乱也。东国困于役而伤于财，谭大夫作是诗以告病焉"①，"其直若矢，其易若厎。君子之所履，小人之所视"本为"其直如矢，君子所履，小人所视"，其义是"周之贡赋之道，其均如砥石然。周之赏罚之制，其直如箭矢然。是所行之政皆平而不曲也。以天子崇其施予之厚，故其时君子皆共法效，所以履而行之。以周道布其砥矢之平直，时小人皆共承奉，所以视而供之。既君子履其厚，小人视其平，是上下相和，举世安乐"②，可见，引诗义与诗本义基本相合。

4.《兼爱下》云：

> 姑尝本原先王之所书，大雅之所道，曰："无言而不雠，无德而不报。""投我以桃，报之以李。"即此言爱人者必见爱也，而恶人者必见恶也。不识天下之士，所以皆闻兼而非之者，其故何也？③

反对兼爱说的人提出了"意不忠亲利而害为孝乎"的疑问，即实行兼爱或许不符合双亲的利益而损害孝道，墨子对此进行了反驳，认为兼爱与行孝并不矛盾，并引诗为证，《诗》说"没有什么言辞不应验，没有什么贤德不获得回报。你投给我桃子，我会回报你李子"，这是说爱别人的人

---

① 李学勤主编，《毛诗正义》，《十三经注疏》，北京：北京大学出版社，2000年，第911页。
② 同上注，第912页。
③《墨子·兼爱下》，见［清］孙诒让，《墨子闲诂》（诸子集成本），北京：中华书局，1954年，第78页。

一定会被别人爱，而憎恨别人的人也会被别人所憎恨。引《诗》出自《大雅·抑》，是老臣劝告、讽刺周厉王的诗，"无言而不雠，无德而不报"的本义是"德加于民，民则以义报之"①，"投我以桃，报之以李"的本义是"言善往则善来，人无行而不得其报也"②，引诗义与诗本义是符合的。

5.《天志中》云：

> 将以识夫爱人利人，顺天之意，得天之赏者也。《皇矣》道之曰："帝谓文王，予怀明德。不大声以色，不长夏以革。不识不知，顺帝之则。"帝善其顺法则也，故举殷以赏之，使贵为天子，富有天下，名誉至今不息。故夫爱人利人，顺天之意，得天之赏者，既可得留而已。③

"天志"就是天意，墨子认为天意是存在的，能赏善罚暴，因为天是爱天下所有百姓的，所以顺天意就应实行仁政，顺天意就是兼爱。墨子先列举了古代的圣王尧、舜、禹、汤、文、武为证，又引《诗》说："上帝告诉周文王，我盼望有大德之人，他不重声色，不依仗刑法，无知无识，只遵循上帝的法则"，来证明"爱人利人，顺天之意，得天之赏"的观点。引《诗》出自《大雅·皇矣》，诗的主旨是"美周也。天监代殷，莫若周。周世世修德，莫若文王"④，《笺》云："天视四方可以代殷王天下者，维有周耳。世世修行道德，维有文王盛耳"⑤，这与墨子所要论述的顺天意的观点不谋而合，所以被拿来作为论据。"帝谓文王，予怀明德。不大声以色，不长夏以革。不识不知，顺帝之则"的本义是"天之言云：我归人君有光明之德，而不虚广言语，以外作容貌，不长诸夏以变更王法者。其为人不

① 李学勤主编，《毛诗正义》，《十三经注疏》，北京：北京大学出版社，2000 年，第 1373 页。
② 同上注，第 1377 页。
③《墨子·天志中》，见［清］孙诒让，《墨子闲诂》（诸子集成本），北京：中华书局，1954 年，第 127 页。
④ 李学勤主编，《毛诗正义》，《十三经注疏》，北京：北京大学出版社，2000 年，第 1194 页。
⑤ 同上注，第 1194 页。

识古，不知今，顺天之法而行之者"①，引诗义与诗本义相合。

6.《天志下》云：

> 故子墨子置天之，以为仪法。非独子墨子以天之志为法也，于先王之书《大夏》之道之然："帝谓文王，予怀明德，毋大声以色，毋长夏以革，不识不知，顺帝之则。"此语文王之以天志为法也，而顺帝之则也。且今天下之士君子，中实将欲为仁义，求为上士，上欲中圣王之道，下欲中国家百姓之利者，当天之志而不可不察也。天之志者，义之经也。②

这里墨子指出自己以天之志作为依法，是因为先王的《诗》中就记载了这样的先例，即文王以天志为法则，顺从上帝的意志。墨子引诗为证，是为了给自己的观点找到有力的支撑，引诗义与诗本义是符合的。

7.《明鬼下》云：

> 今执无鬼者之言曰：先王之书，慎无一尺之帛，一篇之书，语数鬼神之有，重有重之，亦何书有之哉？子墨子曰：《周书·大雅》有之。大雅曰："文王在上，於昭于天。周虽旧邦，其命维新。有周不显，帝命不时。文王陟降，在帝左右。穆穆文王，令闻不已。"若鬼神无有，则文王既死，彼岂能在帝之左右哉？此吾所以知《周书》之鬼也。③

墨子相信鬼神的存在，他从传闻、古书的记载，和古代圣王与暴君的不同行为和结局等方面，证明鬼神是存在的，但墨子论及的鬼神与人的利益是一致的，能赏善罚恶，所以墨子明鬼神的目的还是为了推行自己的兼爱说。在这里，墨子以《诗》为证：《诗》说"文王在上位，光耀上天，周

---

① 李学勤主编，《毛诗正义》，《十三经注疏》，北京：北京大学出版社，2000年，第1213页。
②《墨子·天志下》，见［清］孙诒让，《墨子闲诂》（诸子集成本），北京：中华书局，1954年，第137页。
③《墨子·明鬼下》，见［清］孙诒让，《墨子闲诂》（诸子集成本），北京：中华书局，1954年，第147页。

虽然是旧邦，但它受命才开始。周邦之德彰显，上帝之命及时，文王离世后，就在上帝的身边。静穆的文王，美好的声誉流传不止"，如果鬼神不存在，那么文王死后，怎么能在上帝身边呢？这就是我知道的《周书》中记载了鬼神的原因。引《诗》出自《大雅·文王》，其主旨是"文王受命作周也"①，《笺》云："受天命而王天下，制立周邦"②，"文王在上，於昭于天。周虽旧邦，其命维新。有周不显，帝命不时。文王陟降，在帝左右。穆穆文王，令闻不已"的本义是"文王初为西伯，有功于民，其德著见于天，故天命之以为王，使君天下也。""大王聿来胥宇而国于周，王迹起矣，而未有天命。至文王而受命。""周之德不光明乎？光明矣。天命之不是乎？又是矣。""文王升接天，下接人也。""勉勉乎不倦，文王之勤，用明德也。其善声闻，日见称歌无止时也"③，引诗义与诗本义相符。

通过以上的具体分析，可以看出，墨子引雅诗、颂诗都是为了阐明自己的思想，以期起到很好的论证效果，其引诗义大多数是与诗本义相合的。

二、《墨子》引逸诗

1.《所染》云：

> 非独国有染也，士亦有染。其友皆好仁义，淳谨畏令，则家日益，身日安，名日荣，处官得其理矣，则段干木、禽子、傅说之徒是也。其友皆好矜奋，创作比周，则家日损，身日危，名日辱，处官失其理矣，则子西、易牙、竖刀之徒是也。诗曰"必择所堪"，必谨所堪者，此之谓也。④

---

① 李学勤主编，《毛诗正义》，《十三经注疏》，北京：北京大学出版社，2000 年，第 1114 页。
② 同上注，第 1114 页。
③ 同上注，第 1120—1122 页。
④《墨子·所染》，见〔清〕孙诒让，《墨子闲诂》（诸子集成本），北京：中华书局，1954 年，第 10 页。

《所染》是以染丝一事为例，阐明帝王、诸侯、大夫一定要正确选用身边的近臣或朋友，因为其受到熏染的好坏，关系到国家的兴亡和自身的安危。在这里，墨子论述了不仅国君有受熏染影响的事，士人也是一样，并列举了正面和反面的例子，最后用《诗》来作为自己的论证依据，《诗》说"一定要选择好染料"，就是这个意思。

2.《尚贤中》云：

> 则此言三圣人者，谨其言，慎其行，精其思虑，索天下之隐事遗利，以上事天，则天乡其德。下施之万民，万民被其利，终身无已。故先王之言曰："此道也，大用之，天下则不窕；小用之，则不困；修用之，则万民被其利，终身无已。"周颂道之曰："圣人之德，若天之高，若地之普。其有昭于天下也，若地之固，若山之承，不坼不崩。若日之光，若月之明，与天地同常。"则此言圣人之德章明博大，埴固以修久也。故圣人之德，盖总乎天地者也。①

墨子先论述了天所使用的能人，即三位圣人伯夷、大禹、后稷的美好德操，然后引《诗》赞誉"圣人的德行像天一样高，像地一样广，光照天下；像地一样坚固，像山一样高大，不裂不崩；像太阳一样光明，像月亮一样明朗，跟天地一样地久天长"，证明圣人的德行章明博大，坚固而长久。

3.《非攻中》云：

> 昔者晋有六将军，而智伯莫为强焉。计其土地之博，人徒之众，欲以抗诸侯以为英名。功战之速，故差论其爪牙之士，皆列其舟车之众，以攻中行氏而有之。以其谋为既已足矣，又攻兹范氏而大败之。并三家以为一家而不止，又围赵襄子于晋阳。及若此，则韩、魏亦相从而谋曰："古者有语：'唇亡则齿寒。'赵氏朝亡，我夕从之。赵氏夕

---

① 《墨子·尚贤中》，见［清］孙诒让，《墨子闲诂》（诸子集成本），北京：中华书局，1954 年，第 37 页。

亡，我朝从之。诗曰：'鱼水不务，陆将何及乎？'"是以三主之君，一心戮力，辟门除道，奉甲兴士，韩、魏自外，赵氏自内，击智伯，大败之。是故子墨子言曰：古者有语曰："君子不镜于水，而镜于人。镜于水，见面之容。镜于人，则知吉与凶。"今以攻战为利，则盖尝鉴之于智伯之事乎？此其为不吉而凶，既可得而知矣。[①]

"非攻"是墨家学派的另一代表理论，墨子认为，无论对战胜国还是战败国而言，战争都是天下的"巨害"。这里以晋伯为例，论证攻占并非吉利之事，而是凶险之事，文中通过他人引《诗》证明"唇亡齿寒"的道理，所以此处引《诗》是个例外，不应属于墨子引《诗》为证、论述自己观点的范围。

三、墨子的诗学观

墨子引《诗》计 11 处，此外墨子在文章中也有 3 处论及《诗》，虽然为数不多，但结合其"兼爱"的主张及礼乐观，还是可以依稀透视出墨子的诗学观。

《三辩》云：

> 子墨子曰："昔者尧舜有茅茨者，且以为礼，且以为乐。汤放桀于大水，环天下自立以为王，事成功立，无大后患，因先王之乐，又自作乐，命曰《护》，又修《九招》。武王胜殷杀纣，环天下自立以为王，事成功立，无大后患，因先王之乐，又自作乐，命曰《象》。周成王因先王之乐，又自作乐，命曰《驺虞》。周成王之治天下也，不若武王。武王之治天下也，不若成汤。成汤之治天下也，不若尧舜。故其乐逾繁者，其治逾寡。自此观之，乐非所以治天下也。"[②]

---

① 《墨子·非攻中》，见［清］孙诒让，《墨子闲诂》（诸子集成本），北京：中华书局，1954 年，第 87 页。
② 《墨子·三辩》，见［清］孙诒让，《墨子闲诂》（诸子集成本），北京：中华书局，1954 年，第 23 页。

"三辩"是通过墨子与程繁三次问答式的讨论，表明墨子"非乐"的观点，即圣人治国应重在事业功绩的立场，而不应追求音乐享受。在这里，墨子指出，从尧舜到商汤，再到周武王、成王，治理国家的功业一代不如一代，就是因为"功成作乐"，听到、享受到的音乐越来越多，并由此得出结论，音乐不能用来治理天下。墨子认为，君王所喜爱音乐的形式越来越烦琐，就会导致他修明政教的时间越来越少，治理天下就不会取得很大的政绩。墨子对音乐的批判，当然也包括合乐的《诗》在内，可见，从墨子的"非乐"观出发，他对配合乐、舞演唱的《诗》是持否定态度的。

与这一观点相同的还有《公孟》中的一段话，《公孟》云：

> 子墨子谓公孟子曰："丧礼，君与父母、妻、后子死，三年丧服。伯父、叔父、兄弟期，族人五月；姑、姊、舅、甥皆有数月之丧。或以不丧之间诵诗三百，弦诗三百，歌诗三百，舞诗三百。若用子之言，则君子何日以听治？庶人何日以从事？"公孟子曰："国乱则治之，国治则为礼乐；国治则从事，国富则为礼乐。"子墨子曰："国之治，治之废，则国之治亦废。国之富也，从事，故富也。从事废，则国之富亦废。故虽治国，劝之无厌，然后可也。今子曰国治则为礼乐，乱则治之，是譬犹噎而穿井也，死而求医也。古者三代暴王桀、纣、幽、厉，蘍为声乐，不顾其民，是以身为刑僇，国为戾虚者，皆从此道也。"①

在这里，墨子反问公孟子："按照儒家的丧礼，人要服丧，在不守丧期间，又要诵《诗》三百篇，用弦乐演奏《诗》三百篇，吟唱《诗》三百篇，以舞配唱《诗》三百篇，如果这样的话，君子什么时候去治理政事？老百姓什么时候去从事生产？"并针对公孟子"国乱则治之，国治则为礼乐；国治则从事，国富则为礼乐"的说法尖锐指出，古代暴君桀、纣、幽王、厉

①《墨子·公孟》，见［清］孙诒让，《墨子闲诂》（诸子集成本），北京：中华书局，1954年，第275页。

王都盛设声乐，不顾人民，因此遭到杀戮，国家灭亡，这都是因为听从了这种主张而造成的。墨子批驳了儒家的学说，特别对其繁缛礼节、盛设音乐表示了怀疑和不满，这实际上也是对合乐之《诗》的否定，认为其有害无益。

《公孟》中还有另外一段记载：

> 公孟子谓子墨子曰："昔者圣王之列也，上圣立为天子，其次立为卿、大夫。今孔子博于《诗》《书》，察于礼乐，详于万物，若使孔子当圣王，则岂不以孔子为天子哉？"子墨子曰："夫知者，必尊天事鬼，爱人节用，合焉为知矣。今子曰'孔子博于《诗》《书》，察于礼乐，详于万物'，而曰可以为天子。是数人之齿，而以为富。"[①]

公孟子认为孔子博通《诗》《书》，明察礼乐的制度，详知万物，如果处在圣王的时代，可以被立为天子。墨子不同意这种看法，指出公孟子是数人家券契上的齿数而自以为富有。在墨子看来，真正的智者是遵天地、事鬼神，爱人节用，和博通《诗》《书》，明察礼乐等没有必然的联系。墨子这种对《诗》《书》的冷静态度与儒家的热衷形成了鲜明的对比。

综上所述，墨子因为对儒家的思想持鄙弃的态度，所以连儒家所整理的要籍《诗》也受到了一定程度的攻击，但《墨子》中的引《诗》又反映出，墨子对《诗》文本及诗义并未否定，所以没有像道家那样对《诗》采取完全排斥的态度，而是清醒、理智地为我所用，为论证自己的学说服务。从墨子说《诗》的观念和其所引之《诗》来看，墨子的"非乐"，摒弃的是《诗》中乐的成分（这和儒家的礼乐思想相对），而并非《诗》义。墨子毕竟受过儒家思想的浸染，这种潜意识的影响是无法消除的。再者，《诗》在当时士人乃至上层统治阶层中已经产生了深刻的影响，已经被广泛称引，具有了一定的权威性，人们对《诗》有一种普遍的认同感，这也

---

① 《墨子·公孟》，见［清］孙诒让，《墨子闲诂》（诸子集成本），北京：中华书局，1954 年，第274 页。

是墨子难以漠视的。作为刚刚独立出来的一派，为了增强自己言论的说服力，使自己的观念能够为大家所接受，墨子也不得不借用大家较为熟悉的《诗》来阐明自己的观点，为自己的理论撑腰，墨子在引《诗》时的言之凿凿就证明了这一点。从引诗义来讲，绝大多数都是符合诗本义的，这说明墨子对《诗》很少做主观附会的发挥。

第十三章
《庄子》引《诗》考论

　　庄子是道家学派的代表人物，作为一位极具诗性的哲学家，按常理来说，《诗》应该能够引起庄子的兴趣。可是在《庄子》一书中，只是对《诗》偶有论述，且只征引了一首至今尚有异议的逸诗。其论述也不过泛泛言及《诗》《书》《礼》《乐》，目的在于讥讽嘲弄儒家。《庄子》引《诗》、说诗，代表了当时道家对《诗》的认识，反映了道家对《诗》的排斥态度。之所以如此，与道家"无为"的哲学思想和社会政治理想有关。

第一节　庄子"无为"思想及其对引《诗》的影响

　　"无为"是庄子的主要哲学思想，"无为"思想的核心是合乎本真本然的自然之道。庄子"无为"的主要指向，是政治上的"无为"。"无为"主要是遏制统治者私欲、权力的膨胀，是对现实政治中的有为的批判与超越，"无为"还具有人的生活也要遵从自然之道的意义。

在庄子的时代，统治者"以物为事"，"弊弊焉以天下为事"①，执着于现实性的事功，以"有为"治天下。庄子发现，执着于现实功利的"有为"，往往会违背自然之道。违背了自然之道，"有为"就会产生异化而走向事物的反面。庄子在对现实政治的审视和反思中，更主要的是发现了统治者的"有为"，包含着逞其私欲、满足其权力欲和贪欲的因素和目的。庄子看到，统治者名义上以"有为"治天下，实际上是在"为"之中为自己牟私利，在"治"当中争权夺利。统治者制定的许多政策、措施，其实质都是为了满足和实现自己的私利和权力。这些"有为"实际上是扰民、害民，所谓的"有为"已经异化。庄子对统治者的"有为"异化有许多揭露和批判。例如在《逍遥游》中，庄子通过"许由辞天下"的寓言故事，深刻揭露了统治者以"天下"为私有而"用"的实质。许由以鹪鹩巢林、偃鼠饮河来比喻自己不想谋私，没有权力欲和贪欲，他不需要用天下来满足自己，所以他"无所用天下"。这个故事是以象征比喻来揭露统治者的所谓治天下，实际上是"用天下"，是以"用天下"来满足自己的私利和贪欲。在《徐无鬼》中庄子揭露道："君独为万乘之主，以苦一国之民，以养耳目鼻口。"②在《则阳》中则揭露统治者"匿为物而过不识，大为难而罪不敢，重为任而罚不胜，远其塗而诛不至"③，最后导致"民知力竭，则以伪继之"。所有这些都深刻指出统治者为了满足自己的私利，滥用权力。天下饥乱，人们作伪的根本原因在于统治者。老子早就说："民之饥，以其上食税之多也，是以饥。民之难治，以其上之有为，是以难治。"④庄子继老子之后，进一步指出，正因为统治者无止境的私欲和权力欲，导致种种"有为"的异化不断生出，天下无道，民不聊生。

---

① 《庄子·逍遥游》，见陈鼓应，《庄子今注今译》（上），北京：中华书局，1983 年，第 21 页。
② 《庄子·徐无鬼》，见陈鼓应，《庄子今注今译》（下），北京：中华书局，1983 年，第 630 页。
③ 《庄子·则阳》，见陈鼓应，《庄子今注今译》（下），北京：中华书局，1983 年，第 686 页。
④ 《老子·第七十五章》，见陈鼓应，《老子注译及评介》，北京：中华书局，1984 年，第 339 页。

庄子认为："大乱之本，必生于尧舜之间，其末存乎千世之后。千世之后，其必有人与人相食者也。"① 这就是说，社会的丑恶与不公并不是人类社会固有的，一切罪恶都起于统治者的出现，起于统治者的"治世"。因此，庄子在抨击社会黑暗的同时，又努力描绘出原始"至德之世"的盛景，作为政治理想上的追求："子独不知至德之世乎？……当是时也，民结绳而用之，甘其食，美其服，乐其俗，安其居，邻国相望，鸡狗之音相闻，民至老死而不相往来"②，"夫至德之世，同与禽兽居，族与万物并，恶乎知君子小人哉！同乎无知，其德不离；同乎无欲，是谓素朴。素朴而民性得矣。"③ 庄子复古倒退的历史观，乃是面对社会黑暗与不公却又找不到出路时的叹惋与哀吟，同时也是其"无为"思想在社会政治理念上的必然归宿。一方面斥责"仁义"与"圣治"，一方面摈弃才能与智巧，就是庄子治世的总方策："绝圣弃知（智）而天下大治"④，"无为"也就是最大的作为了。庄子认为只要统治者消除了私心和贪欲，顺应自然之道，适其民性，去除种种扰民的违背自然之道的人为，天下就可以大治。庄子在《应帝王》中对统治者提出："游心于淡，合气于漠，顺物自然而无容私焉，而天下治矣。"⑤

作为人生之道，庄子的"无为"主要指向政治上的"无为"，同时，"无为"也包含着对人的生活的指引，即人的生活也要遵从"无为"之道。这种"无为"之道，就是顺其自然，按照人的自然本性，以适应人的生命发展为生活的第一要义。再通俗一点说，就是适其本性，顺其自然，不去违背自然，扭曲真性而强作妄为。庄子看到世俗人生在对功名利禄的"人为"中，渐渐丧失了人性的本真本然，活得越来越不真实自然，许多人陷

---

① 《庄子·庚桑楚》，见陈鼓应，《庄子今注今译》（下），北京：中华书局，1983 年，第 593 页。
② 《庄子·胠箧》，见陈鼓应，《庄子今注今译》（中），北京：中华书局，1983 年，第 262 页。
③ 《庄子·马蹄》，见陈鼓应，《庄子今注今译》（中），北京：中华书局，1983 年，第 246 页。
④ 《庄子·在宥》，见陈鼓应，《庄子今注今译》（中），北京：中华书局，1983 年，第 274 页。
⑤ 《庄子·应帝王》，见陈鼓应，《庄子今注今译》（上），北京：中华书局，1983 年，第 215 页。

入"物役""物累"的异化之中，甚至"殉物"。庄子说"自三代以下者，天下莫不以物易其性矣。小人则以身殉利，士则以身殉名，大夫则以身殉家，圣人则以身殉天下"①。庄子认为无论是殉利、殉名，还是殉家、殉天下，实质都是一样，即"其于伤性以身为殉，一也"。人们在物欲膨胀中忘记了人自身的价值，放弃了心灵的安宁和谐，庄子认为这是人生的悲哀。庄子提出"无为"，具有拯救人的灵魂的意义。庄子的"无为"，强调按照人的本真本然以适应人的生命发展。这里"人的生命发展"绝不仅仅是活着，也不仅仅是肉体生命的活着，更重要的是精神灵魂活着，真正有意义有价值地活着，"生命"的意义是身心健全。庄子认为纯朴、自然、本真是最高道德。他反对人为地用仁义道德来修饰人，因为仁义道德的修饰会使人失真而伪。另外，庄子认为"朴"才是人性自然，自然才能与大道相通。人性在"朴"的状态下，是不需要"仁义"的措施的，"及至圣人，蹩躠为仁，踶跂为义，而天下始疑矣；澶漫为乐，摘僻为礼，而天下始分矣。故纯朴不残，孰为牺樽！白玉不毁，孰为珪璋！道德不废，安取仁义！性情不离，安用礼乐！五色不乱，孰为文采！五声不乱，孰应六律！夫残朴以为器，工匠之罪也；毁道德以为仁义，圣人之过也！"②等到世上出了圣人，勉为其难地去倡导所谓仁，竭心尽力地去追求所谓义，于是天下开始出现迷惑与猜疑。放纵无度地追求逸乐的曲章，繁杂琐碎地制定礼仪和法度，于是天下开始分离了。所以说，纯朴原本没被分割，谁还能用它雕刻为酒器！一块白玉没被破裂，谁还能用它雕刻出玉器！人类原始的自然本性不被废弃，哪里用得着仁义！人类固有的天性和真情不被背离，哪里用得着礼乐！五色不被错乱，谁能够调出文采！五声不被搭配，谁能够应和六律！分解原木做成各种器皿，这是木工的罪过，毁弃人的自然本性以推行所谓仁义，这就是圣人的罪过！庄子认为一切都生成于自

---

① 《庄子·骈拇》，见陈鼓应，《庄子今注今译》（中），北京：中华书局，1983年，第239页。
② 《庄子·马蹄》，见陈鼓应，《庄子今注今译》（中），北京：中华书局，1983年，第246页。

然，所以强烈谴责后代推行所谓仁、义、礼、乐，摧残了人的本性和事物的真情，并直接指出这就是"圣人之过"。在庄子的眼里，当世社会的纷争动乱都源于所谓圣人的"治"，因而他主张摒弃仁义和礼乐，取消一切束缚和羁绊，让社会和事物都回到它的自然和本性上去，他对于仁义礼乐虚伪性、蒙蔽性的揭露是深刻的。

庄子的"无为"哲学及政治理想，使他排斥仁、义、礼、乐，而"仁义礼乐"正是儒家治世安民的工具，《诗》作为儒家所推崇的承载着政治教化功能的典籍，与儒家的"仁义礼乐"是相须而用的，因此，自然也遭到了以庄子为代表的道家学派的漠视和排斥，即使在著述中偶有提及，也是作为反对、讥讽儒家观点的武器，《庄子》说诗、引《诗》就足以证明这一点。

第二节 《庄子》引《诗》研究

《庄子》一书提到《诗》只有 5 处，其中四处是说《诗》，一处是引逸诗。下面就分而论之。

一、《庄子》说诗

1.《外篇·天运》云：

> 孔子谓老聃曰："丘治《诗》《书》《礼》《乐》《易》《春秋》六经，自以为久矣，孰知其故矣。以奸者七十二君，论先王之道而明周、召之迹，一君无所钩用。甚矣夫！人之难说也，道之难明邪？"老子曰："幸矣，子之不遇治世之君也！夫六经，先王之陈迹也，岂其所以迹哉！今子之所言，犹迹也。夫迹，履之所出，而迹岂履哉？夫白鶂之相视，眸子不运而风化；虫，雄鸣于上风，雌应于下风而风化；类

自为雌雄，故风化。性不可易，命不可变，时不可止，道不可壅。苟得于道，无自而不可；失焉者，无自而可。"①

孔子对老聃说："我研修《诗》《书》《礼》《乐》《易》《春秋》六部经书，自认为很久很久了，熟悉了旧时的各种典章制度；用违反先王之制的七十二个国君为例，论述先王（治世）的方略和彰明周公、召公的政绩，可是一个国君也没有取用我的主张。实在难啊！是人难以规劝，还是大道难以彰明呢？"老子说："幸运啊，你不曾遇到过治世的国君！六经，乃是先王留下的陈旧遗迹，哪里是先王遗迹的本原！如今你所谈论的东西，就好像是足迹；足迹是脚踩出来的，然而足迹难道就是脚吗！白鶂相互而视，眼珠子一动也不动便相诱而孕；虫，雄的在上方鸣叫，雌的在下方相应而诱发生子；同一种类而自身具备雌雄两性，不待交合而生子。本性不可改变，天命不可变更，时光不会停留，大道不会壅塞。假如真正得道，无论去到哪里都不会受到阻遏；失道的人，无论去到哪里都是此路不通。"

　　这里通过写孔子接受老聃的教导，表达了道家对儒家典籍六经的看法，六经的内容不过是"先王之陈迹"，不足以明道，无用于治世。对六经的看法，自然也包含着对《诗》的看法，既然《诗》不能明道、治世，何必信它、用它呢？这似乎可以作为道家对自己在著述中不引《诗》或很少引《诗》的一个解释吧。道家之所以对六经的作用予以否定，正是本于其所秉持的"无为而治""道法自然"的哲学观和政治理想，"道"存在于自然之中，顺和自然变化，才能得道，无往而不宜。

　　2.《杂篇·徐无鬼》云：

　　　　徐无鬼出，女商曰："先生独何以说吾君乎？吾所以说吾君者，横说之则以诗书礼乐，从说之则以金板六弢，奉事而大有功者不可为数，而吾君未尝启齿。今先生何以说吾君，使吾君说若此乎？"徐无

① 《庄子·天运》，见陈鼓应，《庄子今注今译》（中），北京：中华书局，1983年，第389页。

鬼曰："吾直告之吾相狗马耳。"女商曰："若是乎？"曰："子不闻夫越之流人乎？去国数日，见其所知而喜；去国旬月，见所尝见于国中者喜；及期年也，见似人者而喜矣；不亦去人滋久，思人滋深乎？夫逃虚空者，藜藿柱乎鼪鼬之迳，踉位其空，闻人足音跫然而喜矣，又况乎昆弟亲戚之謦欬其侧者乎！久矣夫，莫以真人之言謦欬吾君之侧乎！"①

徐无鬼由女商介绍，见到了魏武侯，相谈甚欢。女商很不解，出来以后问："先生究竟是用什么办法使国君高兴的呢？我用来使国君高兴的办法是，从远处说向他介绍《诗》《书》《礼》《乐》，从近处说和他谈论太公兵法。侍奉国君而大有功绩的人不可计数，而国君从不曾有过笑脸。如今你究竟用什么办法来取悦国君，竟使国君如此高兴呢？"徐无鬼说："我只不过告诉他我怎么相狗、相马罢了。"女商说："就是这样吗？"徐无鬼说："你没有听说过越地流亡人的故事吗？离开都城几天，见到故交旧友便十分高兴；离开都城十天整月，见到在国都中所曾经见到过的人便大喜过望；等到过了一年，见到好像是同乡的人便欣喜若狂；不就是离开故人越久，思念故人的情意越深吗？逃向空旷原野的人，丛生的野草堵塞了黄鼠狼出入的路径，却能在杂草丛中的空隙里跌跌撞撞地生活，听到人的脚步声就高兴起来，更何况是兄弟亲戚在身边说笑呢？很久很久了，没有谁用真人纯朴的话语在国君身边说笑了啊！"

近臣们用包括《诗》在内的儒家典籍来教化国君，却不能使国君开颜欢笑，而徐无鬼用相马术和其交谈，却引来了国君的无穷悦色，就是因为徐无鬼所讲的是真人之言，自然之语。这正体现了道家所宣扬的"真"，即人应当保持天真本性，力行仁义皆是违背天真的伪作。"真言"与《诗》之"教化之言"所产生效果的鲜明对比，暗示出道家对包括《诗》在内的

---

① 《庄子·徐无鬼》，见陈鼓应，《庄子今注今译》（下），北京：中华书局，1983年，第626页。

儒家典籍的不尽讽刺之意。

3.《杂篇·让王》云：

> 曾子居卫，缊袍无表，颜色肿哙，手足胼胝。三日不举火，十年不制衣，正冠而缨绝，捉衿而肘见，纳屦而踵决。曳、繳而歌商颂，声满天地，若出金石。天子不得臣，诸侯不得友。故养志者忘形，养形者忘利，致道者忘心矣。①

曾子居住在卫国，用乱麻作为絮里的袍子已经破破烂烂，满脸浮肿，手和脚都磨出了厚厚的老茧。他已经三天没有生火做饭，十年没有添制新衣，正一正帽子帽带就会断掉，提一提衣襟臂肘就会外露，穿一穿鞋子鞋后跟就会裂开。他还拖着散乱的发带吟咏《商颂》，声音洪亮充满天地，就像用金属和石料做成的乐器发出的声响。天子不能把他看作是臣仆，诸侯不能跟他结交成朋友。所以，修养心志的人能够忘却形骸，调养身形的人能够忘却利禄，得道的人能够忘却心机与才智。在这里，道家表面上是叙述曾子安贫乐道的情状，但也暗含了把儒者不见用于君归咎于《诗》之意，儒家信奉、推崇《诗》，却落入"天子不得臣，诸侯不得友"的境地，可见《诗》之无用、《诗》之危害，这正是道家对《诗》的看法。

4.《杂篇·天下》云：

> 天下之治方术者多矣，皆以其有为不可加矣！古之所谓道术者，果恶乎在？曰："无乎不在。"……其明而在数度者，旧法、世传之史尚多有之；其在于《诗》《书》《礼》《乐》者，邹鲁之士、缙绅先生多能明之。《诗》以道志，《书》以道事，《礼》以道行，《乐》以道和，《易》以道阴阳，《春秋》以道名分。其数散于天下而设于中国者，百家之学时或称而道之。②

《天下》是《庄子》的最后一篇，也是学术史上最有价值的一篇，文中对

---

① 《庄子·让王》，见陈鼓应，《庄子今注今译》（下），北京：中华书局，1983 年，第 760 页。
② 《庄子·天下》，见陈鼓应，《庄子今注今译》（下），北京：中华书局，1983 年，第 855 页。

各学派的论著进行了评价，指出"《诗》以道志"，即《诗》是用来表达心意情志的。《诗》是儒家经典，其所道之"志"自然也是儒家的"志"。庄子对《诗》的功能的揭示也符合儒家对《诗》的功能、价值的认识。"百家之学时或称而道之"，可见道家也承认《诗》在当时的影响非同一般。那么道家著述为什么很少甚至不引《诗》呢？就是因为道家清醒地意识到《诗》所道的是儒家之"志"，承载的是儒家的政治伦理教化思想，作为"道不同，不相为谋"的道家学派来说，当然会对《诗》弃之不用了。即使偶一用之，也是作为反对儒家的武器。

二、《庄子》引《诗》

《杂篇·外物》云：

> 儒以诗礼发冢，大儒胪传曰："东方作矣，事之何若？"小儒曰："未解裙襦，口中有珠。诗固有之曰：'青青之麦，生于陵陂。生不布施，死何含珠为！'""接其鬓，压其顪，汝以金椎控其颐，徐别其颊，无伤口中珠！"①

这个小故事讲的是儒生们吟诵着《诗》《礼》的文句盗发坟墓，大儒在上面向下传话："太阳快升起来了，事情进行得怎么样？"小儒说："下裙和内衣还未解开，口中还含着珠子。古诗上就有这样的诗句：'青青的麦苗，长在山坡上。生前不愿周济别人，死了怎么还含着珠子！'"大儒说："挤压他的两鬓，按着他的胡须，你再用锤子敲打他的下巴，慢慢地分开他的两颊，不要损坏了口中的珠子！"

故事中的儒者引《诗》来作为自己冠冕堂皇窃取死者之珠的理由，这里所引为逸诗。通过这个幽默的小故事，可以看出《庄子》引《诗》无非是为了讽刺儒者的虚伪，虽口诵《诗》《礼》，却贪婪之极。儒家尊奉

---

① 《庄子·外物》，见陈鼓应，《庄子今注今译》（下），北京：中华书局，1983年，第709页。

《诗》，原是借《诗》来昌明礼义的本质，可是在这个故事中《诗》反而成了儒家干贪鄙勾当的借口，显然，道家认为儒家所谓的礼义是虚假的。

《庄子》说诗、引《诗》表明，由于所持哲学观不同，社会政治理想不同，道家对儒家尊崇的典籍《诗》采取了排斥的态度，很少甚至不引《诗》。即使提到或引到《诗》，也表现出强烈的贬义，充满了嘲笑和蔑视。《庄子》中的引诗者、说诗者，都是以儒家的身份出现的，这说明庄子并非引诗言志，援诗说理，而只是借《诗》来反讽儒家的礼义道德，《诗》成为道家攻击儒家的武器和手段。但是，这是否也从另一个角度表明，《诗》在当时儒家心目中崇高的、不可动摇的神圣地位？孔、孟、荀引《诗》当然反映出儒家对《诗》的推崇，道家贬诗、以诗还击儒家学说，不也正是看到了《诗》之于儒家的重要性吗？

第十四章

《韩非子》引《诗》考论

韩非子作为法家的代表人物，由于思想观念、政治理想的不同，故而对儒家典籍《诗》采取了批判的态度，在著作中较少引用，即使征引，也是将《诗》作为代表儒家思想的靶子进行驳斥，从而凸显法家自身的学说。

第一节 《韩非子》引《诗》分析

《韩非子》一书引《诗》5处，涉及今《诗经》篇目3篇，且均为小雅，分别是《北山》《节南山》《车辖》。从《韩非子》引《诗》、说诗，也可以透视出以韩非子为代表的法家的诗学观。

1.《外储说左上》云：

> 齐王好衣紫，齐人皆好也。齐国五素不得一紫。齐王患紫贵。傅说王曰："诗云：'不躬不亲，庶民不信。'今王欲民无衣紫者，王请自解紫衣而朝。群臣有紫衣进者，曰：'益远！寡人恶臭。'"是日也，郎

中莫衣紫；是月也，国中莫衣紫；是岁也，境内莫衣紫。①

在《外储说左上》中，韩非子使用大量生动形象的历史故事和民间传说把他的功利主义学说阐述得有声有色、有滋有味，这个故事主要是来论述"反对君主为民表率"的观点。齐王喜欢穿紫衣服，齐国人就都喜欢穿紫衣服。齐国五匹素布抵不上一匹紫布。齐王担心紫布太贵，太傅规劝齐王说："《诗》上说：'君主不以身作则，民众就不会相信。'现在大王要想使民众不穿紫衣服，就请先自己脱下紫衣服去上朝。群臣中有穿紫衣服进见的人，就说：'再离我远些，我厌恶那种气味。'"这一天，侍从官再没有一个穿紫衣服的；这个月，国都中再没有一个穿紫衣服的；这一年，齐国境内再没有一个穿紫衣服的。太傅引用了《小雅·节南山》的诗句来论证"上行下效"的道理，规劝齐王应该以身作则，"自解紫衣"，用的是诗句的本义。"不躬不亲，庶民不信"本为"弗躬弗亲，庶民弗信"，意思是"言王之政不躬而亲之，则恩泽不信于众民矣"。②可是韩非子在这里引用该故事，是为了表明自己的不同意见，因为在《外储说左上》前文中，韩非子说：

> 诗曰："不躬不亲，庶民不信。"傅说之以"无衣紫"，缓之以郑简、宋襄，责之以尊厚耕战。夫不明分，不责诚，而以躬亲涖下，且为"下走""睡卧"，与去"捃弊""微服"。孔丘不知，故称犹盂；邹君不知，故先自僇。明主之道，如叔向赋猎，与昭侯之奚听也。③

《诗》上说："君主不以身作则，民众就不会相信。"齐王的师傅用君主自己不穿紫衣服以影响民众来说明这个道理；可以援引郑简公委任臣子做事而国治、宋襄公亲自参战而兵败的事例印证得失，根据尊重耕战的观点来

---

① 《韩非子·外储说左上》，见〔清〕王先慎，《韩非子集解》（诸子集成本），北京：中华书局，1954年，第210页。

② 李学勤主编，《毛诗正义》，《十三经注疏》，北京：北京大学出版社，2000年，第821页。

③ 《韩非子·外储说左上》，见〔清〕王先慎，《韩非子集解》（诸子集成本），北京：中华书局，1954年，第197页。

加以批评。如果不明确君臣名分，不要求臣下真心实意地效力，反要亲自出马管理臣下，那将会像齐景公不用车子而下去奔跑，魏昭王读简学法而昏昏睡去，以及那种秘密巡视、微服出行的事情一样愚蠢。孔子不懂这个道理，所以会说出君主像盂臣子像水之类的话；邹君不懂这个道理，所以会做出先行羞辱自己的事情。明君的治国原则，就要像叔向分配猎获物和韩昭侯听取意见那样。可见，韩非子认为，如果国君什么事都亲躬其下的话，就会名分不分，为臣下所蒙蔽。实际上，韩非子是对太傅所引诗句透露出来的思想表示批判，这就表明了对《诗》的怀疑和否定。

2.《外储说右上》云：

> 景公与晏子游于少海，登柏寝之台而还望其国，曰："美哉！泱泱乎，堂堂乎！后世将孰有此？"晏子对曰："其田成氏乎！"景公曰："寡人有此国也，而曰田成氏有之，何也？"晏子对曰："夫田成氏甚得齐民。……君重敛，而田成氏厚施。……故周秦之民相与歌之曰：'讴乎，其已乎！苞乎，其往归田成子乎！'诗曰：'虽无德与女，式歌且舞。'今田成氏之德而民之歌舞，民德归之矣。故曰：'其田成氏乎！'"[①]

在这里，韩非子集中宣扬其"势治"思想，提出对于臣民，"势不足以化则除之"，要"蚤绝奸之萌"，要使臣民不得不"利君之禄、服上之名"。他引用了一则景公和晏子对话的故事：齐景公和晏子在渤海游玩，登上柏寝的台观，回头眺望自己的国都，说："真美啊：广大弘阔，雄伟壮观！后代谁能拥有这样的国都？"晏子回答说："大概是田成子吧！"景公说："我拥有这个国都，却说田成子会拥有，为什么？"晏子回答说："田成子很得齐国的民心。您加重搜刮，而田成子更多地施舍，所以全国民众都相聚歌唱道：'哎呀，快要完了吧！成了，还是去投奔田成子！'《诗》上说：'虽然没有什么恩德施给你们，你们却高兴得又歌又舞。'现在从田成子的

---

①《韩非子·外储说右上》，见［清］王先慎，《韩非子集解》（诸子集成本），北京：中华书局，1954年，第233页。

恩德和民众的歌舞来看，民众都将情愿投奔他了。所以说：'大概是田成子吧。'"晏子引用了《小雅·车辖》中的诗句来证明自己的观点，那就是有德之人，百姓都愿意归顺他。而晏子希望景公以德服人的想法正是韩非子所要批判的："景公不知用势，而师旷、晏子不知患。……国者，君之车也；势者，君之马也。夫不处势以禁诛擅爱之臣，而必德厚以与天下齐行以争民，是皆不乘君之车，为因马之利，释车而下走者也。故曰：景公不知用势之主也，而师旷、晏子不知除患之臣也。"韩非子认为景公不懂得使用权势，师旷、晏子不懂得除去祸患。国家好比君主的车，权势好比君主的马。不运用权势来限制和处罚那些擅施仁爱的臣子，而一定要用丰厚的恩惠，和普通人同样的做法去争取民众，这样的做法，都像是不利用君主的车子，不依仗马的便利，丢掉车子而下地跑路一样。韩非子的法家思想就是"势治"，所以对晏子劝景公以德服人而不是以权势服人的做法持反对态度，并表示了强烈的责难，既然如此，晏子引为证明的《诗》，其思想内容也是韩非子所否定的。

3.《忠孝》云：

> 是故贤尧、舜、汤、武而是烈士，天下之乱术也。瞽瞍为舜父而舜放之，象为舜弟而杀之。放父杀弟，不可谓仁；妻帝二女而取天下，不可谓义。仁义无有，不可谓明。诗云："普天之下，莫非王土，率土之滨，莫非王臣。"信若诗之言也，是舜出则臣其君，入则臣其父，妾其母，妻其主女也。①

《忠孝》是针对儒家忠孝学说所做的翻案文章，将儒家所推崇的忠孝典型尧舜等指责为逐父、弑君之人。韩非子从巩固君主地位立论，提出"臣事君，子事父，妻事夫"是"天下之常道"，要维护这个常道，就需要"上法而不上贤"。在这里，韩非子指出，既要称颂尧、舜、汤、武贤能，又

---

① 《韩非子·忠孝》，见［清］王先慎，《韩非子集解》（诸子集成本），北京：中华书局，1954 年，第 359 页。

要肯定刚烈的人士，就成了扰乱天下的手段。瞽瞍是舜的父亲，却被舜流放了；象是舜的弟弟，却被舜杀死了。舜流放父亲、杀害弟弟，不能称为仁；把君主的两个女儿娶来做妻子，从而取得天下，不能称为义；仁、义全然没有，不能称为明智。《诗》上说："普天之下的土地没有不是君主的，四海之内的人们没有不是君主臣民的。"假使真像《诗》上说的那样，舜倒会上朝把君主当臣子，回家把父亲当臣下，把母亲当奴婢，把君主的两个女儿娶做妻子。韩非子引用《小雅·北山》的诗句，反讽儒家的"忠孝"，证明了"天下皆以孝悌忠顺之道为是也，而莫知察孝悌忠顺之道而审行之，是以天下乱"的观点。

4.《说林上》云：

> 温人之周，周不纳客。问之曰："客耶？"对曰："主人。"问其巷而不知也，吏因囚之。君使人问之曰："子非周人也，而自谓非客，何也？"对曰："臣少也诵诗，曰：'普天之下，莫非王土；率土之滨，莫非王臣。'今君天子，则我天子之臣也。岂有为人之臣而又为之客哉？故曰主人也。"君使出之。[1]

《史记·韩非传》索引曰："《说林》者，广说诸事，其多若林，故曰《说林》也。"[2]《说林》内容广泛，涉及民间传说和历史故事，可看作是韩非子为写作和游说所准备的材料。这则故事见《战国策》卷一《东周策》，故事中的温人引《小雅·北山》诗句为自己巧妙辩解，逃脱了被囚的命运。此处引《诗》看不出韩非子的态度，诗句只是作为文中引诗者的佐证。

通过以上具体分析可以看出，《韩非子》引《诗》基本上都是文中人物引《诗》，韩非子对所引之《诗》的思想持批判态度，因为《诗》是儒

---

① 《韩非子·说林上》，见［清］王先慎，《韩非子集解》（诸子集成本），北京：中华书局，1954年，第128页。
② ［汉］司马迁，《史记》，北京：中华书局，1959年，第2148页。

家推崇的典籍，承载着儒家治世的观念、学说，所以韩非子对《诗》的批判就是对儒家思想的反驳和斥责。《韩非子》中的引《诗》，并不是作者借《诗》来阐明自己的观点，而是用作攻击儒家学说的靶子。

第二节　韩非子的诗学观

韩非子对《诗》的态度，取决于法家的学术思想，他的诗学观，也是法家思想影响下的诗学观。

韩非子生活的年代，已经到了战国后期，此时旧的贵族制度向新的制度转变，已经成为不可逆转的历史潮流，而适应了新兴阶级变革需要的法家思想的影响也日益扩大。韩非子总结了前辈法家人物的思想，建立了法、术、势三者结合的法家思想体系。所谓法，是指国家的法律、法令、规章制度；所谓术，是指君主考察、举拔、控制群臣的一整套方法；所谓势，是指君主的权势。韩非子认为这三者都必不可少。他在《八经》篇中说：“明主之行制也天，其用人也鬼。天则不非，鬼则不困。势行教严，逆而不远。……然后一行其法。”① 明君如天，执法公正，这是“法”的作用。他驾驭人时，神出鬼没，令人无从捉摸，这是“术”。他拥有威严，令出如山，这是“势”。三者“不可一无，皆帝王之具也。”② 韩非子的“法治”思想与儒家的礼治思想刚好相反，儒家认为要靠礼和道德而不是靠法律与刑罚来治理百姓，主张沿用西周初期的体制，礼乐制度是其核心，音乐、《诗》、舞等艺术形式都是为政治教化服务的。

---

① 《韩非子·八经》，见［清］王先慎，《韩非子集解》（诸子集成本），北京：中华书局，1954年，第331页。

② 《韩非子·定法》，见［清］王先慎，《韩非子集解》（诸子集成本），北京：中华书局，1954年，第304页。

韩非子在《难言》中表明了对文学（艺术）的态度：

> 臣非非难言也，所以难言者：言顺比滑泽，洋洋纚纚然，则见以为华而不实；敦厚恭祇，鲠固慎完，则见以为拙而不伦；多言繁称，连类比物，则见以为虚而无用；总微说约，径省而不饰，则见以为刿而不辩；激急亲近，探知人情，则见以为僭而不让；宏大广博，妙远不测，则见以为夸而无用；家计小谈，以具数言，则见以为陋；言而近世，辞不悖逆，则见以为贪生而谀上；言而远俗，诡躁人间，则见以为诞；捷敏辩给，繁于文采，则见以为史；殊释文学，以质性言，则见以为鄙；时称诗书，道法往古，则见以为诵。此臣非之所以难言而重患也。[①]

"难言"即陈述臣下向君王进言的艰难：不是认为进言本身困难，之所以难于进言的情况是：言辞和顺流畅，洋洋洒洒，就被认为是华而不实；恭敬诚恳，耿直周全，就被认为是笨拙而不成条理；广征博引，类推旁比，就被认为是空而无用；义微言约，直率简略而不加修饰，就被认为是出口伤人而不善辩说；激烈明快而无所顾忌，触及他人隐情，就被认为是中伤别人而不加谦让；宏大广博，高深莫测，就被认为是浮夸无用；谈论日常小事，琐碎陈说，就被认为是浅薄；言辞切近世俗，遵循常规，就被认为是贪生而奉承君主；言辞异于世俗，怪异不同众人，就被认为是荒唐；口才敏捷，富于文采，就被认为是不质朴；弃绝文献，诚朴陈说，就被认为是粗俗；动辄援引《诗》《书》，称道效法古代，就被认为是死记硬背。这些就是我难于进言并深感忧虑的原因。在这里，韩非子认为文学（包括《诗》）是淫丽浮华的，与"质信"的法度正好相反，所以加以反对。

在《五蠹》中，韩非子说："是故乱国之俗：其学者，则称先王之道以

---

① 《韩非子·难言》，见［清］王先慎，《韩非子集解》（诸子集成本），北京：中华书局，1954年，第14页。

籍仁义，盛容服而饰辩说，以疑当世之法，而贰人主之心。"①造成国家混乱的风气是：那些著书立说的人，称引先王之道来宣扬仁义道德；讲究仪容服饰而文饰巧辩言辞，用以扰乱当今的法令，从而动摇君主的决心。韩非子讲究历史进化，是"尚今"而不"尚古"，"仁义用于古而不用今"，所以他和道家一样，对"道法往古"的《诗》同样是摒弃的。在《和氏》中，韩非子说："商君教秦孝公以连什伍，设告坐之过，燔诗书而明法令，塞私门之请而遂公家之劳，禁游宦之民而显耕战之士。孝公行之，主以尊安，国以富强。"②商君教秦孝公建立什伍组织，设置告密连坐的制度，焚烧诗书，彰明法令，堵塞私人的请托而进用对国家有功的人，约束靠游说做官的人而使农民士兵显贵起来。孝公实行这些主张，君主因此尊贵安稳，国家因此富庶强大。由此可见韩非子在对待《诗》的问题上所采取的批判与禁止的态度，为后来秦始皇实行燔烧《诗》《书》，彰明法令的文化举措直接提供了理论依据。

韩非子的法家思想及其影响下的诗学观，决定了其引《诗》的特点——较少征引，即使征引也是通过文中人物引用，然后韩非子对其进行批驳，以彰显自己的观点。这表明了韩非子对《诗》的轻视和排斥，这种态度与儒家的热衷、墨家的冷静以及道家的嘲讽迥然有别。

①《韩非子·五蠹》，见［清］王先慎，《韩非子集解》（诸子集成本），北京：中华书局，1954 年，第 350 页。
②《韩非子·和氏》，见［清］王先慎，《韩非子集解》（诸子集成本），北京：中华书局，1954 年，第 67 页。

第十五章

《吕氏春秋》引《诗》考论

成书于战国末年的《吕氏春秋》，代表了杂家的思想，其中的引《诗》表明，在秦并六国以前，人们在很大程度上接受了儒家"以《诗》为经"的观念，各家学术思想逐渐趋于合流。

第一节 《吕氏春秋》引《诗》概况

《吕氏春秋》引《诗》16 处，包括引逸诗 4 处，涉及今《诗经》篇目12 篇，其中风诗 4 篇，分别是曹风《鸤鸠》，郑风《大叔于田》《褰裳》和邶风《旄丘》；雅诗 7 篇，分别是大雅 4 篇：《大明》《泂酌》《旱麓》《抑》；小雅 3 篇：《小旻》《大田》《北山》。

一、《吕氏春秋》所引风诗

1.《季春纪·先己》云：

> 昔者先圣王，成其身而天下成，治其身而天下治。故善响者不于

响于声，善影者不于影于形，为天下者不于天下于身。诗曰："淑人君子，其仪不忒。其仪不忒，正是四国。"言正诸身也。①

《先己》篇旨在论述君道，文章指出："凡事之本，必先治身"，"先王成其身而天下成，治其身而天下治"。这是说为君治理天下，修养自身是根本，是第一位的。在这里，作者指出：过去，先代圣王修养自身，治理天下的大业自然成就；端正自身，天下自然太平安定。所以，改善回声的人，不致力于回声，而在于改善产生回声的声音；改善影子的人，不致力于影子，而在于改善产生影子的形体；治理天下的人，不致力于天下，而在于修养自身。《诗》中说"那个善人君子，仪容端庄，给四国做出了榜样"，这说的正是修养自身啊。引《诗》出自曹风《鸤鸠》，该诗主要是讽刺在位没有好人，并对理想的"淑人君子"进行了描述：言行一致，受到国内外的称颂和拥护。"淑人君子，其仪不忒。其仪不忒，正是四国"的本义是"执义如一，无疑贰之心，则可为四国之长"②，引诗义与诗本义不符，作者为了证明"先己"的观点，将"仪"释为"仪容、威仪"之意。

2.《季春纪·先己》云：

> 诗曰："执辔如组。"孔子曰："审此言也，可以为天下。"子贡曰："何其躁也？"孔子曰："非谓其躁也，谓其为之于此，而成文于彼也。圣人组修其身，而成文于天下矣。"③

这段话同样是论述"先己"：《诗》说"手执缰绳如同丝带"，孔子认为明悉了这句话的含义就可以治理天下了。子贡说："按照《诗》中所说的去做，举止太急躁了吧。"孔子解释："这句诗不是说驭者动作急躁，而是说丝线在手中编织，而花纹却在手外成形。圣人修养自身，而大业成就于天

---

① [战国] 吕不韦，《吕氏春秋·先己》，《吕氏春秋》（诸子集成本），北京：中华书局，1954年，第27页。

② 李学勤主编，《毛诗正义》，《十三经注疏》，北京：北京大学出版社，2000年，第560页。

③ [战国] 吕不韦，《吕氏春秋·先己》，《吕氏春秋》（诸子集成本），北京：中华书局，1954年，第29页。

下。"引《诗》出自郑风《大叔于田》，其主旨是"刺庄公也。叔多才而好勇，不义而得众也"①。诗句的本义是"执持马辔如织组。织组者，总纰于此，成文于彼"②，即打猎人手中拿的缰绳整齐如丝带，可是却被孔子及其弟子引申发挥，赋予了政治含义。子贡理解为"驭手执辔的动作像编织花纹一样，手不能停，这样治理天下未免太急躁了"，孔子认为他误解了诗意："驭手执辔像编织花纹一样，织者只要编织手中的丝线，花纹自然成形于外；驭手只要调整好手中的缰绳，马自然会在道上奔驰千里。"可见，孔子师徒都对《诗》产生了"误读"，极力强调《诗》的道德伦理功能和政治作用，这与《论语》中孔子师徒言诗的基本精神相符。《吕氏春秋》的作者在此引证，暗示着对该"误读"的肯定，因为只有"误读"，才能将诗句作为证明自己观点的论据，在这里，引诗义与诗本义不符合。

3.《审应览·重言》云：

> 故诗曰："何其久也，必有以也。何其处也，必有与也。"其庄王之谓邪！③

《重言》篇是论述君主说话应该慎重，文中先讲述了荆庄王"不鸣则已，一鸣惊人"的故事，然后引《诗》论述："为什么这么久不行动，一定是有原因的；为什么安居不动，一定是有缘故的"，以此来阐明"人主之言，不可不慎""言多必失"的观点。引《诗》出自邶风《旄丘》，其主旨是"责卫伯也。狄人迫逐黎侯，黎侯寓于卫。卫不能修方伯连率之职，黎之臣子以责于卫也"④。诗句的前后次序应颠倒为"何其处也，必有与也。何其久也，必有以也"，其义是"言我何其久处于此也？必以卫有仁义之道与！我何其久留于此也？必以卫有功德与我故也"⑤，引诗义与诗本义不合。

---

① 李学勤主编，《毛诗正义》，《十三经注疏》，北京：北京大学出版社，2000 年，第 333 页。
② 同上注，第 333 页。
③ ［战国］吕不韦，《吕氏春秋·重言》，《吕氏春秋》（诸子集成本），北京：中华书局，1954 年，第 220 页。
④ 李学勤主编，《毛诗正义》，《十三经注疏》，北京：北京大学出版社，2000 年，第 182 页。
⑤ 同上注，第 186 页。

4.《慎行论·求人》云：

> 晋人欲攻郑，令叔向聘焉，视其有人与无人。子产为之诗曰："子
> 惠思我，褰裳涉洧，子不我思，岂无他士！"叔向归曰："郑有人，子
> 产在焉，不可攻也。秦、荆近，其诗有异心，不可攻也。"晋人乃辍
> 攻郑。①

晋军想进攻郑国，派叔向去聘问，郑国的子产诵诗说："如果你心里思念
我，就请提起衣服涉过洧河；如果你不再把我思念，难道我没有其他伴侣
可选吗？"实际上，子产是借郑风《褰裳》的诗句表明郑国的态度：如果
晋不与郑修好（"子不思我"），郑就与他国结盟（"岂无他士"）。这里是以
男女情爱来比喻晋、郑两国的关系，引诗义自然与诗本义不符合。这是春
秋时期外交场合赋诗言志的特点，此处不再赘述。

二、《吕氏春秋》所引雅诗

1.《孟冬纪·安死》云：

> 先王之所恶，惟死者之辱也。发则必辱，俭则不发。故先王之
> 葬，必俭、必合、必同。何谓合？何谓同？葬于山林则合乎山林，葬
> 于阪隰则同乎阪隰。此之谓爱人。夫爱人者众，知爱人者寡。……故
> 孝子、忠臣、亲父、交友不可不察于此也。夫爱之而反危之，其此之
> 谓乎！诗曰："不敢暴虎，不敢冯河。人知其一，莫知其他。"此言不
> 知邻类也。②

所谓"安死"，是使死者安宁的意思。文中提倡"节丧"，反对"厚葬"，
认为只有这样才是真正的"爱人"。在这里，作者指出：先王以节俭的
原则安葬死者，不是吝惜钱财，也不是忧虑耗费人力，完全是为死者考

---

① ［战国］吕不韦，《吕氏春秋·求人》，《吕氏春秋》（诸子集成本），北京：中华书局，1954 年，
第 293 页。
② ［战国］吕不韦，《吕氏春秋·安死》，《吕氏春秋》（诸子集成本），北京：中华书局，1954 年，
第 99 页。

虑。先王所忧虑的，是唯恐死者受辱。坟墓如果被盗掘，死者肯定要受到凌辱，如果节葬，墓就不会被盗掘。所以先王安葬死者，一定要做到俭、同、和。葬于山林就与山林合为一体，葬于山坡或低湿之地，就与那儿的环境相同，这就叫作爱人。所以孝子、忠臣、慈父、挚友对此不可不明察，原本是敬爱死者，结果却反而害了他们。《诗》说："不敢徒手搏虎，不敢徒涉黄河，人们只知这一点，还不知有其他的祸端"，这说的就是不知类推啊。在这里，作者引小雅《小旻》的诗句，重在取"人知其一，莫知其他"的句意，批评世人只知爱死者，却不知爱法不当会带来其他的祸害。诗句的本义是"人皆知暴虎、冯河立至之害，而无知当畏慎小人能危亡也"[1]，引诗义与诗本义是符合的。

2.《有始览·务本》云：

> 尝试观上古记，三王之佐，其名无不荣者，其实无不安者，功大也。诗云："有晻凄凄，兴云祁祁。雨我公田，遂及我私。"三王之佐，皆能以公及其私矣。[2]

> 古之事君者，必先服能，然后任；必反情，然后受。主虽过与，臣不徒取。大雅曰："上帝临汝，无贰尔心。"以言忠臣之行也。[3]

《务本》篇论的是臣道，指出为臣者应致力于根本，作者所说的根本，包含两层意思：第一，功劳是荣福之本；第二，修身自贤是治国治官之本。第一段话以古书的记载为证，说明禹、汤、文武的辅臣声誉荣耀，地位安稳，这是由于他们功劳大，正如《诗》所说"阴雨绵绵天气凉，浓云滚滚布天上。好雨落在公田里，一并下在私田上"，这些辅臣都能凭借有功于公家，从而获得自己的私利。引《诗》出自《小雅·大田》，是周王祭祀

---

[1] 李学勤主编，《毛诗正义》，《十三经注疏》，北京：北京大学出版社，2000 年，第 868 页。

[2] ［战国］吕不韦，《吕氏春秋·务本》，《吕氏春秋》（诸子集成本），北京：中华书局，1954 年，第 133 页。

[3] 同上注，第 134 页。

田祖以祈丰年的诗，诗句的本义是"古者阴阳和，风雨时，其来祈祈然而不暴疾。其民之心，先公后私，令天主雨于公田，因及私田尔。此言民怙君德，蒙其馀惠"①，引诗义与诗本义相合，用来证明臣子要求得个人的荣华富贵，必须首先致力于为国家、为君主建立功业。第二段话指出，古代侍奉君主的人，一定先贡献才能，然后担任官职；一定先省察自己，然后才接受俸禄，君主即使多给俸禄，臣子也不无故接受。大雅说"上帝监视着你们，你们不要有二心"，这说的正是忠臣的品行。引《诗》出自《大明》，诗句本义是"女，女武王也。天护视女，伐纣必克，无有疑心"②，在这里，《吕氏春秋》的作者偷换了概念，将"汝"解释为臣子，以此告诫为臣者不要有不忠的行为。显然，引诗义与诗本义有出入。

3.《孝行览·慎人》云：

> 舜之耕渔，其贤不肖与为天子同。其未遇时也，以其徒属堀地财，取水利，编蒲苇，结罟网，手足胼胝不居，然后免于冻馁之患。其遇时也，登为天子，贤士归之，万民誉之，丈夫女子，振振殷殷，无不戴说。舜自为诗曰："普天之下，莫非王土；率土之滨，莫非王臣。"所以见尽有之也。尽有之，贤非加也；尽无之，贤非损也。③

《慎人》篇重在强调"谋事在人"，并以舜为例，他没有遇到有利时机的时候，所作所为、贤与不肖的情况和当天子时是一样的。他亲自作诗说："普天之下无处不是王的土地；四海之内无人不是王的臣民。"表明自己全都占有了，全都占有了，他的贤德并没有增加；全都没有占有，他的贤德并没有减少。作者以此来说明，舜的成功，固然是由于遇时，但也离不开他的人为努力。引《诗》见小雅《北山》，作者言舜所作，或为假托。诗

---

① 李学勤主编，《毛诗正义》，《十三经注疏》，北京：北京大学出版社，2000 年，第 997 页。
② 同上注，第 1142 页。
③ ［战国］吕不韦，《吕氏春秋·慎人》，《吕氏春秋》（诸子集成本），北京：中华书局，1954 年，第 150 页。

句的本义是"言王之土地广矣，王之臣又众矣，何求而不得，何使而不行"①，引诗义与诗本义相合。

4.《审应览·不屈》云：

> 惠子闻之，曰："不然。诗曰：'恺悌君子，民之父母。'恺者大也，悌者长也。君子之德，长且大者，则为民父母。父母之教子也，岂待久哉？何事比我于新妇乎？诗岂曰'恺悌新妇'哉？"诽污因污，诽辟因辟，是诽者与所非同也。白圭曰：惠子之遇我尚新，其说我有大甚者。惠子闻而诽之，因自以为为之父母，其非有甚于白圭亦有大甚者。②

"不屈"是指言辞不可驳倒，难以穷尽。文中列举了惠子应对的几个事例，表明了名家学派诡辩之说的危害。在这里，惠子引《诗》说："具有恺悌之风的君子，如同人民的父母。'恺'是大的意思，'悌'是长的意思。君子的品德高尚盛大，就可以成为人民的父母。父母教育孩子，哪里要等好久呢？为什么把我比作新媳妇，《诗》上难道说过'具有恺悌之风的新媳妇'吗？"作者认为，用污秽责难污秽，用邪僻责难邪僻，这样责难的人与被责难的人就相同了。所以惠子的错误比白圭要更严重。此处引《诗》，是文中人引《诗》，诗句出自《大雅·泂酌》，诗句的本义是"乐易之君子，能有道德，为民之父母"③，引诗义与诗本义不同。

5.《恃君览·知分》云：

> 晏子与崔杼盟。其辞曰："不与崔氏而与公孙氏者，受其不祥！"晏子俯而饮血，仰而呼天曰："不与公孙氏而与崔氏者，受此不祥！"崔杼不说，直兵造胸，句兵钩颈，谓晏子曰："子变子言，则齐国吾

----

① 李学勤主编，《毛诗正义》，《十三经注疏》，北京：北京大学出版社，2000年，第931页。

② ［战国］吕不韦，《吕氏春秋·不屈》，《吕氏春秋》（诸子集成本），北京：中华书局，1954年，第230页。

③ 李学勤主编，《毛诗正义》，《十三经注疏》，北京：北京大学出版社，2000年，第1321页。

与子共之；子不变子言，则今是已！”晏子曰："崔子，子独不为夫诗乎！诗曰：莫莫葛藟，延于条枚。凯弟君子，求福不回。'婴且可以回而求福乎？子惟之矣！"崔杼曰："此贤者，不可杀也。"罢兵而去。①

《知分》篇旨在论述明辨死生之分、据义行事的必要，文中列举了晏子与崔杼盟而不变其义的事例，力图证明"命也者，就之未得，去之未失"、受命于天的道理。晏子在盟誓时激怒了崔杼，在遭到崔杼的威胁时引《诗》说："密麻麻的葛藤，爬上树干枝头，和悦近人的君子，不以邪道求福。我难道能以邪道求福吗？"这番话感化了崔杼，使晏子化险为夷。此处也是文中人引《诗》，引《诗》出自《大雅·旱麓》，诗句被晏子用来证明自己行为的正确性、合理性，其本义是"言莫莫然而延蔓者，是葛也藟也，乃施于木之条枚之上而长也。以兴依缘者，此大王、王季也，乃依缘己之先祖之功业而起也。大王、王季既依缘先祖，则述修其业，是此乐易之君子，其求福禄不违先祖之正道"②，引诗义与诗本义相符合。

6.《恃君览·行论》云：

昔者纣为无道，杀梅伯而醢之，杀鬼侯而脯之，以礼诸侯于庙。文王流涕而咨之。纣恐其畔，欲杀文王而灭周。文王曰："父虽无道，子敢不事父乎？君虽不惠，臣敢不事君乎？孰王而可畔也？"纣乃赦之。天下闻之，以文王为畏上而哀下也。诗曰："惟此文王，小心翼翼。昭事上帝，聿怀多福。"③

《行论》主要论述君主处于逆境时该如何行事，举文王事纣王一例，认为君主是"执民之命"的，因此在"势不便，时不利"的情况下，应该"事雠以求存"，正如《诗》中所说"这个周文王，言行小心翼翼，心底光明

---

① ［战国］吕不韦，《吕氏春秋·知分》，《吕氏春秋》（诸子集成本），北京：中华书局，1954 年，第 260 页。

② 李学勤主编，《毛诗正义》，《十三经注疏》，北京：北京大学出版社，2000 年，第 1182 页。

③ ［战国］吕不韦，《吕氏春秋·行论》，《吕氏春秋》（诸子集成本），北京：中华书局，1954 年，第 267 页。

地侍奉上帝，因而得来大福大吉"。引《诗》出自《大雅·大明》，诗句的本义是"维此文王，既生长之后，小心而恭慎翼翼然，明事上天之道，既维恭慎而明事上天，述行此道，思得多福，其德不有所违"①，但引诗者之意为文王小心翼翼地侍奉纣王，所以引诗义与诗本义有出入。

7.《慎行论·求人》云：

> 晋人欲攻郑，令叔向聘焉，视其有人与无人。子产为之诗曰："子惠思我，寒裳涉洧，子不我思，岂无他士！"叔向归曰："郑有人，子产在焉，不可攻也。秦、荆近，其诗有异心，不可攻也。"晋人乃辍攻郑。孔子曰："诗云：'无竞惟人。'子产一称而郑国免。"②

《求人》篇旨在阐发"贤主劳于求人而佚于治事"的政治主张。文中以郑国为例，说明"身定、国安、天下治，必贤人"的道理。孔子引《诗》发表议论："《诗》上说'国家强大完全在于有贤人'，子产诵诗一首使郑国免遭灾难，就证明了这一点。"引《诗》出自《大雅·抑》，文中虽然是借孔子之口引《诗》，但其实就是作者引《诗》，以《诗》证明"国赖贤者得安"的观点，诗句的本义是"言人君为国，无强乎维在得其贤人。若得贤人，则国家强矣"③，引诗义与诗本义相合。

三、《吕氏春秋》所引逸诗

1.《仲秋纪·爱士》云：

> 野人之尝食马肉于岐山之阳者三百有馀人，毕力为缪公疾斗于车下，遂大克晋，反获惠公以归。此诗之所谓曰"君君子则正，以行其德；君贱人则宽，以尽其力"者也。人主其胡可以无务行德爱人乎？

---

① 李学勤主编，《毛诗正义》，《十三经注疏》，北京：北京大学出版社，2000 年，第 1135 页。

② [战国] 吕不韦，《吕氏春秋·求人》，《吕氏春秋》（诸子集成本），北京：中华书局，1954 年，第 293 页。

③ 李学勤主编，《毛诗正义》，《十三经注疏》，北京：北京大学出版社，2000 年，第 1367 页。

行德爱人，则民亲其上；民亲其上，则皆乐为其君死矣。①

《爱士》篇旨在劝说君主"爱士"。秦穆公曾给岐山南面分食马肉的农夫赏酒喝，所以在后来秦、晋的韩原大战中，那些农夫赶来为穆公拼死搏斗，使秦军转败为胜，这就是《诗》中所说的"给君子做国君，就要平正无私，借以让他们施行仁德；给卑贱的人做国君，就要宽容厚道，借以让他们竭尽全力"。作者此处引《诗》，是为了证明"行德爱人，则民亲其上；民亲其上，则皆乐为其君死矣"的观点。

2.《慎大览·权勋》云：

> 中山之国有厹繇者，智伯欲攻之而无道也，为铸大钟，方车二轨以遗之。厹繇之君将斩岸堙溪以迎钟。赤章蔓枝谏曰："诗云：'唯则定国。'我胡则以得是于智伯？夫智伯之为人也，贪而无信，必欲攻我而无道也，故为大钟，方车二轨以遗君。君因斩岸堙溪以迎钟，师必随之。"弗听。②

"权勋"的意思是衡量事功的大小，作者把忠利分为大小两类，认为小忠小利是妨害大忠大利的，文中所举的厹繇国的例子，其国君取小利而招致国灭身亡。赤章蔓枝劝谏国君时引《诗》说："只有遵循确定的准则才能使国家安定。智伯贪婪不守信用，我们凭什么会从他那里得到大钟呢？他送钟来一定是为了攻打我们。"所引逸诗诗句的原义已不可知，但我们可以知道的是，引诗者所说的准则就是"权勋"，与《吕氏春秋》作者之意相合。

3.《恃君览·行论》云：

> 湣王以大齐骄而残，田单以即墨城而立功。诗曰："将欲毁之，必

---

① ［战国］吕不韦，《吕氏春秋·爱士》，《吕氏春秋》（诸子集成本），北京：中华书局，1954年，第82页。

② ［战国］吕不韦，《吕氏春秋·权勋》，《吕氏春秋》（诸子集成本），北京：中华书局，1954年，第164页。

重累之；将欲踣之，必高举之。"其此之谓乎！累矣而不毁，举矣而不踣，其唯有道者乎！ ①

作者以齐湣王为例，说明君主的进与退，要根据义的准则行事，恃强骄恣，只能像齐湣王那样，国破身辱。《诗》中所说的"要想毁坏它，必先把它重叠起来；要想摔倒它，必先把它高举起来"，就是这个道理。

4.《贵直论·原乱》云：

> 乱必有弟，大乱五，小乱三，讨乱三。故诗曰"毋过乱门"。所以远之也。②

"原乱"，意思是推究祸乱的根源。作者认为，祸乱一定按等次顺序而至，大乱多次发生以后，还会有数次小乱，然后经过数次讨乱，祸乱才能平息。所以《诗》中说"不要从乱者门前经过"，这是远离祸乱的方法。

四、《吕氏春秋》引《诗》特点

通过以上具体分析可以看出，《吕氏春秋》中的引《诗》，大致可以分为两种情况：第一种是作者引用诗文以说明问题、阐释事理，论证自己的观点，这无疑是为了借助于征引诗文，以增加论说的权威性、合理性，从而使得对人物的评论、对问题的说明或对事理的阐释更加易于为人们所认可、所信从。第二种是记载前人之赋诗、诵诗史料，虽属保存史料，客观上亦具有宣扬"诗三百"政治作用的意义。虽然引诗者是文中人，但是文中人所引之《诗》阐明的思想与作者的想法大部分是相合的。这就可以看出，一方面，《吕氏春秋》的作者对待《诗》的基本态度不是排斥和漠视，而是极大的尊崇和推重；另一方面，则也证明了在战国末期秦并六国前后一段时间，"诗三百"不仅在社会上流传甚广，而且在很大程度上人们已

---

① ［战国］吕不韦，《吕氏春秋·行论》，《吕氏春秋》（诸子集成本），北京：中华书局，1954年，第269页。
② ［战国］吕不韦，《吕氏春秋·原乱》，《吕氏春秋》（诸子集成本），北京：中华书局，1954年，第305页。

经接受了儒家"以诗为经"的观念。

第二节 《吕氏春秋》的诗学观念

《吕氏春秋》的政治思想是以儒家思想为主导，以被改造的道家思想为基础，兼采各家之长而形成的独特的政治思想，作者提出了一整套以民本思想为基础、以仁政德治为核心的治国方略，在此影响下的礼乐观决定了其对《诗》的尊崇态度。

《吕氏春秋》的作者提出"德治"，而德治的重要内容就是提倡忠孝礼乐，作者十分重视音乐的移风易俗作用："凡音乐，通乎政而移风平俗者也。俗定而音乐化之矣。"[1]"凡音者，产乎人心者也。感于心则荡乎音，音成于外而化乎内。"[2]音乐是人内心情感的流露，有一种神奇的潜移默化的功效，可以起到移风易俗的作用，所以一国的政治风化如何，考察一下它的音乐就知道了："治世之音安以乐，其政平也；乱世之音怨以怒，其政乖也；亡国之音悲以哀，其政险也。"[3]"乐之为观也，深矣。土弊则草木不长，水烦则鱼鳖不大，世浊则礼烦而乐淫。郑卫之声、桑间之音，此乱国之所好，衰德之所说。流辟、誂越、慆滥之音出，则滔荡之气、邪慢之心感矣；感则百奸众辟从此产矣。故君子反道以修德；正德以出乐；和乐以成顺。乐和而民乡方矣。"[4]音乐对政治作用巨大，"乐与政通"，所以

---

① [战国] 吕不韦，《吕氏春秋·适音》，《吕氏春秋》（诸子集成本），北京：中华书局，1954 年，第 50 页。

② [战国] 吕不韦，《吕氏春秋·音初》，《吕氏春秋》（诸子集成本），北京：中华书局，1954 年，第 59 页。

③ [战国] 吕不韦，《吕氏春秋·适音》，《吕氏春秋》（诸子集成本），北京：中华书局，1954 年，第 50 页。

④ [战国] 吕不韦，《吕氏春秋·音初》，《吕氏春秋》（诸子集成本），北京：中华书局，1954 年，第 59 页。

《吕氏春秋》的作者在德治中把音乐摆在重要的位置，这一点和儒家是相同的。

重视音乐，实际上也是重视《诗》、乐、舞。《诗》和音乐一样，也具有教化功能，是治国安邦的工具。所以《吕氏春秋》的作者对《诗》是推崇的，其文中多次引《诗》可以证明，此外，书中关于《诗》某些篇章作者及其创作背景的记载，也证明了对《诗》的重视和尊崇。《仲夏纪·古乐》云：

> 周文王处岐，诸侯去殷三淫而翼文王。散宜生曰："殷可伐也。"文王弗许。周公旦乃作诗曰："文王在上，於昭于天。周虽旧邦，其命维新。"以绳文王之德。

> 武王即位，以六师伐殷。六师未至，以锐兵克之于牧野。归，乃荐俘馘于京太室，乃命周公为作《大武》。[①]

第一段文字记载周文王住在岐邑的时候，诸侯纷纷叛离罪恶累累的殷纣而拥戴文王，散宜生说："可以讨伐殷。"文王不答应。于是周公旦作诗来称誉文王的德行，诗云："文王高高在上，德行昭明于天。岐周虽然古老，天命却是崭新。"这里说《文王》一诗的作者是周公旦，而且诗作于"殷可伐"而未伐之际，值得注意。第二段文字记载武王即位以后，率军讨伐殷纣，在牧野一举获胜。回到京城，武王在太庙献俘，令周公创作了《大武》乐。"大武"也称"武"，包括诗、乐、舞。按高亨的说法，《大武》六章实际是今《诗经》周颂中的《我将》《武》《赉》《般》《酌》《桓》六首。根据这六首诗的内容及诗中的口气，似乎可以断定是周公所作。《古乐》主要是论述音乐发展的历史，姑且不论其可信度的大小，但作者把音乐的产生都归结为"圣王"的功绩，却带有历史唯心主义的色彩。

---

① ［战国］吕不韦，《吕氏春秋·古乐》，《吕氏春秋》（诸子集成本），北京：中华书局，1954 年，第 53 页。

另外，《季夏纪·音初》云：

> 禹行功，见涂山之女。禹未之遇而巡省南土。涂山氏之女乃令其妾待禹于涂山之阳。女乃作歌，歌曰："候人兮猗"，实始作为南音。周公及召公取风焉，以为"周南""召南"。

> 殷整甲徙宅西河，犹思故处，实始作为西音。长公继是音以处西山，秦缪公取风焉，实始作为秦音。

> 有娀氏有二佚女，为之九成之台，饮食必以鼓。帝令燕往视之，鸣若谧隘。二女爱而争搏之，覆以玉筐。少选，发而视之，燕遗二卵，北飞，遂不反。二女作歌，一终，曰："燕燕往飞"，实始作为北音。[1]

《音初》篇旨在论述古代音乐东西南北诸音调的始创，第一段文字记载禹巡视治水之事，途中娶了涂山氏之女为妻。禹没有来得及与她举行婚礼就到南方巡视去了，涂山氏之女就叫仕女在涂山南面迎候禹，自己作了一首歌，歌中唱道："候望人啊"，这是最早的南方音乐。周公和召公时曾在那里采风，后人就把它叫作"周南""召南"。关于禹娶涂山氏，《尚书·益稷》云："娶于涂山。"[2]《史记·夏本纪》载："禹曰：'予娶涂山。'"[3]这里的涂山，闻一多先生在《天问疏证》中认为是伊洛流域的三涂山，顾颉刚先生也指出涂山是三涂山的简称。涂山在洛阳西南，正好与大禹在洛阳一带治水的地点相一致。"周南""召南"是周、召二公所采的风诗，当时之所以称之为南音，是针对夏时的地域而言的，就禹所统治的地区来看，涂山就是那时的南方了。第二段文字记载殷整甲迁徙到河西居住，但思念故土，于是最早创作了西方音乐。辛余靡封侯后住在西翟之山，继承了这一

---

① ［战国］吕不韦，《吕氏春秋·音初》，《吕氏春秋》（诸子集成本），北京：中华书局，1954年，第58—59页。

② 《尚书·益稷》，见李学勤主编，《尚书正义》，《十三经注疏》，北京：北京大学出版社，2000年，第147页。

③ ［汉］司马迁，《史记》，北京：中华书局，1959年，第80页。

音乐。秦穆公时曾在那里采风，开始把它作为秦国的音乐。第三段文字主要记载了北方音乐的产生过程。

《吕氏春秋》中有关音乐包括配乐之《诗》的作者及其创作过程的史料，虽不可全信，但无疑给我们今天的研究提供了一些线索，对这些史料的收录、记载和保存，也表明了《吕氏春秋》作者对音乐及《诗》的重视程度，反映出与儒家礼乐、诗学思想相一致的一面。

综上所述，《吕氏春秋》由于杂糅了各家的思想，特别是儒家的思想，所以对《诗》采取了推崇的态度，文中或引诗说理，或以文中人引《诗》来印证自己的观点，都是为了增加论述的权威性和说服力。《吕氏春秋》引《诗》表明，在战国末期各家思想趋于合流的背景下，人们基本上已经接受了儒家"以诗为经"的观念，可见《诗》在当时社会中的地位、价值和影响。

第十六章

先秦其他非儒家典籍引《诗》简述

　　除了前面所提到的几部非儒家典籍以外，《尸子》《尹文子》《管子》和《子华子》中也有少量的引《诗》，现简要分析如下：

　　1.《尸子·劝学》云：

　　　　古之所谓贵非爵列也，所谓良非先故也。人君贵于一国而不达于天下，天子贵于一世而不达于后世，惟德行与天地相弊也。爵列者，德行之舍也，其所息也。诗曰："蔽芾甘棠，勿翦勿败，召伯所憩。"仁者之所息，人不敢败也。天子诸侯，人之所以贵也，桀纣处之则贱矣。是故曰"爵列非贵"也。①

　　《汉书·艺文志》将《尸子》列之为杂家②，其思想融合了儒、墨、道、法

---

①〔战国〕尸佼，《尸子》，《百子全书》（二），长沙：岳麓书社，1993 年，第 1597 页。

②《汉书·艺文志》杂家有"《尸子》二十篇"，班固自注：尸子"名佼，鲁人，秦相商君师之。鞅死，佼逃入蜀。"刘向《荀子书录》说尸子著书"非先王之法，不循孔氏之术"，似曾有法家倾向。《隋书·经籍志》杂家记载："《尸子》二十卷、目一卷。梁十九卷。秦相卫鞅上客尸佼撰。其九篇亡，魏黄初中续。"可见原书在三国时已亡佚一半。《后汉书·宦者吕强传》李贤注说："（佼）作书二十篇，十九篇陈道德仁义之纪，一篇言九州险阻、水泉所起也。"《尸子》一书早佚，后由唐代魏徵、清代惠栋、汪继培等辑成。《尸子》佚文的思想兼宗儒、墨、名、法、阴阳，的确算是杂家。但书中保存先秦《尸子》的多少内容，今天已经难于辨析。

各家，和孟轲、荀卿、商鞅、韩非子等人的思想都有相通处，对农家许行也有影响。这段话主要论述古时所说的"贵"，不是指爵位。所说的"良"，不是天生就有的。人君尊于一国，而不可能凌驾于天下；天下尊贵于其统治的一世，而不可能尊于后代，唯独德行可以与天地共存亡。爵位这东西，是德行的归宿，也就是德行栖息的地方。《诗》中说："茂密的甘棠树，不要去剪除、毁坏它，召伯曾经在下面休息过。"有品德的人所处的地方，人们是不敢败坏它的。天子、诸侯，人们都视作权贵者，夏桀、商纣处在这个位置上，则变得低贱。所以说，爵位本身无所谓高贵。今日天下的人们，视爵位为高贵，对德行则轻视，那可真是重甘棠而轻召伯，完全把事情弄反了。德义这东西，看不见它，也听不到它，天地以它为正，万物被它遍及，没有爵位，但却高贵，没有俸禄，但却受到尊敬。引《诗》出自召南《甘棠》，其主旨是"美召伯也。召伯之教，明于南国"①，诗句的本义是"言蔽芾然之小甘棠，勿得翦去，勿得伐击，由此树召伯所尝息于其下故也"②，引诗义与诗本义相合。

2.《尹文子·大道下》云：

> 门人进问曰："夫少正卯，鲁之闻人也，夫子为政而先诛，得无失乎？"孔子曰："居，吾语汝其故。人有恶者五，而窃盗奸私不与焉。一曰心达而险，二曰行僻而坚，三曰言伪而辩，四曰强记而博，五曰顺非而泽。此五者，有一于人，则不免君子之诛。而少正卯兼有之，故居处足以聚徒成群，言谈足以饰邪荧众，强记足以反是独立。此小人雄桀也，不可不诛也。是以汤诛尹谐，文王诛潘正，太公诛华士，管仲诛付里乙，子产诛邓析、史付。此六子者，异世而同心，不可不诛也。诗曰：'忧心悄悄，愠于群小。'小人成群，斯足畏也。"③

---

① 李学勤主编，《毛诗正义》，《十三经注疏》，北京：北京大学出版社，2000年，第91页。
② 同上注，第92页。
③ ［周］尹文，《尹文子》，《百子全书》（三），长沙：岳麓书社，1993年，第2536页。

《尹文子》者，"盖出于周之尹氏。齐宣王时，居稷下，与宋钘、彭蒙、田骈、慎到同学老子之道，作华山之冠以自表"①，其思想特征以名家为主，综合道法，亦不排斥儒墨。自道以至名，由名而至法，上承老子，下启荀子、韩非子。尹文，战国时期齐国人，与宋钘齐名，宋尹学派的代表人物，流传于世者唯《尹文子》一书②。这段文字记载了孔丘对少正卯的言论"蛊惑""妖言惑众"的强烈不满和"君子"诛杀、"小人雄桀"的缘由及其门人对诛杀少正卯"鲁之闻人"的疑问。孔丘"诛杀"少正卯的五条罪状：懂得事物变化规律，用心险恶；不按照所谓的道德，坚定地走自己的道路；宣扬伪善的观点，而且辩解得非常圆滑；知道很多事情，包括阴暗面；把"小人"反对"君子"的错误言论整理并加以提高。孔子认为少正卯不但伪善，蛊惑大众，对既有道统实施颠覆，而且具有突出的位置——"小人之桀雄""小人成群，斯足忧也"，对于孔子而言，他所忧虑的不是其他，而是如果少正卯似的"小人"多了，那么自己所宣扬的"礼"也难逃脱灭顶之灾，所以说对少正卯这样的人，"异世同心，不可不诛也"。引《诗》出自邶风《柏舟》，其主旨是"言仁而不遇也。卫顷公之时，仁人不遇，小人在侧"③。诗句的本义是"言仁人忧心悄悄然，而怨此群小人在于君侧者也"④，引诗义与诗本义相合。

3. 《管子·轻重丁》云：

（桓公）令左右州曰："表称贷之家。皆垩白其门，而高其闾。"州通之师执折曰："君且使使者。"桓公使八使者式璧而聘之，以给盐菜之用，称贷之家皆齐首稽颡而问曰："何以得此也。"使者曰："君令曰：寡人闻之诗曰：'恺悌君子，民之父母也'，寡人有峥丘之战，吾

① [周] 尹文，《尹文子·序》，《百子全书》（三），长沙：岳麓书社，1993年，第2529页。
② 《汉书·艺文志》著录《尹文子》一卷，列为"名家"，已佚。今本《尹文子》分《大道上》和《大道下》两篇。
③ 李学勤主编，《毛诗正义》，《十三经注疏》，北京：北京大学出版社，2000年，第134页。
④ 同上注，第137页。

闻子假贷吾贫萌，使有以给寡人之急，度寡人之求，使吾萌春有以倳耜，夏有以决芸而给上事，子之力也，是以式璧而聘子，以给盐菜之用，故子中民之父母也。"贷称之家皆折其券而削其书。发其积藏，出其财物，以赈贫病，分其故赏，故国中大给，峥丘之谋也，此之谓缪数。①

《管子》一书托名管仲所作②，它大约是战国及其后的一批零碎著作的总集，汉代刘向编订时定为86篇，今存76篇。这段话记载的是：峥丘之战使许多百姓都借债负息，以此来满足国家的急需，交上国家的摊派。桓公想恢复生产，所以向管仲请教该如何解决，管仲认为只有实行"缪术"才可以。桓公便命令左右各州说："要表彰那些放债的人家，把他们的大门一律粉刷，把他们的门里一律加高。"州长又报告乡师并拿着放债人的名册说："国君将派遣使者下来拜问。"桓公果然派八名使者送来玉璧来聘问，谦说给一点微薄的零用。放债者俯首叩头而询问说："我们为什么得此厚礼呢？"使者说："君令这样讲：'寡人听到《诗》说：和易近人的君子，是人民的父母。寡人曾遇到峥丘的战役。听说你们借债给贫民，让他满足了我的急用，交上了我的摊派。使我的贫民春能种，夏能耘，而供给国家需要，这是你们的功绩。所以带着玉璧来送给你们，作为微薄的零用。你们真等于百姓的父母了。'"放债的人家都就此毁掉了债券和借债文书，献出他们的积蓄，拿出他们的财物，赈济贫病百姓。既然分散了他们积累的资财，故全国大大丰足起来，这都是峥丘之谋的作用。这个也叫作"缪术"。可见，所谓"缪术"即巧谋之术。文中引《诗》出自大雅《泂酌》，诗句的本义是"乐易之君子，能有道德，为民之父母"③，引诗义与诗本义相合。

---

① ［周］管仲，《管子》，《百子全书》（二），长沙：岳麓书社，1993 年，第 1449 页。
② 《汉书·艺文志》把《管子》列为道家，自《隋书·经籍志》开始，把它改列为法家。就总体说，《管子》思想属于法家，但与商鞅、申不害、韩非子比较亦各有特点。《管子》是齐法家，它的经济思想除与三晋法家思想有共同点而外，还含有儒家思想。
③ 李学勤主编，《毛诗正义》，《十三经注疏》，北京：北京大学出版社，2000 年，第 1321 页。

4.《子华子·阳城胥渠问第一》云：

> 郯子以达于礼闻于诸侯，子华子亟往从之见郯子焉，子华子曰：
> "异乎吾所闻。夫礼先王所以定之也，非所以摇之也；夫礼所以开之
> 也，非所以暴之也。青黄黼黼，文章之观尽而五色渝；宫征还激，生
> 生之声足而八音汩。陆有罭罝，水有网罟，而飞羽伏鳞无以幸其生
> 矣。诗不云乎：潜虽伏矣，亦孔之昭。今郯子非徒摇之也，又从暴之
> 也。郯子而达于礼乐，异乎吾所闻！肃驾而起，遵涂而归。"①

子华子，春秋末期哲学家，晋国人，著有《子华子》一书②，《庄子》《列
子》《吕氏春秋》等战国时的著作，都有关于子华子的记载，亦见于《孔
子家语》。因此可以肯定子华子确有其人，他生活在庄子之前，与孔子同
时代。

郯子是春秋时期郯国国君，少昊氏后裔。郯子治郯讲道德、施仁义，
在他的努力下，一些典章制度都继续保持下来。郯子因为通晓礼仪而闻名
于诸侯，于是子华子屡次前往拜访郯子，回来以后发表议论认为，郯子和
自己听说的大不相同。在子华子看来，礼是先王制定、确立的，不可随便
更改、变动；礼是用来发动人们的，而不是用来损害人们的。（郯子）礼
服上绣的青色、黄色的花纹，完全展现了纹理的美丽，但五色为之错乱、
相互浸染；所演奏的乐曲，宫音、徵音浑厚、激越，充满了勃勃生机，但
八音为之杂乱、变化。在陆地上设有捕捉鸟兽的工具，在江河湖泊中置放
捕鱼的渔网，使得飞禽走兽难以生存。《诗》上说："潜藏得虽然很深，但
也会被明显地看到。"现在郯子不但随意改动礼，而且又损害了他人的利
益，怎么能说他通晓礼乐呢？子华子这里的引《诗》出自小雅《正月》，

---

① ［周］程本，《子华子》，《百子全书》（三），长沙：岳麓书社，1993 年，第 2333 页。
② 《子华子》一书，不见《汉书·艺文志》著录，但是《吕氏春秋》引用了子华子的论述三见，
说明《子华子》一书原先是有的，东汉时已佚。现存的《子华子》二卷十篇，可能系后人托名
之作。

联系原诗的前两句"鱼在于沼，亦匪克乐"，这两句引《诗》的本义是："鱼在于沼池之中，为人所惊骇，不得逸游，亦非能有乐。退而潜处，虽伏于深渊之下，亦甚于炤炤然易见，不足以避网罟之害，莫知所逃也。"① 实际上表达了"贤者在于朝廷之上，为时所陷害，不得行道，意非能有乐。退而隐居，虽遁于山林之中，又其姓名闻彻，不足以遇苛虐之政，莫知所于。"② 子华子引《诗》是用来比喻郯子的所作所为与其"达于礼乐"的名声不符，虽然隐藏得较深，但还是可以被识破。引诗义与诗本义不相合。

《子华子·孔子赠第二》云：

> 孔子曰："固哉由也，诗不云乎，有美一人，清风婉兮，邂逅相遇，适我愿兮。今程子天下之贤士也，于斯不赠，则终身弗能见也。小子行之！"③

这段话主要是孔子对程本（即子华子）的评价。程子自郯国返回，途中遇到孔子，二人相谈甚欢。于是孔子让子路取一束布帛赠给程子，子路认为"君子不以交礼也"，孔子觉得子路太固执，并引《诗》说："有这样一个美人，清明柔美，和我不期而遇，非常符合我的愿望。"孔子认为，程子是天下的贤士，这个时候不赠给他礼物，这一生再也没有机会相见了。这里的引《诗》出自郑风《野有蔓草》，其主旨是"思遇时也。君之泽不下流，民穷于兵革，男女失时，思不期而会焉。"④ 所引诗句的本义是"于时之民，乃思得有美好之一人，其清扬眉目之间婉然而美兮，不设期约，邂逅得与相遇，適我心之所愿兮。由不得早婚，故思相逢遇。是君政使然，故陈以刺君。"⑤ 孔子引《诗》的目的是比喻自己与程子的相遇非常符合自己的心

---

① 李学勤主编，《毛诗正义》，《十三经注疏》，北京：北京大学出版社，2000 年，第 837 页。
② 同上注，第 838 页。
③［周］程本，《子华子》，《百子全书》（三），长沙：岳麓书社，1993 年，第 2334 页。
④ 李学勤主编，《毛诗正义》，《十三经注疏》，北京：北京大学出版社，2000 年，第 374 页。
⑤ 同上注，第 375 页。

愿，表现了对程子的欣赏和肯定。引诗义与诗本义不符。

《子华子·虎会问第四》云：

> 程子曰："诗不云乎，王欲玉女，是用大谏。夫纠其邪志而济其所
> 乏，是忠臣之所留察也。吾子其勉行之矣。"①

虎会向程子请教，程子引《诗》说："王啊，我想成就你，所以特此劝谏
你。"纠正王者邪僻的意志，帮助王者补益他的不足，这就是忠臣所应该
留心观察的。引《诗》出自大雅《民劳》，诗句的本义是"王乎！我欲令
女如玉然，故作是诗，用大谏正女。"②引诗义与诗本义相合。

《子华子·晏子第五》云：

> 子华子曰："夫人之有欲也，天必随之。齐将卑是求，夫何惧而不
> 获？……今齐自襄桓以来斩斩焉，朝无公姓，野无公田，带甲横兵，
> 挟毂而能战非公士也，结绶纆纆位列而籍居非公臣也，公族之子若其
> 孙，散而之于四方，惟童隶是伍。公所以与俱者，自有肺肠者也。于
> 诗有之，岂无他人，不如我同姓，何以是蹑蹑而以临于人上也。"③

晏子问子华子："齐国公室惧怕卑下，应该怎么办？"子华子认为，齐国自
襄公桓公以来，朝堂之上没有公室之人任职，天下没有公室族人的田地，
带兵征战者不是公族，受赏封列居高位者也不是公室族人。公族之子孙，
散布于四方，和童子奴隶为伍。国君和什么样的人在一起，是有他的内心
考虑的。《诗》上说："难道没有他人（可以选择），（只是因为）不像我同
族的兄弟那么亲。"（齐国）国君为什么要孤零零地居于上位呢？子华子对
齐国国君不亲近公室宗族的做法给予了批判，所引之《诗》出自唐风《杕
杜》。《杕杜》的主旨是"刺时也。君不能亲其宗族，骨肉离散，独居而无
兄弟，将为沃所并尔"。④所引诗句的本义是"岂无他人异姓之臣乎？顾其

---

① ［周］程本，《子华子》，《百子全书》（三），长沙：岳麓书社，1993 年，第 2338 页。
② 李学勤主编，《毛诗正义》，《十三经注疏》，北京：北京大学出版社，2000 年，第 1343 页。
③ ［周］程本，《子华子》，《百子全书》（三），长沙：岳麓书社，1993 年，第 2342 页。
④ 李学勤主编，《毛诗正义》，《十三经注疏》，北京：北京大学出版社，2000 年，第 458 页。

恩亲，不如我同姓（祖）之人耳。"①引诗义与诗本义相合。

《子华子·神气第十》云：

> 子华子曰："……吾何必往也？喜来，宾胥，我之不得往，犹而夫
> 子之不得来也。诗不云乎，莫往莫来，使我心疚。吾之与而夫子也，
> 其弗觌矣乎？"②

子留子在五源之溪建造居所，派徒弟公子宾胥去见子华子，请他赏光前来相会，子华子婉言相拒，解释说自己的不前往就如同子留子不能前来是一样的，《诗》曰："不要相互来往""使我看了心中发痛"。引《诗》分别出自邶风《终风》和小雅《大东》，《终风》的主旨是"卫庄姜伤己也。遭州吁之暴，见侮慢而不能正也"。③所引诗句的本义是"州吁既然则无子道以来事己，是'莫来'也；由此己不得以母道往加之，是'莫往'也。"④《大东》的主旨是"刺乱也。东国困于役而伤于财，谭大夫作是诗以告病焉"。⑤所引诗句的本义是"言谭人自虚竭餽送而往，周人则空尽受之，曾无反币复礼之惠，是使我心伤病也"。⑥引诗义与诗本义均不相符。

① 李学勤主编，《毛诗正义》，《十三经注疏》，北京：北京大学出版社，2000年，第459页。

② ［周］程本，《子华子》，《百子全书》（三），长沙：岳麓书社，1993年，第2354页。

③ 李学勤主编，《毛诗正义》，《十三经注疏》，北京：北京大学出版社，2000年，第148页。

④ 同上注，第149页。

⑤ 同上注，第911页。

⑥ 同上注，第914页。

第十七章
先秦非儒家典籍引《诗》综论

《晏子春秋》《墨子》《庄子》《韩非子》《吕氏春秋》等作为战国时期非儒家的代表著作，其引《诗》、说诗反映了非儒家的诗学思想，以及《诗》在当时被接受的情况。从《晏子春秋》《墨子》到《庄子》再到《韩非子》，表现出对《诗》由较为肯定、推崇到越来越强烈的贬斥、冷漠态度，但到了《吕氏春秋》，由于战国末年各家思想的合流，《诗》的地位又重新上升。这种现象从另一个角度反映了儒家《诗》经学化的演进轨迹。

第一节　先秦非儒家典籍引《诗》的定量分析

先秦非儒家典籍引《诗》比例见下表：

表 42：先秦非儒家典籍引《诗》比例情况

引《诗》分类	《诗经》篇目	先秦非儒家典籍引《诗》涉及的篇目	先秦非儒家典籍引《诗》涉及的篇目在《诗经》中所占比例
风	160	13	8.1%
小雅	74	11	14.9%

引《诗》分类	《诗经》篇目	先秦非儒家典籍引《诗》涉及的篇目	先秦非儒家典籍引《诗》涉及的篇目在《诗经》中所占比例
大雅	31	14	45.2%
三颂	40	2	5%
总计	305	40	13.1%

先秦非儒家典籍中引用次数排在前位的诗句见下表：

表43：先秦非儒家典籍引《诗》中所引诗句次数情况

引《诗》著作	所引诗句	引《诗》出自的篇目	分类	引用次数
《韩非子》《吕氏春秋》	普天之下，莫非王土；率土之滨，莫非王臣。	《北山》	小雅	3
《韩非子》	弗躬弗亲，庶民弗信。	《节南山》	小雅	2
《晏子春秋》《韩非子》	虽无德与汝，式歌且舞。	《车辖》	小雅	2
《墨子》	帝谓文王，予怀明德，不大声以色，不长夏以革，不识不知，顺帝之则。	《皇矣》	大雅	2
《管子》《吕氏春秋》	恺悌君子，民之父母。	《泂酌》	大雅	2
《晏子春秋》《吕氏春秋》	维此文王，小心翼翼，昭事上帝，聿怀多福。	《大明》	大雅	2
《晏子春秋》《吕氏春秋》	莫莫葛藟，施于条枚，恺恺君子，求福不回。	《旱麓》	大雅	2

先秦非儒家典籍引逸诗见下表：

表44：先秦非儒家典籍引逸诗一览表

引《诗》著作	所引逸诗诗句
《晏子春秋》	1. 进退维谷。 2. 我无所监，夏后及商，用乱之故，民卒流亡。

引《诗》著作	所引逸诗诗句
《墨子》	3. 必择所堪。 4. 圣人之德，若天之高，若地之普。其有昭于天下也，若地之固，若山之承，不坏不崩。若日之光，若月之明，与天地同常。 5. 鱼水不务，陆将何及乎？
《庄子》	6. 青青之麦，生于陵陂。生不布施，死何含珠为！
《吕氏春秋》	7. 君君子则正，以行其德；君贱人则宽，以尽其力。 8. 唯则定国。 9. 将欲毁之，必重累之；将欲踣之，必高举之。 10. 毋过乱门。

综观《晏子春秋》《墨子》《庄子》《韩非子》《吕氏春秋》等先秦非儒家典籍引《诗》，共涉及今《诗经》篇目 40 篇，其中风诗 13 篇，分别为召南 1 篇：《甘棠》；郑风 4 篇：《大叔于田》《褰裳》《羔裘》《野有蔓草》；邶风 3 篇：《旄丘》《柏舟》《终风》；鄘风 1 篇：《相鼠》；豳风 1 篇：《狼跋》；王风 1 篇：《大车》；唐风 1 篇：《杕杜》；曹风 1 篇：《鸤鸠》。

雅诗 25 篇，其中小雅诗 11 篇，分别为：《采菽》、《宾之初筵》《巧言》《正月》《皇皇者华》《大东》《北山》《节南山》《车辖》《小旻》《大田》。大雅诗 14 篇，分别为：《瞻卬》《荡》《文王有声》《棫朴》《烝民》《既醉》《民劳》《桑柔》《抑》《皇矣》《文王》《大明》《泂酌》《旱麓》。

颂诗 2 篇，为周颂《载见》，商颂《烈祖》。

第二节　先秦非儒家典籍引《诗》的意义

把《墨子》《庄子》《韩非子》《吕氏春秋》等的引《诗》情况放在《诗》被接受的历史长河中做纵向的考察，可以发现，不仅在儒家的著作中，就是在非儒家的著作中，都很少称引风诗。这大概还是因为风诗是土风，很难登大雅之堂，也就很难进入到书面文字。朱熹认为二南正风是房中之乐，是乡乐；二雅之正雅是朝廷之乐；商周之颂是宗庙之乐。这说明非儒家的派别还是看重官方的诗歌，而鄙弃民间的乐歌。从纵向的历史来考察，墨子是春秋战国之际人，其引《诗》大抵可以代表战国初期非儒家对《诗》的态度。我们从前文对《墨子》的说诗、引《诗》所做的分析可以看出，由于学派观念的不同，《墨子》对《诗》作为乐歌是排斥的，但对《诗》的内容却并不摒弃，共征引了11条《诗》来证明自己的观点，可见《诗》在当时社会上流传较为广泛，影响也较深刻，这可能和墨子本人是从儒家阵营里走出来的也有一定的关系。然而《墨子》引《诗》有逸诗3条，占引《诗》总数的四分之一，可见当时《诗》的文本并不统一，所谓《诗》和"诗三百"可能并非一回事。庄子的时代已经是战国中期，随着儒家"以诗为经"的观念越来越强烈，连《庄子》也说"百家之学时或称而道之"①，可见《诗》对世人的影响越来越深刻。有了这样一个极端的现象，必然会有与之对应的极端对抗，本来就与儒家思想格格不入的庄子毫无疑问地采取了完全摒弃《诗》的手段来达到抨击儒家的目的，故而《庄子》首先在评价《诗》的态度上，持一种罕见的漠视姿态，甚至采用了一种近乎幽默的手法去鞭挞它。在引《诗》方面，几乎从未考虑，只是征引了一首至今尚有争议的逸诗。这样的现象从另外一个角度来看，可以说明《诗》在当时影响之深。《韩非子》是非儒家典籍在战国末期的重要代表，它反映出的是战国末期《诗》在非儒家流传的一个侧面，我们可以看出，到战国末期，儒家"以诗为经"的观念影响更深。正因如此，师从儒家集大成者荀卿的韩非子，基于对"道法往古"的《诗》的认识，从自身"因时制宜"、"尚今"、讲求法治等理念的要求出发，对《诗》同样采取了否定的态度。即使引《诗》，韩非子和以前诸子多引《诗》来印证自

---

① 《庄子·天下》，见陈鼓应，《庄子今注今译》（下），北京：中华书局，1983年，第855页。

身观念的方法有显著的差别，韩非子基本上对所引之《诗》表现出的思想都是持批判的态度，这在其他非儒家的诸子中是很难发现的。正如上面所说，对一个典籍反叛得越厉害，说明这个典籍在当时流传得越深入。《吕氏春秋》的引《诗》、说诗的情况反映出，到了战国末期，秦统一六国之前，除儒家以外，道、墨、阴阳、纵横等家实际上也在一定程度上接受了"以诗为经"观念的影响。这种现象的产生，固然与吕不韦个人的政治需要和主观作用有关，但也毕竟从一个方面表明，在当时天下趋于一统的大背景下，各家各派的学术思想，已由春秋以来相互争鸣的态势而逐渐走向合流。

探究了《墨子》《庄子》《韩非子》《吕氏春秋》引《诗》、说诗的一般情况，我们可以看到，非儒家的诸子随着《诗》流传得越来越深广，对《诗》批判的力度也越来越大，手段也有变化，这和儒家从孔子到孟子直至荀子"以诗为经"的观念越来越深入正相对应，这是《诗》在儒家之外流传的另外一种景象，换一个角度来说，同样反映了《诗》的流传广泛，影响深远。

"诗三百"编成于春秋中叶，至战国之末，传世已历三百多年。春秋之际盛行于上层社会的赋诗之风，促进了《诗》的广泛流布。进入战国，赋诗之风消失；而由于孔子（活动于春秋之末）强调《诗》的道德伦理功能和政治作用，孔门弟子和后学积极习诗、传诗，以及孟子援诗以明仁义、荀子称诗以论道等，"诗三百"遂成为儒家推重的重要经典之一；"以诗为经"的基本观念，也就贯穿于《孟子》《荀子》《礼记》等儒家著作。战国中后期之《庄子》《韩非子》摒斥和反对"诗三百"，从反面证明儒家之诗教观实已在社会上不胫而走；《吕氏春秋》引诗以论人、称诗以明理，则从正面表明儒家"以诗为经"观念的影响正更加深入人心。

《墨子》《庄子》《吕氏春秋》所引逸诗表明，战国期间，在三百篇广泛流传的同时，相当一部分逸诗也不断为世人所熟知、所习用。然而统计表明，战国儒家著述引《诗》中，所引逸诗比率一般低于非儒家的文献。《吕氏春秋》引16条，其中逸诗4条，占四分之一。这再次证明，直到秦并六国前夕的战国之末，尽管儒家"以《诗》为经"的观念影响已广，然而，儒家之三百篇的传本，却依然未能在其他各家习诗者那里被定于一尊。

结　语
关于《诗》的功能及其经典化过程的反思

　　《左传》《国语》《战国策》三部史书中的引《诗》表明，春秋时代的引《诗》、赋诗活动在文本意义上确立了《诗》的经典地位，同时赋《诗》的原则和方法以及赋诗、引《诗》所形成的对《诗》句内容的阐释，对战国时代各流派《诗》学思想的成熟起到了奠基作用。

　　儒家各部典籍引《诗》有所不同：《论语》引《诗》的特点是以礼说《诗》，援《诗》说礼，为后世儒家诗教实践提供了基本范式。孟子引《诗》基本上都是为自己的论证服务的，借《诗》来追述和寻觅"王者之迹"，体现了"以诗为史"的用诗方法，同时也使《诗》的伦理教化功能更加突出。在孟子论辩引用《诗》时，其十之八九都出自雅、颂，引用国风诗篇的比例较小，究其原因，笔者以为，雅、颂更加直接而且集中地反映了周王朝的政治体制、礼乐规范和伦理生活，其中许多诗篇都是以史诗的形式记录周王朝民族繁衍和迁徙立国的过程，包含极为丰富深刻的历史启迪。荀子进一步肯定和确立了《诗》作为"先王之道"的崇高地位，把《诗》的地位和功用推崇到无以复加的程度，从而为汉儒以《诗》为经、以《诗》为教打下了坚实的基础。荀子引《诗》是先秦诸子中最为丰富的，儒家诗学中"宗经"的思想已显露无遗，《诗》被提升到经典的地位，这都与荀子的重视和引《诗》、说诗的实践密不可分。先秦儒家各部典籍引《诗》反映出，《诗》所蕴含的思想精神、作用及其品质特性都从不同方面受到儒家的体认和关注，儒家学派的引《诗》、用诗奠定了《诗》走向经学的基础。这同时说明，一部伟大文化经典的地位与影响的确立，绝非是一个自然而然的过程，它还有赖于当时以及后世统治阶级及其知识分子的倡导与传承。

非儒家诸子典籍引《诗》反映出，非儒家的诸子随着《诗》流传得越来越深广，对《诗》批判的力度也越来越大，手段也有变化，这和儒家从孔子到孟子直至荀子"以诗为经"的观念越来越深入正相对应，这是《诗》在儒家之外流传的另外一种景象，换一个角度来说，同样反映了《诗》的流传广泛，影响深远。

通过研究先秦典籍引《诗》，也促使我们对《诗》的功能及其经典化的过程进行了一番反思。诗歌本是人类记录和传达生存实践的体验和经验的方式，当阶级和王权产生以后，文化逐渐集中在统治者手中，诗歌便逐渐被利用来作为宣示王权、控制人们思想的工具，这是诗走上与政教相结合道路的第一步。"中国古代并没有近世所说的'纯艺术''纯文学'的观点，那种'大文学'的视野不仅把文、史、哲打成了一片，而且把政治融会在了一起。尤其是政治，它或是强力切入、或是自然渗透到文学之中，成为中国文学的一种色彩、一种要素、一种原质，它不仅点缀着文学，而且还制约着文学，给予文学以某种质的规定。"① 周代由宗教性的殷商文化，发展并转向了人文意味浓厚的礼乐文化，配合礼乐制度所编的《诗》充满了浓厚的人文关怀，本身即是宣示礼乐精神的工具，成为周代礼乐制度的物质外壳。

---

① 覃召文、刘晟，《中国文学的政治情结·序》，广州：广东人民出版社，2006年，第1页。

西周春秋时期一般是《诗》、乐、舞结合使用，即郑樵所谓"礼乐相须以为用，礼非乐不行，乐非礼不举"。①"诗乐活动，明显地具有娱乐、审美的功能，形式上的等级象征并不掩饰行乐中听音而乐的审美效应，含有后世'寓教于乐'的审美意识……在这类行乐环境、氛围和过程中被陶冶、感发而产生的愉悦情感，不仅与外在行乐的各类形式（乐舞表演、乐歌演唱以及行乐的规则）相谐和，并且在心理上同样也以人与天地神、人与人之间的同乐相谐的关系而获得情感的愉悦，最终仍然达到了审美的快乐……一旦在雅乐活动中达到了审美的快乐，制礼作乐的文化功能也就得到了完满的实现。"②可见，《诗》、乐、舞蹈与礼仪制度是相为表里的，前者的表演，就是后者的实施，审美意识伴随着教化意识，这正是西周礼乐制度的精髓所在。《诗》在其中发挥着教育、熏陶和感化人性的功能。通过研究引《诗》现象，有助于我们对先秦时期《诗》所发挥的功能和作用进行梳理。

一、先秦时期《诗》的社会功能的重新审视

诗歌向来就与音乐关系密切，《尚书》记载：

> 帝曰："夔！命汝典乐，教胄子，直而温，宽而栗，刚而无虐，简而无傲。诗言志，歌永言，声依永，律和声。八音克谐，无相夺伦，神人以和。"夔曰："於！予击石拊石，百兽率舞。"③

舜帝任命夔为乐官掌管音乐，用音乐教导子孙，使他们正直而温和，宽厚而恭谨，刚强而不暴虐，简约而不傲慢。并指出，诗用语言文字抒发思想情感，歌用旋律配合歌词徐徐咏唱以突出诗的意义，音调的高低要合乎吟唱的节奏，音律要能够谐和五声。八种乐器的音调能够调和，不失去相互

---

① ［宋］郑樵，《通志二十略·乐略·乐府总序》，北京：中华书局，1995 年，第 883 页。
② 修海林，《周代雅乐审美观》，《音乐研究》，1991 年第 1 期。
③ 《尚书·舜典》，见李学勤主编，《尚书正义》，《十三经注疏》，北京：北京大学出版社，2000 年，第 93 页。

间的次序，让神和人听了都感到和谐。按舜帝的观点，诗歌和音乐是人的内心情感的表现，是重要的教育手段——和谐的诗歌和音乐可以陶冶人的内在情操，培养性情高雅的君子；诗歌教育的目的就是促进人的精神和谐，行为优雅，人格完美，最终目标是感天动地，天人合一，维护团结统一。如果《尚书》里的记载可信，那么，从这段话来看，到了原始社会末期，部落首领已经认识到诗歌、音乐的教育功能，开始有意识地利用诗歌、音乐对青少年进行全面培养。舜帝对夔说的这段关于诗歌音乐教育作用的谈话，后来被儒家当作"诗教"的经典言论，也成为历代统治者所推崇的文艺观。

所谓"诗教"，其主要含义是要通过诗歌教育来达到政治教化和道德教化的目的。《礼记·乐记》载：

> 昔者舜作五弦之琴以歌南风，夔始制乐以赏诸侯。故天子之为乐也，以赏诸侯之有德者也。德盛而教尊，五谷时孰，然后赏之以乐。故其治民劳者，其舞行缀远；其治民逸者，其舞行缀短。故观其舞，知其德；闻其谥，知其行也。大章，章之也。咸池，备矣。韶，继也。夏，大也。殷周之乐，尽矣。①

天子制乐，是用来赏赐有德诸侯的。观看诸侯舞列的疏密，就能了解他德行的大小，听到给他拟定谥号的褒贬，就能知道他一生行为的善恶。同样，聆听各代音乐，也能知道各代的功德特征。《史记·乐书》对此做了进一步阐发：

> 昔者舜作五弦之琴，以歌南风。夔始作乐，以赏诸侯。故天子之为乐也，以赏诸侯之有德者也。德盛而教尊，五谷时孰，然后赏之以乐。天地之道，寒暑不时则疾，风雨不节则饥。教者，民之寒暑也，教不时则伤世。事者，民之风雨也，事不节则无功。然则先王之为乐

---

①《礼记·乐记》，见王文锦，《礼记译解》（下），北京：中华书局，2001年，第537页。

也，以法治也。^①

　　　　故舜弹五弦之琴，歌南风之诗而天下治。……舜之道何弘也？……
　　　夫南风之诗者生长之音也，舜乐好之，乐与天地同意，得万国之欢
　　　心，故天下治也。^②

关于"南风"诗，唐司马贞索隐云："此诗之辞出《尸子》。"^③其辞曰："南
风之薰兮，可以解吾民之愠兮。南风之时兮，可以阜吾民之财兮。"^④温和
的南风，可以安抚民众的情绪；适时的南风——也就是气候，可以使百
姓的财产增加。故《正义》云："南风是孝子之诗也。南风养万物而孝子
歌之，言得父母生长，如万物得南风也。舜有孝行，故以五弦之琴歌南风
诗，以教理天下之孝也。"^⑤从这段记载来看，舜帝已经有意识地运用诗歌
教化百姓，与民同乐。"凡音由于人心，天之与人有以相通，如景之象形，
响之应声。故为善者天报之以福，为恶者天与之以殃，其自然者也。"^⑥"夫
上古明王举乐者，非以娱心自乐，快意恣欲，将欲为治也。正教者皆始于
音，音正而行正。故音乐者，所以动荡血脉，通流精神而和正心也。故宫
动脾而和正圣，商动肺而和正义，角动肝而和正仁，徵动心而和正礼，羽
动肾而和正智。故乐所以内辅正心而外异贵贱也；上以事宗庙，下以变化
黎庶也。"^⑦太史公指出，上古时的贤明帝王奏乐，不是为了自己心中快乐
欢娱、恣情肆欲。端正教化的人都是从音做起的，音正则行为自正。音乐
对内可以辅助正派的心性，对外可以区分贵贱，对上可以侍奉宗庙，对下
可以用来改变黎民百姓的品性风貌。《史记·乐书》可以被视为正史中关
于诗歌和音乐教育的最早记述，而那时的诗教与乐教融为一体，难以截然

---

① ［汉］司马迁，《史记》，北京：中华书局，1959 年，第 1197 页。
② 同上注，第 1235 页。
③ 同上注，第 1197 页。
④ ［战国］尸佼，《尸子·绰子》，《百子全书》，长沙：岳麓书社，1993 年，第 1605 页。
⑤ ［汉］司马迁，《史记》，北京：中华书局，1959 年，第 1198 页。
⑥ 同上注，第 1235 页。
⑦ 同上注，第 1236 页。

分开，这种情况一直保持到西周。

诗起源于人类的生存实践，发展于原始巫术礼仪，原始之诗传达人类的主观意志和生命体验，原始之诗宣释教化原始伦理。正因为诗在原始文化中具有如此重要的作用和功能，诗在原始文化中占据崇高的地位，这才会使后世的统治阶层利用诗这一利器来统治和控制人们的思想，而人们也能够不知不觉地在这种文化氛围中心甘情愿地获得文化价值的认同。周代统治者编《诗》的源起，正是基于这个深远的文化背景。《诗》源起于周代的礼乐制度，是诗与王权结合的产物，是周代礼乐制度的组成部分，是推行宗法礼乐精神的物质载体，集中体现了周代社会的礼乐精神。周代基于礼乐制度而编的《诗》，不仅是周代的统治思想和文化精神的体现，还由此影响了中国文化发展的方向。可以说，诗与周代礼乐政治的结合，使诗具备了礼乐思想的意义和政教的属性。

西周至春秋时期，诗产生后被采入官府，经宫廷乐师的改编而配乐演唱，诗乐的制度化使《诗》作为文学作品的审美功能发生了根本性的转变：《诗》丧失了本身的风格和意义，其原始意象被规范、具体化为现实社会所要求的情感和意愿，成为意识形态的组成部分。"《诗经》中的宫廷诗，就其创作动机而言，便是直接因周代政治需要而产生。虽然其中另有为数不少的所谓'民歌'，并且就其文字内容看，并未直接打上社会政教的烙印，但是这些民歌的被采入宫廷，以及它们与宫廷诗合编为一部诗集，却是社会政教需求的结果。《诗经》中的作品在先秦时经历了一个与礼乐相结合的过程，并因此又被尊奉为一部道德经典（所谓'义之府'）而流行于当时上层贵族，乃至通行于各国政治。可以说，'诗三百'的产生、编定直至其被尊奉为'义之府'的过程，就是西周与春秋时代因政治需要而使之政教化的过程。"① 可见此时《诗》的作用主要体现在政教方面。

---

① 陆晓光，《中国政教文学之起源》，上海：华东师范大学出版社，1994 年，第 2 页。

诗与礼乐相结合，共同组成了周代的政治制度，诗配合乐，发挥了调适等级制度、宣泄感情、讽谏政治的政教功能。由于礼乐制度管理、统治了社会，于是礼乐的内容成为公认的、具有权威性的教条，而配合乐演唱的《诗》自然也具有了权威性。

春秋中后期至战国时期，周王室衰微，其所推崇的礼乐制度逐渐遭到破坏，《诗》开始与乐分离。由于诗乐在传统礼制下代表着传统的社会理想与价值，发挥着政治制度和意识形态的双重作用，所以在礼崩乐坏之时，《诗》还具有习惯上的影响和作用，这种影响和作用是由以往遗留下来的权威性再加上这一时期人们在外交场合频繁的赋诗与引《诗》活动所赋予的权威性而产生的。《诗》具有的权威性，使赋诗、引《诗》除了增加辞令的效果作用外，更重要的是借助《诗》的权威来加强所表达的意愿的正当性，《左传》《国语》《战国策》等典籍中的有关记载就证明了这一点。可以说，此时的《诗》因脱离乐的束缚而获得了更大的运用空间，人们对《诗》进行断章取义，赋诗言志，《诗》更多的是被作为一种交际工具。

《诗》所反映的是周代王政，所以《诗》也是周代历史和文明的反映，因而《诗》也具有"史"的意味，这反过来又加强了《诗》的权威性，并进而与其他经典结合成有机的整体。引诗者根据需要，将《诗》中的语句纳入自己的议论内容之中，《诗》在这种情况下被当作古训或史实，用作说理的论据或比喻的喻体。引诗者对《诗》的运用和重新解释是同时进行的，诗句一旦被引用，就在新的语境中获得新义，变成论说的有机组成部分，诸子著述引《诗》即为明证。《诗》由交际工具逐渐成为古人著书立说、议论事理的一种引证之法，成为论证的经典标准和理论依据。

可见，先秦时期的引《诗》分为三种：1. 沿用原意，体现《诗》的音乐性和仪式性，突出《诗》的社会性和伦理性，《诗》主要发挥的是政教功能。孔子曰："小子何莫学夫诗？诗，可以兴，可以观，可以群，可以怨。迩之事父，远之事君；多识于鸟兽草木之名。"①孔子的"兴、观、群、怨"说，并非探讨诗歌艺术本身的规律、特点和功能，而是着眼于《诗》的社会功用：《诗》能使人产生联想，领悟人生道理，还能通过它体察社会生活，协调人际关系，传达内心情感。《毛诗序》对此做了进一步的阐述："风之始也，所以风天下而正夫妇也，故用之乡人焉，用之邦国焉。风，风也，教也。风以动之，教以化之。"②"故正得失，动天地，感鬼神，莫近于诗。先王以是经夫妇，成孝敬，厚人伦，美教化，移风俗。"③《诗》的社会功用和伦理教化功能，大大提高了《诗》的社会地位，使之成为统治阶级行使统治的工具。2.断章取义，赋诗言志。春秋时代人们的赋诗、引《诗》活动使《诗》泛社会化，引诗者更加注意《诗》与时代、社会和现实生活的结合，注重其在社会生活中的实用功能，可以说是对《诗》的应用和发展，《诗》主要发挥的是交际功能。3.以诗为据，引诗为证。《诗》在最初的社会活动中是歌、赋、诵、引，依乐吟唱。到战国以后，《诗》的音乐性质消失，人们对其抽象、思辨意义的兴趣逐渐浓厚，根据需要选择性地引用，由口头的言语引《诗》发展为著述引《诗》，形成百花齐放的引《诗》现象。引《诗》是为了诉诸权威，体现话语文本绝对至高无上的地位，为自己的学说服务；引《诗》也是为了达到文饰的目的，使语言和文章显得精彩；引《诗》更可以显示博学，旁征博引正是作者才华的最好体现。可以说，引《诗》直接指向功利的目的。引《诗》现象的兴盛使《诗》从贵族阶层的通行话语成为一种可供选择的文化遗产，也在一定程度上改变和扩展了《诗》的功能，本书各章对先秦典籍引《诗》的具体研究和阐释，即可证明这一点，这里不再赘述。

① 《论语·阳货》，见杨伯峻，《论语译注》，北京：中华书局，1980年，第185页。
② 李学勤主编，《毛诗正义》，《十三经注疏》，北京：北京大学出版社，2000年，第5—6页。
③ 同上注，第11—12页。

二、《诗》的传播、接受和引《诗》活动加强了《诗》的经典化

"引《诗》"之风、"引《诗》"现象的形成，与当时周天子对《诗》的态度及《诗》本身的地位有关。周王朝建立了采风制度，收集民歌，以观风俗、察民情，《礼记·王制》云：

> 天子五年一巡守。岁二月东巡守，至于岱宗，柴而望祀山川。觐诸侯，问百年者就见之。命大师陈诗，以观民风。①

天子外出巡察时，命令掌管音乐的太师展示当地民歌民谣，以此考察民风。

《国语·周语》云：

> 故天子听政，使公卿至于列士献诗，瞽献曲，史献书，师箴，瞍赋，矇诵，百工谏，庶人传语，近臣尽规，亲戚补察，瞽、史教诲，耆、艾修之，而后王斟酌焉，是以事行而不悖。②

天子处理政事，要三公九卿以至士人进献讽谏的诗篇，要乐官进献反映民意的乐曲，要史官进献可资借鉴的史书等，平民的意见由此传达给天子。

除此之外，周朝还设乐师一职教习诗、乐、礼仪，《周礼·春官宗伯》云：

> 乐师：掌国学之政，以教国子小舞。凡舞，有帗舞，有羽舞，有皇舞，有旄舞，有干舞，有人舞。教乐仪，行以《肆夏》，趋以《采荠》，车亦如之。环拜，以钟鼓为节。凡射，王以《驺虞》为节，诸侯以《狸首》为节，大夫以《采蘋》为节，士以《采蘩》为节。凡乐，掌其序事，治其乐政。凡国之小事用乐者，令奏钟鼓。凡乐成，则告备。诏来瞽皋舞。及彻，帅学士而歌彻，令相。飨食诸侯，序其乐事，令奏钟鼓，令相，如祭之仪。燕射，帅射夫以弓矢舞。乐出入，令奏钟鼓。凡军大献，教恺歌，遂倡之。凡丧，陈乐器，则帅乐

---

① 《礼记·王制》，见王文锦，《礼记译解》（上），北京：中华书局，2001 年，第 165 页。
② 《国语·周语》，见来可泓，《国语直解》，上海：复旦大学出版社，2000 年，第 12 页。

官。及序哭，亦如之。凡乐官，掌其政令，听其治讼。①

在《诗》为政治服务的前提下，周代还设有专门编诗、授诗的人，这就是太师。《周礼·春官宗伯》云：

> 大师：掌六律、六同，以合阴阳之声。阳声：黄钟、大蔟、姑洗、蕤宾、夷则、无射。阴声：大吕、应钟、南吕、函钟、小吕、夹钟。皆文之以五声：宫、商、角、徵、羽。皆播之以八音：金、石、土、革、丝、木、匏、竹。教六诗：曰风、曰赋、曰比、曰兴、曰雅、曰颂。以六德为之本，以六律为之音。②

以上记载详细地说明了乐师和太师的职责，同时也反映出周王朝统治者对《诗》的重视。可见《诗》文本的编辑成书，并非个人行为，而是体现了最高统治集团周王室的意志；它不仅是一部文学性的诗歌总集，更重要的，它是周代礼乐制度的直接产物与组成部分。《诗》文本的形成与传播史，实质上从另一个侧面展现了周代礼乐制度建立、发展、完善乃至走向崩溃的兴衰历史。

《诗》文本的编辑，一方面为礼乐仪式活动提供了相对固定的歌辞，因而构成了乐官大师、瞽矇所掌乐教的重要内容。另一方面也为社会提供了一种区别于日常语言的特殊的语言规范，对西周乃至秦汉以后的社会生活产生了深远的影响。③为仪式目的编定因而用于乐教（瞽矇之教）的诗文本，同时被作为周代乐语之教的课本而用于以培养政治人才为目的的国子之教，《礼记·王制》记载：

> 乐正崇四术，立四教，顺先王《诗》《书》《礼》《乐》以造士。春秋教以《礼》《乐》，冬夏教以《诗》《书》。王大子、王子、群后之

---

① 《周礼·春官宗伯》，见李学勤主编，《周礼注疏》，《十三经注疏》，北京：北京大学出版社，2000年，第701页。

② 同上注，第714页。

③ 马银琴，《两周诗史》，北京：社会科学文献出版社，2006年，第187页。

大子，卿大夫、元士之适子，国之俊选，皆造焉。①

主管国学学政的长官——乐正尊崇《诗》《书》《礼》《乐》四种学术，而相应地设立了四项课程，依靠这些先王传留的《诗》《书》《礼》《乐》来造就人才。春秋两季教给学士《礼》《乐》，冬夏两季教给学士《诗》《书》，国王的太子、王子以及各国国君的太子，公卿、大夫、元士的嫡子，以及国中最优异的士人——俊士都来到国学进修。自此开始，萌芽于西周之前的、通过《周易》卦爻辞中保存的殷周古歌以及《尚书》诰命、誓辞中出现的古谣谚而体现出来的引徵习惯中，逐渐形成了引诗言志、据诗讽谏的风气。可以说，西周时代以诗文本用于国子之教的乐语之教，是盛行于春秋时代的引《诗》、赋诗以言其志之风形成的渊薮，最终则发展成为中华民族思维方式中一个十分显明而突出的特点——引经据典。②

《诗》文本最初是为了礼乐仪式的目的编辑而成的，但是，编成之后的《诗》文本在其后的历史中所承担的社会功能，以及对中国文化的发展所发生的种种影响，却远远超越了简单的礼乐仪式目的。为礼乐仪式目的编定的《诗》文本，自从被用于乐语之教，便同时承担起了以培养政治人才为目的的非仪式的功能。西周王室编定的诗文本，在当时人的意识中无疑具有权威的意义，这种思想与当时人本已具备的征引习惯一旦结合，引诗言志、据诗讽谏风气的形成便成为一种历史的必然。而无论在当时还是在后世，赋引风气对《诗》文本的传播都产生了深远的意义和影响。引《诗》风气的盛行不但为《诗》的传播提供了重要的场所和途径，而且从诗歌本身的发展而言，引《诗》风气的盛行加速了辞与乐的疏离：1. 西周到春秋前。这个时期是诗歌以声为用的时代："钟师：掌金奏。凡乐事，以钟鼓奏九夏：《王夏》《肆夏》《昭夏》《纳夏》《章夏》《齐夏》《族夏》《祴夏》《骜夏》。凡祭祀、飨食，奏燕乐。凡射，王奏《驺虞》，诸侯奏《狸

---

① 《礼记·王制》，见王文锦，《礼记译解》（上），北京：中华书局，2001 年，第 179 页。
② 马银琴，《两周诗史》，北京：社会科学文献出版社，2006 年，第 187 页。

首》，卿大夫奏《采蘋》，士奏《采蘩》。掌嘒，鼓缦乐。"[①] 祭祀、宴享、射等场合都用《诗》，不过只是歌唱演奏。2. 春秋时期。记载这个时期用《诗》情况较为详细的是《左传》和《国语》，这是以声为用向以义为用转化的时代。从二书记载情况看，多是宴享演奏歌唱用诗、外交言志赋诗和以诗评人证事。3. 春秋之末到战国中期。从记载看，当时宴会赋诗言志日渐稀少，不过其风尚在。这个时期诗义被重视，而音乐被忽视，这是诗歌以义为用的时期。4. 战国末期。人们只知有诗文，不知有诗乐。诸子著作中的引《诗》表明，《诗》已完全与乐脱离，诗义成为人们是否征引《诗》的最重要的因素。可见，《诗》乐合一时，《诗》从属于乐，《诗》没有独立性与灵活性可言，只是作为一种凝定在音乐旋律上的语言符号，与乐舞一起服务于典礼仪式，这无疑束缚了《诗》在更大范围内的运用。春秋时期，在礼、仪剥离的文化思潮中，引《诗》之风兴起，《诗》开始脱离乐的羁绊，服务于政治外交，从音乐上的以声为用，发展到语言上的以义为用，人们忽视了对其音乐审美观念的认识，而只偏重于对文字义理的阐发。《诗》、乐的分离赋予了《诗》更广阔的发展空间，《诗》的传播范围也由狭窄的庙堂、宴会走向了社会生活的各个方面。打开《左传》《国语》可以看到，在祭祀、外交、朝会、筵饮乃至贵族间的私人交往中，"赋诗""引《诗》"的现象随处可见，这说明了当时人们对《诗》的普遍认可和接受。

从《诗》的广泛传播和被接受、引用的情况，我们似乎可以依稀感觉到《诗》之最终成"经"背后的一种强大的社会力量——接受者的力量。引《诗》本身就是使《诗》经典化的实践。引《诗》活动的实践表明，先秦时期人们把《诗》视为经典、用为经典，而且在反复的应用过程中，将《诗》铸成了一部政治、道德经典。尊《诗》为经，在于它能适应社会，

[①]《周礼·春官宗伯》，见李学勤主编，《周礼注疏》，《十三经注疏》，北京：北京大学出版社，2000 年，第 734 页。

规范社会。随着社会的发展，《诗》作为经典，其思想内容必然会在不同的时代背景下被有意地加以变通和调整。由《诗》到"经"的发展是以不断地对《诗》原典进行重新诠释的形式开展的。在走向经学的道路上，周公及周室之史、孔子和孔门诸子直至孟子、荀子及其弟子、汉代儒学家们都以他们各自的方式和姿态参与了对《诗》的创造性的诠释，对《诗》向经学的发展做出过不同程度的建树。"这种诠释表现为诠释者对传统的直接参与，从而构成悠久传统的一个环链。诠释并不是复现的过程，而是一种创造的过程。""经典诠释活动常常反映出人们在新与旧之间、活的与死的之间进行选择的制度焦虑与人生焦虑。一部经典诠释的历史，即反映一社会共同体文化思想新陈代谢的历史。"[①] 人们对《诗》的引用、诠释，基于诗歌本身所具有的凝练的特色，这就为引诗者比附扩伸提供了方便。引诗者不必拘泥于诗歌原句字面上的含义，而是推求其潜在的意蕴，巧妙地做出符合自己社会理想的解释。"文学作品并非对于每个时代的每个观察者都是以同一种面貌出现的自在的客体，它不是一座自言自语地宣告其超时代性质的纪念碑，而是像一部乐队总谱，时刻等待着阅读活动中产生的、不断变化的反响。只有阅读活动才能将作品从死的语言材料中拯救出来，并赋予它现实的生命。"[②]《诗》在传播、欣赏、接受过程中，其本身所具有的许多"未定点"和"意义空白"，使得作为能动因素的读者、引用者，不断发挥自己的想象力，发掘其潜在的深层意义，进行一次又一次〔二度创作〕，赋予《诗》新的生命力。"在作者、作品和读者的三角形中，读者绝不是被动部分，绝不仅仅是反应连锁，而是一个形成历史的力量。没有作品的接受者的积极参与，一部文学作品的历史生命是不可想象

---

① 姜广辉，《儒家经学思潮的演变轨迹与诠释学导向》，《中国哲学》第 22 辑，沈阳：辽宁教育出版社，2000 年，第 2 页。

② 〔德〕汉斯·罗伯特·姚斯，《文学史作为向文论的挑战》，见胡经之、张首映主编，《西方二十世纪文论选》，北京：中国社会科学出版社，1989 年，第 154 页。

的。"①《诗》的丰富的意蕴是由其文本自身特征和读者的接受、解释过程共同造就的，而且在很大程度上，是解释者不断"重铸"所赋予的。所以《诗》作为历史作品，却能在后世不断获得现时代意义，成为千百年来人们精神、文化生活中不可或缺的构成因素。《诗》本身并不等于是经典，也没有一部文学作品会自行成为经典。只有当《诗》被看成经典时，或者说，只有当某一民族或社团以一种特殊的方式看待它时，它才成为经典。先秦典籍引《诗》研究，其目的之一正是揭示《诗》在传播、接受和引用过程中如何被尊奉为"经典"。

以上探讨了《诗》自产生后与礼乐制度的紧密联系，以及西周末期礼崩乐坏造成《诗》与乐的分离，在这一过程中，《诗》的功能的逐渐转变，它由最初的政教工具、交际工具发展演变为人们著书立说的理论依据，这正是《诗》被接受和尊崇为"经"的深层原因之一。先秦典籍反映出当时人们对《诗》的频繁引用，引《诗》风气的盛行推动了《诗》的传播，特别是战国时期各家学派的广泛引《诗》加速了《诗》的经典化进程。

三、引《诗》研究的意义

研究先秦典籍引《诗》，对于认识《诗经》研究史具有重要意义，《诗经》研究史往往忽略这一方面。先秦各类典籍引《诗》频率之高，不但反映出春秋战国时期人们对《诗》的审美功能和文学价值的认可，尤其可以看出《诗》在宗教、政治等方面产生的巨大影响，即《诗》的社会功能得到空前加强。对先秦典籍引《诗》现象的探究，也有助于我们了解《诗》之所以被广泛接受以及被儒家尊崇为"经"的深层原因及其过程。先秦典籍引《诗》对《诗》的流传和阐释都产生了深远的影响。可以说，先秦时期《诗》在传播、征引过程中所逐渐形成的权威性和经典性，为汉人最终

---

① 〔德〕汉斯·罗伯特·姚斯，《文学史作为向文论的挑战》，见胡经之、张首映主编，《西方二十世纪文论选》，北京：中国社会科学出版社，1989 年，第 152 页。

的推《诗》成"经"奠定了基础。

引《诗》这一传统，在后世的史学、文学创作中也得到了继承和发扬。比如前三史《史记》《汉书》《后汉书》中的引《诗》，主要是用以抒写传中人物的思想感情，塑造人物形象，增强人物语言的生动性和说服力；再如小说中的引《诗》，往往是借《诗》来刻画人物肖像、性格，抑或是写景状物、发表议论。《诗》的出现，增强了作品的美学风貌。

引《诗》研究中诗本义与引诗义的矛盾说明，由于引诗者（解读者）个人的身世、知识层次、审美品位以及引用目的等方面的差别，对同一篇作品可能存在多种不同的读解（"歧解"）。钟振振先生认为："言之成理、持之有故的歧解，有助于扩大和丰富诗词作品的社会认识功用和艺术审美效果。"[①] 可见，正是先秦乃至历代人们对《诗》的解读，共同铸就了《诗》的经典地位。

研究先秦典籍引《诗》，对我们当代的文学创作特别是诗歌创作也具有借鉴意义。《诗》是文学作品，但是由于它自身所蕴涵、传达的思想文化观念在人们的社会生活中发挥了重要的功用，所以才由文学文本演变为儒家所尊崇的"经典"，成为历代统治者定国安邦的思想武器。这无疑提示我们，评价文学创作的优劣，除了关注其文学的艺术价值、审美功能以外，对其思想价值、社会功能也应该予以重视。在现当代文学创作中，我们曾经走过"唯政治化"的弯路，但现在又出现了"非政治化"的倾向，而笔者认为，对当代的文学创作来说，文学功能和社会功能是车之双轮、鸟之两翼，不可偏废。所以研究引《诗》、揭示《诗》的最初功能，或许会给我们以重要启迪。

---

① 钟振振，《谈中国古典诗词的歧解》，《文学遗产》，2002 年第 1 期。

附　录
先秦典籍所引诗篇与诗句

综观先秦典籍引《诗》，共涉及今《诗经》篇目164篇，其中风诗61篇，分别为周南5篇：《关雎》《兔罝》《卷耳》《葛覃》《桃夭》；召南9篇：《行露》《采蘩》《羔羊》《甘棠》《采蘋》《摽有梅》《草虫》《鹊巢》《野有死麕》；邶风13篇：《谷风》《泉水》《雄雉》《简兮》《柏舟》《绿衣》《匏有苦叶》《式微》《静女》《凯风》《柏舟》《燕燕》《终风》；鄘风4篇：《鹑之奔奔》《相鼠》《桑中》《竿旄》；卫风5篇：《氓》《淇澳》《木瓜》《硕人》《氓》；郑风9篇：《羔裘》《缁衣》《将仲子兮》《野有蔓草》《褰裳》《风雨》《有女同车》《蘀兮》《大叔于田》；唐风4篇：《蟋蟀》《无衣》《扬之水》《杕杜》；曹风3篇：《候人》《鸤鸠》《蜉蝣》；豳风4篇：《狼跋》《鸱鸮》《伐柯》《七月》；齐风2篇：《南山》《东方未明》；魏风1篇：《伐檀》；秦风1篇：《小戎》；王风1篇：《大车》。

雅诗80篇，其中小雅诗51篇，分别为：《巧言》《出车》《十月之交》《正月》《小旻》《常棣》《小明》《雨无正》《角弓》《六月》《四月》《信南山》《节南山》《桑扈》《裳裳者华》《采菽》《北山》《都人士》《南山有台》《小弁》《四牡》《采薇》《鹿鸣》《蓼莪》《车辖》《菁菁者莪》《湛露》《彤弓》《鸿雁》《皇皇者华》《青蝇》《圻父》《黍苗》《鱼丽》《蓼萧》《隰桑》《小宛》《瓠叶》《吉日》《菀柳》《大田》《伐木》《车攻》《大东》《楚茨》《何人斯》《鹤鸣》《緜蛮》《无将大车》《巷伯》《宾之初筵》。大雅诗 29 篇，分别为：《既醉》《文王》《板》《抑》《皇矣》《旱麓》《思齐》《民劳》《桑柔》《烝民》《文王有声》《瞻卬》《荡》《假乐》《大明》《灵台》《緜》《行苇》《泂酌》《韩奕》《公刘》《云汉》《下武》《常武》《卷阿》《生民》《江汉》《崧高》《棫朴》。

颂诗 23 篇，其中周颂 17 篇，分别为：《我将》《天作》《执竞》《时迈》《烈文》《振鹭》《维天之命》《昊天有成命》《清庙》《有瞽》《敬之》《赉》《泂》《武》《桓》《思文》《丰年》；商颂 5 篇，分别为：《长发》《那》《玄鸟》《烈祖》《殷武》。鲁颂 1 篇：《閟宫》。

先秦典籍引《诗》比例见下表：

表 45：先秦典籍引《诗》比例情况

引《诗》分类	《诗经》篇目	先秦典籍引《诗》涉及的篇目	先秦典籍引《诗》涉及的篇目在《诗经》中所占比例
风	160	61	38.1%
小雅	74	51	68.9%
大雅	31	29	93.5%
三颂	40	23	57.5%
总计	305	164	53.8%

先秦典籍引大雅诗句及引用次数见下表：

表 46：先秦典籍引大雅诗情况

分类	篇名	所引诗句	次数	合计
大雅	《抑》	有觉德行，四国顺之。	4	27
		无言不仇，无德不报。	4	
		温温恭人，惟德之基。	4	

分类	篇名	所引诗句	次数	合计
大雅	《抑》	白圭之玷，尚可磨也。斯言之玷，不可为也。	3	27
		不僭不贼，鲜不为则。	2	
		无竞惟人。	2	
		神之格思，不可度思！矧可射思！	1	
		相在尔室，尚不愧于屋漏。	1	
		投我以桃，报之以李。	1	
		淑慎尔止，不愆于仪。	1	
		慎尔出话，敬尔威仪。	1	
		敬慎威仪，惟民之则。	1	
		其惟哲人，告之话言，顺德之行。	1	
		慎尔侯度，用戒不虞。	1	
	《文王》	永言配命，自求多福。	4	26
		无念尔祖，聿修厥德。	3	
		仪刑文王，万邦作孚。	3	
		周虽旧邦，其命维新。	3	
		陈锡载周。	3	
		文王在上，於昭于天。周虽旧邦，其命维新。有周不显，帝命不时。文王陟降，在帝左右。穆穆文王，令闻不已。	2	
		穆穆文王，於缉熙敬止！	2	
		济济多士，文王以宁。	2	
		上天之载，无声无臭。	1	
		殷之未丧师，克配上帝。仪监于殷，峻命不易。	1	
		商之孙子，其丽不亿。上帝既命，侯于周服。侯服于周，天命靡常。殷士肤敏，祼将于京。	1	
		本枝百世。	1	

分类	篇名	所引诗句	次数	合计
大雅	《烝民》	夙夜匪懈，以事一人。	4	16
		德輶如毛，民鲜克举之。	3	
		既明且哲，以保其身。	3	
		不侮鳏寡，不畏强御。	2	
		刚亦不吐，柔亦不茹。	2	
		天生蒸民，有物有则。民之秉夷，好是懿德。	1	
		靡不有初，鲜克有终。	1	
	《板》	先民有言，询于刍荛。	2	14
		介人维藩，大师维垣。	2	
		民之多辟，无自立辟。	2	
		诱民孔易。	1	
		上帝板板，下民卒瘅。	1	
		天之方蹶，无然泄泄。	1	
		怀德惟宁，宗子惟城。	1	
		宗子维城，毋俾城坏，毋独斯畏。	1	
		猶之未远，是用大简。	1	
		辞之辑矣，民之协矣。辞之绎矣，民之莫矣。	1	
		敬天之怒，不敢戏豫。敬天之渝，不敢驰驱。	1	
	《皇矣》	不识不知，顺帝之则。	3	12
		莫其德音，其德克明。克明克类，克长克君，王此大邦。克顺克俾，俾于文王。其德靡悔，既受帝祉，施于孙子。	2	
		帝谓文王，予怀明德，不大声以色，不长夏以革，不识不知，顺帝之则。	2	
		王赫斯怒，爰整其旅。	2	
		予怀明德，不大声以色。	1	
		不僭不贼，鲜不为则。	1	
		惟彼二国，其政不获；惟此四国，爰究爰度。	1	

分类	篇名	所引诗句	次数	合计
大雅	《既醉》	孝子不匮（永锡尔类）。	5	12
		朋友攸摄，摄以威仪。	3	
		既醉以酒，既饱以德。	3	
		其类维何？室家之壶。君子万年，永锡祚胤。	1	
	《文王有声》	自西自东，自南自北，无思不服。	6	11
		丰水有芑，武王岂不仕，诒厥孙谋，以燕翼子，武王烝哉？	2	
		考卜惟王，度是镐京。惟龟正之，武王成之。	1	
		匪革其犹，聿追来孝。	1	
		诒厥孙谋，以燕翼子。	1	
	《桑柔》	谁能执热，逝不以濯？	3	10
		民之贪乱，宁为荼毒。	2	
		维此良人，弗求弗迪；唯彼忍心，是顾是复。民之贪乱，宁为荼毒。	1	
		其何能淑，载胥及溺。	1	
		四牡骙骙，旟旐有翩，乱生不夷，靡国不泯。	1	
		大风有隧，贪人败类。听言则对，诵言如醉。匪用其良，覆俾我悖。	1	
		谁生厉阶？至今为梗。	1	
	《大明》	惟此文王，小心翼翼。昭事上帝，聿怀多福。	4	9
		上帝临女，无贰尔心。	3	
		明明在下。	2	
	《荡》	靡不有初，鲜克有终。	4	8
		殷鉴不远，在夏后之世。	2	
		匪上帝不时，殷不用旧；虽无老成人，尚有典刑；曾是莫听，大命以倾。	1	
		衮职有阙，惟仲山甫补之。	1	

分类	篇名	所引诗句	次数	合计
大雅	《旱麓》	凯弟君子，求福不回。	4	8
		鸢飞戾天，鱼跃于渊。	1	
		瞻彼旱麓，榛楛济济。恺悌君子，干禄恺悌。	1	
		恺悌君子，神所劳矣。	1	
		恺悌君子，遐不作人？	1	
	《民劳》	惠此中国，以绥四方。	3	7
		毋纵诡随，以谨罔极。	1	
		毋纵诡随，以谨无良。式遏寇虐，憯不畏明。	1	
		敬慎威仪，以近有德。	1	
		柔远能迩，以定我王。	1	
	《思齐》	刑于寡妻，至于兄弟，以御于家邦。	4	5
		惠于宗公，神罔时恫。	1	
	《假乐》	不解于位，民之攸墍。	3	5
		嘉乐君子，宪宪令德。宜民宜人，受禄于天。保佑命之，自天申之。	1	
		不愆不忘，率由旧章。	1	
	《泂酌》	恺悌君子，民之父母。	5	5
	《瞻卬》	人之云亡，邦国殄瘁。	2	4
		人之云亡，心之忧矣。	1	
		哲夫成城，哲妇倾城。	1	
	《灵台》	经始灵台，经之营之。庶民攻之，不日成之。经始勿亟，庶民子来。王在灵囿，麀鹿攸伏。麀鹿濯濯，白鸟翯翯。王在灵沼，於牣鱼跃。	3	3
	《緜》	古公亶父，来朝走马。率西水浒，至于岐下。爰及姜女，聿来胥宇。	1	3
		肆不殄厥愠，亦不陨厥问。	1	
		爰始爰谋，爰契我龟。	1	

分类	篇名	所引诗句	次数	合计
大雅	《常武》	王犹允塞，徐方既来。	2	3
		徐方既同，天子之功。	1	
	《下武》	成王之孚，下土之式。	1	3
		永言孝思，孝思维则。	1	
		媚兹一人，应侯顺德。永言孝思，昭哉嗣服。	1	
	《棫朴》	雕琢其章，金玉其相，亹亹我王，纲纪四方。	1	2
		芃芃棫朴，薪之槱之，济济辟王，左右趋之。	1	
	《崧高》	嵩高惟岳，峻极于天。惟岳降神，生甫及申。惟申及甫，惟周之翰。四国于蕃，四方于宣。	1	1
	《江汉》	明明天子，令闻不已。	1	1
	《生民》	后稷兆祀，庶无罪悔，以迄于今。	1	1
	《公刘》	乃积乃仓，乃裹餱粮，于橐于囊，思戢用光。弓矢斯张，干戈戚扬，爰方启行。	1	1
	《云汉》	周余黎民，靡有孑遗。	1	1
				198

先秦典籍引小雅诗句及引用次数见下表：

表47：先秦典籍引小雅诗情况

分类	篇名	所引诗句	次数	合计
小雅	《节南山》	弗躬弗亲，庶民弗信。	4	12
		赫赫师尹，民具尔瞻。	3	
		不吊昊天，乱靡有定。	2	
		昔吾有先正，其言明且清。国家以宁，都邑以成，庶民以生。谁能秉国成？不自为正，卒劳百姓。	1	
		天方荐瘥，丧乱弘多。民言无嘉，憯莫惩嗟。	1	
		尹氏大师，维周之氐；秉国之均，四方是维；天子是庳，卑民不迷。	1	

分类	篇名	所引诗句	次数	合计
小雅	《巧言》	君子如祉，乱庶遄已。	3	11
		君子屡盟，乱是用长。	2	
		君子如怒，乱庶遄沮。	2	
		他人有心，予忖度之。	2	
		盗言孔甘，乱是用餤。	1	
		匪其止共，惟王之邛。	1	
	《小旻》	战战兢兢，如临深渊，如履薄冰。	5	10
		不敢暴虎，不敢冯河。人知其一，莫知其它。	2	
		我龟既厌，不我告犹。	1	
		嚻嚻呰呰，亦孔之哀。谋之其臧，则具是违；谋之不臧，则具是依。	1	
		谋夫孔多，是用不集。发言盈庭，谁敢执其咎？如匪行迈谋，是用不得于道。	1	
	《北山》	普天之下，莫非王土；率土之滨，莫非王臣。	7	9
		大夫不均，我从事独贤。	1	
		或燕燕居息，或憔悴事国。	1	
	《正月》	协比其邻，昏姻孔云。	2	7
		潜虽伏矣，亦孔之昭！	1	
		彼求我则，如不我得。执我仇仇，亦不我力。	1	
		哿矣富人，哀此茕独！	1	
		赫赫宗周，褒姒灭之。	1	
		不自我先，不自我后。	1	
	《常棣》	妻子好合，如鼓瑟琴。兄弟既翕，和乐且耽。宜尔室家，乐尔妻帑。	1	6
		常棣之华，鄂不韡韡。凡今之人，莫如兄弟。	1	
		兄弟阋于墙，外御其侮。	1	
		鹡鸰在原，兄弟急难。	1	

分类	篇名	所引诗句	次数	合计
小雅	《常棣》	死丧之威，兄弟孔怀。	1	6
		莫如兄弟。	1	
	《角弓》	民之无良，相怨一方；受爵不让，至于己斯亡。	2	5
		此令兄弟，绰绰有裕；不令兄弟，交相为瘉。	1	
		雨雪瀌瀌，宴然聿消。莫肯下隧，式居娄骄。	1	
		尔之教矣，民胥效矣。	1	
	《小明》	靖共尔位，好是正直。神之听之，介尔景福。	2	5
		靖共尔位，正直是与。神之听之，式穀以女。	1	
		靖共尔位，好是正直。	1	
		自诒伊慼。	1	
	《十月之交》	下民之孽，匪降自天。噂沓背憎，职竞由人。	2	5
		高岸为谷，深谷为陵。	2	
		彼日而食，于何不臧。	1	
	《宾之初筵》	发彼有的，以祈尔爵。	1	5
		侧弁之俄。	1	
		屡舞傞傞。	1	
		既醉而出，并受其福。	1	
		醉而不出，是谓伐德。	1	
	《车辖》	虽无德与女，式歌且舞。	3	5
		高山仰止，景行行止。	2	
	《皇皇者华》	每怀靡及。	2	4
		我马维骆，六辔沃若。载驰载驱，周爰咨度。	1	
		我马维骐，六辔若丝。载驰载驱，周爰咨谋。	1	
	《采菽》	匪交匪舒，天子所予。	1	4
		平平左右，亦是率从。	1	

分类	篇名	所引诗句	次数	合计
小雅	《采菽》	乐只君子，殿天子之邦。乐只君子，福禄攸同。便蕃左右，亦是帅从。	1	4
		载骖载驷，君子所诫。	1	
	《楚茨》	礼仪卒度，笑语卒获。	3	3
	《大田》	雨我公田，遂及我私。	2	3
		彼有遗秉，此有不敛穧，伊寡妇之利。	1	
	《何人斯》	为鬼为蜮，则不可得；有靦面目，视人罔极。作此好歌，以极反侧。	2	3
		不愧于人，不畏于天。	1	
	《鹿鸣》	人之好我，示我周行。	1	3
		君子是则是效。	1	
		德音孔昭，视民不恌。	1	
	《南山有台》	乐只君子，邦家之基。	2	3
		乐只君子，民之父母。	1	
	《雨无正》	胡不相畏？不畏于天。	1	3
		哀哉不能言，匪舌是出，唯躬是瘁。哿矣能言，巧言如流，俾躬处休。	1	
		宗周既灭，靡所止戾。正大夫离居，莫知我肄。	1	
	《大东》	周道如砥，其直如矢。君子所履，小人所视。	3	3
	《小宛》	夙兴夜寐，无忝尔所生。	1	2
		明发不寐，有怀二人。	1	
	《隰桑》	心乎爱矣，遐不谓矣？中心藏之，何日忘之！	2	2
	《都人士》	行归于周，万民所望。	2	2
	《车攻》	允也君子，展也大成。	1	2
		不失其驰，舍矢如破。	1	

分类	篇名	所引诗句	次数	合计
小雅	《緜蛮》	緜蛮黄鸟，止于丘隅。	1	2
		饮之食之，教之诲之。	1	
	《鱼丽》	物其有矣，唯其时矣。	1	2
		物其指矣，唯其偕矣。	1	
	《裳裳者华》	左之左之，君子宜之；右之右之，君子有之。	1	2
		惟其有之，是以似之。	1	
	《出车》	我出我舆，于彼牧矣。自天子所，谓我来矣。	1	2
		岂不怀归？畏此简书。	1	
	《桑扈》	兕觥其觩，旨酒思柔。彼交匪傲，万福来求。	1	2
		匪交匪敖。	1	
	《鹤鸣》	鹤鸣于九皋，声闻于天。	1	1
	《黍苗》	我任我辇，我车我牛，我行既集，盖云归哉！	1	1
	《无将大车》	无将大车，维尘冥冥。	1	1
	《菀柳》	上天甚神，无自瘵也。	1	1
	《六月》	元戎十乘，以先启行。	1	1
	《四月》	乱离瘼矣，爰其适归？	1	1
	《信南山》	我疆我理，南东其亩。	1	1
	《小弁》	我躬不说，皇恤我后。	1	1
	《四牡》	王事靡盬，不遑启处。	1	1
	《蓼莪》	瓶之罄矣，惟罍之耻。	1	1
	《蓼萧》	宜兄宜弟。	1	1
	《伐木》	出于幽谷，迁于乔木。	1	1
				139

先秦典籍引颂诗诗句及引用次数见下表：

表 48：先秦典籍引颂诗情况

分类	篇名	所引诗句	次数		合计
周颂	《烈文》	不显惟德，百辟其刑之。	1	4	34
		於戏前王不忘！	1		
		惠我无疆，子孙保之。	1		
		无竞惟人，四方其顺之。	1		
	《我将》	畏天之威，于时保之。	3	4	
		仪式刑文王之德，日靖四方。	1		
	《天作》	天作高山，大王荒之； （彼作矣，文王康之。）	3	3	
	《时迈》	载戢干戈，载櫜弓矢。我求懿德，肆于时夏，允王保之。	2	3	
		怀柔百神，及河乔岳。	1		
	《昊天有成命》	夙夜其命宥密。	2	2	
	《思文》	立我蒸民，莫匪尔极。	2	2	
	《敬之》	敬之敬之！天惟显思，命不易哉！	2	2	
	《维天之命》	惟天之命，於穆不已！	1	2	
		於乎不显，文王之德之纯！	1		
	《赉》	文王既勤止。	1	2	
		铺时绎思，我徂维求定。	1		
	《武》	无竞惟烈。	1	2	
		耆定尔功。	1		
	《清庙》	不显不承，无斁于人斯。	1	1	
	《有瞽》	肃雍和鸣，先祖是听。	1	1	
	《振鹭》	在彼无恶，在此无斁。 庶几夙夜，以永终誉！	1	1	
	《执竞》	钟鼓喤喤，磬管玱玱，降福穰穰。降福简简，威仪反反。既醉既饱，福禄来反。	1	1	

分类	篇名	所引诗句	次数		合计
周颂	《载见》	载来见彼王，聿求厥章。	1	1	34
	《汋》	於铄王师，遵养时晦。	1	1	
	《桓》	绥万邦，屡丰年。	1	1	
	《丰年》	为酒为醴，烝畀祖妣。 以洽百礼，降福孔偕。	1	1	
商颂	《长发》	汤降不迟，圣敬日齐。	2	6	14
		布政优优，百禄是遒。	2		
		受小共大共，为下国骏蒙。	1		
		受小球大球，为下国缀旒。	1		
	《烈祖》	奏假无言，时靡有争。	3	3	
	《玄鸟》	邦畿千里，惟民所止。	1	2	
		殷受命咸宜，百禄是荷。	1		
	《殷武》	不僭不滥，不敢怠遑。 命于下国，封建厥福。	1	2	
		不僭不滥，不敢怠遑，命以多福。	1		
	《那》	温恭朝夕，执事有恪。	1	1	
鲁颂	《閟宫》	戎狄是膺，荆舒是惩。	2	3	3
		春秋匪解，享祀不忒； 皇皇后帝，皇祖后稷。	1		
					51

先秦典籍引风诗诗句及引用次数见下表：

表49：先秦典籍引风诗情况

分类	篇名	所引诗句	次数		合计
邶风	《谷风》	凡民有丧，扶服救之。	2	5	17
		采葑采菲，无以下体。德音莫违，及尔同死。	2		
		我今不阅，皇恤我后。	1		

（续表）

分类	篇名	所引诗句	次数	合计	合计
邶风	《柏舟》	威仪逮逮，不可选也。	2	4	17
		忧心悄悄，愠于群小。	2		
	《雄雉》	瞻彼日月，悠悠我思。道之云远，曷云能来。	1	3	
		不忮不求，何用不臧？	1		
		我之怀矣，自诒伊慼。	1		
	《简兮》	执辔如组。	1	2	
		有力如虎。	1		
	《燕燕》	先君之思，以畜寡人。	1	1	
	《旄丘》	何其久也，必有以也。何其处也，必有与也。	1	1	
	《泉水》	问我诸姑，遂及伯姊。	1	1	
曹风	《鸤鸠》	淑人君子，其仪不忒。	2	10	13
		淑人君子，其仪不忒。其仪不忒，正是四国。	6		
		淑人君子，其仪一也。	1		
		尸鸠在桑，其子七兮。淑人君子，其仪一兮。其仪一兮，心如结兮。	1		
	《候人》	彼己之子，不称其服。	1	2	
		彼己之子，不遂其媾。	1		
	《蜉蝣》	心之忧矣，于我归说。	1	1	
卫风	《淇奥》	如切如磋，如琢如磨。	3	3	8
	《氓》	尔卜尔筮，履无咎言。	1	3	
		言笑晏晏，信誓旦旦。不思其反。反是不思，亦已焉哉！	1		
		女也不爽，士贰其行。士也罔极，二三其德。	1		
	《硕人》	衣锦尚絅。	1	2	
		巧笑倩兮，美目盼兮，素以为绚兮。	1		

分类	篇名	所引诗句	次数		合计
周南	《卷耳》	嗟我怀人，寘彼周行。	2	2	7
	《兔罝》	赳赳武夫，公侯干城。	1	2	
		赳赳武夫，公侯腹心。	1		
	《关雎》	君子好仇。	1	1	
	《葛覃》	服之无斁。	1	1	
	《桃夭》	桃之夭夭，其叶蓁蓁。 之子于归，宜其家人。	1	1	
鄘风	《相鼠》	相鼠有体，人而无礼。人而无礼，胡不遄死！	3	5	7
		人而无礼，胡不遄死！	2		
	《鹑之奔奔》	鹊之姜姜，鹑之贲贲。人之无良，我以为君。	2	2	
豳风	《七月》	昼尔于茅，宵尔索绹。 亟其乘屋，其始播百谷。	2	2	6
	《狼跋》	德音不瑕。	2	2	
	《鸱鸮》	迨天之未阴雨，彻彼桑土，绸缪牖户。 今此下民，或敢侮予？	1	1	
	《伐柯》	伐柯伐柯，其则不远。	1	1	
召南	《行露》	岂不夙夜？谓行多露。	2	2	5
	《采蘩》	于以采蘩？于沼于沚。 于以用之？公侯之事。	1	1	
	《羔羊》	退食自公，委蛇委蛇。	1	1	
	《甘棠》	蔽芾甘棠，勿翦勿伐，召伯所茇。	1	1	
齐风	《南山》	蓺麻如之何？横从其亩。 取妻如之何？必告父母。	2	3	4
		伐柯如之何？匪斧不克。 取妻如之何？匪媒不得。	1		
	《东方未明》	颠之倒之，自公召之。	1	1	

分类	篇名	所引诗句	次数		合计
郑风	《将仲子》	仲可怀也，人之多言。亦可畏也。	1	1	4
	《羔裘》	彼己之子，邦之司直。	1	1	
		彼己之子，舍命不渝。	1	1	
	《褰裳》	子惠思我，褰裳涉洧，子不我思，岂无他士！	1	1	
秦风	《小戎》	言念君子，温其如玉。	2	2	2
魏风	《伐檀》	不素餐兮。	1	1	1
王风	《大车》	穀则异室，死则同穴。	1	1	1
					75

参考文献

一、著作

〔俄〕普列汉诺夫，《普列汉诺夫哲学著作选集》，北京：生活·读书·新知三联书店，1961 年。

〔周〕程本，《子华子》，《百子全书》（三），长沙：岳麓书社，1993 年。

〔周〕管仲，《管子》，《百子全书》（二），长沙：岳麓书社，1993 年。

〔周〕尹文，《尹文子》，百子全书（三），长沙：岳麓书社，1993 年。

〔战国〕吕不韦，《吕氏春秋》（诸子集成本），北京：中华书局，1954 年。

〔战国〕尸佼，《尸子》，《百子全书》（二），长沙：岳麓书社，1993 年。

〔汉〕班固，《汉书》，北京：中华书局，1962 年。

〔汉〕董仲舒，《春秋繁露》，北京：中华书局，1975 年。

〔汉〕刘安，《淮南子》（诸子集成本），北京：中华书局，1954 年。

〔汉〕司马迁，《史记》，北京：中华书局，1959 年。

〔吴〕陆玑，《毛诗草木鸟兽虫鱼疏》，台北：台湾商务印书馆，1983 年版，第 21 页。

〔晋〕杜预，《春秋左传集解》，上海：上海人民出版社，1977 年。

〔晋〕杜预，《春秋经传集解》，上海：上海古籍出版社，1988 年。

〔唐〕魏征等，《隋书》，北京：中华书局，1973 年。

〔宋〕王应麟，《困学纪闻》，济南：山东友谊书社，1992 年。

［宋］郑樵，《通志二十略》，北京：中华书局，1995 年。

［宋］朱熹，《朱子全书》，上海：上海古籍出版社，2002 年。

［明］杨慎，《升庵诗话》，王仲镛笺证，《升庵诗话笺证》，上海：上海古籍出版社，1987 年。

［清］方玉润，《诗经原始》，北京：中华书局，1986 年。

［清］高士奇，《左传纪事本末》（卷一），北京：中华书局，1979 年。

［清］顾镇，《虞东学诗》，台北：台湾商务印书馆，1983 年。

［清］劳孝舆，《春秋诗话》，台北：新文丰出版公司，1984 年。

［清］马国翰辑，《玉函山房辑佚书》，上海：上海古籍出版社，1990 年。

［清］马瑞辰，《毛诗传笺通释》（影印本），济南：山东友谊书社，1992 年。

［清］皮锡瑞，《经学历史》，北京：中华书局，1959 年。

［清］浦起龙，《史通通释》，上海：上海古籍出版社，1978 年。

［清］孙诒让，《墨子闲诂》（诸子集成本），北京：中华书局，1954 年。

［清］王先谦，《荀子集解》（诸子集成本），北京：中华书局，1954 年。

［清］王先谦，《诗三家义集疏》，上海：上海古籍出版社，1995 年。

［清］王先慎，《韩非子集解》（诸子集成本），北京：中华书局，1954 年。

［清］魏源，《魏源全集》，北京：中华书局，2004 年。

［清］伍崇曜辑，《奥雅堂丛书》。

［清］张纯一，《晏子春秋校注》（诸子集成本），北京：中华书局，1954 年。

陈鼓应，《老子注译及评介》，北京：中华书局，1984 年。

陈鼓应，《庄子今注今译》，北京：中华书局，1983 年。

陈桐生，《孔子诗论研究》，北京：中华书局，2004 年。

陈良运，《中国诗学批评史》，南昌：江西人民出版社，1995 年。

董治安，《先秦文献与先秦文学》，济南：齐鲁书社，1994 年。

方朝晖，《春秋左传人物谱》，济南：齐鲁书社，2001 年。

冯天瑜，《中华元典精神》，武汉：武汉大学出版社，2006 年。

冯友兰，《中国哲学简史》，北京：北京大学出版社，1985 年。

费孝通，《乡土中国》，上海：生活·读书·新知三联书店，1985 年。

葛兆光，《中国思想史》，上海：复旦大学出版社，2001 年。

顾颉刚编著，《古史辨》（第三册），上海：上海古籍出版社，1982 年。

过常宝，《从诗和史的渊源看"赋诗言志"的文化内涵》，《学术界》，2002 年第 2 期。

郭绍虞，《中国文学批评史》，上海：上海古籍出版社，1979 年。

范文澜，《范文澜全集》（第四卷），石家庄：河北教育出版社，2002 年。

洪湛侯，《诗经学史》，北京：中华书局，2002 年。

胡适，《〈国学季刊〉发刊宣言》，《胡适文存》第 2 集第 1 卷，合肥：黄山书社，1996 年。

侯外庐，《中国思想通史》，北京：人民出版社，1992 年。

胡经之、张首映主编，《西方二十世纪文论选》，北京：中国社会科学出版社，1989 年。

黄叔琳注，《增订文心雕龙校注》，北京：中华书局，2000 年。

姜广辉，《儒家经学思潮的演变轨迹与诠释学导向》，《中国哲学》（第 22 辑），沈阳：
辽宁教育出版社，2000 年。

李春青，《诗与意识形态》，北京：北京大学出版社，2005 年。

李学勤，《东周与秦代文明》，北京：文物出版社，1984 年。

李学勤主编，《春秋左传正义》，《十三经注疏》，北京：北京大学出版社，2000 年。

李学勤主编，《毛诗正义》，《十三经注疏》，北京：北京大学出版社，2000 年。

李学勤主编，《尚书正义》，《十三经注疏》，北京：北京大学出版社，2000 年。

李学勤主编，《孝经注疏》，《十三经注疏》，北京：北京大学出版社，2000 年。

李学勤主编，《仪礼注疏》，《十三经注疏》，北京：北京大学出版社，2000 年。

李学勤主编，《周礼注疏》，《十三经注疏》，北京：北京大学出版社，2000 年。

李泽厚，《中国古代思想史论》，北京：人民出版社，1985 年。

梁漱溟，《中国文化要义》，上海：学林出版社，1987 年。

刘丽文，《春秋的回声——〈左传〉的文化研究》，北京：燕山出版社，2000 年。

来可泓，《国语直解》，上海：复旦大学出版社，2000 年。

陆晓光，《中国政教文学之起源》，上海：华东师范大学出版社，1994 年。

马承源，《上博馆藏战国楚竹书》（一），上海：上海古籍出版社，2001 年。

马积高，《荀学源流》，上海：上海古籍出版社，2000年。

马银琴，《春秋时代赋引风气下〈诗〉的传播与特点》，《中国诗歌研究》第2辑，北京：中华书局，2003年。

马银琴，《两周诗史》，北京：社会科学文献出版社，2006年。

缪文远，《战国策新校注》，成都：巴蜀书社，1987年。

钱穆，《国史大纲》，北京：商务印书馆，1996年。

任继愈，《中国哲学史》，北京：人民出版社，1963年。

孙作云，《〈诗经〉与周代社会研究》，北京：中华书局，1979年。

沈玉成、刘宁，《春秋左传学史稿》，南京：江苏古籍出版社，1992年。

覃召文、刘晟，《中国文学的政治情结》，广州：广东人民出版社，2006年。

王文锦，《礼记译解》，北京：中华书局，2001年。

王运熙、顾易生，《中国文学批评通史》，上海：上海古籍出版社，1996年。

闻一多，《闻一多全集》，北京：生活·读书·新知三联书店，1982年。

夏传才，《诗经研究史概要》，郑州：中州书画社，1982年。

向宗鲁，《说苑校证》，北京：中华书局，1987年。

谢无量，《中国妇女文学史》，郑州：中州古籍出版社，1992年。

修海林，《周代雅乐审美观》，《音乐研究》，1991年第1期。

徐连城，《春秋初年"盟"的探讨》，《文史哲》，1957年第11期。

姚小鸥，《诗经三颂与先秦礼乐文化》，北京：北京广播学院出版社，2000年。

袁行霈，《中国诗歌艺术研究》，北京：北京大学出版社，1987年。

杨伯峻，《孟子译注》，北京：中华书局，1960年。

杨伯峻，《论语译注》，北京：中华书局，1980年。

杨伯峻，《春秋左传注》，北京：中华书局，1981年。

杨伯峻等，《春秋左传词典》，北京：中华书局，1985年。

杨树达，《论语疏证》，上海：上海古籍出版社，2006年。

杨向奎，《宗周社会与礼乐文明》，北京：人民出版社，1992年。

叶舒宪，《诗经的文化阐释》，武汉：湖北人民出版社，1994年。

袁长江，《先秦两汉诗经研究论稿》，北京：学苑出版社，1999 年。

曾勤良，《左传引诗赋诗之诗教研究》，台北：文津出版社，1993 年。

张采田，《玉谿生年谱会笺》，上海：上海古籍出版社，1983 年。

张建军，《诗经与周文化考论》，济南：齐鲁书社，2004 年。

张新科，《唐前史传文学研究》，西安：西北大学出版社，2000 年。

赵毅衡编选，《新批评文集》，北京：中国社会科学出版社，1988 年。

周振甫，《诗经译注》，北京：中华书局，2002 年。

朱自清，《诗言志辨》，上海：华东师范大学出版社，1996 年。

朱自清，《朱自清说诗》，上海：上海古籍出版社，1998 年。

二、论文

董治安，《〈吕氏春秋〉之论诗引诗与战国末期诗学的发展》，《文史哲》，1996 年第 2 期。

傅道彬，《诗可以观——春秋时代的观诗风尚及诗学意义》，《文学评论》，2004 年第 5 期。

李春青，《简论"诗亡"与"〈春秋〉作"之关系——从一个侧面看先秦儒家士人的话语建构工程》，《中国文化研究》，2003 年第 1 期。

李春青，《论先秦"赋诗""引诗"的文化意蕴》，《齐鲁学刊》，2003 年第 6 期。

刘丽文，《春秋时期赋诗言志的礼学渊源及其形成的机制原理》，《文学遗产》，2004 年第 1 期。

刘生良，《春秋赋诗的文化透视》，《陕西师范大学学报》，2004 年第 6 期。

刘毓庆，《春秋会盟宴享与诗礼风流》，《晋阳学刊》，2004 年第 2 期。

马银琴，《战国时代〈诗〉的传播与特点》，《文学遗产》，2006 年第 3 期。

毛振华，《〈左传〉赋诗研究》，郑州大学硕士学位论文，2005 年。

水渭松，《对于"赋诗言志"现象的历史考察——兼论〈诗经〉的编集和演变》，《东方丛刊》，1996 年第 1 辑。

叶嘉莹，《"比、兴"之说与"诗可以兴"》，《光明日报》，1987 年 9 月 22 日。

钟振振，《谈中国古典诗词的歧解》，《文学遗产》，2002 年第 1 期。